U0140572

戴花

水运宪 著

CNS 湖南文艺出版社

图书在版编目（CIP）数据

戴花 / 水运宪著. -- 长沙 : 湖南文艺出版社,
2022.10
ISBN 978-7-5726-0782-0

Ⅰ. ①戴… Ⅱ. ①水… Ⅲ. ①长篇小说一中国一当代
Ⅳ. ① I247.5

中国版本图书馆 CIP 数据核字（2022）第 128007 号

戴花
DAI HUA

水运宪 著

出 版 人 陈新文
封面题字 水运宪
责任编辑 张文爽 刘诗哲 欧阳臻莹
责任校对 胡伟英 郭 瑛
书籍设计 谢 翔 钟灿霞

出版发行 湖南文艺出版社
（长沙市雨花区东二环一段 508 号 邮编：410014）
网 址 http://www.hnwy.net
印 刷 长沙超峰印刷有限公司
经 销 新华书店
开 本 710 mm×1000 mm 1/16
印 张 29.5
字 数 400 千字
版 次 2022 年 10 月第 1 版
印 次 2022 年 10 月第 1 次印刷
书 号 ISBN 978-7-5726-0782-0
定 价 68.00 元

目录 Contents

有些印记一辈子都抹不去。

后来才明白，那就是完整的一生。

——题记

第一章

一

二十四岁生日那天，两件大喜事突然降临，从此改变了我的整个人生。

一大早听见高音喇叭郑重宣布，我们国家自主研发出了一种了不起的抗生素。说实话，我对药物一无所知，根本搞不懂，但我完全听懂了这项成就的重大意义。播音员嗓音洪亮地介绍说，科技战线为庆祝党的代表大会胜利召开献上了一份厚礼，特地命名为庆大霉素。同时也有欢庆工人阶级伟大创造力的含意。

第二件喜事接踵而来。吃过早饭去到教室里，校长和教务主任正在那里迎候我们。两位师长印堂发亮，如释重负地宣布了十八名同学的毕业派遣通知。其中第一个名字就是我。

好些女同学当时就掏出手帕抹眼泪，生怕不是真的。我倒一点都不怀疑，第一反应便回想起早上广播里头的那段新闻，觉得一切好运都是庆大霉素给我带来的。“庆大”两个字，不也有庆祝我从大学毕业的意思吗？尽管有点牵强附会，却实实在在偶合上了。

没亲身经历过的人，肯定体会不到我当时的心情。我们是1967届大学毕业生，“文化大革命”一来，毕业分配就停止了。同学们滞留在学校里无休无止地等待，夜长梦短，前路迷茫。一天一页翻完了两本年历，苦中作乐度过了三个生日，盼星星盼月亮，终于绝处逢生。当时那心境真叫悲喜不可言状。派遣来得如此之晚，反倒有一种获得了提前释放的感觉。

应该说去年情势已经有了一些松动，隔三岔五也有一些毕业生离开了学校。不知道为什么，我们机械制造专业的情况总是云遮雾罩，一点轮廓都没有。越往后猜疑越多。有传言说，距离越远的分配得越晚。那是为支援三线建设预留的，一般都往边远地区的深山老林派遣。

消息有点恐怖，真不真实又迟迟得不到证实。随着时间的推移，心理包袱越来越沉重，感觉整个神经系统都要崩溃了。

也许是煎熬得太久的原因，我只关心什么时候能够派遣，至于往哪里派我倒并不在意。遇见一些同学议论这些话题，我真的有点瞧他们不来。比如大家都期盼能去一个好地域，进到一家好工厂，分配到一个理想的工种，遇上一位通情达理的师傅，等等。

不是完全没想过这类问题，我只是觉得那些事情完全由不得自己做主。

不能由自己做主的事情，只能去碰运气。运气终归不等于命运。我这人有点倔脾气，觉得命运可以由自己做主。把自己做得到的事情做到最好，命运就掌握在自己手里了。

至于运气怎么样倒是无所谓。逢山开路，遇水架桥，走一步看一步就是了。

二

其实我们的运气一点都不差。拿到学校的派遣通知书，十八位同学欢呼雀跃，恨不得把校长抬起来一次次往天上抛。

我们去的单位叫“德华电机制造总厂”，职工人数将近五千名。那样的规模且不说上得了天，至少下不得地。厂里的生产计划由国家第一机械部直接下达，不愁生产也不愁销售。电机制造厂，顾名思义，生产的都是电动机。品牌响亮，型号齐全。我们学习的专业正好又是电机制造，长枪短炮全对上口径了，特别让人兴奋。

回头一想，我们先前那些猜测也非常可笑，这家工厂的地理位置跟深山老林完全不沾边。从地图上看，德华电机总厂建在洞庭湖一带。那个地方宽广辽阔，土肥水美，自古以来就是鱼米之乡。出发的头天晚上我还专门查找过地名词典，知道那一带是三国时期的古战场，脑海里头立刻浮现出来草船借箭火烧连营的恢宏场面。

我的那帮同学比我还激动，天不亮就登上了大客车。那个厂子离我们学校有六七百公里的路程，颠簸了十多个小时，终于见到了号称八百里的洞庭湖。

车窗外山岛竦峙，水天交映，秋风萧瑟，洪波涌起。那种辽阔的气势，远远地超出了我的想象，顿时便豪情激荡，热血沸腾。觉得人只要到了这种地方，就没有任何展不开的宏图。

不仅是我，所有的同学全都一样，谁都坐不住了。看了左边看右边，大呼小叫，激动得声音沙哑满面红光。

德华电机总厂的宏大气派更是令人叹为观止。

厂大门并不高大，却相当宽阔。我们赶到这里的时候，正好两扇钢铁栅栏缓缓打开，四辆大货车居然可以并排进出。马达隆隆，八面威风，看得每个人心中翻滚已久的熔岩终于喷发。当晚我们就去了厂子旁边一家叫红卫大食堂的餐馆推杯换盏，狂热庆祝。

十八名热血青年豪情迸发歌声嘹亮，敞开肚皮喝大酒。一直欢乐到凌晨两三点钟，男男女女醉趴了十好几个。清晨五点来钟醒过来一看，一个个皮泡眼肿。头顶头脸对脸，横七竖八倒了一地。

赶紧回到宿舍，匆匆忙忙洗了把脸，再邀集到一起，去厂办公楼办理报到手续。

跟厂大门比较起来，那栋办公楼就显得过于陈旧了。清水墙面，没有任何粉刷。经过多年风吹雨打，红砖白缝裸露在外面，实在没有任何品相。大楼里面的栏杆和楼梯的扶手是木制的，油漆已经脱落，里里外外一副寒酸的样子，看得大伙儿心里凉了半截。

办公楼总共三层。下面两层是一间一间的办公室，三楼不一样，整层楼全部贯通，做成了厂部小会议室。还没走到跟前，就看见三楼走廊的栏杆上拉了一条横幅，内容是知识青年接受工人阶级再教育很有必要之类的。那条横幅专门为我们而写。宋体艺术字端端正正，看上去非常漂亮，字里字外却没有多少热情的成分。

不知道为什么，接待我们的人事干部表情非常刻板，一边登记一边说，今天你们可以自由活动，抓紧时间去买点生活必需品。明天早上八点集中培训，地点就在三楼会议室。

“记住，制度是不讲情面的。”那名干部生硬冷漠，“谁迟到一分钟，谁就卷铺盖走人。哪来的还回哪去。说到做到。听清楚了？”

当时我们都意识到了那句话的分量，赶紧在心里上弦。怎么会这样说话？莫非我们做错了什么事情？

又一想，话是有点难听，可也没必要太反感。不管干什么都要遵守制度，这个道理走遍天下都是一样的。

晚饭后，趁着心情好，我们还结伴到厂区溜达了一趟。

这座厂子地势比较高，现代化气息非常浓厚。最显著的位置有一座水塔，高度至少有二十米。塔顶储水池的形状设计很独特，就像一颗巨大的蓝钻石。据说那是整个工业区的标志性建筑，十里之外都看得一清二楚。

走到水塔跟前，看见有一块严禁攀爬的警告牌。几位男同学突然心血来潮，一声吆喝就往上爬。好长时间才爬到塔顶，站在那“蓝钻石”边沿朝我们大呼小叫。抬头望上去，那几个家伙的身影变得像蟋蟀一般大小，看得下面的人腿发软，心发颤，赶紧喊他们下来。

电机厂的面积大得令人兴奋，绕围墙足足一个小时还没走到头。

厂区里面的马路利用得非常合理。哪边放原材料哪边码半成品，整整齐齐，丝丝入扣，体现出了高超的管理水平。

上晚班的工人纪律严明，各忙各的活儿。看样子他们好像听说了什么，见我们走过去竟然避之不及，躲瘟疫似的。

当时我就意识到情况越来越不对劲。悄悄跟大家说，既然已经报到了，学校那一页得赶紧翻过去。后面的路坡陡水急，容不得半点疏忽。咱们都要走得稳稳当当啊。

其实我在学校没有什么身份，一个学生会文体委员而已。偏偏有些讲不清楚的威望，说几句话总是有人爱听。我说往后得走稳当，他们立马就忧心忡忡，追问我指的是什么。

其实他们心里都有点不踏实。那条横幅，还有接待干部的刻板表情，显然大家都已经敏锐地感觉到了。

“哈，随随便便一句话，干吗多心啊？”我赶紧把话题岔开，“这话毕业之前学校就说过了。离开校园走向社会，就是翻开了新的一页嘛。相互提个醒，免得摔跟头，这话不对吗？”

我的解释显然没有说服力。本来也只是自己的一点感觉。说不定有点什么事儿，说不定啥事儿都没有，就不想再说。

他们也没再问。转完车间大家都有点累，就回宿舍休息去了。

有些事情神奇得令人胆战心惊。我那么几句表示担忧的话，竟然句句灵验。往后的事情突然滑坡，狂风暴雨劈头盖脸，让我们这十八个学员很快就明白了什么叫作乐极生悲。

三

第二天早上七点半我们就赶到了培训中心。心想已经够早了，没料到有人比我们来得更早。

通往三楼会议室的木楼梯有点松动。十几个人一起往上走，吱吱嘎嘎响个不停，我们就放轻脚步，走得很小心。上到三楼，一抬头就看见会议室外面早就来了四名身体强壮的男子汉，卫兵一样把守着前后两扇大门。

那四个人一色的工作服，左臂上戴着袖章，上面“工人护厂队”几个字格外醒目。那情景，顿时把大家心里搞得好紧张。

刚到八点，上班的电铃准时响起。两名领导踩着铃声走了进来。

前面那位身体精瘦，面色白净，鼻梁上架一副很厚的近视眼镜。一看就知道，这种人明察秋毫，眼里不容半点污渍。

他自我介绍说姓骆，叫骆青涛，是厂子里的政工科长。然后又给我们介绍另外一位领导，说他是工会主席，名叫莫德龙。

莫主席年龄有点大，也穿的工作服。面相生得很好，慈眉善目，冲我们微笑的样子很亲切。只是那件工作服至少大了两个号，穿在身上显得臃肿，样子也就有点土里土气。

骆科长眼光锐利，看透了我们的心思，便加重语气，说莫主席是厂党委委员。

“也就是说，莫主席就是厂领导。对领导要有敬畏心。”他目光明亮，扫了我们一眼，“我讲的话，你们听清楚没有？”

莫主席人很实在，赶快朝我们摇了摇手，一脸的憨笑。当时我就觉得骆青涛那人更加麻烦，倒是需要时刻敬畏着。

然后骆科长就请莫主席做指示。

莫主席把手上拿着的一根竹烟袋插到后腰里，脸上的笑容也收回去了。

他干咳一声，直截了当地说：“德华电机厂今天这样子威武不？那都是艰苦奋斗搞出来的。我当年进厂当学徒的时候，这地方是个什么样子呢？就只一个土山坡，乱葬岗呢。杂木芦苇，长得比人还高。”他的口音很重，“一千多个坟墓，一锄头一锄头挖。挖了一年多时间才搞平。”然后望着我们，“当工人就要发狠做工。要吃得苦，耐得劳。我们本地人有一句老话，人嘛，只有病死的，没有累死的。你们说呢？”随后站起身，脸上又有了笑容，“你们都赶上了好年头呢。只要不怕吃亏，扎扎实实做事，往后肯定比我们强。”

骆科长觉得还有话没说完，赶紧凑到他耳边提醒。

他连连点头，继续说道：“哦，是的。你们是有文化的人，有文化的人聪明。聪明人嘛，那就不要吃了聪明的亏。明白不？这年头，好多人都吃了聪明的亏。老书上不是有句话，说是聪明反被聪明误吗？这话你们也听说过吧？反正一句话，要做个老实人。我就是这么想的。”

然后他就往外走。骆科长很讲礼貌，赶快起身，一直把莫主席送出门外。再次向莫主席请示了几句，才回到会议室。

他走回讲台的路线很奇怪。前门进来之后，绕通道走到会场最后一排，转过身打量了一下我们的背影，再从另一条通道绕回了讲台。他把自己原来坐的那把椅子移开，然后走到莫主席的那个位置，稳稳当当地坐了下去。

紧接着，两名佩戴袖章的男子也跟了进来，关闭了会议室的前后两扇大门。关门的声音很响，惊得我们都不敢出大气。

讲台的高度比地面高出一米多。骆科长坐在那里，目光可以扫射到会场上的每一个人。

幸亏他目光没朝我们扫射，从公文包里头取出一本花名册，翻过来又翻过去，反反复复地查看着，好像在里面查找什么人。

“杨哲民。”他终于抬起头来，“杨哲民是谁？站起来。”

人在紧张的时候，常常连自己是谁都会忘记。当时我就是这样，也跟着往会场看。直到发现别人都朝我望，才赶快起立。

“啊，我。我是杨哲民。骆科长。”

骆青涛立刻盯紧了我。那目光跟滚开水一样，看得我浑身发烫。然后他不动声色地问了句：“怎么回事？啊？怎么半天才站起来？

啊？你在担心什么呢？”

我真的没有担心什么。他那样一问，我又真的像是在担心什么。那一刻不知道该怎么回答，心里就慌成了一团乱麻。

骆青涛没有让我坐下，继续在花名册上找名字。

“吴启军是谁？啊？吴启军站起来。”

吴启军是学自动控制的，个子高大身体灵活，倒是飞快地站了起来。

“骆科长好，我是吴启军。”

骆青涛看了他一眼，冷冷问了声：“好像你还是学校篮球队的队长吧？”

“不是，骆科长。”吴启军看了我一眼，“队长是杨哲民。”

“哦？”骆青涛没看我，“他个子没你高，怎么当了队长？”

“是这样，杨哲民基本功好，弹跳强，又有组织能力。”

骆科长不冷不热地说了句：“组织能力很强吧？嗯，这点我看出来了。”然后才一挥手，“你们两个人先坐下。”

接着他又从花名册上点了一个名字。

“徐士良呢？谁是徐士良？”

徐士良身材小巧，又坐在靠前的位置，便应声而起。

“是我咧，科长您好。我就是咧。”随后还嘿嘿笑了两声，有点献殷勤的味道。

骆青涛果然朝他多看了几眼，不明不白地说：“有人跟我说过，徐士良不简单，看一眼就让人记得住。还真是啊。坐下吧。”

徐士良没明白骆青涛的话，犹豫了一下才坐下去。

他心里肯定有点发毛。说实话，听骆青涛那么一说，我们每个人心里都直发毛。我敢肯定在这之前绝对没有人跟骆科长说过那句话，他却看出了徐士良的不简单，当即便给在座的学员留下了明察秋毫的印象。

点过三名男生，骆青涛又点了一个女生的名字。

“姜红梅是谁？站起来看看。”

会场上应声站起来两个女生，倒把骆青涛弄迷惑了。

“我只点了姜红梅一个人。怎么回事？到底谁是姜红梅啊？”

其中一名显得更成熟的女生回答他说：“骆科长，我们俩音同字不同。我这姜红梅是生姜的姜，她那是江水的江。在学校的时候，老师也分不清楚，就叫我大梅，叫她小梅。”

骆青涛似乎不大相信，又去翻了一下花名册，看见上面真有两个同音不同字的名字，就没追问了。他抬头盯着姜红梅，心里有点疑惑。

“你个子比她小嘛，怎么叫大梅？”

“是这样的，骆科长。”大梅清晰地说，“她个子比我大一点，我年龄比她大一点。”

“哦。这么说，外表也有很大的欺骗性啊。”骆青涛脸上终于浮出来一丝笑容，却让人看得心里发慌。

然后他取过一支钢笔在花名册上画了个记号。

“那，你这个大梅，是学什么专业的？”他盯住姜红梅接着问。

“骆科长，我是学质检的。”大梅大大方方地望着他。

“质量检测？”骆青涛放下钢笔，“是啊，质量检测嘛，很重要的岗位呢。首先是人的质量要合格。你觉得呢？”

大梅便很平稳地回答说：“骆科长的话我记住了。您说得对，我一定努力做一个质量合格的人。谢谢您的教导。”

这时候就有几个同学使劲点头，还清了一下嗓子。好像有一口气终于透出来了似的。

我跟姜红梅同一个班，知道她为人坦诚，是个很有情怀的女子。或许她长得出众，我在学校也非常显眼，班上还出过一段传闻，说她跟我有些暧昧关系。其实我倒真没感觉到什么，又是打篮球，又是搞文艺宣传，的确没空闲跟她接近。她那人心思玲珑，冷艳高远，想接近也担心她看不上眼。

骆青涛也感觉到了姜红梅有点不一般。她的回答谦虚谨慎，几乎滴水不漏，那一刻骆科长肯定感到意外。似乎又不好再说什么，就用手扶了一下眼镜框。我当时就觉得他扶镜框的动作一定有内容。至于什么内容我也弄不明白。

他把那本花名册挪到了一边，这个阶段总算是结束了，我们却没有一点轻松感。他到底打算干什么呢？想跟大家认识一下吧，又不把所有的人点到。点一个不点一个。看上去好像随意抽查，却又让人觉得不会是无缘无故。那的确是一种煎熬，让人紧张得透不过气来。

往下我们才知道，根本就没有让人透气的时候。

"好。从现在开始，大家一定要集中注意力，认真听我说话。"骆科长清了一下嗓子，"先提一个问题。前天晚上，你们在厂子门口胡闹了一通夜。给我们电机厂，还给厂子外面的兄弟单位造成了恶劣影响。你们告诉我，这个聚会，是谁发起的？谁？"

骆青涛声音不大，一字一句说得结结实实，当时就把整个会场镇得鸦雀无声。

"像什么话？啊？居然还闹了个夜不归宿。男男女女抱在一起，一直混到天亮。保卫科接到举报，说还有人当场耍流氓。这还了得？你们还像是新中国培养的大学生吗？啊？"

这些话也实在太难听了。虽然有点不着边际，却又不像是空穴来风。听得我们一个个耳根发烧，背上直冒冷汗。

骆青涛越说越气愤。

"告诉你们，不要以为事情就这么过去了。不可能的。我老骆是干什么的，你们还没搞清楚吧？这种事情我们是要追查到底的。"他从公文包里取出一张纸条，"我再问一遍，这是谁出的主意？啊？谁？"他朝会场扫视着。看见没有反应，就把纸条拿到了面前，"要是没有人回答，我就一个个点名追问了。"

因为他一开场就点了我的名，我便有预感，骆青涛想追问出来的那个人，十有八九是我。他这是一种策略，想逼着一些胆小的同学把我招出来。

果然，他盯住了徐士良。一开口，语气就格外威严。

“徐士良，从你开始。你说，谁起的头？谁邀你去的？”

徐士良脸色灰白，低着头刚要站起来，我就坐不住了。

“是我。”我抢先站了起来，“骆科长，是我的倡议。”

话刚落音，前排的同学就回过头来看。还有一些同学把目光投向徐士良，仿佛骆科长手上那张纸条是他递交的。

徐士良胆子特别小，架不住人家的目光，立刻慌乱起来。

“不，不是的。骆科长，我没说是他。”

骆青涛似乎很喜欢这场面。

“是吧？没说就没说，还解释什么？”他面朝徐士良说话，目光却斜盯着我，“我看你很怕杨哲民嘛。啊？你怕他什么呢？徐士良？”

“也、也不是。骆、骆科长，不是怕。真的不是他。”

“行了。你坐下吧。”骆青涛觉得那张小纸条已经没什么用了，就放了回去，然后望着我，“杨哲民，我早就知道是你。至少有几位同学都书面检举了。没想到吧？”

我没作声，心里根本不相信他的话。

骆青涛脸上没有一点笑容。

“嗯，你嘛，还算不错。争取主动，节约时间。态度还可以。”

我那一刻很冷静，沉稳地说：“骆科长，您放心。有人检举也好，没人检举也罢，我都会主动说。有不对的地方，我也会承认。但是说我们同学耍流氓，这我不承认。喝醉了酒是有的，别的事情都没有。不信您可以调查去。”

看见我主动担当，吴启军也站了起来。

“骆科长，真不是那么回事儿。前天晚上我没怎么喝酒，在那儿一直陪到天亮才叫醒他们。根本就没有人耍流氓什么的，那是造谣。这一点我可以作证。”

骆科长很有定力，坐在台上四平八稳。镜片后面两只眼睛都没眨动一下。我估计他也没有想到有人会站起来主动承揽责任，一时间反而不知道该怎么进行下去了。他并不在乎是不是谣言，却非常在乎我的奋勇承担。

对于吴启军在关键时刻为我两肋插刀，骆青涛尤为敏感，极其重视。

“吴启军，我让你站起来了吗？啊？”骆青涛脸色很难看。

吴启军迟疑了一下。

“不是，骆科长。我只是想站出来，说一句公道话。对不起。”然后赶快坐下了。

屁股刚接触椅子，骆青涛一拍讲台：“站起来！我也没让你坐下。”

吴启军又赶紧站了起来。

“知道你在什么地方吗？这里是国营工厂，知道吗？我们是一支工人阶级的队伍，你们知道吗？”骆青涛一激动，把讲台拍得更响，“大家都是来自五湖四海，都是为了一个共同的革命目标，才走到一起来的。这里是一个革命的大集体，绝不允许任何人搞小集团。啊？拉帮结派，消极堕落，旧社会资产阶级的那一套，我们要彻底铲除。你们听明白了吗？”

随着骆青涛慷慨激昂的训斥，坐在后排那两名戴袖章的男子已经站起来了。前后两扇窗户外面，另外两名戴袖章的男子也应声到位。

当时那种气氛，紧张得我们大气都不敢出。

空气足足凝固了五分钟，骆青涛才接着发言。他压制着心中的怒火，讲话的声音格外有一种冲击力。

“我看得出来，你们不服气，觉得我小题大做，是这样吗？我小题大做了吗？啊？你们这叫不撞南墙不回头，不见棺材不落泪。那好，我们就让事实说话吧。”

他把讲台上纸条之类的东西迅速收拾干净，忽地站了起来。

“现在我给你们五分钟，可以先上个卫生间，然后到二楼集合。我要你们面对铁的现实，让你们无话可说。”他抬脚就往门外走，“一楼二楼三楼都有厕所。快去。”

三分钟时间还不到，十八个学员就在二楼集合完毕。骆青涛和几名护厂队员把我们带到了一间办公室门外。

那间办公室房门紧锁，挂着一面“档案室”的牌子。

档案室里面空间不大。十几个人挤不进去，就把我们分成三批。骆科长掏出钥匙打开房门，亲自把头一拨学员带了进去。

我和吴启军都分在第三批，站在门外小心地等待着。其实也很快，十分钟不到，第一批那六个人就从里面走出来了。

等候在外面的两批同学忽然感觉到不对头。走出来的那几个同学耷拉着脑袋，一个个丢魂失魄的样子。有一名女学员还泪眼涟涟不敢朝外面的同学看，就跟做了亏心事似的。

第二批的六个人从里面走出来的时候，同样也是那种垂头丧气的神态，我心里就有点慌乱。那里面会有什么意想不到的东西呢？我实在没法想象。

等到我们走进去的时候，才知道事情的确有点严重。

屋子正中间有一张长条办公桌，整齐有序地摆放了二三十张黑白照片。那些照片经过了放大处理，跟杂志的版面差不多大小。

我们做梦都想不到，前天晚上在红卫大食堂喝酒聚餐，居然被人拍了那么多现场照片。骆科长没吓唬我们，那的确算得上铁的证据。同学们看见那些照片，惊慌得话都说不出来。

我和吴启军还算是沉得住气，注意到那些照片都是我们喝醉酒以后拍摄到的。照片的右下角都显示了拍摄时间，基本上都是凌晨三点钟那个时间点。可能是光线不足的原因，那些照片并不十分清晰。画面上布满了噪点，好些面孔都辨别不出来。我懂一点摄影，知道那是有人在窗户外头用长焦镜头偷拍下来的。

其中有五张照片里头的男子应该是我。机位几乎没有挪动，就跟连拍似的。我侧身伏在桌子上，身边还有名女子把头靠在我后颈处。

那女子的脸朝着镜头，不用仔细分辨就看得出来是姜红梅。

徐士良的样子有点过分。小梅当时喝得很豪爽，早早就醉趴了。徐士良仰天昏睡在小梅的膝盖上。那姿态要说有问题也像是有点问题，却又说明不了更多的问题。一种不知不觉的状态而已。

吴启军也看见了自己那副醉相，禁不住捂着嘴偷偷发笑。他自己都没想到会跟一位女同学挨着脸醉在桌子前。分辨了半天又看不出那女同学是谁，她的脸没有完全对着镜头。

其他照片大概都差不多。虽然不是很清晰，仔细看看也能认出个十之七八。我注意了一下，几乎所有同学都拍到了。这便引起了全体同学无尽的担心。

放在档案室展示是什么意思？会不会还要装进每个人的档案袋？天啊，那不成了终身洗不掉的污点？

再次回到三楼小会议室的时候，包括我和吴启军在内，每个人都变成了霜打的茄子，再也抬不起头来。

骆科长没有急于回到会议室。他就站在会场大门外头，一边跟那几名护厂队员说话，一边观察着会议室里面的情景。他故意把那时间留出来，让我们小声交流着内心的恐惧，然后越发惶惶不安。

一直到他觉得够了的时候，才沉稳地走进会议室。

“还有什么要说的？啊？怎么不吭声？没话说了吧？没话说了就给我好好反省。”他抬起手腕看了看表，“上午的时间嘛，每个人都写一份经过。谁邀你去的，谁花的钱，说了些什么话，都要写清楚。各写各的。不许交头接耳，不许相互串通。写完经过，再写一份检讨，谈谈你自己对错误的认识。这点非常重要哦，关系到每个人的前途。我说清楚了吧？”

然后他站起身，迈着坚实的步伐离开了会议室。他知道我们都听明白了，也就不再关注我们的反应。

那句话分量相当重。所谓前途，指的就是记不记进个人的档案里头。

这件事情非同小可，绝不敢掉以轻心，大家就伏在桌子上认真地写经过，然后尽可能地写出自己最深刻的检讨。还没到中午十二点，十八位同学按时完成了骆科长布置的任务。

交稿的时候，我看见好些同学写了七八页纸。生怕写少了会被骆科长认为态度不够诚恳，对错误的认识不够端正。

护厂队员收完那些稿子，通知我们说，去吃午饭吧。骆科长交代了，下午两点半他会过来继续培训。任何人都不能迟到哦。

结果骆科长比我们迟到了整整一个小时。

不能迟到的任何人当然没有包括他。我却发现他进来的时候似乎带有几分歉意，神情比上午明显松弛了许多。

他把公文包放在讲台上，看了一眼手表。

“哟，都快三点半了？不知不觉啊。对不起，让各位等久了。那就开始吧。”

他打开公文包，从里面取出我们写的经过和检讨，放在讲台上，堆得老高一摞。

“知道我为什么迟到吗？整整一个中午我都没休息，一直在看你们写的检讨书。每一篇都看得很仔细。”骆青涛的语气没那么严厉了，“总的来讲，对错误的认识应该是可以的。到底都是有文化的人嘛。我请示过莫主席，他说，可以了。年轻人嘛，谁都免不了犯点错误。”他稍稍停顿一下，朝会场环视了一圈，“那么，现在我宣布，既然都认识到自己的不对，这件事情就既往不咎了。”

这句话刚落音，全体学员顿时就鼓掌欢呼。“既往不咎”四个字毕竟太珍贵，突然解除枷锁，天色就豁然晴朗了。

骆青涛坐在讲台上稳如泰山。看见我们欢呼雀跃，很快又浇了一瓢凉水。

“还要给大家说明一句。上午你们看到的那些照片，绝不是无缘无故拍下来的。饭馆的服务员看见你们醉在那里，赶又没法赶，不赶又怕出问题，只好到厂里来举报。当时科里的同志对你们又不熟悉，出于保护的目的，就拍一些照片便于查证。现在情况基本查明，那些照片就没必要保留了。但是什么时候销毁，我们还得根据接下来的情况，再做一次评估。大家仍然要严格要求自己哦。”

好些同学一听这话，刚刚松弛的情绪又有点紧张了。

“还要提醒大家一句，接下来就要分配工种了。”他话锋一转，“至于这件事会不会直接影响到工种分配，那还得看你们各自的表现。”他再次看看手表，“今天的培训就先到这里，明天接着来。培训进行得快的话，分配的事情很快也会揭晓。”

散会走出会议室的时候，每个人都没怎么说话。

大家忽然悟觉到培训似乎没那么重要，也就是走走过场，先把你的心收住。至于看照片、写经过、做检讨，还真算不上什么大事。下马威而已。

分配工种之前事先造出一种气势，杜绝大家的侥幸心理，免得你以为在接受分配的时候可以讨价还价。说白了，这只是分配之前必不可少的一个过程。

骆青涛对整个过程是动了脑筋的。

这人肯定精通围棋技艺。他在心理把握、局势操控方面，绝对是一名九段高手。

四

第二天接着培训，骆青涛仍然是一清早就过来了。

“唉，时间真的太宝贵了。又要抓革命，又要促生产。没办法，只好把培训时间减少一天，今天就结束。”他望着我们，停顿了一下，“上午还接着培训。下午嘛，就搞你们最关心的事情。啊？知道是什么吗？听说好多学员这几天觉都睡不着。是不是啊？哈。”

会议室里便有了小小的骚动。不少同学还跟着笑了几声。

“但是，工种分配的事情，我要提醒大家一声。啊？”骆青涛语气又严肃了，“心情可以理解，态度一定要端正。那么紧张干什么？不管干哪一行，都是革命工作，没有贵贱高低之分。行行出状元嘛。一定要去除私心杂念，绝对服从组织分配。听清楚了？”

会场上便安静了。安静得出奇，都没谁咳嗽一声。

然后就开始了上午的培训。

工厂管理离不开规章制度，这一点很重要。请来给我们做讲解的人是厂长办公室主任。他搬过来的制度文本装订起来差不多有两寸的厚度，光是宣读就花了将近两个小时。

接下来又安排了三名老工人代表，给我们讲述电机厂艰苦创业的光荣历史。老工人讲得很投入，每个人都一发而不可收。连骆青涛都听得坐不住了，到他们的耳边提醒了两三次才结束。一看钟点，超过食堂开饭的时间都四十分钟了。

匆忙扒几口剩菜冷饭，一班人又屁颠屁颠赶回小会议室。决定命运的时刻即将来临，谁也不敢大意。

昨天吴启军坐下去又被喝起来，照平时性格，他绝不能忍受。有一次跟邻校打篮球输了，校长有点怪他。刚说了一句，吴启军就把篮球一脚踢开：“再代表校队打球，我吴启军就是个畜生！”这么刚烈的人，居然就被骆青涛训斥得一声不吭。晚饭后他悄悄跟我说，唉，不忍不行啊。他要是在分配工种的时候搞报复，那我不就亏大了？

的确，工种一旦确定，人的一辈子就很难改变了。我们都知道，越有技术的工种越是好工种。好工种不累人，名声也好听，找对象都容易得多。不好的工种既无技术又费体力，比如锻工就没一个人愿意干。说白了就是过去的铁匠。守在炉火前，大锤小锤敲打铁疙瘩，累得猴似的。还有翻砂工，比锻工还不如，成天挥大锨拌砂子。那些砂掺过炭粉，弄得里外墨黑，完全不亚于下矿井去挖煤。第二天早上起床上厕所，拉出来的尿都是黑的。

吴启军仿佛有预感。个头那么高大，很可能会让他当翻砂工，就跟我发毒誓。

“要真那样，我卷起铺盖就走人。宁可去扫大街。”他咬牙切齿地说。

还有那个徐士良。自从跨进这个厂，他无时无刻不担心工种分配的事情。吃完中饭回到会议室，骆青涛还没有过来，徐士良左右观察了一下，凑我耳边悄声说：“看见骆科长的笔记本了吗？就放在讲台抽屉呢。信不信？我一定要找机会偷偷去瞄一眼。”

我没听得太明白：“你那是想瞄什么啊？”

“还能瞄什么？”他暗暗捏我一把，“工种分配名单，都在那个本子里记着呢。”

说是这么说，他当然没那胆量。徐士良跟我不在一个班级，个子不高，身材苗条。屁股翘翘的，走路一扭一捏，有几分女人气。正好名字里头又有个“良”字，就有人给他取了个外号叫“徐娘”。这外号在学校有些知名度。至少我们系里一多半师生都知道他。

那天晚上去车间转了一圈。路过锻工车间，里头有几名锻工在叮叮当当打铁。徐士良当时就跟我表示说，他宁可去食堂干炊事员，也绝不当锻工。

眼下事到临头，徐士良又不敢偷看骆科长的笔记本，坐立不安，就写了一张小纸条悄悄递给我看。写的那句话把我吓得头皮一炸——“想好了。真的要让我当锻工，我就从水塔上跳下去寻死。”

我还没来得及再看一遍，他又飞快地抢了回去，狠狠地揉成一团。那一瞬间，我看见他眼眶里有一星泪花。

骆青涛终于走进了小会议室。

看样子是从自己的办公室过来的，手上还拎着一只公文包。我发现所有同学的目光都在他那只公文包上。大家都心知肚明，那里面装的东西决定了每个人的命运。

坐定之后，骆青涛似乎也觉察出有点不对劲，朝大家扫了一眼。

“这么安静？啊？看起来大家都很紧张嘛。啊？”

他当然明白我们为什么紧张，便把公文包放在了讲台上。

“紧张也正常。说明你们都很关心工种分配。换句话说，也证明你们都很关心自己。是这样吧？当然啰，这也没什么不对。只是希望你们记住今天下午。今后，大家要像关心自己一样，多多关心别人，多多地关心我们德华电机总厂。”

谁都没有想到，他的话刚刚落音，第一排的徐士良突然站起来，朝骆青涛使劲鼓掌。还回过头来，将双手举过头顶，一边鼓掌，一边朝我们示意，煽动大家都跟着他表达敬意。

他那样子有点恶心，可又在骆科长的眼皮子底下。其他同学响应也不是，不响应更不是，掌声便跟着热烈了一段时间。

我看得出来，骆青涛那一刻还是非常满意的。

“好，好。多谢，多谢。”他伸出两只巴掌轻轻朝下压了几下，“没想到你们还鼓掌，以为大家心里都恨死了我。唉，我也没办法。很多得罪人的事情，总是要人做的。搞人事工作的完全不得罪人，那就说明很多原则没坚持好。你们说是不是这个道理？”

徐士良又喝彩了一声，继续鼓动别人鼓掌，却没收到效果。大家觉得再要鼓掌，讨好的意味就太直白了。徐士良那会儿的表演明显地失去了分寸，有人就在心里产生了怀疑。这家伙是不是提前得到好消息了？

过后大家还是消除了误解。徐士良最终被分配到四车间，当了一名冲压工。那活儿其实也没有什么技术含量，只是把整张矽钢片冲压成型。流程比较单一，每天八小时都守在冲压机床旁边。工作量不算小，做起来却不怎么累，只是有点风险。四车间年纪大一些的冲压工里头，不少人都缺了手指头，清一色缺的都是食指和中指。都是一走神被冲压机给斩掉的。这工种需要心细沉稳，多半都是女工担任。刚好徐娘有女性特质，不急不躁，做细致的事情还蛮合适的。

不管怎么说吧，至少没让他去锻工车间打铁，我也就不必担心他会从水塔上跳下去了。这都是后话。

其实那天下午骆青涛带进来的公文包跟我们没有什么关系。自始至终他都没有从里面取过任何文件。

开场白说完，掌鼓完，骆青涛就宣布说："现在，我把大家分为七个小组。每个小组两个人。大家都要记住自己在哪个组，千万不能记错。记错了，工种就搞乱了。清楚没有？"

然后他开始分配。第一组，某某某、某某某。第二组，谁谁谁、谁谁谁。其间他没有任何停顿，口齿极其流利。

我们看得真真切切，他在宣布组别和姓名的时候，手上没有片纸只字。连花名册都不在手头。骆青涛这人功底太深。仅凭如此强大的记忆力，谁也别想在他面前打马虎眼。

我和吴启军并没有坐在一起，两人心中却同时产生了一个疑问。七个组只包括十四位同学，还有四位呢？

我预感到不在名单上的四位学员一定有我。吴启军当时也有同样的预感。

果然，七个小组宣布完毕，我们俩的名字都没在里头。所有学员同时意识到了，没有列入名单的四个角色，肯定都是相关领导认为有问题的人。

要说我和吴启军有问题，大家都猜得到。另外两个人就完全出乎大家的意料了。那里面居然包括了姜红梅。

最后一个也是一位女同学，名字我不熟悉。其他的同学也都不认识她。这位女同学姓宋，哪个专业的我们都不清楚。出发那天她最后一个登上大客车，肯定也是我们学校分配来的。当时还是系里的教务科长送她上的车，至少能说明学校对她很看重。

一想到四人里头还有她们俩，我心里又轻松了些。姜红梅和那个姓宋的女同学，她们应该不属于有问题的人。

德华电机总厂总共十五个车间，我们那七个小组，分别去七个车间报到。分配得很零散。办公楼下面有很多车间主任和班组长早就等在那里迎候。

骆科长那一阵手忙脚乱，急着跟出去张罗交接的事情，便朝我们四个人简单交代了句。

“你们四个先在这儿等着，我马上回来。”

五

他一出门，会议室顿时显得格外清静。剩下的四个人你望着我，我望着你，一时不知道说什么才好。心里都一样忐忑不安，又都不愿意触及不愉快的话题，姜红梅就朝那姓宋的女同学搭讪。

“刚才没听清楚。”她很友善地问了句，“您叫宋什么来着？”

那女同学有些拘谨，回答说：“宋玉香。”

我这才朝她打量了一眼，发现她长得非常好看。一双眼睛很大，深幽湛蓝，波光闪闪，就像总在倾诉着什么似的。我很奇怪在学校的时候为什么没见过这位女同学。以她这模样，如果以前见过面，那是一定会留下印象的。

吴启军也在注意她。很显然，他以前也从没见过宋玉香，就问她学的是什么专业。

宋玉香回答说：“学了三年电机设计，然后去工厂实习了一年时间。”

吴启军琢磨了一下，心里头闪现出一道希望之光。

“对呀，电机设计不是属于技术员吗？那就不用下车间了。”他又不敢相信，“也不对。难道我们四个人都是准备分配到科室去的？哈，怎么可能？”

姜红梅听得扑哧一笑，逗了他一句。

“怎么不可能？像你这一米八几的个头，正好分配到工会办公室当文体干事。你有体育专长嘛，分管群众体育还挺合适的。”

“那也轮不到我啊，得杨哲民去。”然后又自我解嘲，“别图嘴巴快活了，我跟杨哲民都是去锻工车间打铁的命。信不信一会儿看吧。我都做好思想准备了。”

“启军说得有道理。”我淡淡一笑，“刚才那七个小组，还真的没有去锻工车间的。哈，咱俩是第八组，正好两个人。”

那个叫宋玉香的女同学心里七上八下考虑得很多。

“不会吧？那为什么不一起宣布呢？”她其实也在担心，“还是得专业对口吧？”

“无所谓。干什么都一样。”姜红梅倒很坦然，“既然由不得自己挑选，那就一颗红心、两种准备呗。”

说着话，骆科长又回到了会议室。从三楼跑下一楼，又从一楼爬上三楼，那运动量对他来说可能不算小。额头上沁出了汗珠，脸墩子也有了一点粉红的颜色。

“好了，最后就你们四位了。”他显然轻松了很多，“本来已经分成了九个小组，我慎重考虑了一下。一头一尾两个小组嘛，情况有点特殊，就没有当众宣布。我这么说，你们心里就有数了吧？”

他这段话有两个地方让我特别敏感。一头一尾是什么意思？是指最好和最坏吗？最坏肯定是指我和吴启军，最好那就是姜红梅跟宋玉香两个人了。

情况有点特殊又是指什么呢？

最简单的理解，那就是分配工种的时候必须做出特殊的安排。最好的两位分配最好的工种，甚至去科室也很有可能。至于我和吴启军，骆青涛一声令下，就要去锻工车间报到了。

骆青涛终于下了命令，朝我和吴启军说：“你们两个属于第九组，现在就去厂工会办公室报到。马上去知道不？莫主席亲自在那里等。他忙得要命，还坚持要抽时间专门等你们两个。跟我交代了又交代。这是什么分量，你们要掂量清楚哦。”

那一刻我瞥见了姜红梅吃惊的样子。嘴张得老大，又赶紧用双手捂住了。她刚刚说过让吴启军去厂工会当文体专干，本是开个玩笑，还真要去厂工会？棒槌居然就成了针？

吴启军肯定也这么想了一下。他当然不会轻易当真，只是没有想明白为什么不让我们直接去车间报到。

“那，她们呢？”他直愣愣望着骆科长，“姜红梅和宋玉香两个，都不下车间吗？”

骆科长对这句话非常敏感，一张脸当时就沉下来了。

“吴启军，你这是听谁说的？啊？你说，谁告诉你的？”

这一次吴启军没有惧怕，也没急躁。

“谁都没跟我说。怎么啦？只是随便问一句。不可以吗？”

“该你问的就问。不该问的，一句都不要问。懂了吧？”他看了一眼手表，“行了，赶紧走吧。别让莫主席等久了。”

其实骆科长真的没必要把姜红梅和宋玉香的事情搞得那么神秘，又不是一件瞒得住人的事情，宋玉香第二天就去科室上班了。她算是心想事成，分配到技术室工作。只是缺乏实际经验，先管理一下技术档案，干点晒晒图纸的小杂活。全体同学里头，要说专业对口还真的只有她一个人。

分配得最好的，那就是姜红梅了。她没去质检科，专业不算对口，却去到了一个任何人都想不到的科室。

骆青涛直接把她带到了政工科，开门见山地说，小姜，组织上对你寄予很高的希望，决定让你来政工科工作。因为你还不是党员，先从打字员干起。我给你提出一个要求，半年之内，一定要好好表现，积极争取入党。千万不能辜负了组织上对你的希望哦。

后来有同学猜测说，都是因为第一天点名的时候，姜红梅几句话说得好。她说一定争取成为质量合格的人，当时就把骆科长感动了，所以才选择了她。

其实他们并没有猜中。真正的原因一般人都没搞明白。

我也是过了好长时间才弄清楚的。那也是后话。

六

莫主席的办公室并不宽大。敲开房门走进去的时候，里面已经有四条汉子坐在那儿，把空间挤得更加狭窄。

我和吴启军两人的块头一个比一个大，往那里一坐，连个搁茶杯的地方都没有。

莫主席特别热情，指着他面前泡好的两杯茶说，这是你们二位的芝麻豆子茶。不太热了，赶紧喝。然后指着其中一个人说，我给你们介绍一下，这一位是造型车间的陈主任。

坐在他身边的一名男子便站了起来。

“我叫陈元干。耳东陈，元帅的元，干部的干。”他盯着我和吴启军看了又看，“好啊，这两位大学生都有一副好身板。造型车间欢迎你们。”

莫主席又朝我们两人看了看，问了声：“吴启军是谁啊？我分不清。”

吴启军便欠了欠身子。

“是我。”他举了一下手，根本不想站起来，“莫主席，地方有点挤，我就不站了。”

“不站，不站。”莫主席指了指右手边那男子，“这一位，就是你的师傅。他叫段一村，段师傅。”

段师傅同样也没站起来，只是朝吴启军点了点头。

陈元干主任一直没坐下。他补充介绍说：“段师傅是我们造型车间的技术能手，工艺级别八级。八级工呢，全车间就他一个。”

段师傅个子小，资格却很老。陈主任刚刚介绍完，他就呛了一句：“什么鬼技术能手？翻砂有个鬼的技术？多用点心就好。还口口声声造型车间，造型工，烦不烦？叫翻砂车间不好吗？叫翻砂工不好吗？失了你的格啊？还说要当家做主人。自己都瞧不起自己，怎么去建设社会主义嘛？听得我心里好烦。”

莫主席顿时哈哈大笑，对吴启军说：“看看，这就是工人阶级的性格。你这师傅看上去好欺负，其实他特别严格。性子好刚烈呢。”

“主席别这么讲。我段一村只有一个优点，别人怎么看我，我一概不管，自己一定要看得起自己。”说话间他站了起来，望着吴启军，“刚才莫主席问你话都不站起来，好，这样的年轻人我看得起。不过那也没用，拜师傅收徒弟要你情我愿。有句话我只问一次，你心里看得起我段一村不？”

当时在场的人只有我一个人了解吴启军，他做决定从来不会瞻前顾后。豪情一来，刀山火海都扑得上去。段师傅的这番话说得他头脑一热，呼啦一下就站了起来。

“这是什么话？刚好我吴启军也是个看得起自己的角色。”然后抢步上前，握住段一村的双手，“段师傅，这一辈子我不再认任何人。从今往后，您就是我的师傅了。谁要敢欺负您，”他用眼角的余光朝陈主任瞟了一下，“您只说一声，吴启军绝不饶他。”

随着话音，吴启军竟然朝段一村跪了下去。

他的动作太大，带翻了两张椅子，哗哗啦啦搞出了好大的动静。我看得很激动，情不自禁就给他喝彩。

吴启军他这叫审时度势。我这同学是个吃得大亏的人，并不在乎做何种事情，只要人对得上口味就好。既然命运不能由自己掌握，那就看别的方面运气如何了。能够遇见一个跟自己的反叛性子合得来的师傅，多多少少也算是一种弥补。

回想起昨天晚上吴启军背着别人跟我发的毒誓，觉得这种退而求其次的结果对他来说也算是圆满。至少他不会卷起铺盖去扫大街了。

然后就轮到了我。

这次莫主席特别强调了一句："跪就不跪了，啊？旧社会那一套，再搞就不好了。要听招呼，讲了不跪就真不跪，啊？"然后朝我身后的那位师傅叫了声，"莫正强，莫师傅。你站起来一下。"

我身后就有一个师傅站了起来。

这人我见过，上午他给我们讲过创业史。刚才进来的时候我没怎么注意，其实他就坐在我身后，一直没出声。

他站起身还有点困难。我的椅子差不多顶住了他的膝盖，便使劲推我的椅子靠背。我赶紧起身挪开椅子，顺便看了一眼，发现他两只眼袋下面长着胡须，当时就吓了一跳。在会场上离得远，没看出来，隔近了看，怎么看怎么不顺眼。

说实在话，这人给我的第一印象简直糟糕透顶。用一句文明话形容，那叫乏善可陈。

但是这位莫师傅对我的印象好得不得了。一把将我扯到他身边，喜欢得脸上的肌肉发抖，胡须也跟着颤动。

"民儿，民儿啊，师傅真有福气，收了你这么一个好徒弟。哈，搭帮厂领导，搭帮莫主席呢。"然后紧紧握住了我的手。

他那双手很有力，还特别粗糙。皮面一层干壳，硌得我生疼。

说不清为什么，那会儿我心里的火气直往上冲。我杨哲民有名有姓，谁同意你称呼我民儿了？还以为你是我的亲爹？自己的爹妈都没这么叫过我，他还叫得那么亲切，听得我身上鸡皮疙瘩都起来了。当着那么些人，我硬是没开口叫他一声师傅。

莫主席也不勉强我，只是介绍说："你师傅是翻砂车间熔炉班的班长。老班长了。他当炉工都快二十年了。”然后很真诚地望着我，“杨哲民啊，当炉工是最辛苦的。你没什么意见吧？”

“没有，莫主席。我早就无所谓了。”

这是一句真话，肯定也是一句牢骚话。我当然有意见，可说出来管用吗？

对最终的分配结果我早就料到了，此时此刻心里反倒平静如水。跌到了谷底，我已经跌无可跌。躲不开的没躲开，该来的也来了，你们还能把我怎么样呢？

然后莫主席对陈主任和两位师傅说：“你们出去一下，外面等着。我还有点事情要跟两位大学生讲。”

他们三个人应了声，很快就退出去了。

“民儿，你起身把房门关上。这话不想让他们听见。”莫主席也叫了我一声民儿，听起来却没有莫师傅叫得那么刺耳。

他从身上抽出那支竹烟袋，一边往里面装旱烟，一边压低声音说：“有件事情我跟你们两个交个底。这次分配工作，上头是有要求的。不管在学校学哪门专业，进了厂都不考虑。一律要下到班组去拜师当学徒。晓得不？还不是我们厂的意见呢。上头要求的。”

吴启军朝我望了一眼，那疑问很明白，姜红梅她们也下车间吗？我朝他轻轻摇头，他那句话就没有问出来。

莫主席用火柴点燃了旱烟，气味还挺香。

“我想跟你们讲一句，这是搞不长的。有什么道理嘛。大学培养那么多年，怎么又不算数？好不容易呢。我们这些老工人，不都是吃了没文化的亏吗？前天我跟阳厂长发了一通牢骚，他也想不通，也觉得搞不长。他说，上头是上头的考虑，我们有我们的想法。一码归一码，先按上头意见办，再看学员下去的情况。”这时候莫主席发现旱烟又灭了。停顿下来，拿过火柴再次把烟点燃。“真的要看具体是个什么情况。专业好的，表现好的，还是要抽回到科室来。要发挥专长嘛。当然啰，也不搞一窝蜂。成熟一个抽调一个。”

人有的时候真讲不明白。委屈到极致的时候沉得住气，一旦有人看不过去，说了几句同情你的话，反而气不打一处来。

当时我就是那样，一拍桌子嚷嚷开了。

“莫主席，真的不怨您。您的话我愿意相信，可我不愿意被人可怜。要真有那一天，您把其他同学全都抽上来，我宁可继续当炉工。我肯定会踏踏实实干到底，不信就没有出人头地那一天。”

吴启军非常仗义，也对莫主席说：“我也是。翻砂工就翻砂工。既然答应了，是坨狗屎我也会吃下去。您就放心好了。”

莫主席赶紧冲我们摆手，生怕门外几个人听见。

“我晓得，我晓得。你们两个伢儿，我都是看得起的。也不是宽你们的心，厂长真的有那个打算。这话就莫对其他人讲了，晓得不？我是看你们两个安排的工种最辛苦，才、才……”他也不知道该怎么表达才好，忽然问一句，“你们两个，抽烟不？”拉开抽屉就取出了两包香烟，“正好，一人一包。”

“不不，我们两个人都不会抽烟。”

“拿着。我又不抽纸烟的。”他一定要往我们的衣兜里塞，“不会抽也收了。明天上班，拿去敬师傅也是好的。”

我和吴启军对视了一眼，也就收下了。

后来我们两个人说笑话，时不时想起这件事，总是苦中作乐地说，那天在学员分配当中，至少我们两个人享受的物质待遇，应该是最高的。

两包香烟的确算不上什么。换了别的人送，我们还真不稀罕。

莫德龙送就不一样。也不因为他是工会主席，这人说话掏心窝子。谁掏心窝子说话，我们就敬重谁。

第二章

一

离校之前各种各样的揣测不安终于尘埃落定。

我的结局算是五五对开。原先的四大期盼，两好两不好：地域非常理想，厂子相当体面。工种极其差劲，师傅尤其糟糕。如此而已。

好在我志向高远，什么事情都看得开。鉴真大师东渡西归造化高深，谁能想到他以前还做过扫地僧？

工种不好真算不得什么。不到没有退路的时候，你永远不会知道自己有多强大。绝不是赌气，我真不缺乏置于死地而后生的雄心。

唯一麻烦的是那位名叫莫正强的师傅。

我这人有个根深蒂固的毛病，与人交往非常挑剔。遇上一个极不如意的师傅，实在不知道该怎么跟他朝夕相处。

我心里看他不来，他竟然毫无察觉。一会儿带我办出入证，一会儿又带我领工作服，找很多借口带我满世界走。不管见到谁都介绍我是个大学生，还故意把声音放得很大，一副捡到了财宝的样子。我恨不得找条缝钻进去才好，他偏偏还要朝我凑得很近，好大一股味儿，让我老是怀疑这人到底有没有刷牙的习惯。

这不是我一个人的偏见，我相信车间里很多人都跟我有同感。他当班组头目十好几年了，当面喊他班长的人没几个，无论谁都叫他

“莫胡子”。这外号真的很传神。他的胡子很稀疏，东一撮西一撮胡乱生长。而且黑少白多，灰不溜秋就跟从来没用肥皂洗过似的。眼袋下面生胡须我还从没看见过，怎么看怎么难受。每次遇见他，心里总梗着一句话，赶紧给剃了吧，求您了。我当然不会那么说，于是一整天乌云笼罩，真有一种透不过气来的感觉。

上班第二天，莫师傅郑重其事地跟我说：“民儿啊，你已经是我徒弟了，还没带你见师母呢。今天下了班跟我去家里，让你师母搞餐饭吃。我都跟你师母讲好了，听见没有？”

见我没吭声，他又交代说：“你空着手去就好。啊？师傅师母你都莫买东西了。只是你下头还有一个妹妹一个弟弟。买两根棒棒糖，一人一个打发他们。记住了？”

我好半天没回应他。讲句心里话，我压根儿不愿意去他们家。一想到今后要长期跟他朝夕相处，又不好直接得罪他。他又说了让我给小孩子买棒棒糖，我要再坚持不去，还以为我舍不得送礼物。犹豫了好大一阵，还是点头应承了。

厂里的家属区有三十好几栋平房，我师傅的家住得不前不后。要不是他打头领路，我根本就不知道该往哪边走。主要是那些房屋建得你像我，我像你，看不出任何特征。

转过一道拐角，师傅忽然拉了我一把，凑到我耳边小声说：“看见没有？那就是你师母。喏，坐在门口吃东西那个女的。”

我早就看见她了。心里还想了一下，宿舍没什么特征，这女人倒很有特征，只往那儿一坐，就看得出她身躯庞大。尤其她吃东西的架势格外夸张，左手端着的不是饭碗，竟然是一只用来舀水的瓜瓢。那瓜瓢是木制的，足足装得下小半锅水。

看见我们走过来，她回头瞥了一眼，加快速度把瓜瓢里头的东西三两口就吃光了。无意之中我看见瓜瓢里头盛着很多荷包蛋，那是用红糖水煮熟的。

“你看你，就要吃晚饭了，还吃这么大一瓜瓢蛋。”我师傅在她面前笑嘻嘻的，“也不怕徒弟笑话。”

师母已经站起来了。她居然比我师傅高出了差不多半个脑袋。身体发了福，肚子很大，像是一位临产的孕妇。

她朝我认真看了一眼，一开口就骂上了。

“莫德龙真缺德，还是工会主席。这么细皮嫩肉一个后生伢子，怎么分配到熔炉班去当炉工？那样的工种，是人搞的事情啊？”

“话也不能这么讲。我都搞一辈子炉工了。”我师傅也不着恼，还是笑嘻嘻的样子，“未必我就不是人？”

“你是人。一个废人，晓得不？”师母嘴跟刀子一样锋利，“要文化没文化，要技术没技术。这些伢子都是正规大学毕业的，你也敢当徒弟收？说不定哪天就打你的翻天印。你当心点就是。”

翻天印的说法我不生疏，那天车间主任也告诫过。意思是徒弟造师傅的反，盖住了师傅。据说工厂里当师傅的人都很忌讳这一点，对自己的徒弟特别警觉。

我师傅的笑容也就跟着收敛了，岔开话题说：“不讲这些没油盐的话了。民儿头次来家里吃饭，你都搞了哪几样菜？”

“啊，你是带他来吃饭的？”师母做出惊讶的样子，“怎么也不早告诉我一声？”

“哪没告诉啊？中午就跟你讲过。”

“你又没讲带徒弟来。以为只你一个人呢。”

“一个人我还要讲？哪天不是一个人回来吃？”师傅有点恼火，“不讲了。屋里还有哪些菜可以搞来吃的？”

“屋里有什么？又不是菜市场。”师母没多想，“一块干肉皮，要得不？用滚水泡发，切成片，多加点辣椒。炖得一大钵呢。”

“也要得。还想得出几样不？”

“灶边上有两条刁子鱼，准备给毛妹子和毛坨打汤的。”

“汤就莫打了。一条切作两截，煎了当菜吃。你一截民儿一截。

还有两截给两个小家伙吃。反正我又不喜欢吃鱼。”

师母想了想：“总还要一个汤吧？”

“蛋花汤。多打点鸡蛋，起码要四个。”

“鸡蛋哪里还有四个啊？”

“怎么没有？”师傅望着她，“早上莫主席的婆娘还送了二十个过来呢。”

师母把手上的瓜瓢朝他面前一伸。

“还哪里有？你又不早讲。刚才肚子饿，一家伙都煮了。”

“都煮了？”师傅狐疑地看着她，“你到底吃了几个啊？”

“吃几个记不清，反正只剩两个了。”

师傅叹了口气：“唉，跟你讲了鸡蛋莫吃太多，偏不信。肚子里的伢儿生出来，会得软骨头病的。怎么就讲不听呢？”

我这才知道师母的肚子里还真是怀了小孩。

二

进到屋里，一抬头就看见里面还有两个小孩。一男一女，都在楼上玩。我估计大一点的女孩子就是他们说的毛妹子，八九岁的样子。那个小男孩就是毛坨，应该也六七岁了。

其实师傅家没有二楼。房屋的空间高，他们就用木头搭出半截阁楼，架一条楼梯，凭空就多了一个房间。工人都会想办法，空间利用得非常合理。一个单元本来只是一间大房，他们各显才能，用废旧材料隔成一前一后两间屋子。前面那间一般都做厨房用，后面那间就是卧室。像我师傅这些带着孩子的，又在卧室上方搭个半层阁楼，整体看上去还挺舒适的。

来之前师傅叮嘱我不要给他和师母买东西，幸亏没听他的话。带我回家吃饭的事情，他肯定对师母说过。师母居然不认账。

有句老话叫空手进门，狗都不闻，这礼节我也懂，来之前事先已经做好了准备。我身上没什么钱，就在箱子里翻出一只搪瓷茶缸。

茶缸很新，还配了搪瓷盖，白花花的很好看。那是我舅舅送的，作为我参加工作的礼物。舅舅也没有花钱买，是他早几年前当上了全省的劳动模范，表彰大会上颁发的奖品。上面还印了“劳动模范光荣”几个红艳艳的美术字。

找杯子的时候正好看见还有一条雪白的洗脸毛巾，也是舅舅得的奖品，同样也印了字。两件东西都是崭新的，从来没用过，我就一起拿过来了。作为给师傅师母的见面礼，应该是拿得出手的。

只是我从来没给人送过礼物，心里总是好大一个负担。一进屋，师傅和师母都在前面屋子里忙着找干肉皮。好不容易找出来，才发现肉皮已经干枯成一卷硬壳。师傅说泡不发了，师母硬说泡得发，就去烧开水泡肉皮。他们两个只顾围着锅台转，扔下我傻站在屋里，真的搞不清什么时候把礼物送给他们才好。

阁楼上两个小家伙都不吭声，一直坐在楼梯上望着我。毛坨坐在最上面那级阶梯上，毛妹子坐得比他低两个阶梯，忽闪忽闪四只眼珠子倒也蛮可爱，我就从挎包里把棒棒糖拿出来了。师傅说一人一个，我觉得太小气，买了四个。我又不好怎么称呼他们，就把棒棒糖举在手上给他们看，示意他们下来拿。

毛坨似乎不怎么喜欢吃糖，眼睛只朝棒棒糖扫了一下，又收回目光，继续盯着我看。

毛妹子倒是起身下楼了。她跑到床铺跟前搬过一张木凳子，飞快拿过一条抹布，把那凳子面抹得干干净净，送到了我身后。话都没有说一句，她回头又跑到楼梯前，上了两级阶梯，返身坐下了。

师傅师母他们已经把肉皮泡上了。大概还要泡很长的时间，师傅就一个人走了进来。

“你们两个，怎么跟泥菩萨一样？”他板着脸朝两个小家伙说，“家里来了客人，招呼都不打一声？”

我赶紧告诉他，招呼打过了。这凳子都是毛妹子搬的，还擦干净了。

“嗯。毛妹子手脚勤快，这屋里的卫生，都是她一个人搞的。”师傅回头往厨房那头嘲笑了句，“不像她妈，一个懒婆娘。”

师母应声走了进来：“是啊。没我这个懒婆娘，你这辈子不断子绝孙，就算你狠。”

师傅顾不上计较她，只朝楼梯那边说：“下来啊。这是你们的哥哥，晓得不？叫声哥哥。快叫啊。”

毛妹子不情愿叫，还噘了一下嘴。让师傅看见了，就来了脾气。

“毛妹子，你这不懂事的东西。叫哥哥，听见没有？”

毛妹子就跟没听见一样，打心底不肯叫。师傅脸一板，刚要开口骂人，毛坨开口了。

“我叫。”他伸出小手摆了摆，“哥哥你好。”

师母就笑了。

“哈，还是我的满崽乖巧。不像你姐，蠢得死。”

毛妹子很委屈，当时就顶了句：“他才不乖巧呢。昨天在路上捡了两分钱，他没有上交。我都看见了。”

毛坨愣了一下，没办法辩解，把脸一捂就哭起来了。

师母心疼了，赶紧把毛坨拉到身边，一个劲地安慰说：“毛坨莫哭。捡的东西算不得丑。又不是偷的，又不是抢的。”

师傅当时就觉得那话不对，瞪师母一眼，想纠正几句，又担心当着我的面发生争执，到底还是忍住了。

趁着这个间隙，我就把搪瓷缸子和毛巾拿了出来。

师傅一眼看见了那只搪瓷茶缸，眼睛顿时亮了。

“这，这，这是劳动模范的奖品啊？”他一把夺过那只杯子，就跟抢过去差不多，“天，劳动模范呢。你看看，好好看看。”他把茶缸上的字指给师母看，“了不得。看清楚了？还是省级劳模呢！”

我真没想到师傅会有那么大的反应。他那喜爱的样子绝不是装出来的，我就有了成就感，非常有把握地把那条白毛巾递到了师母手上。

“啊，这个，是给您的。”

话一出口，我才想起应该先叫一声师母。我本来想叫的，一犹豫没叫出来，她的脸色立刻变得很不好看了。

“不要。我这张脸没哪个看得起。黑得像煤炭，配不上这么白的毛巾。”她顺手把毛巾往师傅脸上一扔，“都给你。毛巾上头也有劳动模范的字呢，看见没有？用它一天洗八次脸。哪天把你洗成了劳模，就好跟我离婚了。”

师傅一点都不在意她的嘲讽，捧着那毛巾翻过来翻过去地欣赏。

“真有字呢。哈，这毛巾哪舍得用啊？”然后才扭过头去，望着师母憨笑，“离什么婚啊？哈，我晓得，你这是促进我。你呀，不喜欢我当劳模才怪呢。我要是当上了劳动模范，戴大红花那天，第一件事就是拉你去照相馆，重新照张结婚照。还要照那种染颜色的。哈，哈哈，真到了那天，做梦都会笑醒来。”

“想偏你的脑壳。”师母闻到了什么气味，起身就往外走，“你去做你的梦，我不吵醒你。肉皮都快烧焦了。”

师傅继续沉浸在兴奋状态之中，认真地把那条毛巾搭在脖子上，双手在胸前将毛巾整理得平平展展。他直起腰板挺着胸膛，就跟有人要给他照相似的。

心里一想，觉得好像还缺了什么，便指着心窝那个位置，自言自语地说：“这里。是的，大红花就戴这里。”

两个小家伙看得兴奋了，一声欢呼飞快跑过来，拉着我师傅在原地转圈圈。小毛坨突然往上一蹦，扯下那条毛巾就往自己的脖子上套。

师傅顺势托起小毛坨，将他举得老高，心里一激动，又把他放了下来。

“毛妹子，来。和弟弟一起唱个歌。”

毛妹子这次毫不扭捏。

“唱就唱。”她朝我看了一眼，又问师傅，“唱哪个歌？”

“戴花的那个。”毛坨抢先说了句。

师傅一拍巴掌：“好。就爱听那个。”他纠正毛坨，“名字不对。那歌叫作‘戴花要戴大红花’。记住了？”

毛妹子却犹豫了。

“爹，换一个好不？这歌我记不全。”

“不换。”师傅很坚决，“就唱这个。记不全不怕，爹提醒你。”

毛妹子回想了一下，仰起脸就唱：“戴花要戴，大红花啊，骑马要骑，千里马啊。”她顿住了，望着师傅，“后头呢？”

师傅提醒了几个字：“唱歌要唱……”

“啊，想起来了。唱歌要唱……”毛妹子又停顿了，她还是没能想起来，“唱歌要唱……哎呀，后面还有呢？”

师傅这次只提醒了一个字：“跃，跃。”

毛妹子使了好大的劲，硬是想不出来。

“哎呀，跃什么嘛？要提就提清楚嘛。”

“唱歌要唱跃进歌。”师傅笑眯眯地看着她，“清楚了吧？”

毛坨年纪小，搞不明白，就问：“爹，跃进是什么啊？”

“跃进……就是跃进的意思嘛。大跃进呢。”师傅觉得不容易跟小孩子讲明白，“算了。毛妹子，唱最后一句吧。”

毛妹子大约也正在想“跃进”是什么的问题，脑子里就一片真空了。

“最后一句，好像是……哎呀，我记得的。怎么想不起来了？”

“最后一句最重要。”师傅的神色忽然很严肃，“自己想，这一句我不提醒你。总提醒总记不住。”

“啊，我想起来了。”毛妹子放开喉咙，一字一句唱得格外清晰，“听话要听，党、的、话！对不对？”

师傅马上给她鼓掌。

“我晓得你会想起来的。下次一定要记得，长大了一定要听党的话。一辈子都莫忘记这句话，晓得不？”

两个小家伙非常聪明，看见父亲那庄严的样子，当即响亮地回答一句晓得了。

毛坨忽然想到了什么，毅然从衣兜里掏出一枚两分的硬币。

“爹，我听话。捡的钱，我要上交。”

“这就对了。听党的话，就要从小事做起。”师傅笑了，“莫交给爹。明天上学路过派出所，自己交给警察叔叔。记住了？”

毛坨认真地点了点头：“我还要向警察叔叔承认错误。”

师傅特别满意，伸出手来，不停地抚摸两个小家伙的脑袋。

我在旁边默默地看着他们，那一刻真的还蛮感动。这位师傅内心的激情已经把我的心烤热了。

尤其抚摸孩子脑袋的时候，流露出来的那种慈爱，立刻让我想起了自己的爹妈，于是觉得我这位师傅并不怎么糟糕。这人善良慈祥，内心还很有些亲和力。

有亲和力的师傅，至少不会去伤害别人。

第三章

一

自从去了一趟师傅家，我的心就彻底安稳了。

他们找出来的那块干肉皮，炖出来完全不是最初看上去的样子，咬一口又松又脆。辣椒下得多，去除了腥臊味，那肉皮越嚼越香，我就感觉当炉工的日子也许不至于那么没指望。

就跟那块肉皮一样，看上去干枯，慢慢地熬，居然也能熬出一钵美味佳肴。

真不是宽自己的心，当时我的确悟出了一些道理。

师母那个人虽然高大威猛，心思却非常细密。她舀一勺肉皮送到我碗里，接着又用筷子把里头的辣椒挑了出来，劝我说："这都是朝天辣椒，辣得人死，你吃不习惯的。味道都到肉里了，多吃肉。你放心，师母用你的筷子夹的，没有不卫生，啊？多吃点。"

我赶紧站起身，慌忙说自己来，自己来。趁着这个机会，我顺势就叫了她一声："师母，谢谢您。"

"这伢儿，讲话好见外。还谢谢什么？"她开心了，"你师母长得跟丑八怪一样。只要不给大学生失脸面，师母就烧高香了。"

回去的时候，师傅把我送出门，我也很自然地叫了他一声师傅。

那是我第一次尊他为师。他喜欢得要命，却故意板着脸说："民儿，话讲在前头。叫是叫师傅，其实都一样平等的。你师傅没文化，好多字认不来。要瞧得起师傅的话，你我两个互相帮助，一起进步。行不？”

我平时不大轻易说别人没文化。有没有文化，也不能光靠读书。

比如我师傅那人，他确实没上过几年学，脑子却特别灵活。无论干什么都喜欢琢磨，就显得比别人聪明很多。

他带我去熔炉班那天，冲天炉外面的空坪里有好几名彪形大汉正在用十八磅大铁锤砸铁锭。铁锭呈龟背形状，大约有半米来长。中间有三道凹槽。师傅说，必须用大锤把铁锭从凹槽处砸成四块，才能投放到冲天炉里头熔炼。

砸铁锭的是两名腰圆臂粗的小伙子，旁边还有两名炉工等着轮换。看样子那活儿特别费体力，小伙子们光着上身，油光黑亮的胸脯上挂满了汗水。

带我走过去的时候，师傅告诉我说，这道工序叫作“备生料”。生料指的是生铁。翻砂车间造了多少砂模，熔炉班就得备多少生铁。这里头没有一定之规，全凭经验，讲是讲不清的。以后你慢慢琢磨去，熟能生巧嘛。

我问他一般得备多少生料，他想都没想就回答我说，五吨到八吨不等。一般情况下都宁可多备点。万一砂模没能浇铸完，那就是熔炉班的生产事故了。

我粗略估算了一下，一条铁锭十公斤，一吨就是一百条。五吨到八吨，每天就得砸断五百到八百条铁锭。难怪过来了四条气力猛壮的汉子。这种硬活，一般人无论如何是吃不消的。

师傅带我走过去的时候，那四个小伙子也没跟我们打招呼，继续做自己的。师傅似乎想显示威望，也没有让他们停下来，紧绷着脸，用挑剔的目光看他们砸铁锭。

有一块铁锭表面的凹槽不够深。一名壮汉往上头砸了四五锤都没砸断，就换一个汉子。那汉子往手心吐了口唾沫，连砸五六下，铁锭仍然纹丝不动，师傅就火了。

“蠢东西，一个个只晓得使蛮力。滚一边去，看我的。”

他一步走上前，那四条汉子就闪到两边去了。我当时心里很不踏实，跟他们比起来，师傅的个头显得特别矮小。那把大锤都没怎么举起来，从地面平拖过去，将大锤拖到身后，借势抡半个圆圈，似乎没太使力就砸中了铁锭。

偏偏就是那一锤，“咣”的一声就把铁锭砸成了四段。

这也太神奇了。他这是凭什么？我在旁边看得清清楚楚，觉得简直没一点道理。

“哈哈，师傅，顺手摘桃子啊？”一名汉子面子上下不来，就找理由说，“这块老铁我们砸了它十好几锤，眼看就要断了。您这不是捡了个便宜吗？”

“那你再选两块老铁，比试比试？”我师傅不饶他，“你打你的我打我的。锤数多的算输，罚他请全班喝酒。干不？”

那汉子赶紧退缩：“哎呀师傅，您是干部呢。群众的小本事，哪能跟干部比？”

“认输了吧？补你个聪明。做事要过脑子想。”我师傅蹲下去，指着铁锭侧面靠下的位置，“瞄着这个地方打，力量就往两头涨开，懂不懂？这叫四两拨千斤，用的是巧劲。”

四名小伙子心里顿时亮了：“哦？那我再砸一条试试。”

一连试了四五条铁锭，除了有一条砸了两锤，其他都一锤敲定。当即大家就服了软。

“还是师傅厉害。怎么早没听您说啊？”

师傅没回答他，趁机会就把我介绍给他们。

“这一位是杨哲民，你们的师弟。今后要多多关照他。工业大学毕业的，他的文化比你们高上了天呢。”

“啊？你就是杨哲民？哈，一条好汉。”一位姓梁的师兄赶紧跟我握手，“听说你们一进厂就花天酒地？哈。还听说杨哲民最敢担当，梁山好汉宋江呢。好啊，兄弟，欢迎你。”

我师傅竟然拍着巴掌说：“这就好。师兄师弟，以后就是一家人了。”

那场面也还令人开心，一高兴我就从他们手上接过了那柄铁锤。说是有十八磅重，拿在手上真不觉得沉。

有人马上搬来一条铁锭放在地下。我朝那条铁锭看了一眼，瞄准师傅指点的那个地方，挥起铁锤，居然也把铁锭砸成了四段。

几个师兄一齐吆喝，顿时激起了我的兴趣。“还搬它几条过来，我再试试看。”

师傅赶快制止说：“好了，好了。日子还长得很呢。哈，我说的没有错吧？”他望着那几位师兄，“有文化的人那就是不一样，人家懂得力学原理。”怕讲得不对，又回过头望着我，“师傅这句话讲得对不？是叫力学原理吧？”

“师傅，您没说错，是这个原理。”为了给他助兴，我还补充一句，“我学过力学原理，一点都不会用。您四两拨千斤，会用巧劲。您看看，文化程度再高，都不如您呢。”

师傅赶快摆手，话语中便多了一些分量。

“哪里敢，哪里敢啊？好了，今天你就先跟几位师兄学习备生料。备完生料再学着备熟料。”他又交代那几位师兄，“听供应科的采购员讲，这一批熟料的含硫成分很高。备完之后，还要多准备些石灰石。去硫渣用的。莫忘记了。”

“师傅，石灰石恐怕得您亲自添加啊。好难掌握的。”

“那当然。你们几个还嫩呢。哪搞得好？”师傅一副看他们不来的样子，“掌握不好怎么行？铁水含硫量高，温度上不来，就总是流不顺畅。浇出来的成品，不是缺角就是断片。废品出得多，翻砂工段会把责任往我们熔炉班身上推。晓得不？”

那几个牛高马大的师兄齐声答应，看得出对我师傅有一种由衷的钦佩，我才意识到这一位眼袋下头长胡须的师傅不可小看。

他要没有一身真本事，别人是不会服从他的。

二

应该说，我刚到熔炉班半个多月，基本上还算顺利，心情也比之前预计的好了很多。

那天遇到了吴启军，他的心情比我更愉快。一见面当胸就给了我一拳。

“伙计，我认师傅，还真认对人了。知道他多牛吗？”

对于他师傅段一村，虽然我知道的不多，零零星星也听师兄们说过一些关于他的故事。说他不仅技术上是头号王牌，也是整个电机厂职工里头最有钱的主。

八级工的工资那叫到了顶，普通工程师拿的钱都够不上八级工的一半。其他工种里头也有八级师傅，也有拿顶薪的角色，走出来却远远没有段师傅那样威武光鲜。那是他们的家庭负担太重，钱都拿回去养家糊口了。唯有段师傅，人一条嘴一张，他的钱多得用不完。

这些情况我都是听那位梁师兄说的。

“段师傅可了不得。吃大肉喝好酒，穿白力士鞋，抽黄金叶烟。钱壮英雄胆，万事不求神，从不把别人放在眼里。瞧不来的敢讲，看不惯的敢骂。咱们师傅对谁都不畏惧，唯独在他面前，见面矮三分。哈，惹不起呢。”

这话我相信。吴启军那么高傲的人，对自己的师傅也敬佩得五体投地，一见面就拿他师傅的事情跟我显摆。

我以为他又要显摆，就说：“可不？你吴启军也牛啊。徒弟牛，师傅更牛。你特意来告诉我，不就是这个意思吗？”

“什么呀？别听人家瞎议论，那都是心胸狭窄。只有我才知道，段师傅可是一个胸怀大志的人。”吴启军相当得意，“你知道吗？从今天开始，我师傅改做大砂型了。”

翻砂的术语我还弄不懂，就问吴启军大砂型是怎么回事。

他就向我炫耀说，就是给超大型的电机外壳做翻砂模型。那模型又高又大，躺下去一米五立起来一米八，翻一个身得动用行车，还得用大吊钩。活儿特别累人，技术含量还相当高。铁水的注入槽，排气的散热口，布置得纵横交错，做起来很复杂。从早干到晚，一天还做不了一台。经常得推迟一两个小时才能下班。

“以前就我师傅一个人拿得下来。年纪大了些，他体力顶不住，那个型号就没人做了。”吴启军非常自豪，“我才跟他干半个月，他就给厂里打报告，说这徒弟很得力，大砂型可以重新上马了。厂里高兴得什么似的，阳厂长专门请我师傅喝酒，我也去了。厂长说，这是给德华电机厂争了光，总算对国家一机部有个交代了。”

“启军，大好事。”我一听就为他高兴，“至少有两个意义。第一，要不是你去，你师傅恐怕一辈子都做不成大砂型了。你已经证明了自己。第二嘛，你也可以学到师傅的绝门功夫。等他退休之后，谁该求谁，那就是你说了算。痛快啊，启军。”

“还是哲民了解我。眼下咱还干不过他，可咱活得过他不是？”吴启军信心满满，“总有一天我要超过段师傅。信不信？我肯定比他过得更风光。”然后才关切地望着我，“哲民，你呢？最近情况怎么样？那个莫胡子，对你还好吧？”

“他还可以。”我赶紧把话岔开了，“熔炉班累是累点，那也得看是谁。就我这体魄，还没有遇到吃不消的事情。”

吴启军便使劲点头。

“可不是吗？想整垮咱们俩，还真的没那么容易。”接着他就口出狂言，“说不定整出来两个劳动模范，看他们还有什么可说的。”

这句话我可不敢随便往下接。

说实在的，启军这家伙昨天晚上沾了段师傅的光，喝了阳厂长的酒，立刻就豪情满怀了。我可不行。

还别说我这刚进厂的一个小徒弟。我师傅想当劳模想了好多年，到现在八字都还没有一撇。师母都拿他当笑话讲。

退一万步，即便轮得到我，那也是猴年马月的事了。

三

熔炉班最激动人心的时刻是开炉熔铁。

在这之前，那种场面我还没有亲眼见证，只在纪录影片里面看过铁水出炉的壮观景象。风机隆隆，钢花飞溅，工人们挥舞钢钎，在翻滚的铁水旁边冲锋陷阵，那情景不亚于一场血与火的肉搏战。

只可惜我去熔炉班报到的时机有点不凑巧。

那段日子，冲天炉后面那台鼓风机出了些故障，正在抓紧时间抢修。那可不是一般的鼓风机。我站在它面前，伸手都够不上它的顶。光鼓风机连接冲天炉的通风管，直径就将近一米。个子小的人，钻进去都不怎么费劲。

时间比较充裕，我跟几个师兄的准备工作就做得从容不迫。生料早就准备好了，熟料也堆码了半屋。一开始我还不知道什么叫熟料，师兄告诉我说，其实就是燃料，煤炭而已。

回去查了一下书本，才发现这是一句外行话。熟料可不是一般的煤炭，它的名字应该叫作焦炭。焦炭的特点是燃烧时间长，温度非常高，可以达到两千摄氏度以上。因为焦炭是用煤炭烧结出来的，所以炉工都称它为熟料。

鼓风机总算修好了。试车的时候我正好在场。那台钢铁巨人开始启动的时候，就跟防空警报刚刚拉响似的。由低到高，尖啸刺耳，地面都在抖动。不赶快捂上耳朵，耳膜就跟要破裂了一样生疼。

我师傅听见那种啸叫声高兴得手舞足蹈。

“好了，好了。总算一切又正常了。明天铁定可以开炉，没问题了。”然后又交代我说，“你是头一次参加开炉，心里莫紧张。明天早点来，师傅会帮你把所有的安全防护都搞到位。不怕，开过一两次炉，就一马平川了。”

听他那么一说，我也特别激动。他居然还说了句一马平川。这话好像是京戏里面的唱词，就觉得这师傅越来越可亲了。

当天晚上我居然都没怎么睡着。天刚麻麻亮就翻身起床，跑到职工食堂一口气吃下两大碗牛肉米粉，匆匆忙忙赶到了熔炉班。

我师傅比任何人都到得早。手里拿一把小榔头，围着冲天炉的炉身，这里敲敲那里打打。我不懂他那是在干什么，他说要听一听炉体的声音扎实不扎实。炉体外壳是用厚钢板做的，里头紧贴着一层石英砖制成的炉衬。炉衬再里头才是炉工修补过的炉膛。

炉膛每开一次炉就修补一次，放得心。最不放心的就是外壳和炉衬的结合处。如果敲上去声音不扎实，就说明其中有了空隙。那才是最大的隐患。万一炉衬脱落了，冲天炉就有可能被铁水熔穿。

“莫主席去过越南，你不晓得吧？”师傅望着我，“他和我一起当学徒，也做炉工。那年市里派几个人出国搞技术援越，就碰上炉体穿孔的重大事故。好家伙，炉毁人亡啊。死了两三个炉工呢。莫主席那叫捡回了一条命。那次我没去成，听他一讲，人都吓死。”

然后师傅把我带到冲天炉旁边的一间工具室，里面挂着各种各样的防护用具。石棉布做成的防护工作服，穿在身上到处都硬邦邦的，行动很不方便。套头防护罩也很重，从头上戴下来，一直披到肩膀，只留下眼睛前面一条观察孔，正好可以戴一副墨镜。穿在脚上的那双防护鞋更加特别，有点像潜深水的靴子，灌了铅一般沉重。

师傅让我坐在旁边一条凳子上，一丝不苟地替我穿戴防护用品。他对所有的程序烂熟于心，操作起来格外有一种仪式感。尤其戴上了防护头罩，立即觉得自己与整个世界隔离开了。一种即将赴汤蹈火的豪情油然而生，觉得自己担负了女娲补天一般的使命。

只是时间还早。而且早太多了。九点开炉，当时八点还差一刻。上班铃都没有打响，师傅就帮着我把头罩取了下来。

“试验一次也好。都记住了吧？”他放下头罩，“先穿什么，后穿什么，都按程序进行。养成习惯，以后就搞不慌手脚了。”

不仅仅是熔炉班，开炉对于整个翻砂车间都是一件神圣的事情。虽然还没到上班时间，全车间一百多号翻砂工基本上都赶到了车间。身上的工作服跟平时很不相同，从头到脚遮挡得严严实实。人手一副深蓝色防护镜，看上去就像一支即将奔赴战场的特种部队。

熔炉班就更不用说。

早在半个小时之前，全体炉工就全副武装，在冲天炉前后严阵以待。他们对那情景肯定早就习以为常了，我却看得一颗心怦怦乱跳，真正体会到了什么叫作心潮澎湃。

几位师兄看见我穿戴整齐，正围着我夸奖，师傅忽然走过来拉了我一把。

“民儿，政工科有人找你。”他神色有点紧张，“我敢肯定是来找你的。”

我往车间门外看了一眼，真的有一个人急急忙忙赶了过来。看来事情有点紧急，那人还是骑自行车过来的，一直骑到车间办公室门口才跳下车。

当时我就认出来了，那是个女的。因为她也穿工作服，我犹豫了半天才认出来，那是我的同学姜红梅。

陈主任赶快从车间办公室迎了出来，问了句什么，回过身就朝我们熔炉班跑。

我师傅就慌了神：“看看，看看，真是找你的。”他不住地抱怨，

“这么快就往科室抽人？讲好了起码锻炼一两年的。唉，炉都没开过一次，就，就这么走了？”

我当然不会相信他的话，只是惊讶他怎么知道得那么多。连厂长想往科室抽人的打算他都知道。猛然想起他也姓莫，难道他跟厂工会莫主席有亲戚关系？

陈主任跑到炉前，火急火燎地说：“杨哲民，赶快去政工科。骑我的自行车去。”

我师傅越发担心：“现在就去啊？眼看就要点火开炉了。”

“没办法，情况有点特殊。”陈主任没时间讲得太详细，“哲民，赶紧。直接去找骆科长，他正等着呢。”

我脑子有点乱，转头看见姜红梅在那边焦急地招手，心里一阵紧张，就不管不顾了。

“陈主任，你的自行车呢？”

陈元干拉着我就往车间大门那边跑。

我师傅在后头一边顿脚一边喊叫：“你慌个鬼啊？石棉工作服呢？给我脱下来再走！”

四

很快我就搞明白了，事情完全不是我师傅想象的那样。

情况确实有点紧急，但是与岗位调整没有丝毫关系。刚跑到姜红梅身边她就告诉我，有个长途电话打到了政工科。

“是湘潭那边打来的，那人是你舅舅。骆科长赶紧让我来叫你。快过去吧，时间长了怕线路断掉。”

我心里立马慌作一团。顾不上跟姜红梅说话，蹬上自行车就往办公楼那边飞奔。

我舅舅来电话可不是好事。我的外公外婆走得很早，当时我舅舅没满三岁，全靠我妈把这个弟弟拉扯大。舅舅知恩图报，长大以后一直把我妈接在自己身边，当作亲娘一般伺候。这么早就打电话过来，难道我妈出什么事了？

骆科长正在办公室整理文件，看见我跑进来，指着电话听筒说："莫慌。我跟你舅舅讲了，让他别挂电话。"

我赶紧点头。谢谢都来不及说一句，抓过话筒就喊舅舅。

还真是我妈的事情。她倒是没出什么事，是我舅舅自己遇到了一个很难处理的情况。那情况跟我妈息息相关。

舅舅是那边一家兵工企业的工程师。他们厂的产品大部分都支援越南，就需要派工程师过去指导维修工作。领导找他谈了话，说这一次打算派他过去轮换。

我舅舅是劳动模范，当然无须做思想工作。难就难在他一出国，就不知道该怎么安排我妈了。左思量右考虑，就想起外甥已经参加了工作。他想在我们工厂附近租套房子，把老姐姐送过来跟我一起住。母子相互有个关照，他才走得安心。

"怎么样，杨哲民，应该没问题吧？"骆科长看见我有点犹豫，插进来问了句，"你舅舅的任务很光荣，赶紧答应他。啊？万一有困难，公家会帮你们解决的。啊？"

我当然不会有问题。只是感到一切来得太突然，完全没一点心理准备。

我舅舅在电话里告诉我说，他们的领导已经同我们这边组织上协商好了。我们厂领导完全支持，积极配合。房子都安排好了。

舅舅的任务紧急，已经把我妈的行李装了车，马上往这边出发。下午三点的样子就能赶到。他会亲自送我妈过来，顺便感谢一下厂领导。

"哲民，跟领导请个假。"舅舅说，"现在就去房子那边，里里外外打扫一下。”

放下电话，我脑子里还是有点发蒙。骆青涛就笑着说：“你母亲过来也好。有她老人家在身边管着，你这家伙，就不会那么任性了。是不是啊？哈。”他从办公桌上拿出钥匙，“房子是厂里的，很不错。以前是安排厂领导住的。只是离厂子有点远，七八里路吧。我跟车间说了，你今天不用上班，先过去整理一下。看看还缺什么东西，都要提前准备好。这也是公家交给你的任务呢。不能马虎哦。”

我说了声谢谢，接过钥匙刚要出门，姜红梅也赶回了政工科。

骆青涛赶紧朝她招手：“小姜，你过来一下。”

姜红梅马上走了过来：“科长，您说。”

“你跟杨哲民一起过去，把那边的房子好好收拾一下。不光是给老同学帮忙，这可是一个政治任务。细心点。啊？”

“没问题，骆科长。”姜红梅望着我笑了笑，“要说细心，我还真比不上这位老同学。”

出了政工科，我抬脚就往厂大门那边走。姜红梅把我喊住了。

“哎，你往哪儿走啊？”

我停住脚步：“不是去弄房子吗？”

“你看你这一身衣服。什么样子？”她强忍住笑，“又不是让你去冲锋陷阵，怎么打扮得像个铁甲武士？”

我这才发现石棉防护服还穿在身上，脚上蹬一对大头靴。那样子的确怪怪的，就赶紧转身往车间那边走。

“哎呀，你这又去哪儿啊？”姜红梅拉住了我。

“回车间啊，得去换回工作服。”

姜红梅就从自行车后面拿过一套工作服：“给你。”

“这是谁的？”我接过那套工作服，“你的吗？”

“我的在身上穿着呢。自己的工作服你都认不出来了？”

我这才明白，姜红梅早就替我考虑好了。她格外细心，为了节省时间，把我的工作服都从车间带过来了。

“赶快换上吧。”姜红梅嘲笑了句，“哈，真没想到。气宇轩昂的杨哲民，也有六神无主的时候。”

我听得心里舒服，一边换外套一边说：“哦，这话真让我惊喜。没想到姜红梅居然也觉得我气宇轩昂。”

“我一直都这么觉得，你只是不经心而已。”她说得平平稳稳，“你从来没正眼朝我看过，我也就没作什么指望。”停顿片刻，轻轻埋怨了句，“心都被你伤透了。”

这句话来得突兀，听得我心里一激灵。

说实话，在学校的时候，关于我跟姜红梅关系暧昧的传言，私下我也留过心。她对我的确跟对别人不大一样。我又分辨不出来那是不是暧昧。

那天在档案室看照片，她昏昏沉沉地靠在我的后颈处，也不知道是有意还是无心。

眼下这一激灵，我才发觉姜红梅心里还真的有我。

五

厂里给我母亲安排的也是一间平房，面积比我师傅家略大一点。可见当年厂领导居住的条件也是非常艰苦的。那儿离电机厂比较远，领导们上班起码要骑半个小时的自行车。

打开房门，我和姜红梅同时后退了一步。

屋里很潮湿，加上太长时间没人住，一股霉腐的味道扑面而来，当即我就非常担心。

我母亲的身体不算太差，却受不得寒气侵蚀。主要是肠胃脆弱，中医诊断她属于寒胃，遇上湿冷环境就会突发痉挛。我多次看见过她发病的样子，紧缩着身子，通宵达旦在床上翻滚。任何止痛药都不起作用。一折腾就是好几天，看得人心里辣疼。

除了潮湿，屋里还一堆一堆地留下了很多杂物。破椅子破柜子，旧碗橱旧报纸，还有很多长了毛的瓶瓶罐罐破锅烂碗。收拾起来，都不知道该从何下手才好。

姜红梅却没有一点迟疑。

"别看了，赶紧动手吧。"她显得很有办法，"咱们一步步来。先把乱七八糟的东西弄出去再说。"然后躬下身子就收拣开了。

我印象中姜红梅的家庭条件应该很好。生得细皮嫩肉，说话斯文秀气，属于双手不沾阳春水的娇女子，没料想做事情一点都不畏手畏脚。条理清晰动作麻利，弄得我都不知道该怎么帮衬她。

即便手脚没停，两个人还是弄了整整一上午时间。

姜红梅负责把那些废物分门别类，我负责一样一样往外搬。工作量太大，累得我汗流浃背，腰都快直不起来了。

"有那么累吗？"姜红梅看见我那样子很不理解，"我看你打球那样生龙活虎，干活怎么就没耐力了？"

"你看过我打篮球？"我有点不相信，"我怎么没看见你？"

"没看见我就对了。学校里头你是风云人物，太多女孩子眼睛都盯着你看。哪还顾得上看我啊？"

"尽瞎说。"我赶紧把话岔开，"今天上午我们车间开炉，我可是第一次参加，结果给支到这儿来了。好可惜。"

"可惜什么？开炉不是更累吗？"

"谁说的？我可一直在盼着开炉呢。"我真的感到遗憾，"信不信？开炉说不定还没这么累呢。"

姜红梅笑了笑，看了我片刻，突然说："真好。"

"什么真好？"我没理解，"你是指什么？"

她很认真地望着我。

"看来你喜欢当炉工。"

“是吗？你怎么知道？”

“你不是盼着开炉吗？开炉肯定很累。可你喜欢做那件事情，就不觉得累了。”

我听明白了她的意思，笑着摇了摇头。

“也不见得。我看你一上午都没觉得累，未必你还喜欢到这儿收拾破烂？”

“不喜欢。”她回答得很明确，“可我喜欢跟你在一起。”

“哈，不敢相信。一个干净利落的科室干部，喜欢跟一个脏兮兮的炉工在一起？”

“真是这样。刚才我自己也觉得挺纳闷的。这些个破事，我从来没做过，怎么还觉得挺有滋味？”姜红梅坦率得惊人，“后来总算想明白了。跟喜欢的人在一起，做什么事都津津有味。你说是不是？”

我可以手按胸口做保证，一个女孩子当面跟我说这样明白的话，这一辈子绝对是头一回。我觉得那一刻已经脸红了，心里头热浪滚滚，手脚都不知道该往哪里放才好。

幸亏有一辆小货车开到了门外，才把我解救出来。那是一辆柴油货车，发动机的声音叭叭作响。我和姜红梅赶快迎了出去。

当时我和姜红梅都以为是我舅舅他们厂里派过来的车。以为是我妈他们赶到了。一看表才十二点半。

出门一看，我师傅带上两个师兄从那辆货车上跳了下来。

“民儿，拣拾得怎么样了？”我师傅朝屋里头看了一眼，“好，拣空了。这屋子差不多八九年都没住人了，一直没人收拣。过去这是丁副厂长住的。后来他脑溢血，一闭眼睛就走了。就死在这屋子里，第二天才被发现。唉，真的可惜。那是个天大的好人呢。”

这话听得我心里极其不舒服。我师傅这人讲话怎么都不过脑子？即便全是真话，直突突说出来，到底还是不怎么吉利嘛。

我担心他还会讲出更加不吉利的话，赶紧打断了他。

“师傅，你们怎么过来了？开完炉了？”

“十一点就完了。”他教导我说，“开炉就跟打仗一样，一分一秒都拖延不得。必须在两个小时之内打扫战场。这次你没参加成，下次你就知道了。”

然后他朝两个师兄一挥手，果断地布置说：“赶紧动手，把东西都卸下来。先卸油毛毡，再把那些木板全部搬下来。抓紧点，把车搬空，正好把外头这几堆乱七八糟的杂物都装上车，通通拉走。”

跟来的两个小伙子，一个是那位姓梁的大师兄，另一个师兄排行第三，姓余。

一起工作了半个月，关系都很亲密了，梁师兄就走过来问了声：“看这样子，你们都还没吃中饭吧？”

一句话提醒了我师傅，这才对我和姜红梅说：“是啊，路上我还想过，到这里就忘记问了。你们两个赶紧去吃饭，反正也帮不上手。”他比画着路线，“走过去一里路的样子，右手边就有一个馆子。快去吧。”

六

那家馆子菜的味道还真不错，价钱却有点贵。

我和姜红梅点了两菜一汤，加上两碗米饭，花了五毛五。我的工资一个月才十八块，每天也就挣五毛多。

姜红梅很大方，坚持要过去付账，我死活没让她起身。

今天她好几次说得我心里暖融融的，我要再没有一点表示，不近情理不说，要是冷了她的心，以后恐怕再没有人给我温暖了。

这段时间我真的渴望温暖。哪怕只一丝一毫，都很珍贵。

吃饭的时候，姜红梅忽然跟我打听我师傅的情况。问我对他印象怎么样，车间里的工人对他有没有什么意见，我心里就提高了警惕性。这位同学跟我毕竟不同身份。这几句话还真的有点考察的味道，顿时就不敢随便回答了。

“应该还好吧？”我琢磨着说，“报到还没多长时间，我跟车间大多数人都不熟。好像没听见什么意见吧？”

姜红梅就笑了：“你看你，干吗支支吾吾啊？我不过只是随便问问。”她其实很真诚，“有好多事情怕你不知道，想让你心里有个底。哈，好心当成驴肝肺。你还防着我。”

“不是。我真不知道。”我也笑了，“心里有个底当然好啊。那你说说，什么事啊？”

“知道你师傅跟莫主席什么关系吗？”

我正想跟她打听：“对呀，还都姓莫。他们是什么关系？”

“叔伯兄弟。知道吗？没出五服，很亲。”姜红梅压低了声音，“这几年厂工会一直想把你师傅推成全市积极分子，也就是劳动模范吧，每次都提了名，每次都没能通过，莫主席就对我们骆科长好大的意见，说那是有些部门故意卡他的脖子。”

“哦？是这样？”我立马回想起上次去师傅家，“难怪他一心想当劳模。”转念想了想，“这应该，也是件好事吧？”

“当然是件好事。连骆科长都认为，你师傅的条件完全合格。”姜红梅心里很明白，“莫主席在厂里资格最老，他真的是个好领导，不知道怎么就跟骆青涛搞不来。我一到科室就感觉出来了，各有各的系统，工作套路都不一样。里头还蛮复杂的。老同学之间不讲假话，我真的后悔当时没要求分配到车间去。”

“要求有用吗？你去科室工作，难道是自己要求的吗？”我问得很直接，心里愤愤不平，就发了一通连珠炮，“我当时也没提要求，怎么就分配我当了炉工？”

“这话什么意思？”姜红梅对这句话很敏感，“杨哲民，同学们是不是都以为，分配我去科室工作，是自己要求的？”

“没有吧？反正我没有这么以为。”我马上悟觉到刚才的话有点嫉妒的味道，赶紧把话题转移开了，“当炉工我真的不后悔。你也是，去科室也挺好，没什么可后悔的。”

“嗯，我相信，你这是一句真心话。”

“绝对是。”我说得很诚恳，“既然老天做了安排，咱也只能埋头苦干。干哪行都能出人头地。条条大道通罗马。你说呢？”

“哈，条条大道通罗马，这话听无数人说过。”姜红梅用亮晶晶的眼睛看着我，“好奇怪。从你嘴里说出来，怎么就格外有道理呢？人一亲近，到底就不一样啊。”

她这句话照样来得很直白，倒是消除了我的顾虑。姜红梅应该是个很有主见的人，这种人不会随便给人温暖。既然她肯给，而且一给再给，那就是发自内心。亲近两个字都说出来了，还担心会冷了她的心吗？

当然这只是我个人的猜想。

“对了，杨哲民，你能经常见到吴启军吗？”姜红梅吃几口饭又放下了筷子，仿佛想起了一件重要的事情。

“能啊。前两天还聊了好一阵呢。”我望着她，“你怎么忽然想到吴启军了？”

她没有回答我，追问了句：“你们聊了些什么？”

“也没聊别的。”我轻描淡写地说，“一个劲儿地夸他师傅。哈，那家伙总是拿他师傅在我面前显摆。”

“哲民，我问吴启军，还就是想跟你们说说他师傅。”姜红梅很认真地看着我的眼睛，“也没别的意思。我知道你跟启军是好朋友，该提醒的地方，你还得提醒他几句。”

“是吗？”我没太理解。既然她眼下也调到政工部门去工作了，就想跟她探听一下情况，“我这么猜想，那个段一村师傅，是不是参加过造反派啊？”

“没错。你师傅是另一派，俩人以前很对立。”她笑了笑，“其实段师傅也骂过造反派。两派的头头他都敢骂，知道是什么原因吗？”

我想了想：“哪派他都看不上眼呗。是这个原因吧？”

姜红梅笑着点了点头。

“没错。其实他技术一流，干活也踏实。早些年还提名他当先进，他根本就不放在眼里。也是同样原因，觉得所有的积极分子都不如他。自己不肯当，别人当他又看不上眼。”

“是啊。”我觉得她说到了点子上，“你分析得没错，段师傅就那劲儿。一个杠头。”

“吴启军也一样地杠，又跟了段一村，我担心会受影响。”姜红梅由衷地说，“咱们年轻人总得积极向上吧，你觉得呢？”

“哈，我听明白了。你是借吴启军说话。”我故意逗了句，“其实你是在担心我。姜红梅，我没说错吧？”

她却摇了摇头。

“错了，我真的一点都不担心你。”

“这样吗？”我望着她，“你居然不担心我？”

“当然。你跟了一个好师傅，可以从他身上学到很多优秀品质，我凭什么担心你？”她真诚地笑了笑，“羡慕都来不及呢。”

这些话我当然愿意听，只是还没达到欣喜的程度。

一会儿我师傅一会儿段一村，那些内容过于游离。我心里想，下次再要有机会，得跟她聊一些更加亲近一点的话题才好。

七

吃完饭走回那间屋子，里里外外模样大改，我差点都没认出来。

我师傅他们已经把门外收拾得平平整整，用石灰水把大门两边的砖墙粉刷得白白净净。

屋子里头地面高出了十来公分。我师傅亲手把整个地面用厚油毡垫了两层，然后用带来的木板平铺在表面，固定得稳稳当当。

他说，经过这样处理，再大的潮气都能隔得住。

变化最大的是结构——一间屋子已经变成了两间房。就跟他家里那样，中间用木板隔开，里面是卧室，外面作厨房。这种改变真的不可思议，简直就是鬼斧神工。

“天哪。”姜红梅惊叹了声，“这是真的吗？太不敢相信了。才多长时间啊？满打满算，也就一顿饭的工夫呢。”

梁师兄平时爱开玩笑，趁机会笑话了我们一句。

“是啊，一顿饭跟一顿饭不能相比。知道你们这顿饭吃了多长时间吗？”

我赶紧看表，居然三点都只差一刻钟了，心里当即就有点慌乱。两个小时竟然过得如此之快，还一点知觉都没有，真叫人不可思议。我还怀疑是不是手表出了问题。

那会儿姜红梅也看了一眼手表，之后便掩嘴一笑，心里的难为情就掩饰过去了。她什么话都没说，也不做解释，一切顺其自然。在这方面，女人有一种天生的机智。

刚刚三点整，骆科长和莫德龙主席准时赶了过来。莫主席走头，骆科长紧跟在他身后，一路上有说有笑。

我想起姜红梅刚才告诉我的那些话。她说他们两人总搞不来，我却没怎么看出来。

但是我相信姜红梅的话。毕竟她是在科室工作。她感知的事情，我们这些在车间当工人的不可能搞得清楚。

我舅舅他们厂里派的车是三点半赶到的。一辆解放牌大货车，满满一车家具。我妈所有的家当，一股脑全搬过来了。驾驶室正好坐三个人，我舅舅，我妈，加上一名司机。

莫主席和骆青涛特别热情，陪伴着他们里里外外参观屋子。我妈感动得话都说不出来，双手合十不停地道谢。

我舅舅握着两位领导的手赞不绝口："太好了。这么短的时间，太了不起了。"就跟那屋子是莫主席和骆科长亲手弄出来似的。

弄屋子的几个人其实又没在屋里，正勤勤恳恳地从解放牌大货车上往下卸家具。

人多到底力量大，还不到两个小时，一个新家就整理得井然有序、像模像样了。

骆青涛看了一眼手表，凑到莫主席面前小声提醒了句。

莫主席就对我舅舅说："五点钟了，吃饭。厂工会的一点心意。您是全省劳动模范，请都请不来的。怎么样，给个面子吧？哈。"

我舅舅赶快推辞。

"不行啊莫主席，我得连夜赶回湘潭。明天去省里报到，一天都耽搁不得。"

莫主席就不知道该怎么劝了。

"哦，是这样啊。"他望着骆青涛，"那，老骆，你说呢？"

骆青涛非常机灵。

"一天都不能耽搁，那就一天都不耽搁。提早开饭，吃了饭再走。反正路上也要吃饭的。"他望着莫主席，笑着对我舅舅说，"您不知道，莫主席盼望您来，一点一滴都亲自做了布置。您放心，全都安排好了，不影响您赶回去。"

我舅舅觉得再推辞也不合适，就答应了。

骆青涛朝我师傅和师兄看了一眼，又凑到莫主席耳朵边上请示。

莫主席马上说："他们几个人都一起去嘛。正好跟劳动模范取取经。"然后反问骆青涛，"你呢？晚上你们科里不开会吧？"

我觉得莫主席这样反问，反而有点不希望他参加的意思。

"不开呢，"骆青涛赶紧回答说，"吃饭我可以参加的。"

"那就让姜红梅一起参加。"莫主席看了我一眼，"他们是同学。

又忙了一整天。”

“那当然。”骆青涛赶快应承，还郑重地给姜红梅作了交代，“小姜啊，莫主席亲自点了你的名，不仅只是吃饭哦。主席在给你布置任务呢。以后你要多来关照杨妈妈，这也是我们政工科的工作范围。明白吗？”

“明白了，骆科长。”姜红梅大大方方地应承了。

八

晚饭的地点还是我和姜红梅吃午饭的那家馆子。

中午里面还很清静，开晚饭的时候就是另外一种景象了。百来号人挤在里头吆喝喧天，热闹非凡。大堂里摆开八张大餐桌，张张桌子座无虚席。幸好早就有过预订，晚一步肯定找不到座位。

骆科长带我们走到最里面一张餐桌前，主动给每个人分配座席。就像是分配工种一样，完全按规矩来。

正中间那个座位肯定安排给莫主席。然后把我舅舅安排在莫主席左手边，我妈被安排坐在莫主席右边。这样排位，看上去合情合理。

我妈却觉得很不合适，无论如何都不肯坐那个地方。

“哎呀，那怎么行呢？这可是领导坐的位子。真的，我不可以坐在这儿。”

“领导就是莫主席，他已经坐好了。”骆青涛拉着我妈不松手，“您老人家年纪最大。您要不坐，谁都不敢坐。”

我舅舅赶快站了起来。

“骆科长，谢谢了。我姐还是坐我身边吧。”他指着自己左边那张椅子，“她坐这儿，让哲民坐她旁边。我们俩照顾她，这样挺好。真的别客气。”

姜红梅非常机灵，请示骆青涛说：“骆科长，我坐在杨妈妈身边吧。您不是让我多照料她老人家吗？”

骆青涛略微迟疑了一下。

“好啊。女孩子心细，会照顾人，你就坐过去吧。”随即朝我一招手，“杨哲民，那你就坐在我右手边。其他几位师傅，你们随便坐。”见我迟迟不肯起身，又连连催促，“杨哲民，过来啊。你挨我坐。”

我只好起身，清楚地看见姜红梅的眉头处闪过一丝不快。

本来她已经在我身边坐下了，骆青涛又把我喊开，分明是有点故意。她感觉到了，我也感觉到了，但又没理由违拗，只好离开了她。

所有人都坐定之后，我师傅终于忍不住了，鼓起勇气举起右手，小心翼翼地问：“领导，我可以提个要求不？”

他那样子很诚恳，像一名课堂上提问的小学生，莫主席就笑了。

“提啊，怎么不可以呢？什么建议？”

我师傅就站了起来，眼睛望着莫主席。

“我想跟你换个位子坐，可以不？”

这个要求把所有人吓了一跳，谁都不吭声了。他这是干什么啊？这样的场合，提这样的要求，也太不懂事了。

骆青涛顿时很不高兴。

“莫师傅，那怎么行？这个位子一般都是厂领导坐的。”

“我晓得，我晓得呢。”我师傅早就想好了理由，“一般都是那样坐的，这个我懂。今天，好像有点不怎么一般。是不？”

莫主席没怎么听明白：“你接着讲。今天怎么个不一般？”

“有省级劳动模范来了，这就叫不一般呢。”我师傅终于讲得很顺畅了，“好难得的机会，我就想挨着他坐。要好好跟他学习，请他当面传经送宝。领导，你们讲要得不？”

骆科长还没想好怎么回答，莫主席一拍巴掌就同意了。

“怎么要不得？当然要得！”

“莫主席，不行的。”骆青涛一把拉住了他。那个动作有点大，就顺势附到莫主席耳边，轻轻跟他解释了几句。

那几句话没有让别人听见，我师傅就有点担心了。

看来骆青涛说得有些道理，莫主席点了点头，很快就想出了一个两全其美的法子。

“这样吧，头还是我来开。我先讲几句欢迎的话，给杨妈妈和劳动模范敬一杯酒。开完头，再跟莫师傅换个位子坐。”他转过脸望着骆青涛，“你看呢？这总可以吧？”

骆青涛似乎不好再阻挠。

“那也行，我听领导的。”

我妈和我舅舅都是不喝酒的人，就用茶杯代替。寒暄一番之后，莫主席真的站起身来，抬脚就朝我师傅那边走。

师傅一脸笑开了花，走过来，堂而皇之地坐上了头把交椅。

后来听姜红梅告诉我，骆科长当时考虑的完全是礼节问题，觉得要让客人感觉到厂领导的重视，内心里并没有责怪我师傅的意思。最多只是觉得我师傅过于急切，学习和取经的时机也不怎么合适。

我同意姜红梅的话，骆科长这么考虑的确有道理。我都想不明白在那种场合舅舅能够跟他交流什么经验。师傅还认真得要命，凑到我舅舅面前说个不停。

骆青涛坐在他右手边，我师傅就跟没看见似的，把个骆青涛弄得极其尴尬。

我舅舅那人还真的有耐性，一边听一边点头，话都插不进一句。那情景，更像是师傅在给我舅舅传授真经。

他们那样亲密，其他人就不知道该怎么打发时间了。

我那两个师兄无事可做，斜靠在椅子上东瞟瞟西望望，一副百无聊赖的样子。

正好有个要饭的老头子走了过来，伸出手跟梁师兄讨钱。梁师兄觉得机会来了，就跟他寻开心："咦？你刚刚不是来过了吗？我给过你一毛钱了，怎么又来要啊？"

那老头人还本分。想了想，也不记得自己是不是来过，就放过了梁师兄。转过身，走到旁边的余师兄跟前，伸出手说："这位兄弟，支援俩钱吧？"

他说话口齿清楚，听得出来不是本地口音。

余师兄觉得梁师兄那主意挺好玩的，就如法炮制。

"哟，又来了？我给过你钱，这么快就忘记了？"

这一次那个老头没有回想，突然发了大火，一拍饭桌就嚷嚷开了。

"我啥时候来过了？啊？你啥时候给过我钱？埋汰人是不是？给不给钱没关系，说瞎话可不行。"他声调很高，一副理直气壮的样子，"要不是家里遭了灾，我一个六七十的人，哪会死下脸跟人讨饭吃？你这也太欺负人了。"

莫主席当时就坐不住了。

"你们搞什么名堂？玩笑也开得太过分了。怎么就没有一点同情心？啊？"他朝那老头招了招手，"这位大哥，你过来。有什么话跟我讲，我来帮助你。"

他边说边从口袋里摸出两张五毛的钞票，又放了一张回去，另一张递给了那老头。

老头很硬气，根本就不朝那钱看一眼。

"不能要你的。哪儿丢了哪儿找回来，我就跟这俩浑球要。谁让他们欺负我？"

我师傅这才没继续纠缠我舅舅，却不知道刚才发生了什么事情，转过脸来，摸头不知脑地问了句："怎么啦你们两个？趁我没注意，又搞什么鬼名堂了？"

莫主席也很固执，对那老头说："老大哥，听我的。我喊你拿着就拿着。这就是他们两个人的钱。"

"不是的。我都看出来了，你在包庇他们。"老头不依不饶，"明明从你兜里掏出来的。这不行，得给他们一个教训。”

“他们有鬼的钱？没有。”莫主席说，“我先给他们垫上，发工资扣回来。我还要臭骂他们一顿，替大哥您老人家出这口气。”

我师傅听出了一个大概，面子上就挂不住了。

“出钱不该莫主席出。徒弟犯了错，该师傅受罚。”说着话手就往兜里掏。

他掏钱的动作显得很笨拙，半天没掏出来，莫主席就不再等他，把自己的钱强行塞到了那老头的手上。

老头火气就消下去了。

“看得出来，你们到底是工人阶级，觉悟就是高。那我就谢谢几位了。”离去前，又回头朝我们看了一眼，“哪位师傅带了烟？给一支吸吸。帮忙帮到底呗，谢谢了。”

当时一桌子人还真没有谁带了烟，幸好我舅舅身上有。

他一辈子没抽过烟，是带在身上给司机师傅路上准备的。

舅舅当天晚上就赶回湘潭了。

临走之前他一百个不放心，对我妈交代了又交代。我妈也舍不得离开他，一条手帕被眼泪浸得透湿。

临要上车回程的时候，舅舅把我拉到一边，千叮咛万嘱咐。

“哲民，舅舅有几句话要跟你说。记在心里就行，千万别对你妈透露。”他心情很沉重，“你知道的，越南那个国家，是我们的同志加兄弟。他们很了不起，一直在抵抗美帝国主义。那边仗打得很激烈，舅舅这一去，就是把一切献给祖国了。这话你明白不？”

我听得心里很难受。

“舅舅，您可要多保重啊。”

舅舅顿了一下，心情十分沉重。

“舅舅知道。”他神情庄重地看着我，“哲民，你也到担当责任的年纪了。党和国家需要的时候，咱们绝对不说二话。你要记住，精忠报国才是一个男人最大的光荣。”

我赶紧抓住了他的手，心里想安慰他几句，脑子里却一片空白，什么话都说不出来。

“哲民，你都看见了。这一次我把你妈所有的东西都搬过来了。”舅舅的嗓子有点沙哑，“知道这是什么意思吗？”

我当然知道，他那是防备万一。他已经做好了牺牲的准备。那一刻我心里很难过，不知道该怎么回答，就使劲地点了点头。

“哲民啊，舅舅也大不了你几岁，咱俩差不多同时长大的。这种时候，你知道自己的担子有多重吗？”

“我都明白，舅舅。”我没有含糊，“您就安心去吧。没问题。妈的事儿，也该我哲民来承担了。”

“可我舍不得离开她啊。”舅舅的声音忽然哽咽，“我是她从小拉扯大的。你是她的儿子，可她老人家对我，比对儿子还亲啊。”接着便哭出了声音，“哲民，只要我姐还健在，离开她一分钟，舅舅也放不下心啊我的哲民……”

我心里顿时颤抖，双手一伸，紧紧地抱住了舅舅的肩膀。

第四章

一

日子过得很快，不知不觉就到了五一劳动节。

这个劳动节对于我们很有纪念意义，那是参加工作后的头一回。已经是工人阶级一员了，我们就觉得这是属于自己的节日。

工厂里过五一节的气氛热烈得难以想象。早在一个月之前，全体干部职工就开始兴奋。几乎所有的人都在掰着指头算日子。那种期待的心情，跟小孩子盼着过大年一样急切。

其实厂里的生产一天都没有停顿。上班下班一如既往，生活节奏也丝毫没有变化。

主要是全厂上下都在为五一节的职工联欢晚会准备节目，不是这个科室歌声嘹亮，就是那个车间锣鼓喧天。所有的业余时间都用来排练，深更半夜还不收摊。喜庆欢乐的气氛早早就洋溢在电机厂的整个空间。

工厂跟学校还不大一样，抢占鳌头的竞争心理格外强烈。

本来我们学校分配来的同学还想专门组织点节目，姜红梅事先都做了准备，没想到各个车间坚决不同意。他们误以为这一批大学生有很好的文艺天赋，想留在车间里当顶梁柱使用，就都不愿意放人。

后来才知道这想法出了偏差。我们好些同学都表现平平，不堪大用。比如主持晚会的男报幕员，看上去形象标致，闪亮光鲜，一上台就洋相百出。

确定的人选是徐士良，他那收腹挺胸的样子特别帅气。梁师兄根本不相信他是我的同学，非说是从剧团请来的专业报幕员。

徐士良开始还不怎么有自信心，大梅小梅两个人拼命给他打气。主要是小梅向姜红梅极力推荐，说徐士良上大学之前就是衡州七中的文艺骨干。小梅也是衡州人，跟徐士良同学多年，姜红梅就当真了。她是晚会的总负责人，就把徐士良拍板定了案。

按说徐士良的五官生得端正，当报幕员应该是可以胜任的。小梅还亲手给他抹脂描眉，定妆之后所有人都惊呼赞叹。他那模样极其标致，活像是古装戏里的羽扇小生。小梅朝他看了又看，激动得不顾一切，抓着徐士良夸个不停。

“天！简直太漂亮了。你可得争口气，露一手给大家看看。”

徐士良咬紧牙关不停地点头，点头的样子太用力，让我心里很不踏实，觉得他的神经已经绷到了极致，说不定什么时候就会断弦。

果然，轮到他单独报幕的时候，一开口就出了纰漏。

那个节目是我们一个叫胡先胜的同学表演笛子独奏《陕北好》。徐士良从侧幕内走到舞台中间，凑近话筒报幕：“下一个节目，独子笛奏……”台下顿时就笑翻了天。

他自己还不知道哪里出了问题，只好在笑声中重报一遍：“请听独子笛奏,《陕北好》。”然后带着僵硬的笑容退了下去。

小梅站在侧幕里头急得直跺脚。等他退回来，赶紧指出错误，徐士良才恍然大悟。那天是正式演出，错了是补不回来的。他懊悔得要命，用拳头使劲捶自己的脑袋。

“笛子、笛子、笛子、笛子！唉，我怎么笨成这样？笛子，独奏，这怎么会错呢？唉。”

大幕一拉开就不能停，很快又轮到他报幕了。

这一次他认真吸取了教训，上台之前眼睛一直没离开过节目单。

那个节目是男声小合唱，歌曲的名字叫《我们都是一家人》。

直到上去报幕之前，徐士良嘴里还不停地背诵那首歌曲的名字。当时他已经不怎么慌乱了。本来可以顺利报幕的，台下的观众看见他走上来竟哄堂大笑。还有一些小孩子跳着脚有节奏地瞎起哄："独子笛奏，独子笛奏……"

徐士良非常尴尬，强笑一下，朝台下鞠躬表示歉意，接着就出了更大的娄子。

"下一个节目，男声小合唱，我们一家都是人。"

这一次他当即就知道报错了，忙不迭地做了更正："对不起，又错了。请看男声小合唱《我们都是一家人》。"

也许他不更正还好一点。一更正，台下的观众都回过神来，笑得在座位上打滚。

徐士良那会儿羞愧得无地自容，捂着脸飞一般逃到后台，再也不肯出台露面。

多亏了女报幕员是宋玉香。她最大的优势是生得漂亮，化了妆往台上一站，上千名观众顿时鸦雀无声。

其实她报幕真不怎么样。她是海南岛五指山那边的人，普通话不太纯正。她的服装也没有任何特点，只是一身没有帽徽领章的绿军装，那身材反而更显婀娜多姿。也许她对自己的容貌极其自信，报幕的时候从容不迫。观众动不动就给她热烈鼓掌。

宋玉香还算是有同情心，上来就向观众解释说："非常对不起，我们的男报幕员最近身体不太好，正在吃药，脑子有时候突然断电。请大家多多原谅。我再次替他向工人同志们鞠躬道歉吧。"

她鞠躬的样子非常优雅。观众看得欢声雷动，心如潮涌。

"不用道歉，谁都会出差错。没关系的。"

"让那男报幕员休息去，有你在就好。我们喜欢呢。"

"看见你了好高兴呢。接着演吧……"

往后的节目就看得人越来越兴奋。基本上都是大合唱。

之所以让人开心，主要是好些个从来没有抛头露面的老工人都登台表演，神情格外庄重。都是一些熟得不能再熟的面孔，台下的人就吆喝喧天，铆着劲鼓掌助威。

我觉得这形式也不错。自己的节日，参与进来唱两首歌也挺不错的。可惜太一本正经了，反而没达到那种效果。

尤其在歌曲的选择方面没动太多的脑筋，每个车间的代表队都唱同样两首歌。一首是《咱们工人有力量》，另一首是《戴花要戴大红花》。

我们翻砂车间代表队还算是别出心裁，由八个老工人的家庭成员组合而成。我师傅一家人站在第一排领唱，一亮相台下就哈哈大笑。

不知道是不是换上了新衣服的原因，幕布拉开，聚光灯直射在脸上，一个个紧张得手都不知道该往哪里放。

高大威猛的吴启军既是指挥又是手风琴伴奏者。宋玉香报完幕退场都快一分钟了，他不放心，众目睽睽之下，还继续跟八个家庭的表演者反复交代着注意事项，然后用手风琴拉完过门，腾出右手在空中画一个大圈，拖长声音发令："起——唱！"

我师傅那会儿有点蒙，不知道从"起"开始还是从"唱"开始。幸亏毛妹子节奏感不错，她倒是踏上了点子。

我师傅落下了两三拍，赶紧将功补过，放声追赶，反倒把失误扩大了，不仅拖慢了节奏，调子也找不着了。

八个家庭二三十名老小，尽管声音参差不齐，情绪却非常饱满。大家相互将就着，到底把《咱们工人有力量》唱完整了。

第二首歌就大不一样，表演得相当完美。

吴启军编排这首歌的时候很有想法，让我师傅的两个小家伙先用童声领唱了一遍，而且还是无伴奏演唱。一股清流在礼堂上空悠悠洋溢，特别感人。

童声领唱的尾音渐渐弱下去的时候，吴启军恰到好处地拉响了过门。他身体往上一耸，使出全身力气，手风琴拉得激情澎湃，将那八个老工人家庭的忠诚情怀煽得炉火一般炽热。

我真的觉得那个节目是整台晚会中的一个闪光点。一首《戴花要戴大红花》唱得节奏准确，字正腔圆。

我师傅含着热泪倾情领唱，一下子就把台下观众的情绪全带发了。最后一遍是台上台下两千多人齐声高唱，那气势差点就要把屋顶掀翻。

客观地说，往后的节目至少在表演情绪方面还是逊色了些。我心里一直挂念着徐士良，再也没有心思观看演出。趁没人注意，我悄悄溜到了后台。

徐士良坐在化妆椅上，哭了个昏天黑地。画眼眶的黑颜料掺和在泪水里哗哗啦啦往下流，跟面部的红颜料胡乱混合。一张脸搞得鬼画桃符一般，要多难看就有多难看。

我刚刚走进去，脚跟脚又进来了一名四十来岁的女干部。

她是小梅请过来的四车间赵主任。徐士良坚持要小梅请她过来，说是四车间知道他当报幕员特别高兴，觉得他给车间挣了面子，没想到自己反而给车间丢了脸。他要当面向车间主任赔礼认罪。

这赵主任为人真的不错，一进来就安慰徐士良。

“没关系，没关系的。联欢嘛，大家开心就好。”她一点都没有敷衍的样子，“你看看，我笑得眼泪都出来了。这就叫歪打正着，反而收到了出其不意的喜庆效果。哈，多好啊。”

徐士良一听又号啕大哭。

“主任，我犯了错误啊。”他痛苦得捶胸顿足，“我犯的是政治错误呢。赵主任啊，怎么办啊？我完了。”

赵主任很不理解。

“这是什么话？谁说你犯政治错误了？”

“我说错话了呢。我说我们一家都是人，那怎么行啊？”徐士良声音一直在颤抖，“主任，我那是污蔑工人阶级啊。”

赵主任听得哈哈大笑。

“说一家都是人，那叫污蔑吗？哈，你又没说不是人。行了，小徐，根本就不是个问题。谁说话不闹点口误？小事一桩，哪有那样严重？别给自己上纲上线。啊？”

我在边上听得很感动。徐士良遇上了一位这么和善的车间主任，他真的很幸运。

后台有几级台阶。安慰完徐士良，我就从那儿走了下去。

外面有一盏路灯。几名参加演出的女青工意犹未尽，站在路灯下嘻嘻哈哈交流着什么。看见了我，一位女青工就走了过来。

“杨哲民，真是你啊？”她问了声，“你怎么不参加演出？”

灯光不太亮，我辨认了一下，那是宋玉香。跟别人不一样，她故意没有卸妆，手里还端着一个小饭盒。

“呵，宋玉香？”我开了个玩笑，“妆化得真的好，比平时更加漂亮了。哈，难怪舍不得卸掉。”

“你真这么认为吗？”她听得十分高兴，“你的评价很重要哦。说句真话，我宋玉香平时也很漂亮吗？”

“那当然。你往舞台上一站，下面多少人都坐不住了。难道你没感觉出来？”我半开玩笑半当真地夸她。

她哈哈大笑，把饭盒往我面前一递。

“好喜欢听这话。那就赏你两个糖油粑粑。”

“赏给我吗？哈，这可是无功受禄啊。”

我没讲客气，抓过一只就吃。那味道还非常不错。

“不是特意赏给你的。你在台下看节目了吗？我也不知道是怎么回事，徐士良一上台就砸锅了。怕他难受，就想买点东西慰问一下。妆都没来得及卸。”她说话倒很率性，“送到后台，他又死活不肯吃，一边哭一边怪我，说是我抢了他的风头。”

“别想多了。”我赶紧替徐士良解释，“他心里难受着呢。”

“杨哲民，放心。即便他怪我，我也不会在意。这一路走过来，抱怨我的人多着呢。”她朝路灯下看了一眼，“哟，我得赶紧过去了。说好了几个姐妹一起吃的。”

然后她像一阵风似的飘走了。

望着她的背影，我觉得这个人就跟第一次认识似的。

总以为宋玉香是个木讷寡言的女子，没想到她性格还挺开朗的。端着一盒糖油粑粑，站在路边上吃得有滋有味，没有一点不食人间烟火的毛病。

二

我是个粗线条的人，尤其在感情方面极其不细腻。五一节都过去了半个来月，我才想到还有一个姜红梅。

我离她已经很近了。本来话就没谈通透，节日期间我怎么不去找她？人家毕竟是女孩子，我不去找她，难道还想等着她来找我？

但是我得实话实说。没能见到她，也不全是我的问题。

厂子里临近下半年就特别忙，工作进度总是落后于生产计划。越往后，加班的时间越多。我们车间从一季度的六天开一炉，改成四天开一炉。到了五月份，三天一炉都跟不上计划。听说十月份更紧张，两天一炉都来不及。高温夺高产，非得一天一炉不可。

虽然几个月没见上面，有关姜红梅的消息倒是没间断。还都是从我妈嘴里听说的。

我妈过来之后特别支持我的工作。起初我每天下班都过去照料，她就对我说，没这必要。天高气爽的日子，我妈的身体一般不会出什么毛病，生活完全能够自理，隔一天看一次就够了。知道厂子里最近特忙，她又改口说，三天过来一次也蛮好的。

再往后又改了规定，每个星期天回家一趟也行。

“这个地方妈已经住熟了，不怕的。”她反复地嘱咐我。

我没完全听她的，只要有一点空闲，照样过去陪陪她。

有一天我妈忽然问我：“那个妹子，她是哪个地方的人啊？”

这话来得突然，都不知道她问的是谁。

“妹子？哪个妹子啊？我怎么听不明白？”

“还跟妈装糊涂？”我妈笑了，“就是政工科那个小姜嘛。”

我想了一下，也笑了笑。

“哦，是她啊。那是我同班同学。您问她是哪个地方的人，我还真的不清楚。”

“你看看，你看看。”我妈有点认真了，“哪里的人都不清楚，怎么要得呢？那就算了。这事儿要不得的。”

“什么要得要不得啊？”我真没听懂她的意思，“妈，您心里有什么话，就跟我明说呗。”

我妈没有明说，心里琢磨了一下，绕了个弯。

“你舅舅他们工厂是有规定的。学徒期间，好多事情都搞不得。会开除的。”

我大约猜到了她的意思，故意问：“您是指什么事情啊？”

“比如说，谈对象什么的。你们厂没这个规定吗？”

果然她在担心这个，一时让我有点哭笑不得。

旋即我又非常惊讶。我和姜红梅什么事情都没有，最多在心里闪现过某些念头，而且那念头还相当模糊。我妈一个成天坐在家里的人，连厂子大门在哪儿都不知道，怎么就感觉到了我跟姜红梅的事情呢？就跟她有特异功能似的。

“妈，您这叫淡吃干鱼咸操心。姜红梅跟我，平时连话都说不上一句，什么事儿都没有。您这都哪跟哪啊？”我很认真地告诉她说，“最多只是两个人印象还不错。”

“那就对了。”我妈放心了些，“其实我对她的印象也好。妈真的没见过这么好的妹子，三天两头就过来看我。每次都带点小菜，还总是问我缺不缺什么东西。一来就抢着帮我挑水。”她起身揭开水缸的盖子，“你看看，水缸每天都是满满的。”

说实话，我妈讲的这些事情我还真的不知道。

骆科长的确交代过姜红梅，让她时常过来关照一下我妈，说那也属于政工科工作范围。我心里明白，骆青涛那句话多半是说给莫主席他们听的。帮我妈买菜，替我妈挑水，还三天两头过来嘘寒问暖，这些事情肯定都不在骆青涛交代的工作范围之内。

那天从家里离开，我心里格外踏实。

我把我妈对姜红梅的好感牢牢记住了，就跟岳母刺字一样深刻，心里想，就算是替我妈着想，也得千方百计跟姜红梅走得更近。

三

几天后开炉的时候，那台给冲天炉投料的卷扬机忽然出了故障。往炉口投料的铁斗被卡住了，鼓风机瞬间紧急跳闸。

炉火正在燃烧，铁水正在熔化。无论是生料还是熟料，一分钟都不能中断。尤其那台鼓风机绝对不能停下来。铁水要是凝结在炉膛里，冲天炉就将整体报废。

事故的严重性大家心里一清二楚。机声陡然静止的一瞬间，整个车间人心惶惶，大祸临头一般。

“甩开卷扬机。鼓风机强行启动。”我师傅当即一声怒吼，“人工投料！所有人都给我上！”

全班人二话不讲，应声扑到了冲天炉前。一人一副箩筐，挑着生铁焦炭就往上攀。高炉前热浪翻滚，呼叫声此起彼伏。那一刻真的让我见识了什么才叫赴汤蹈火。

班上有一名长期聘请的临时工叫汪春廷，外号“春不老”。一米八的个头，谁都看不出他已经六十岁年纪了。师傅说他每顿饭吃得下一斤大米，一肩挑得起四百斤生铁，我还以为是取笑他。那天我亲眼看见他在钢花飞溅中赌了一回豪横。

往炉子里加料都要称重量。他那两筐生铁，一头一百二十公斤。汪春廷把两条扁担叠起来，钩住箩筐就往肩上送。

我师傅赶快拦他：“春不老，搞不得的。超重太多，两条扁担都会断。”

话没有落音，汪春廷一声吼，腰杆一挺就站起来了。

那种气魄叫英雄盖世。小五百斤重的一担生铁，硬是被他挑上了十来米高的冲天炉口。

人工投料是没有办法的办法，效率实在太低了。浇铸出来的成品质量也差，人还累得要死要活。从下午六点一直拼到了午夜转钟，灭火熄炉的时候，所有人一屁股坐在地上，再也不想动弹。

我师傅一个人围冲天炉转了两三圈，跟心疼儿子似的唉声叹气。“这卷扬机真的该死。早不卡迟不卡，害得我把人当铁用。”然后朝我们问了句，“今晚上轮到谁修整炉膛？”

梁师兄扬了扬手：“我。”

“算了，你休息。”师傅从心底里瞧他不来，“这炉膛，今天受了太大的损害。还是我自己来吧。”

梁师兄累得一声谢谢都说不出来，只是朝师傅打一拱手。

“卷扬机报修，明天的炉还开不开，什么时候开，都还不晓得。大家赶紧去洗澡，明天睡到几时算几时。”师傅随手捡起一块焦炭，朝卷扬机狠狠地扔了过去，“狗东西！假如你是人，老子肯定抓你去坐牢。破坏生产是什么罪，你晓不晓得？呸！”

根据以往的经验，卷扬机出了故障，抢修起码要一到两天。还得看备件齐不齐全。

这就是说，我们至少有了一天的休息时间。

早上醒来一身酸疼，想睡又睡不着，心里就总想着姜红梅。

昨天晚上就起了念头，趁着有时间，无论如何也得跟她见一面了。

从那次给我妈弄房子之后，再也没跟姜红梅说上一句话。她在科室我在车间，上班走的是两个方向。去食堂吃饭偶尔碰个面，不是她身边有伴，就是我周围有人。最多只笑一笑，总是错肩而过。偶尔也打个招呼，平平常常就跟过路的普通人一样。我都怀疑她是不是把那天跟我的相处忘记了。

我相信她跟我在一起的感觉一定很美妙。或许她跟别人在一起也是那样美妙呢？

幸亏那天我妈告诉了我一些事情，我才坚定信心，觉得不应该想得太多。

她对我跟对别人不可能一样。与其妄自猜疑，还不如主动找机会接触。毕竟我是个男人，男人不争取主动，这也担心那也猜疑，万一好事落空，那就不是对方的问题了。

起床后我又有些茫然。今天不是周末，虽然我有时间，姜红梅还得上班，该怎么找她才合适呢？政工科是不好去的。让骆科长看见，不是事都是事。中午到食堂外头等她吧，又拿不准钟点。在门口游来晃去地痴望傻等，别人看见了又算怎么回事？

听说我们班有几个同学进厂不久就开始了约会，还以为那是一件甜蜜的事情，搁我头上竟然如此煞费苦心，脑袋都想疼，可见我还是没有突破心理障碍。

洗漱完毕，想到了我的那副墨镜。昨天开炉，镜片被炉渣溅得很模糊，要是不赶紧清洗，结了痂就很难弄清晰了。

床上床下找了个遍，到处都没发现，这才想起昨晚下班走得急，忘在工具柜旁边了。

这得赶紧找回来。虽然今天没上班，车间的临时工是不休息的。那些临时工大都来源于周边农村，还有不少职工的家属，成分也还复杂。要让他们捡去，基本上就找不回来了。按规定，厂里一年只给我们发一副劳保墨镜。那东西对于我们炉工又一天都离开不得，我就匆匆忙忙赶到了车间。

刚走到车间门口，陈元干从车间办公室里面走了出来。

“哟，杨哲民怎么来了？今天熔炉班不是休息吗？”

“我的墨镜忘记在班上了。”我回答说。

当时我觉得他问得有点奇怪。明明看见我身上没穿工作服，肯定不是来上班嘛。

他还是没想明白。

“特意过来拿墨镜吗？那玩意儿人手一副，谁会要啊？非得今天就拿？”

我含糊应了声，不再说什么，直接朝熔炉班那边走了过去。

墨镜果然还在工具柜旁边。幸亏来得及时，一去就找到了。

找到了也就不着急了。出了车间大门，正慢慢悠悠往回走，身后忽然有人叫我。是个女的。一回头，正巧是姜红梅。

“是你？”我竟然有点呆滞，愣愣地望着她，“你到这儿来干什么？”

姜红梅紧走几步跟上了我。

“找陈主任。需要一些数据。”她朝我笑了笑，“刚才你跟陈主任说话，我就在车间办公室抄资料。”

“是吗？”我立即想起了陈主任问我的那句话，这才明白过来，他还以为我过来是找姜红梅的。“呵呵，难怪啊。”

“难怪什么？”姜红梅听不明白。

“啊，没什么。”我觉得不必在乎陈主任那句话，就没做解释，“你这是回政工科？”

“是啊。”姜红梅见到我也非常高兴，“你呢？现在去哪儿？”

“没目的。”我说，“今天休息。一会儿回宿舍看看书。”

“好哇，那就一起走。太长时间没跟你说话了。”

我竟然有点犹豫，不由自主朝四周看了一眼：“一起走吗？”

“一起走怎么啦？”她知道我在顾忌什么，竟毫不在乎，“大白天，有什么好怕的？”

“倒也是。”她那句话突然点醒了我，灵感就上来了，“晚上呢？你怕不怕？”我盯住她的眼睛。

姜红梅果然没那么爽快了，似乎还很敏感。

“干吗？今天晚上，我可能得加班哦。”

我赶紧往回收：“是吧？那就算了。”

走了不到二十米的样子，姜红梅忽然站住了，望着我说：“其实晚上也可以。咱们先出去走走，回来了再加班也行。我只赶个材料，都已经弄得差不多了。”

“是不是啊？”不该犹豫的时候我又犹豫了，“可以吗？你觉得？”

“我可以啊。你呢？晚上还有事？”

“没有，没有。”我赶快应承，知道那机会稍纵即逝，再不应承就找不回了，“要不，晚上去我妈那儿坐坐？”

“去她那儿啊？”姜红梅倒是犹豫了，“那儿我经常去的。”

“是啊，我妈都跟我说了。”我感激地望着她，“不知道吧？我妈对你的看法好极了。特别欢迎你去。”

“可跟你一起去嘛，”姜红梅还在顺着自己的思路想这件事，“好像不怎么对劲儿。”她大概不愿意做不怎么对劲的事情，终于谢绝了，“还是以后再说吧。”

“是吧？那也好。”她那复杂的心理活动，我隐约感觉出来了，“那就，今天晚上咱们先不去她那儿。”

“就是。急什么嘛。”她其实已经想好了方案，“晚上七点半，我在那家红卫大食堂外头等你。记得吧？咱们同学走麦城的地方。”

我听得扑哧一笑。

“哈，说什么不好，干吗说走麦城啊？咱们俩还没开头就失败了？多不吉利啊？”

“哪有那么多忌讳啊？”她也笑了，“那家餐馆旁边有一个邮政局，门口有个绿色的邮筒，咱们就在那儿碰头。”

“呵，这么精确？是不是早就在心里设计好了？”

她笑而不答，只是斜我一眼，反问了句：“怎么啦？不应该提前设计吗？反正腿长在自己身上，去不去由你。”

我心里一阵狂喜，忙不迭地答应了她。

四

也许是心理作用，那天晚上的月亮显得扭扭捏捏的。

天还没有完全黑下来，月亮就明晃晃地挂在头上了。我提前赶到红卫大食堂后面等姜红梅，那会儿月亮又很快地藏进云堆，天色顿时墨黑一团。姜红梅到了眼前我才认出是她。

等我们摸黑绕到厂子后头，往外走出去两三里地，月亮忽然又移出来了，格外明亮。借着月光一眼望过去，山丘地头上全是绿油油的菜地。根本见不到一个人影。

“看看，是不是很神奇？”我心情特别轻松，“这月亮通人性，给我们打掩护似的。刚才还一团漆黑，这会儿又明亮了。”

姜红梅心里似乎有点不踏实。

“幸亏月亮出来了。”她看看四周，“记得培训的时候，莫主席说的话吗？”

“莫主席？他说了好多话呢。”我想了想，“哪句啊？”

“他说建厂的时候，”姜红梅有点不敢说了，“说这里有一千多个那个，那个什么。”

“坟墓？”我一拍巴掌，“可不是吗？我想起来了。他说过，这儿有一千多座坟墓。好长时间才弄平整。”

姜红梅心里顿时就紧张了。

“你轻点。干吗那么大的声音？”她再次朝周围望了一眼，“那是说以前吧？现在应该，一个都没有了吧？”

我喜欢看她当时那样子。她一紧张，就显得我很有胆量。

“现在有没有，那也不一定哦。”我故意说，“农村里好多老人的坟墓都习惯修在自己家的菜园子里。”我用手往菜地四周比画了几圈，“这儿到处都是菜园。你看看，这边。看看，还有那边。”

也许我那样子太过夸张，姜红梅反而没那么害怕了。

“你吓不住我。”她镇定下来，“见过死人吗？”

“你是问我？”我想了一下，“好像，还没直接看见过。”

“信不信，我小时候见过。”

“是不是啊？”我有点不相信，“在哪儿见过？”

“西藏。我小时候在那边生活过几年。中印边境自卫反击战的时候，我妈是个军医，抢救过好多伤员。有些伤员来不及抢救，就……”

“噢？那时候你多大？”

“十好几岁吧。所以我记得很清楚。”她目光中流露出一种真诚，“真的记得。我妈还带我去给革命烈士献过花。”

她那么一说，我胆量大的优越感就被击碎了。

“从那以后，我心里特别崇拜偶像。”姜红梅眼光里充满向往，“革命烈士，战斗英雄，还有劳动模范。我一想到他们，就觉得自己有了奋斗的目标。”

“说得太好了。”我热情地望着她，灵光一现说了句，“心中有奋斗目标的人，就是我的奋斗目标。”

姜红梅有点不好意思，回过头夸了我一句："其实你也一样。我早就在观察你，觉得你是一个非常有进取心的人。一进学校我就感觉到了。"

我喜欢她夸我，顿时就格外兴奋。

"哈，怎么啦？今晚上咱俩相互吹捧上了？"

她也很高兴，望着我说："我可没吹捧你。真的，杨哲民，你一定有自己的偶像。能不能告诉我他们是谁？"

"王进喜。"我没有丝毫犹豫，"他用身体制服井喷，那才是真正的铁人。"我对他由衷地敬佩，"用生命和个性，把集体主义精神完全激励出来，那样的人绝对是我的偶像。"我想了想，又补充了一句，"我心里还有一位偶像，巴顿将军。听说过吗？"

"哦？"姜红梅有点意外，"你是说乔治·巴顿？那个粗鲁野蛮的铁胆将军？"

她这么问就轮到我意外了。

"你怎么也知道那个人？"

"我爸经常说到他。那也是我爸的偶像。"她很快又补充一句，"以前是。我爸看人非常客观。他只是佩服巴顿的军事才能。"

我这才意识到，姜红梅的父亲可能是解放军的一名老将军。

"哎，能不能冒昧地问一句，你爸是干什么的？"

"军队上的。"她把话题岔开了，"这倒有点奇怪，你怎么会崇拜巴顿呢？是不是读过关于他的书？"

"是。写他的书多呢。他自己还出过一本书，题目叫《狗娘养的战争》。哈，一听书名，就知道这是个战争狂人。"

"可不？听我爸爸说，他的上司都称他是美军中的匪徒。"

"可别以为他只会冲冲杀杀哦。"我有点显摆地看着她，"这个人聪明智慧，还特别喜欢搞技术革新。"

"你说什么？"她很意外，"他还搞过技术革新？"

"可不是吗？"我望着她，"巴顿剑。没听说吧？"

姜红梅摇了摇头，一脸的茫然。

“当时的骑兵习惯用大刀和斧头砍杀对方。巴顿发现用刀尖更容易命中敌人，就设计了一种军刀，加长型的。美国骑兵凭革新之后的巴顿剑所向披靡，打过很多胜仗。”

“是吗？”姜红梅摇了摇头，“你居然还对战争感兴趣？”

“没有啊，我感兴趣的只是革新精神。”我说得很认真，“眼下我不也当工人了吗？炉工有多辛苦你知道吗？搞革新不就是为了提高效率，少流血少流汗吗？你信不信，以后我的心思也要用在这上头。不搞点新玩意儿，普普通通上班下班，多平庸啊？你说呢？”

姜红梅对我这句话很欣赏。

“呵，看样子，还得感谢那个巴顿对你人生的启发啰？”

“哈，这么说也对。至少他有一句话我会记住一辈子。”

“哪句话啊？”

“我不想享乐，只想成功。”我望着她，“我宁愿辛勤工作一百年去赢得一场战争，也不愿意碌碌无为地活一千年。”

姜红梅听得有点困惑。

“这句话是他说的，还是你自己的？”

“哈，我哪有那水平啊？肯定是他说的。”

“说得好，咱们真不能碌碌无为。”她这才意识到什么，“哲民，你千万别当其他人的面提巴顿。他是美帝的将军，资产阶级的走狗。封资修必须坚决批判。知道不？”

“知道，我只跟你说呢。”我大胆地直视她的眼睛，“你是谁啊？我的姜红梅呢。”

“嗯，这话我爱听。”她觉得有点不好意思，话一岔开，又跟我谈到了巴顿将军，“他那人其实还挺好玩儿的。特幽默。”

“谁呀？”我想了想，“你说巴顿？”

“可不？记得过春节的时候，我爸爸喝了两杯酒，给全家讲了个巴顿将军的笑话。说他在自己家的厨房挂了个牌子，叫‘军需处’。

餐厅改名叫‘参谋处’。儿子的房间叫男兵宿舍。女儿的叫女兵宿舍。哈，知道他自己和太太住的卧室叫什么吗？”

我想了想：“那应该叫‘总司令部’。对不对？”

姜红梅连连摇头。

“你猜不出来。那叫‘新兵繁殖中心’。”

然后她捂着肚子大笑，笑得都蹲下去了。

我当时真的迟钝，怎么也想不出这话有什么好笑的地方。

姜红梅就站起来了。

“杨哲民，怎么没反应？你是真的不懂，还是故意跟我装糊涂啊？”

其实我已经大致猜到了那个意思。不能叫不懂，也不能叫真懂。我也没装糊涂，回想一下也觉得挺好笑。只是悟觉得晚了点，再跟着她发笑，就显得太傻了。

而且当时我的关注点只在“繁殖”两个字上头。生儿育女的敏感言语，姜红梅竟然说得毫无顾忌，这便令我浮想联翩。

头一次约她出来，就凭这一点，我的收获已经盆满钵满。

我不想结束这段时光，抬头看了看月亮。

“哟，吓我一跳。还以为很晚了，你看，月亮刚刚移到头顶。”其实我根本不懂得根据月亮看时间，“现在就往回走，你不觉得早了点吗？”

“哈，我也正这么想呢。”姜红梅兴致很高，“那怎么办，咱们再往前走走？不会影响你明天上班吧？”

“哪能？今天休息得很好。”我朝前方看了看，“哎，那边有一个草棚子。看见了吗？”

“是的，看见了。那是干什么用的？”

“早几天我们班来过一次。听梁师兄说，地里的瓜果都快熟了，怕有人偷。那棚子是给守夜人住的。”我望着她，“要不咱们去那边坐一会儿？里头还有小凳子。”

“行啊，正好走得有点累。”

“哦，对了。”我想起了一件事情，“你不是说，晚上回去还要赶着弄材料吗？”

“你还记得啊？”她轻轻一笑，说了句让我感到特别舒服的话，“我不想占用咱们晚上的时间，下班之前已经赶出来了。”

她朝棚子那边走了几步，又回头望着我。

“说到赶材料，我还想跟你了解一下莫师傅呢。这材料跟他有关系。”

我赶紧跟上了她，问了句：“跟我师傅有关系？他怎么啦？”

“知道吗？市里今年评选积极分子的活动又要开始了。”

“这么说，劳动模范的事情，我师傅也有戏？”

姜红梅听得哈哈一笑：“怎么说话啊？什么叫他也有戏？”

我也笑了一下。

“这是我们熔炉班几个师兄的说法。大概相当于有他一份的意思吧。”

“就是想问你这个呢。”姜红梅放慢了脚步，“推选劳模的建议名单里头，的确有你师傅的名字。总共三个候选人，最终确定一个。初步征求意见的时候，有人反映说，你师傅做人不扎实，喜欢做表面功夫。就像你刚才那种说法，大概是有点做戏的成分吧。”

“这话可不对。”我当即表示反对，“要说他做人不扎实，那就不知道还有谁比我师傅更扎实了。”

姜红梅这才意识到话说多了，赶快叮嘱我说：“杨哲民，有些话本来不该跟你说的。我只是个办事员，领导让我征集意见，我就老老实实照办。这些话你听在心里就够了，可不能跟任何人讲。尤其是你师傅，一个字都不能讲的。”

“嗨，红梅，”我望着她，“我可以叫你红梅吗？”

“叫我梅子。”她甜甜地看着我，“上班别这么叫，明白吧？”

我赶紧点头：“还有谁叫你梅子？”

“除了我父母，你这是第一位。”她顿了一下，“要是你妈也乐意这样叫我，她老人家就是第二位。”

这话听得我心都软了。

“梅子，我哪能那么糊涂啊？都到这个份上了，我还会跟别人说？你的工作性质我都懂。放心吧，梅子。”

姜红梅信任地望着我，故意问了声：“都到哪个份上了啊？我怎么没听明白？”

“哈，没听明白，那才叫明白。这是辩证法。”

“呵，这话说得有水平。我喜欢听。”

随着这句话，姜红梅很自然就靠到我身边，伸出一只手，挽住了我的胳膊弯。

其实我那句话并不见得有水平。感觉到姜红梅已经忍耐了很久，她早就在设想怎样挽我的胳膊了。

第五章

一

提名我师傅当劳模候选人的消息封锁得严严实实。

陈元干是车间主任，他肯定知道。除了他，翻砂车间所有的职工当中绝对没一个人知道。偌大一个车间风平浪静，该干什么干什么，一切照旧。

第二天上班，我注意观察师傅的神色，他大概也不知道这个消息。也是该干什么还干什么。没任何忧虑，也没任何欢喜。我甚至觉得他在言谈举止方面比以前更加沉着，更加淡定。

我怀疑那只是一种表面现象，他怎么会不知道呢？莫主席完全有可能告诉他。

知道也好，不知道也好，至少他已经发生了一些变化。沉着淡定就是变化。

谁都了解我师傅，他从来不喜欢平稳安静。每天上班都会挑出好些个毛病来批评别人。他知道班里的人都喜欢跟他顶嘴，喜欢寻他开心，更加知道谁都不敢不听他的话。熔炉班所有的炉工都是他带出来的徒弟，至少目前还没一个人敢打师傅的翻天印。炉工技术含量不高，随机应变，全凭经验。这方面谁都别想超过我师傅。

汪春廷不是他徒弟，只是一个临时工。他的饭碗在我师傅手上攥着，偶尔敢跟我师傅对骂几句，那也得看脸色来。他不敢真把我师傅惹火。

有人开玩笑说熔炉班就好比一个独立王国。我师傅就跟国王似的，成天不是责骂这个就是呵斥那个。话讲得粗鲁，哈哈也打得响亮。

自从姜红梅给我透露消息之后，这个王国突然变得异常沉寂。我师傅闷着头做事，一句多话都不讲。呵斥声“哈哈”声戛然而止，师兄们反倒很不适应了。

感觉到这种变化的人，还不限于我们熔炉班。

那天我正在补炉槽，吴启军到班上来找我，说他师傅想跟莫班长商量一下大砂型浇注的流程问题，问我师傅在不在班上。

当时我师傅不仅在班上，而且就在我身后捣耐火泥，听见他问，头都没抬起来。

“我那么不显眼啊？就在你面前都看不见？”他声音很沉闷，“说吧，找我什么事？”

“哟，莫班长，对不起。”吴启军赶快给他道歉，“我师傅想请您过去商量点事儿。”

“你师傅？哪个是你师傅啊？”

“段师傅。段一村呢。”

“哦哟，段师傅啊。”我师傅赶紧起身，抬脚就往翻砂工段走，“怎么不早讲？段八级找我，那可不敢耽搁。”

等他走远了，吴启军望着他的背影小声问我：“你师傅这几天家里是不是出什么事儿了？就跟变了个人似的。”

我当然知道其中的原因，可我不能告诉他。尽管他是我非常好的朋友，那也不能给姜红梅添麻烦。

“应该没变化吧？”我故意说，“我好像没什么感觉嘛。”

“没感觉才怪呢。”吴启军不相信，“翻砂工段那头，好多人一边干活一边打听。我师傅从来不问闲事的，连他都知道了。”

“段师傅吗？”我心里有点紧张，“他知道什么了？”

吴启军显得很惊讶。

“这还要问？怎么啦？你真的不知道？不可能吧？故意装糊涂是不是？”

我听得一愣：“启军，我真的不知道。说说看，什么事儿？”

“他老婆小产了。”吴启军朝炉前炉后扫了一眼，“怎么回事儿？你们这些做徒弟的，师傅家出事了都不知道？”

听他那么一说，我才知道自己的判断出差错了。

吴启军说的话应该没有错，我去过一次师傅家。当时师母就挺着好大一个肚子。只是心里也有一点疑问，那次去师傅家都大半年了，怎么现在才小产呢？

难怪我师傅那样沉闷。家里出了那么大的事情，搁谁身上都难得轻松，他却不声不响，每天仍然坚持上班。这人还真够坚强。

当天晚上开完炉，师傅跟往常一样，一个人留在炉前收拾工具。我没急着回宿舍，趁着没人，就跟师傅打听了一句。

师傅听我问这个，半天没有吭声，掏出一只小铁盒，从里面抓了些烟丝，用纸片卷个喇叭筒，划一根火柴吧嗒吧嗒吸了好几口，然后偏着脑袋问了句：“民儿，告诉师傅，这话你是听哪个讲的？”

“上午吴启军过来问，我才知道。”

“就是段一村收的那个徒弟？”

“是。他是我同学。”

师傅闷闷地吸了几口烟，然后点了点头。

“照这么讲，段一村肯定也是晓得的。”他脸色开始阴沉，“民儿你给我听好了。你才进厂没多长时间，不晓得好歹。段一村那人坏得很。晓得不？我们老工人都不叫他的名字，只喊他‘短一寸’，那人缺德。跟在别人屁股后头朝莫主席唱反腔。还不晓得天高地厚，说陈元干当车间主任还不如让他段一村当。呸，他做梦呢。”

这些事我当然搞不清楚，也不想关心。

“那，师母的事是真的？上次去您家，我本来还想问问的。”

“不是那个。”师傅把喇叭筒烟卷掐灭，“那一个没救住，死半年多了。”他有点伤心，“唉，也只怪得我，不该听你师母的。她非要回乡下去生。卫生院的赤脚医生又没个本事，还没生出一半就死了。日他的，是个男伢儿。好可惜。”

我才知道错了个天远地远。

“那，吴启军听到的全都是谣言？半年多以前的事，怎么还拿出来造谣？”

师傅竟然不置可否，过了一阵才告诉我，不是造谣，那也是真的。

“民儿，我带过好多徒弟，就喜欢你一个。你嘴稳，不乱讲话。”他朝四周看了一眼，“有句话我只告诉你一个人，你师母刚刚流产。三天之前。”

这下我就理清楚了。

“哎呀师傅，怎么不跟我们说一声啊？”我埋怨了句。

“哪好意思说啊？这把年纪了，还左一个打胎，右一个流产的。有人早就等在边上看我的笑话。晓得不？”

“不说又有什么用？车间里好多人都知道了。”

“就是讲啊。都是你大师兄嘴不严。”

“大师兄？”我回想了一下，觉得师傅的话也信不得。说是只相信我一个人，其实他早就对梁师兄讲过了。

师傅好像猜到了我的心思，赶紧说：“不是班上这个梁师兄。是说陈主任，陈元干呢。”他笑了笑，“他是师傅收下的第一个徒弟，都十五六年了。我没想告诉你们，也是怕你们给他添麻烦。搞私情要不得。”

我还是有疑问。

“车间主任嘴能不严吗？您还是他师傅呢。”

“就是啊，我也搞他不清楚。”我师傅摇了摇头，“只好由他去。讲出去的话，泼出去的水，已经收不回了。”

“这样吧，师傅。”我也不想那么多了，“明天下班，我邀上几个师兄，一起去看看师母。您看看家里还缺什么不？”

师傅倒是不见外。

“那就买两斤红砂糖带过来。母鸡贵得要命，你们就算了。昨天莫主席的婆娘送了两只，还没来得及杀。听我的话哦，讲不买就不买。”

“鸡蛋还是买一些吧？”我笑了笑，“师母好像很喜欢吃。”

“那是她的命。”师傅也笑了，“那就买两百个。”

过后我才悟觉到了陈元干的用意。他把师母流产的风声放出去，绝不可能是无意的。那是暗地里帮师傅的忙。老婆刚流产，家里没人照顾，我师傅不仅没耽误工作，反而上班得更早，下班得更晚。这样的事迹当然应该得到彰显。

大师兄是车间主任，城府自然比一般人深很多。

二

那个星期轮到我配料，每天要比别人提前一刻钟上班。

配料只是我们习惯的说法，其实叫“验料”才准确。任务是清点开炉需要的各种原材料，然后在配料单上签字画押。这道程序看似轻松，责任却相当重大。开炉过程中万一遇上材料短缺影响进度，签字画押的人必定受处分。轻的要扣工资，重的还要降级。

我掐准时间，七点二十分就赶到了车间门口。那个时间两扇铁门还没有开锁。车间办公室特意为熔炉班多配了一片钥匙，就是专门给值班配料员准备的。

掏出钥匙刚要去开锁，忽然发现那锁是开着的。铁门也被拉开了一条缝，好像有什么人出入过。

正在猜测谁会比我来得更早，就听见从熔炉班那个方向传来咣当一声巨响。车间里头空空荡荡，到处都发出了回音，当时就听得心里好一阵慌张。

接着又响了好几声，我才分辨出那是有人在敲打鼓风机的送风管。

推开大门跑过去一看，我师傅手握一只木榔头，围着那条送风管正在上下查看。风管没接头的地方，他敲得很轻，只是听听风管里头的回声。管道接头处，他就使劲敲打，声音很大。我走到他身边喊了好几声，他都没有听见。

他其实知道我来了，只是不想停，敲打了好一阵，才叫我过去。

“民儿，晓得师傅在干什么不？”

我抬头望了一眼那条粗大的管道，摇了摇头。

“不知道。您是想检查一下管道里面通还是不通？”

“当然。它要是不通了，鼓风机就会过载。会烧掉的。”

“它会不通吗？”我觉得有点不可思议，“这么粗的管道，直径差不多一米呢。什么东西能堵住它啊？”

师傅当时就教训了我几句。

“你看看，脑子里真的缺一根弦。当然啰，一般情况下都是通的。那万一有人搞破坏呢？”

我没敢再说，心里却在想，难道有这种可能吗？

“你以为不可能啊？”他居然猜到了我的心思，“春节的时候，就有人往里头塞进去一条棉被。风口处堵了个严严实实，鼓风机都发烫了。多亏有自动保护，跳了电闸。你晓得中途断风后果好严重吗？铁水结了板，炉衬全报废了。厂里花了几万块钱才修好。”

“哦？还有这事儿？您不讲，我还不知道呢。”我回想了一下，春节的时候我们还没进厂，“怎么也没听师兄们讲过呢？”

“他们都晓得，只是不能乱讲。保卫科把车间贴上封条，公安局过来勘察，当场定性。那是阶级敌人搞破坏。好几台警车查了一整天。带过来几条狼狗，还都是德国进口的。”

“结果呢？”我追问了句，“查出来了吗？”

师傅摇了摇头。

“到现在还没有结案。”他好像很有信心，“不是讲天网恢恢吗？迟早要结案的。反正要提高警惕，晓得不？”

破坏生产是严重的犯罪行为。以前觉得那种犯罪离自己非常远，没承想身边就真真切切地发生过，心里就警惕了。

“那，棉被是怎么塞进去的呢？”我朝通风管看了半天，问师傅说，“这管道都是密封的。破坏分子本事再大，也钻不进去啊。除非用氧气枪切割一个口子。”

“切割什么？现成的口子嘛。”师傅指着通风管的腰间位置，“看见了吗？这里有个检修窗呢。”

我看见了。风管靠近鼓风机的地方，焊接了个法兰头。以前我还以为是分流的备用接口，师傅一说才明白，那就是为维修管道特意设置的检修窗。椭圆形，半米高，跟肩膀差不多宽。人要爬进去略微有点困难。

当然，管道一般不怎么出故障，不需要经常爬。检修窗的椭圆形铁门常年关闭，旋转拉手都有点生锈了。

说着话上班的电铃响了。师傅一弹而起，转身朝冲天炉后面跑。

“哦哟。你看看，一讲话就忘记了时间。卷扬机还没检查呢。刚刚抢修过的，再出问题就麻烦了。”

他跑到电器柜旁边，一把就合上了电闸。

卷扬机立即启动。飞轮带动钢丝绳，把一只空料斗提升到冲天炉顶，哗哗啦啦翻转过来，又叮叮当当回复原位，嘎吱嘎吱往下降。那声音虽然比不上敲打风管响亮，却更加嘈杂，更加尖利刺耳。

看见师傅忙手忙脚那样子，我真的有点不理解。有必要弄出这么大的动静吗？开炉是每天下午的事情，什么时候检查机械都来得及，非得一大清早搞得如此慌乱？回想我来熔炉班工作的这段时间，也没见他这么慌乱过啊。

其他工段上班的工人已经陆陆续续走进了车间。听见熔炉班这边机声轰响，一个个都朝这边看，我才意识到了师傅那点心理活动。他那是想让更多的人看见他提前到位。有点明人不吃暗亏的意思。

九点半钟的时候，余师兄拉了我一把。

“哲民，师母来了。”

我抬起头，前后都没见到师母。

“在哪儿？”

余师兄指着车间大门那边：“还没看见啊？进车间了。”

从熔炉班到车间大门，中间隔着翻砂工段。大概几十米的距离。

目光从那些翻砂工头顶上越过去，就看见我师母已经走进车间大门。远远地望见她，果然瘦了很多。

小产过后的女人受不得凉风，师母就用一条白毛巾箍在额头上。手里提个小竹篮，走路都显得有气无力。

男人上班的车间里突然进来一个女人，引得翻砂工都朝她看。

他们当然认识我师母，只是觉得那样子很扎眼。满车间的人都听说了她流产的事情，好奇心顿时就膨胀了。

“哟嗬？这不是莫师母吗？”

“莫师母，几天不见，好苗条啊。这些日子练什么功夫了？”

我师母没精神搭理他们。

“讲鬼话不？还苗条。”她往车间里头望了几眼，“我屋里那莫老鬼呢？他在哪里上班？”

“在熔炉班呢。你又不是没去过。”一名年纪大的翻砂工朝她手上的篮子看了看，“嗬，喷香的。什么好东西啊？”

“早饭。你以为是什么？稀饭馒头。”我师母一肚子怨气，说话声音都放得很大，“我屋里那个死老莫，就跟中了魔一样，整个晚上睡不着。半夜三更讲梦话都离不开熔炉班。又是安全生产，又是技术革新。声音好大，吵得一屋人睡不着。”

翻砂工段那边好多人都听得笑了。

“不是讲梦话吧？半夜三更，那是在陪你一起操练气功吧？哈哈哈哈。”

陈主任听见笑声，赶紧从办公室走了出来。

“哎呀，莫师母？您怎么跑出来了？可要当心身体啊。不能到处乱跑，晓得不？”

“我有个鬼的办法？”师母诉苦一般数落个不停，“你师傅那个死东西，清早就往车间跑。早饭也不吃。我都瘦成一根筷子了，还要给你师傅送早饭。工作就那样重要啊？自己的家，就那样不重要啊？我这个老婆还要不要啊？”她越说越气愤，“索性跟我离婚。索性跟冲天炉结婚去，我也省心。这个老不死的东西。”

陈主任赶快接过篮子。

“莫师母，消消气，啊？早饭交给我吧。赶紧回去休息，身体是革命的本钱。您还在月子里头，万一伤了风，那不就更加影响莫师傅的工作了？”

尽管师母在他面前一口一声“你师傅”，陈主任还是称我师傅为莫师傅。他的身份不一样，不想让别人觉得有任何偏袒。

这样做其实没作用，完全不必要。人家该怎么想还是会怎么想。要真是没私心，怎么称呼都不怕的。

去食堂吃午饭的时候，正好碰见吴启军和他师傅段一村。

段师傅对我师傅看不上眼，就阴一句阳一句取笑我。

“哈，师母坐月子，爱徒们打算买点什么礼物孝敬她？”

“跟几个师兄凑了钱，买点鸡蛋吧。还有红糖。”我回答说。

“多买点猪油。晓得不？”

“段师傅，为什么要买猪油啊？”我没听明白。

“一来可以润喉咙，油嘴滑舌嘛。”段师傅一脸坏笑，“二来呢，可以当卸妆油用。演双簧是要化妆的，晓得不？”

我感到有点难堪，赶紧低着头离开了。

第二天清早我师傅还是比我先到班上。还是把鼓风机卷扬机开得震天响。还是九点半的时候，我师母准时来送早饭。

走进车间照样有好些人跟她玩笑，师母也照样抓住一切机会抱怨我师傅。

按我老家说法，她那叫“吵里手架”。

里手相当于内行的意思。小骂小帮忙，大骂大帮忙。听上去就像是指责师傅不关心家人，实际上全都在宣扬他的大公无私，宣扬他舍小家顾大家。

梁师兄有点听不下去了，悄悄对我说：“哲民，我跟你打个赌，明天师母肯定还会过来送早饭。敢跟我赌不？”

我只是笑了一下，没有作声。

幸亏没跟梁师兄打赌，第三天我师母真的又把早饭送了过来。

这一回连我师傅脸上都有点挂不住了，把我拉到一边，小声说，下班了你去我家里一趟，让你师母明天再莫送早饭了。

“是吧？”我犹豫了一下，“您自己跟师母说不行吗？”

师傅似乎有难言之隐。

“那也好像……”他迟疑了半天，“还是你去讲比较好。”

我实在不想过去跟师母说这些，就没有作声。

“你就说，再送，车间里就会有人说闲话了。”师傅忽然想出了主意，“对了。你就说，真的有人说闲话。你都听见了。”

我大致猜到了什么。师傅之所以不好去劝阻师母，因为那件事情本来就是他一手布置的，到头来反而把自己弄得左也不是右也不是。

“师傅，的确有人说闲话。我也的确听人说过。还不止一两个人说呢。”我便告诉他说，“我给您一个建议可以不？您何不更早一点起床呢？吃过早饭了再来呗。”

他居然没有回答我，心里头琢磨了老半天，然后叹了一口气。

“民儿，师傅问你一句话，你要照实回答我。”

“好的。师傅，您问吧。”

“你是不是也觉得，师傅这是在假装积极？”

这句话还真把我给问住了。

师傅倒是没等我回答。“肯定是的。”他摇了摇头，“连我自己都觉得丑。唉，劳模的事，我晓得上头有那个意思了，就想每天要来得更早一点，做得更积极一点。这不就有私心了？人一有私心，那还不就做过头了？唉。”

话说得很诚恳，我便索性问了句：“师傅，师母每天都过来送饭，也是您的主意？”

“民儿，这么讲就冤枉师傅了。”他说得很清楚，“那真是你师母的主意。一开始我坚决不同意。她刚刚小产，让她做那种事，你师傅还是人不？只怪我不该告诉她劳模的事，搞得她心里好大一个泡泡。唉，我这叫走绝路。要是没搞上劳模，那泡泡不就吹破了？”

我觉得师傅的确有点骑虎难下，就应承他说：“师傅，那我就听您的。一下班我就过去跟师母说。”

“算了。”师傅又自己否定了，“民儿，把你搅进来也不好。家里的事，班上的事，都是师傅的事。还是我自己来吧。”

三

打那以后，师母就再没过来送早饭了。

师傅来车间的时间不仅没推后，反而来得更早。照样用木榔头敲冲天炉，还把耳朵贴上去仔细听。机器也照样早早地开动，每个传动部分他都检查得很仔细。就跟关照自己屋里的家什一样用心。

每天都这样坚持，看在眼里的人心里就有点惭愧。讲闲话的人慢慢没有了，讲好话的人也就多起来了。

有一点我还是很佩服他的，我师傅这人特别能持之以恒。师兄们都互相打趣说，他这提早上班要是养成了习惯，咱们熔炉班就得改一改作息时间了。

这只是一句玩笑话，谁都不当真，偏偏汪春廷一个人听得来火，扔掉扁担就骂开了。

“改作息时间？我看哪个狗日的敢。”他指着我那几个师兄说，“你们都是吃公家饭的人，拿的固定工资。我一个卖劳力的，拿计件工资。多搞一分钟多给一分钱，晓得不？”他真发了大脾气，都义愤填膺了，“我汪春廷上过莫胡子的当，哄我做临时工。日他的，哄了还想哄啊？这回我偏偏不听。他莫胡子算老几？哪怕皇帝老子开口，我汪春廷都不多搞一分钟。”

那会儿我师傅正好有事不在旁边，几位师兄就由他一家伙瞎闹。谁都不接他的茬。

汪春廷刚刚转身离开，梁师兄就朝我做了个鬼脸。

“哲民，有件事情你还不晓得吧？”

“谁的事啊？汪春廷？”

“就是他。”梁师兄诡秘地笑了笑，“这个老王八，他跟咱们师傅还是同靴兄弟呢。”

我听得云里雾里。

“你说什么？什么叫同靴兄弟啊？”

“嗨，这都不懂。”梁师兄朝四周看了看，小声说，“他们两个，睡过同一个女人。没人给你讲过吧？”

“是吗？”我非常惊讶，“还有这样的事儿？”

梁师兄赶快摆手，还警觉地看了看四周。

“莫要到处讲，肯定是真的。只是熔炉班已经没人知道了。年纪大的几个师傅，死的死了，退的退休了。”

“那你是怎么知道的？”

“告诉你不要紧，以前师傅跟我们家就是一个村的。建厂之前，都是这后头的菜农。”梁师兄觉得扯得远了，怕我没兴趣，“那些事情不讲了。你也不知道那个女人是谁吧？”

“谁啊？我认识吗？”

“怎么不认识？那就是咱们师母呢。”

“真的？”我吓了一跳，“这可能吗？”

“你这句话怎么问的？什么叫可能吗？”

“你是说，师母也跟汪春廷好过？”

“嗨，何止是好过？”梁师兄说得很肯定，“师母是后乡山里头的人。汪春廷跟她同乡，把她带在身边做零工，走了好多地方。最后找到我们厂里，才没有再走了。”

“那是什么时候的事啊？”

“过苦日子的时候。那时候师傅当班长都好几年了。”

“师傅就是那个时候认识师母的？”

“是啊。还是春不老牵的红线呢。”梁师兄阴阳怪气地笑了笑，“那老鬼养不起师母，就动了脑筋。跟师傅说，这女人在乡下会饿死。我又没本事养活她。你做点好事，娶了她做老婆吧。又不要出彩礼，把我安顿好就行。师傅问他想怎么安顿，春不老说，你把我招工，搞到厂里来。就在你班上做事。要得不？”

我就想起了刚才汪春廷说的话。

“汪春廷说师傅哄他做临时工，就是指这件事情吧？”

“当然，他一直怀恨在心。动不动就说师傅答应他了又不兑现，进来才晓得只是个临时工。其实师傅还真帮了他大忙，跟莫主席磨了好久才把他搞进厂。春不老不懂政策，临时工也分好几种，搞得长的才从厂里发工资。那要报计划上去，由市里批下来才算数的。”

“汪春廷后来呢？他就一直没结婚？”

“那老鬼从来只顾眼前快活。仗着身板硬朗，到处玩女人。一晃六十岁了，钱又没攒下几个。他还结个鬼的婚啊？”

我回想了一下汪春廷那一脸的白胡茬，不禁笑了。

“倒也奇怪。那个鬼样子，也有女人愿意跟他玩？”

“花钱呗。”梁师兄做了个鬼脸，“这个春不老，别的方面小气得要命。只要搞不正经的事情，钱就当成了解手纸。”

第六章

一

五一节好像没过多久，眼睛一眨又要过国庆节了。

严格地讲，后天才是十月一号，我的同学都情愿说是明天。那是因为国庆三天假期从明天算起。我理解他们，假期越多越好。如果从今天起算，大家会更加开心。

前两天我偶然遇见了小梅。这个傻大姐，自从下车间之后，就像是从地球上蒸发了，很难得见到她。分配给她的工种不好也不差，她当了一名嵌线工。

嵌线那道活儿很多人都不愿意干。之所以说不差，是因为工作环境也还洁净。往电动机肚子里安装绝缘线圈，不能有油污，更不能有任何杂质。雪白的棉纱手套，稍微有一点污渍就得重新更换。做那种工作大多都是女工，衣服干干净净。上班去到车间是什么样子，下班回来还是什么样子，引得其他爱漂亮的女工钦羡不已。

其实那工种很累人。遇上小型号电机还勉勉强强，型号大点的电动机，动不动就几十上百公斤。个子小的女孩子搬起来相当费劲，班长就分配给个子大一点的女工做。

小梅之所以跟我关系好，是因为她在学校是女子篮球队的主力球员。打的是中锋位置，可以想见身板多么高大。也许正是具备这种优势，嵌线车间才看中了她。

五一节过后没多长时间，吴启军就告诉我说，小梅跟徐士良正式谈了对象。这事还真的有先兆。档案室里留过照片，当时徐士良就躺在她的膝盖上。说不定他们还真是从那张照片中得到的启发。

只是那消息让人难以想象。徐士良跟小梅并排站在一起，真还没她的肩膀高。吴启军见我不相信，就笑话我说，看来你对徐士良了解得不够深刻。徐娘那小子，从小就有母性依赖症，你懂不懂？

“那，小梅呢？”我不同意他的观点，“总不会有什么小男人依赖症吧？”

“还跟我争论。”吴启军哈哈一声笑，“铁的证据每天都在眼前。你师傅跟你师母，不也是脚短鞋长吗？哈。”

当然，想不明白也只是想不明白。人各有志嘛。

那天从厂子大门走出去看我妈，小梅买了一些带回家的礼物，正好迎面碰上了。见她兴致勃勃，我也完全忘记了她谈对象的事，只是跟她打听哪些同学回去，哪些同学不回去。说实话，当时我心里只是惦记着姜红梅，希望能从侧面了解一些情况。

小梅一边想一边说，第一个就提到了姜红梅。

“大梅肯定不回去。”

“哦？你怎么知道？”

“我问过她。”

这个回答让人欣喜。

“那，她为什么不回去呢？”

“好像得加班吧。”小梅说，“政工干部的事，我不好打听。”

“对，最好别问。”我觉得这是个机会，顺口便打听，“大梅她的家在什么地方啊？”

“福建吧。”小梅知道的也不多，“好像是什么军区吧。反正她家是部队上的。具体干什么，她从没说过。我也不清楚。”

尽管小梅也不太清楚，我已经听得相当满足。既然姜红梅决定不回去，国庆放假几天我就有机会了。

事情很凑巧，回到我妈家里，姜红梅正好就在那儿。

看见我回家了，姜红梅就站了起来，微笑着朝我点了点头，起身便向我妈告辞。

“杨妈妈，坐了老半天，我也该回去了。”

我妈舍不得让她离开，只想留住她。

“哟，正好哲民回来了，一起吃个饭再走呗。”

本来我也应该挽留她，却有点说不出口，反而替她解释了一句：“妈，姜红梅工作很忙。那就以后再说吧。”

我妈看了看我，又看了看姜红梅，不好再说挽留的话。

“以后就以后吧。”我妈有点过意不去，“哲民，妈腿脚不方便，替我送送小姜。啊？”

我没有推却，姜红梅也没劝阻。两个人一前一后走了出去。

路上没什么人，我就有一搭没一搭地跟她打听。

“对了，国庆节放假，同学们都准备回家探亲。你呢？回不回去？”我这是明知故问，听上去倒是自然而然。

跟小梅告诉我的情况一模一样。姜红梅回答我说，国庆节她还要加班，没有时间回去。

“车间都不加班，科室还加什么班啊？”

“你应该知道啊。”姜红梅并不避讳，“劳动模范申报材料，国庆节过后就得报机电局。上次我告诉过你啊。”

“啊，就是包括我师傅的那些材料？”我顺着她的话问了句，“梅子，能不能透个字儿？我师傅还在三分之一里头吧？”

大概扛不住我喊了声梅子，姜红梅就笑了。

“哈，告诉你也没关系。你师傅的名次还往上升了一位，从第三上到第二了。”

我当即表示非常赞同。

“完全应该。最近我师傅家里出了点事情，他又当爹又当妈的，工作还搞得越来越起劲。全车间人都看在眼里。一般人真的很难做得像他那样。”

姜红梅侧头看了我一眼。

“你真这么觉得？”

这一问我又有点犹豫了：“怎么？还是有点不同意见？”

“不是有点。还不少呢。”她云淡风轻地笑了笑，“当然，问题要客观地看。你们车间党总支还是非常肯定他的。”

我觉得不能再往下打听，就转移了话题。

“对了，有三天假期，你不会每天二十四小时都要干活吧？”

“当然不会。没那必要。”她肯定地说，“时间都是由自己掌握的，只要不耽误材料上报就行。”

趁她这句话，我就鼓起勇气问了句：“有没有可能，抽时间去我妈家里吃顿饭？”接着又赶快补充，“或者就我们俩，找个清静的餐馆？”

“哲民，凡是吃饭的时间都不行。”她说得很肯定。

“为什么？”我听得一愣，“再忙也得吃饭啊。”

“不是，都安排满了。”她摇了摇头，“明天去骆科长家。他母亲住乡下，我们科的人都得去。骆科长早两天就邀请了。”

“那，后天大后天，不是还有两天时间吗？”

“后天去申科长家，他是我们副科长。大后天王秘书早就做好了安排。人家是厂办秘书，跟我叮嘱了不下五次。”姜红梅的考虑非常周到，“骆科长家去了，申副科长家里也去了，唯独不去王秘书家，人家心里会有想法。总得一碗水端平啊。你说呢？”

“呵，行啊。”我有点不开心了，“我这儿还有一碗水呢？是不是觉得炉工什么长都不是，端不平也无所谓？”

“哲民，你怎么能这样说话啊？”姜红梅听得不高兴了，“怎么拿他们比？内外有别知道吗？你是谁啊？咱们都这样了。”

本来我还想问她咱们都怎样了，话到嘴边又吞了回去。我心里不痛快。三天假期她都没考虑我，搁谁身上也不会痛快。

其实我那是冤枉了姜红梅，也淡看了她。姜红梅很能统揽全局，心里早就做好了安排。

“哲民，你脑子里怎么只有一根筋？”她转而一笑，“干吗非要一起吃饭啊？不管在哪里吃饭，都避不开旁边的人。难道就不想单独跟我在一起吗？”

这叫一句话点醒了梦中人，当时我就喜笑颜开。

“哈，我这脑子怎么突然断电了？晚上的时间更充裕嘛。嗨，真的笨。”

姜红梅也喜滋滋地看着我。

“放假三天，至少有一个晚上我可以陪你。再加把劲，说不定还能争取两个晚上。你看这样行不？”

我赶紧表示同意，觉得已经达到了最佳效果。

三个晚上不现实，一个晚上不尽兴。能够有两个晚上跟她在一起，我这感恩戴德的心情，烧三炷高香都不足以表达。还有什么不行的呢？

二

翻砂车间每个工段都在做放假的准备。

熔炉班已经把冲天炉前后打扫得干干净净。师兄们难得遇上这么长的假期，有人等不及，还没下班就换上崭新的工作服，只盼着下班的铃声了。

唯有我一个人没必要急着换衣，还是一身的肮脏。

离下班还有半个多小时，我师傅也一身粉尘地走了进来。他朝那几位师兄打量了一眼，笑着说："一个个穿成了新郎官样子。屙屎都等不及挖茅坑了？哈。"然后很大方地一挥手，"打扮好了就回去吧，也不在乎这半个小时。"他又交代了句，"二号晚上，再迟也要赶回来哦。十月份的开门红，等着你们大显身手呢。"

师兄们高声欢呼，一阵风似的不见了踪影。

师傅看见我没走，也没换衣服，便高兴地点了点头。

"也是的，你不赶车也不赶船。家就在厂跟前，方便得很。"

他这么一说，我顿时就有点敏感。

"师傅，国庆节放假这几天，不会有什么事情要做吧？"

"唉，民儿，师傅正要跟你商量呢。"

我心里一紧："您说，师傅。"

"我又不大好意思开口。"他略微有点犹豫，"都放假了，你还有杨妈妈要照顾。我要占用你的时间，多少有点不近人情不？"

我就以为是师傅家里的事需要人帮忙。

"没关系的。师傅，有事您尽管说。我妈那儿好办，离得近。"

"是这样的，民儿，"师傅就布置开了，"放假这三天，你我两个轮流值班。你晓得的，正式职工放假，临时工还要照样做事。他们想赚钱。多搞一天事，多赚一天的钱。"

"临时工都不回家吗？"我马上想到了汪春廷，"那个春不老，汪师傅，他也不放假？"

"我最不放心的就是他。"师傅说得很严肃，"人老心贼，手脚又不干净。所以我们熔炉班二十四小时都离不得人。这样吧，民儿，你我两个白天夜晚轮换着来。每个人每天值十二个小时班，好不？你就辛苦一下，安排好杨妈妈。可以不？"

听完师傅这些话，我心里突然间来了一股怨气。

这人是怎么啦？一会儿想出一个名堂，完全是没事找事嘛。熔炉班有必要二十四小时轮流值班吗？除了铁锭就只有焦炭了。那些东西没有出厂证不可能拿得出去。其他还有些耐火泥和石灰石，送给别人都不会要。

再一回想梁师兄告诉过我的那些事，就觉得师傅这人心胸也并不开阔。即便汪春廷手脚不干净，他也得有东西可偷啊。

“师傅，余师兄也不回去。要不您跟他做做工作？”我这话说得比较委婉，其实就是拒绝的意思。

我师傅就上前一步，伸手拍了拍我的肩膀。

“民儿，师傅多亏有了你。像这种责任重大的事情，那几个师兄没有一个人靠得住。尤其你梁师兄，一直跟那个春不老划不清界限。我讲句话搁在这里，还像这样搞下去，迟早他要吃大亏的。你余师兄也是，不问青红皂白，跟在别人的屁股后头混。梁师兄讲什么，他就相信什么。他要是不栽跟头，我就不姓莫。”

当即我就有点警惕。师傅说是说信任我，却不停嘴地骂梁师兄，还把余师兄连带进去。在我听来，怎么就有一点怀疑我的味道？

那天梁师兄说师傅跟汪春廷是同靴兄弟，这话相当难听。是不是有人透露给我师傅了？要真那样的话，师傅让我假期值班，分明就是对我的一种考验嘛。

这件事看来已经无法推托，我就在心里琢磨了一下。反正姜红梅白天都有安排，索性答应师傅算了。

“师傅，既然您这么信任，我也不能不识抬举。这样好不好？我不值晚班，三个白天我都来。一天也不耽搁。行不？”

我师傅顿了顿，长叹了一口气。

“唉，民儿，你明明晓得师母那情况。”然后他一拍大腿，“师傅这话也不对，你也有你的情况呢。行啊，师傅每天值夜班。年纪大熬得夜，索性多给你两个钟头。你早上八点值到下午六点，十个小时。其他时间，总共十四个小时都交给师傅。就这么讲定了。”

假期莫名其妙加班，我是吃了亏的。听师傅这样的安排，我又有一种占了便宜的感觉，就赶紧答应了。

临走的时候，他又叫住了我："民儿，还有个事情。"

我站住了："师傅，您说。"

"啊，也没什么事了。"他笑了笑，话讲得很有人情味，"民儿，我只是交代一声，晚班嘛你可以不上，也不要只顾玩自己的。杨妈妈上了年纪，身体也不怎么好。每个晚上你都要回去多陪陪她老人家。假期好难得呢。听见没有？"

师傅这句话肯定是真心实意，只是让人想不通。既然假期难得，那又何不让我完完整整地享受一次呢？

我跟姜红梅有约定，他绝不可能知道，却很像是知道了。别只顾玩自己的是句什么话？说是说关怀我妈，其实是找借口给我一剂预防针。是这个意思吗？

反正听完他最后那句话，我什么都不想说。只当是一片好心吧。他不知道好心有时候也会损害到别人。你完全可以要求自己以电机厂为家乡，以熔炉班为家庭，这当然好。

硬要以这个标准要求别人，那就应了他自己的那句话，真的有点不近人情了。

三

我师傅当天晚上就去熔炉班守夜了。说好了的事情，他一向认真负责，雷厉风行。

第二天，我照师傅的安排，清早就赶去接他的班，心里总在琢磨他那十四个小时都干了些什么。如果是我，会带一本书去看。我师傅肯定不会用书本打发时间。从下午六点到第二天上午八点，一个通宵两头见亮。那么长的时间，他又是怎样熬过来的呢？

车间大门没上锁。我往里头看了一眼，平时那种热火朝天的景象陡然消失，什么声音都没有，死一般的寂静。放轻脚步走进去，上下左右空旷无际。那种感觉怪怪的，像是来到了童话里的小人国。我就是一个拇指小人，懵懵懂懂闯进了陌生的世界。

熔炉班在车间中部位置，跟车间垂直。从空中看下来，形状相当于一个大写的英文字母T。车间就是那一横，熔炉班就是那一竖。一竖很短，一横特别长。这种设计便于浇注砂模。冲天炉熔出来的铁水，去往车间两头的距离都一样，温度就保持得很好。

那天只是值班，就没有必要穿工作服。值班员的责任是保护财产安全，所以我尽职尽责，一到熔炉班就四处查看。

除了觉得班上比平时更加整洁宽敞，其他都没有什么变化。昨天下班什么样子，今天仍然还是那个样子。生料还在，熟料也在。所有东西都在，偏偏我师傅不在。

他应该在。不在是不对的。尽管一切平安无事，至少他还得跟我交接一下情况啊。

我们班的设备很多。卷扬机、搅拌机、鼓风机、冲天炉，都是些大家伙。尤其那台鼓风机，不光体积大，管道还很长，曲曲弯弯的，很遮挡视线。说不定师傅倒在那台设备后头睡着了，没发觉我进来。

刚想喊他一声，忽然看见窗户外头探进来一个脑袋，伸出一只手使劲朝我召唤。我看清楚了，那人是我师傅。

他跑窗户外头去干吗？车间两头都有厕所，难道非得出去小便？窗户开得很低，他显然是蹲在那儿的。该不会吃坏了什么东西，在那里泻肚子吧？

正猜测着，师傅又朝我打了个不要声张的手势，然后朝着鼓风机方向指了一下。那副神神道道的样子，顿时就把我搞紧张了，还以为鼓风机发生了什么情况，就朝那边走了过去。

鼓风机静静地卧在那儿，什么异常情况也没有。师傅这才翻进窗户走了过来。

“民儿，昨天半夜里，有人摸到车间来了。”他声音压得很低，“就躲在我们熔炉班。”

这话吓了我一跳。

“真的？您看见了？”

“看是没看见，我闻到了。好大一股酒气。”

“是吗？”我闻了闻，“您确定吗？我怎么没闻到？”

我的确没闻到酒气，也没闻到其他气味。

师傅想了一下：“半夜闻到的，这都天亮了。可能散发掉了。”

“半夜吗？几点钟的时候？”

“应该是昨天夜里十一点到今天转钟三点之间。”他再次确定了一下，“没错，应该就是那个时间进来的。”

“师傅，当中有四个小时呢。”我觉得很奇怪，“那段时间您没在班上吗？还是睡着了？”

师傅迟疑了一下：“民儿，师傅昨晚上离开了几个钟头。”他跟我讲了真话，“硬是熬不住了，回去眯了一下。活见鬼，就那么一下，真的出了问题。唉，师傅也犯了错误。”

“没犯什么错误吧？是不是您担心犯错误，就多心了？”我笑着安慰他，“我没发现有什么不对啊。”

“是吗？”师傅心里没把握，“民儿你鼻子灵，再仔细闻闻看。师傅真的闻到过呢。莫不是没睡醒，鼻子出问题了？”师傅有点不甘心，“哦，想起来了。十一点钟回去之前，我还记得没关灯。转钟三点回到班上一看，所有的灯都黑了。当时我就觉得不大对头。酒气就是那个时候闻到的。”

“是不是跳闸了？”我看看头顶上的水银灯，的确没打开，“您试过这开关吗？”

“没有，我一直没敢试。”他肯定地说，“我这就开一下试试。”

他走到开关前一按，灯就亮了。连试了几次，开关没问题，他就有点困惑了。

“没问题啊。未必我走之前把灯关掉了？”

“很有可能。师傅，您平时养成了随手关灯的习惯。”我便彻底放下心来，“哈，自己把自己吓成那样。没事了，师傅。”

没想到师傅那会儿相当固执。

“不是没事。民儿，真的有事。”他想起了什么，“走的时候，我不可能关灯。当时我还动了脑筋，灯不能关。不关灯别人就以为里头还有人。有人在里头，坏人就不敢进来。民儿，师傅想起来了，真的没关灯。”

我心里就很不高兴了。他这人怎么啦？一惊一乍，突发奇想，真让人受不了。平白无故，非要安排值班，有这必要吗？还装神弄鬼，又是有酒气，又是没关灯。大过节的，怎么就不给人一点安宁呢？

“民儿，师傅想好了。”他根本不想安宁，“白天不值班了，反正厂里护厂队有人巡逻。你我两个，都改成晚班。”

“不行的，师傅。”这次我回答得非常果断，“假期这三个晚上，我都安排事情了。”

师傅望着我，眼睛不停地眨动。

我知道他还在想理由。心里说，你省省吧，这一次，想什么理由都没有用。谁也别想侵占我跟姜红梅的时间。何况不值晚班的事情，一开始我就申明过。

“民儿，你没听明白。不是让你一个人值晚班，轮流呢。”

“轮流也不行。我每个晚上都有事。”

“那就这样，一个晚上分成两段。前半夜，后半夜，由你选。”他已经想好了，“有事只在前半夜不？那你就值后半夜班。十二点到四点，可以不？”

这个主意倒是把我噎住了。后半夜还能有什么事呢？姜红梅也有材料要赶。即使不赶材料，夜里十二点之前也得回宿舍。她是个非常自律的人，不会乱来。我也把跟她的关系看得非常神圣，苟且的事情我们是绝对不会做的。

何况师傅只让我值到四点，离天亮还有两三个小时。他说四点钟肯定让我回去睡觉，他会再过来接班。这已经很宽容了，我还能找到什么由头继续推托呢?

我清楚地记得姜红梅的假期活动安排。

放假的头一天，她跟科里的几个干部要去乡下，到骆青涛的父母家吃饭。路比较远，还不知道什么时候回来。

至少白天没事儿。上午去看看我妈，再回到宿舍安心地睡了整整一个下午。

晚上一直等到七八点钟，还没得到姜红梅的任何消息，我就知道这个夜晚肯定见不到她了。十二点要去接师傅的班，得找一本什么书带过去看。翻了半天找到了一本《铸造工艺》，觉得跟我的工种有点对口，就揣进衣兜，提前去了熔炉班。

那时候才夜里十一点。我师傅见我来那么早，特别高兴。

“民儿，你提前了一个钟头呢。”这回他有点过意不去了，“那就这样吧，师傅也提前一个钟头过来接班。三点钟，要得不?”

我却显得有点无所谓。

“也别那么急。我带了书，您多睡一会儿，我没关系的，正好看看书。”

有的时候很奇怪。原以为白天睡足了觉，晚上就会有精神，其实也不见得。说不定到了晚上更犯困。我那天就是这样，师傅回去不到半个钟头，我就感到很疲倦了。

也许是那本书带得不对。不知道那是哪家出版社编写的，里面的内容很肤浅，而且还东拼西凑，有点牛头不对马嘴。提不起兴趣来，人就开始发困。

或许也有别的原因。

整整一天都没有姜红梅的消息，影响了我的情绪，看什么书都不会有兴趣。

实在撑不住的时候，我看了一下表，十一点半还不到。想到还要跟困意搏斗三四个小时，我的信心就完全崩溃了。

师傅昨晚十一点就没能熬住，溜回家去一直睡到凌晨三点，我又何必死心眼呢？

老话说，前三十年睡不醒，后三十年睡不着。睡不着的人都没能熬住，何况我还在睡不醒的年纪呢？不管了。睡吧。

工具柜背后跟墙壁之间有一道空隙，方方正正。平时用一条布帘遮挡起来，权当我们换工作服的更衣间。柜子前面放了一只小凳子，坐下来换防护靴用的。那地方正好合适。

拉上布帘子，猫在里头打个瞌睡什么的，既隐蔽又安全。我身材虽然高大却并不肥胖，坐进去左靠柜子右靠墙，四平八稳。睡着了也不会摔倒。

当时我也想了一下要不要关灯。按照师傅的说法，不关灯，说明班里有人，贼人不敢进来。那就不关吧。

可我又担心不关灯很难入睡，进去的时候我把书也带上了。虽然没什么可看，把它当催眠剂倒是非常有效。

这个选择非常明智。翻开书本没看上两页，我就睡着了。

四

应该没过多长时间，感觉我还没怎么睡熟，突然就被什么动静给惊醒了。

神志迅速恢复之后，就听见有人开门。

熔炉班通往生料场有个侧门。门轴上的润滑油经常被高温烤干，开门的时候嘎嘎作响。我听得清清楚楚，又是那种声音。有人正在推侧门。

有那么一瞬间我以为师傅还没走，他在车间外头转了几个圈又溜回来了。他想查我的岗，看我是不是尽职尽责，特意不从前门过来，就绕到了侧门。

很快这个假设就不成立了。侧门推开之后，一个高大的身影昂首阔步走了进来。不用仔细分辨，那人是汪春廷。

这么晚了他来车间干什么？临时工虽然不放假，那也只每天上午才过来做事。男临时工搬运一点材料什么的，女临时工的任务是给浇注出来的铸件去砂。那都是白天的活儿，晚上他们一般都不做事的。

我想起师傅说过他手脚不干净，立刻提高了警惕性。看见汪春廷走进来，我没有声张，轻轻把布帘拨开一条缝，紧紧地盯着他的一举一动。

“蠢东西，一个人都没有，还把灯开这么亮。”汪春廷一边自言自语，一边四下观望，“有人不？有人就作句声。啊？”

喊了几声，没有人回应，他又往翻砂工段那边走了过去，照样地喊了几声。没听到人回答，又走了回来。

“一边讲节约闹革命，一边浪费电。”他走到开关跟前，“一个个都是些口头革命派。我日他的。”

“叭叭”几声，他就把所有的灯关灭了。动作非常熟练。

就在灯光熄灭之前一刹那，我忽然看见了他左手拎着一只酒瓶。灯关得快了点，来不及再看，但是我已经看得很清楚了。暗绿色的玻璃瓶子，好像还有小半瓶红酒。

难怪我师傅昨天百思不得其解，这时候我才弄明白，师傅的确没有关灯。那应该也是汪春廷过来关的。师傅还说他闻到了酒味，这就更能证明汪春廷昨天也来过。大概这春不老精神头太足，晚上喝酒还不忘记到车间巡视一趟。这老家伙还挺有责任心的。

汪春廷关好灯，又从侧门走了出去，嘴里还唠叨着什么，听不太真切。人老了到底粗心，出去的时候，也没顺手关门。

想了想，我心里还是不踏实，觉得侧门老是开着也不好。生料场后头是工厂的围墙，听说以前就抓到过翻墙过来偷生铁卖钱的团伙。我觉得有责任去巡看一下，回来再把侧门关上，就站起身，从更衣间走了出来。

坐在里面不觉得，走出来才发现车间不开灯什么都看不见。外头生料场上也有一盏路灯，不知怎么也没打开。没有任何光透进来，车间里头四处墨黑，就跟跌进了坟墓一般。

好在环境熟悉，知道侧门在什么方向，我就凭感觉朝那方向摸了过去。这时候眼睛才对黑暗适应了些，发现侧门外面有一点自然光。那天没有月亮，星星还有，那是星光。

幸亏有星光，我一眼就看见围墙那边有两个人。那两人手拉手，正朝侧门这边走。一路上还嘻嘻哈哈，声音放得很轻。

我听出来了，那是一男一女。男的声音我很熟悉，是汪春廷。女的是谁我分不出来。听她说话，有点像我师母那边的口音。

那一下我什么都没想。像是一种本能反应，赶快退后几步，迅速溜回了那个更衣间。也许我觉得让他们撞见不大礼貌，或者也是因为要弄清楚他们到底想干什么。我掩上布帘子，特意留了一条缝，便于往外观察。

当时我的心跳得格外厉害，怦怦作响，自己都听得见。

汪春廷把那女人带进熔炉班，直接走到了鼓风机前面。

那女人问了声："有东西垫不？"

"还要问？早就准备了。"他取出一件东西给女人看。

"麻布袋啊？干净不干净？"

"这是装耐火灰的，干净得很。洗了又洗。"

女人不相信："谁还洗麻布袋啊？"

"当然要洗。麻袋要回收的晓得不？比你的衣服还干净。它没嫌你不干净就不错了。"

那女人没再说什么，把那条麻袋接过去了。

汪春廷就去开通风管上头的检修窗。我上次看梁师兄开过一回，检修窗的门把手是圆的，像是轮船驾驶室的舵轮。汪春廷力气很大，三两下就把检修窗的那扇小铁门打开了。

“麻袋呢？”他回头问。

那女人赶紧把麻袋递了过去。

汪春廷个子高，将身子探进通风管去铺麻袋。

“好了。你先进去。”他吩咐了声。

“这么高，我爬不上。”那女人说。

汪春廷就去托她：“过来，我把你举进去。”

女人甩开他的手：“想得美啊？钱都没讲好呢。”

“真的烦人。”汪春廷想了想，“行啊，依你的。两块五。”

“两块五我还跟你讲什么？起码三块。”

汪春廷心不甘情不愿。

“好啰，三块就三块。”他朝那女的嫌弃了一句，“你这个丘三元。”

那女人的声音我不熟悉，丘三元是怎么回事我是知道的。那还不是她的名字。

来车间做清砂工作的女临时工，一个星期工资三块钱，有的师傅就给她们取外号。发工资那天，就朝着她们喊，张三元，领钱去啊。李三元，还不去领？晚一脚就没有了。于是三元就成了清砂女工的代名词。由此可见，汪春廷带来的这个女人，就是在我们车间清砂的临时工，她姓丘。

汪春廷先把钱塞给那女人，接着就把那女人塞进了通风管。到了这个阶段，他们两个想搞什么名堂就用不着猜测了。

接下来我该怎么办？继续待在这里合适吗？肯定不合适。不待在这儿也不合适，我还担负着值班的责任。怎么办呢？这还真是左右为难。车间进来了不该进来的人，我不光是不闻不问，反而心怀猥琐，偷听别人的淫秽勾当。过后领导追查起来，我就犯了双重错误。还不仅是严重失职，连道德品质都搞污浊了。

出来阻止他们吗？好像没有理由。毕竟人家又没有损坏公家什么东西。通风管是用两毫米厚的合金钢板卷成的，再大的重量也压它不坏。那两人又都是本车间的临时工，相互还认识，放了假在一起玩玩，有什么不可以呢？干涉人家算什么事啊？除非有嫉妒之心。

我正犹豫不决，管道里头那两个人就开始打情骂俏了。

女的说："一点都不平，躺下不舒服。"

汪春廷说："那你睡过去点。"

女的说："麻袋没那么宽。"

汪春廷趁机说："那好办，你就睡麻袋，我睡你身上。"

女的就伸手掐他。两个人嘻嘻地笑。

慢慢地两个人都不出声了。

隔了一阵，又听见女的娇生生地说："手拿开，痒。"

汪春廷就问："心里痒了不？"

那女的骂了声死鬼，不作声了，接着就开始呻吟。

只听见汪春廷闷着喉咙吼了句："老子上来了。"那女的就一声尖叫。

然后只听见管道里头一通乱响，好长时间没停顿。

不行了，无论如何我都听不下去了。我站起身，不顾一切就往侧门那边逃，就跟有炸弹空投下来似的。

慌乱中一脚踢翻了那只小凳子，正好砸在旁边的钢板上，"咣当"一声脆响，声音很大，那两个人肯定听见了。

我真的没想要惊动他们，自己都被那响声吓了一跳。情急之下，索性甩开脚步，飞一般地冲出侧门，一直跑到了生料场那边。

生料场角落堆放了一些生炉子用的木头和柴草。那儿地势高，也可以躲人，我就一头钻了进去。

听了一会儿，好像没有人追出来，我才稍稍定下心来，拨开柴草看看熔炉班那边是个什么情况。

那边仍然一团漆黑，却听得见里面的声音。

汪春廷和那女人手忙脚乱。惊叫声埋怨声，一清二楚传到了我耳朵里。

汪春廷又惊又怕，在里头凶那女人。

“还不出去？护厂队来了看你往哪里跑。”

女的慌作一团。

“你喊死啊？我的腰。”

“腰怎么了？”

“不行啊，”女的说，“给门卡住了。”

“我帮你。”汪春廷一咬牙，“来，一、二、三。”

接着就听见“噗”的一声，好像那女人摔到了地面上。

“哎呀！我的腿。”她放肆喊叫，“我的娘啊！腿断了！”

就听见汪春廷吼她：“喊不得，祖宗！我来看看。”

他跳出管道，帮她看了看，然后张口就骂。

“你这狗婆娘玻璃做的啊？没得卵用。日他的，腿还真的断了。”

女人“哇”的一声，呼天抢地大哭起来。

“小声点，活祖宗。哭，哭，把我都哭慌手脚了。”汪春廷一时束手无策，“不管了，赶紧走了再讲。来，我背你走。不怕的，背你去找个郎中。”

很快我就看见汪春廷背着那个女人从侧门跑了出来。

出到外头，那女人也不敢哭得太响，压着声音苦苦呻吟，听得我心里直打冷战。她那痛不欲生的样子，真的好可怜。

五

走回熔炉班，半天我都没回过神来。心里想，我恐怕会为这件事后悔一辈子。

浸泡在蜜糖水里的人，那是惊吓不得的。害得人家把腿都摔断了。按照八字先生的说法，这叫缺阴德。要遭雷打的。

车间里头伸手不见五指，好长一段时间我都没去开灯。

本来是要去开灯的，想到汪春廷他们还没走多远，开了灯会更加吓到他们。厂子里遍地都是钢材铁片，背着女人跑起来不利索。要是再摔一跤，受到的伤害就更加严重了。

当时我的确是这样想的。我想等他们走得更远一点，一直走到完全看不见这边了，再把灯打开。

其实我非常想开灯。非常想看看那个现场，看看他们在慌乱之中搞成了什么样子。果然，一开灯我就看见地上有一只葡萄酒瓶。里面的酒水没喝完，流出来把地面浸湿了一大片。空气中还残留着好大一股酒气。

说不清是为了什么，我觉得必须把那酒瓶处理掉。不能让我师傅发现。

刚要捡起，手又缩了回来。我知道一些侦察员破案小常识，一般都是要提取指纹的。寻了好一阵，找到一张旧报纸，就用报纸把酒瓶包上，放进了更衣间。

心里还提醒了自己一声，回去的时候一定要记得带走。扔都不能扔在离厂子太近的地方。

然后再回到通风管前面，才发现那两人逃出来的时候何等慌乱。现场留下了太多的痕迹，一目了然。

检修窗椭圆形小铁门大开大敞，根本不可能来得及关。那条被他们滚作一团的麻布袋还留在通风管里面。

我尤其关心那个女人摔倒的地方。蹲下去看了半天，还好，没发现血迹。除摔断了腿，其他地方应该没受什么伤。

那会儿我太专注，一心只在察看现场。站起身一回头，远远地看见我师傅进了车间大门，正在朝这边走，顿时把我吓了一大跳。

怎么回事啊？迟不来，早不来，正好卡在这个时候，难道只是凑巧吗？

大概有什么异常的现象引起了他的注意，师傅一进车间就放慢了步子。他的警惕性很高，一边走还一边朝车间四周打量。

眼看他就要走到熔炉班了。关上那扇检修窗肯定来不及，我心里就开始慌张。

我真的不想让师傅知道汪春廷刚才做的那些事情。他跟春不老虽然不叫情敌，水火不相容是肯定的。

难怪他一定要坚持假期值班，就跟预先知道会出这种事情一样。其他几个师兄明白他跟汪春廷的恩恩怨怨，所以师傅就把他们几个人一概排除，专门指定我这个来得最晚的徒弟跟他配合。怎么想怎么觉得就像我师傅做的一个局。

正在胡思乱想，师傅已经走过来了。

"民儿，我怎么觉得有点不对头啊？"他抬头看了一眼水银灯，"这灯是你打开的？"

"什么？"我心里愣了一下，"哦，是的，是我开的。"

"那，关呢？"师傅好像什么都知道，"也是你关的？"

"是啊，"我没多想，"也是我关的。"

他好像不相信，又抬头琢磨那盏灯，好像灯会讲实话似的。

"师傅，您一直没回去睡觉吗？"我索性争取主动，"从十一点一直到现在？"

他一听就笑了。

"睡了呢。交班回去倒头就睡了。只是睡得蛮浅的。想到三点还要接你的班，不到两点就醒过来了。蛮好了，睡这么些时间足够了。"

"那您怎么知道这儿关过灯？中间您来看过？"

"没有啊。刚才往这边走的时候，隔老远看见熔炉班没开灯，还以为你关灯打瞌睡去了。师傅想让你早点回去休息，就赶紧往这边走。半路上，看见灯又亮了。"

他的解释跟这边关灯开灯的过程完全吻合，我心里就安稳了些。

但是现场那些景象无法掩饰，师傅一看就不高兴了。

“民儿，哪里都可以睡觉，你怎么非得钻到风管里头睡啊？这是严重违反安全规章的事情，未必不晓得？搞不得的呢。你看你，唉。多亏只师傅一个人发现。”

我张了一下嘴，话又吞回去了。既没承认也没否定。说不是我，那该往谁身上推呢？承认是我，万一真相暴露，我这就是帮春不老打掩护。那算怎么回事？除了证明我跟他同谋，还能有别的解释吗？

师傅也不再追问，他发现了其他嫌疑。

“民儿，你闻到没有？一股酒气。”他连嗅了好多下，“赶紧闻。葡萄酒的味道。”

“是吧？”我搪塞了句，“反正我是不喝葡萄酒的。”

师傅却相当肯定。他紧跟那气味，顺藤摸瓜一般，很快就发现地上那一摊酒渍。

他走近检修窗，发现管道里头气味更浓，往里头看了一眼，将头探进去，飞快发现了那条麻布袋。

“咦？这是什么？”他一把就将麻布袋拖了出来，“哈，民儿，你睡得蛮舒服嘛。还晓得垫个麻袋？”

很快他就觉得那麻袋不大对头。手上触摸到了什么。

“咦？上头还有水？”感觉到那水也不大对头，“呀，怎么像糨糊？”他将指头凑到鼻子前头闻了一下，脸色就变了。

“民儿，师傅晓得了，不是你搞的。”他目光似箭，“你跟师傅讲真话，什么人在这里搞名堂了？”

“什么人吗？”我只能装迷糊，“师傅，我真的不知道是什么人。”

师傅不相信，信口开河就一通乱猜测。

“我想是吴启军。你们好几个同学都在搞对象呢。以为我没听说？师傅晓得你没有对象，不会搞这些脏事情。那也不能包庇别人哦。”他认定了，“只有吴启军。他又没跟个好师傅，段一村那人更坏。你跟我讲真话，是吴启军还是他师傅？”

“怎么可能？吴启军是保定人，前天下午就回河北了。”

师傅顿了一下，自己又把那些猜测否定了。

“哦，是的。好像段一村也去长沙玩了。”他仍然不甘心，“那你再想想，这会是谁呢？”

我觉得有点好笑，他这是打个谜语让我猜吗？

“师傅，我猜不出来是谁。”

“没让你猜，是让你坦白。”他的表情非常严肃，“你一直在这里值班呢。出了这件事，你会没看见？”

“师傅，那我就坦白地告诉你，我什么都没看见。”他那话听得我来了火，“我困了，没能熬得住，关灯睡觉了。”

“睡觉？你在哪里睡的？”他不相信，“检修窗的门都打开了。那么大的声响，也没把你闹醒？”

“我出去睡的。”人一着急，反而更能随机应变了，“我到生料场睡的觉，在那柴草堆里头。不信你过去看看。”

师傅就不作声了。那地方确实可以睡人。午休的时候，师兄几个经常去柴草堆打个盹。师傅有时候自己也去。

“唉，我早就交代过你。”他连连埋怨我，“有事出去问题不大，车间的灯是不能关的。你看看，真的出问题了吧？”

看来这件事情已经接近尾声了，我也就不再说什么了。

下一步该怎么办，师傅也考虑成熟了。

“不是你就好。肯定不是你的同学，那我就更放心了。”他回身把那条麻布袋放回通风管，“民儿，你在这里守好，知道不？一定要保护好现场。师傅很快就回来。”

我不明白他还想干什么。

“怎么啦？您要去哪儿啊？”

“我这就去宿舍楼，把保卫科刘科长喊起来。”他一边转身一边补充了句，“看看政工科谁在值班，也喊他带照相机过来。”

这时候我才知道自己想得太简单了。

我师傅是个看戏不怕班子大的角色。好容易抓住一个苗头，哪会轻易让它进入尾声？

看来事情会越闹越大，我第一反应就想到了那只酒瓶。

乘着师傅去叫人那工夫，我赶紧跑到更衣间，找出用报纸包着的酒瓶子，塞进我自己那个格子里，用脏衣服遮挡得严严实实。

六

我预料得非常准确，这件事还真给闹大了。

政工科和保卫科当晚就派人赶到了熔炉班。骆青涛没有来，姜红梅也没来。政工科来的是申副科长，带了部照相机，还有一只电子闪光灯。

他们谁都没有动现场的东西，只是闪着灯拍了很多张照片。然后保卫科的人就把车间所有的门都换了新锁。大门侧门一律换锁，随后用封条十字交叉封了个严丝合缝。

搞完那些我看了看表，半夜两点五十分。接着就有四名护厂队员赶过来，接管了我和师傅的值班权。

保卫科那位刘科长吩咐师傅和我："你们两个人暂时都不能回去，跟我到保卫科谈谈情况。一是要清楚，二是要真实。我们要做记录，明天报公安局的。"

他用了一个新笔记本做记录。刘科长有书法基础，用毛笔写了个长长的标题——德华电机总厂造型车间熔炉班检修窗事件。下面写了个副标题：讯问记录。很标准的楷体字。

他让我师傅先谈，我排在他后面，我就知道，这后半夜不可能睡觉了。

我师傅非常积极，说话极其啰唆，枝枝叶叶翻来覆去。就那么点破事情，被他嚼了两个半小时舌头。轮到我谈情况的时候，窗户外头都麻麻亮了。

昏昏沉沉回到宿舍，没睡到两小时，刘科长亲自过来把我喊醒，说市公安局来人了，让我赶快去熔炉班。他们要找我谈话。

“杨哲民，不要紧张，”刘科长对我说，“有什么谈什么。知道就知道，不知道就不知道。这案子发生在国庆节期间，性质就非常严重了。讲错了话，那是要负法律责任的。”

其实我心里根本不觉得严重，是我师傅故意把那事情搞严重的。保卫科看了现场，就弄得更严重了。

只有我才清楚是怎么回事。又能严重到哪里去呢？最多也只是个男女之间的生活作风问题。再怎么上纲上线，总不能说成破坏生产的反革命行为吧？

一到车间，我才发现自己把问题想简单了。

这一次骆科长也到了现场。看见我进来，就把我介绍给了一名穿警服的干部。

那名干部也戴一副眼镜，也一副精明强干的外表。问了几个普通问题之后，忽然抬起头，目光犀利地看着我。

“昨天晚上，你是不是动过那只麻布袋？”

“没有，我没动过。”这是一句实话。

还有一句也是实话。我师傅曾经拿出来看过，然后又放了回去。这句话我觉得应该由他自己跟公安干部说。

他要是不想说，我说出来岂不是把他给坑了？

公安干部又问，麻袋当时摆放在管道的什么位置？跟春节那案子摆放棉被的位置，是不是同一个地方？

听他这么一问，我心里立刻就紧张了。

难怪搞得这么严重，他们已经把昨天这件事情跟春节的案子合并起来侦察。那个案子可是定了性质的。

我敏感地觉得这两件事情应该都是同一个人。上次是棉被这次是麻袋，十有八九都是汪春廷干的。

虽然麻袋没造成什么后果，可那棉被给公家带来的损失是重大的。如果真是汪春廷一个人，破坏生产这顶帽子戴他头上就摘不下来了。

一旦查到那个地步，我就完全有可能会被牵连进去。

昨天汪春廷在里头搞名堂，我是唯一的目击者，可我却一直在替他隐瞒。汪春廷虽然不知道谁在外面，至少他知道有人踢翻了凳子。

他要是供出了这个细节，踢凳子这个人也得追查，那我就会遇到很大的麻烦。

想到这里我真的后悔。干吗做这种好人呢？做了好人又没人领情，还可能把自己弄成一个嫌疑人。我犯得着吗？

那会儿我差点就下了决心，索性原原本本告诉人家算了。

一转念又有点担心。人家问你昨天怎么不说，又该怎么回答呢？按道理，昨晚那件事情我不照实说出来，的确没什么理由。

我不会同情汪春廷，只是丘三元有点让我揪心。她真的好可怜，为那几个小钱腿都摔断了，疼得要死要活。如果她家里还有个老公，事情抖搂出去她还怎么见人？那就真只剩下寻死一条路了。

正在思前想后，保卫科有人把我师傅也领了进来。他一来我更加不好改口，索性就把那个念头打消了。

既然一开头就没讲，那就继续不讲。最好永远不讲。就算汪春廷招出管道外面有人，他也搞不清是谁。

退一万步说，即便查出来是我，再照实讲也没关系。总还要实事求是吧？客观上有隐瞒，主观上根本没有合谋那回事。不仅是主观上没有，客观上也不可能有。

这样一想，我心里又坦然了不少。

公安局处理这类案子很有经验，现场勘验非常迅速。一弄完马上撕了封条，把车间的门锁全部换了回去。一切恢复原样，就跟什么事都没发生过似的。

正好又在放假期间，除了我和师傅还有陈主任之外，其他人不仅不知道，甚至连一点感觉都没有。

其实那叫外松内紧。政工科和保卫科一分钟都没有松懈，他们与公安部门保持着热线联系，紧密配合破案的要求，又是调档案，又是找旁证。还要随时补充很多文字材料，二十四个小时加班加点，忙得不亦乐乎。

姜红梅从那时起就跟我失去了联系。

她负责整理文字。出了这么大的案子，她当然身不由己。放假之前我跟她的玫瑰之约，毫无疑问也就付诸东流了。

我平时就没有办法找她，何况眼下政工科正在协助弄案子。我在那案子里头还是个不明不白的角色。说得严重点，也算一名嫌疑人。既然这样就更不能去政工科找她。

还别说政工科，无论去哪儿找她都是不合法的。

她是办案人员，我是嫌疑人。法律上有条规定，叫作回避制度。

第七章

一

十月二号是厂里放假的最后一天。中午的时候，我们好多外地的同学已经陆陆续续赶回来了。

那天下午我准备回趟家，帮我妈买几百斤蜂窝煤备在那儿。天气说冷就冷，再不买就晚了。

刚刚走出厂门，迎面碰见了吴启军。他刚刚从河北老家赶回来，精神抖擞，红光满面。手上拎一个帆布包，体积很大。不知道从保定带回了些什么宝贝。

“启军，到底回家了一趟，气色好多了。”我朝那包袱看了看，“吃饱了还带？收获挺大嘛。”

“哈，哲民，知道是些什么吗？老面馒头。”他兴致很高，“我这北方人，就喜欢吃有劲道的东西。对了，还有几斤酱驴肉。今天晚上你有空吗？”

“应该没事。怎么？你有什么想法？”

“没事就好。咱俩就着酱驴肉，喝他几杯怎么样？”他想了想，“对了，叫上我师傅，没问题吧？”

我知道他在担心什么，赶快说：“那有什么问题？段师傅那人，我还是很敬佩的。”

“就是。他跟你师傅的矛盾，关我们屁事。”然后看了我一眼，“你这是要去哪？”

“回去看看我妈，给她买点蜂窝煤。”

“好哇，我还正想着去看看杨妈妈呢。路上就想过了，天上龙肉人间驴肉，一定要让老人家尝尝。”

“那就正好，先跟我去买煤。蜂窝煤不好弄，正缺个帮手呢。”我来了兴致，“晚上就在我妈那儿喝酒。”

“瞧瞧，这不就圆满了？”他忽然又问，“哲民，你掌握一下。请段师傅上你妈那儿吃饭，是不是有点不方便？”

“那有什么不方便的？我妈爱热闹，没事儿。”

“那，不会把你师傅也叫去凑热闹吧？”

“哈，个子大的人缺心眼。”我擂他一拳，“谁像你那么傻？”

吴启军听得哈哈大笑。

“行啊，咱们先去买蜂窝煤，回头再去请我师傅。”

很快我就发觉没有人比我更缺心眼，放假的日子真不该把其他人约到我妈家里去。推开房门，一眼就看见了姜红梅，她正好坐在屋子里陪着我妈，有说有笑地聊着什么。

我冒冒失失闯进去倒是无所谓，可我身后还来了一个五大三粗的吴启军。姜红梅霎时便羞得满面通红。

要是让其他人撞见可能稍好一点，偏偏吴启军撞上了。这家伙的嘴从来就不积阴德，朝姜红梅和我望过来望过去，一拍巴掌就放声大笑。

“哈哈，我还以为只有小梅跟徐娘出了点情况，做梦都没想到，大梅更加厉害。你们两个怎么回事儿？水潜得很深嘛。难怪啊，当年在学校的时候就有流言蜚语，哈，我还不相信呢。”

当时我和姜红梅真的不知道该说什么才好。

关键时刻，我妈忽然站了出来。

“启军啊，这话可不敢乱说。看把人家妹子给臊的。小姜是有公事过来的。”

借着我妈解围，姜红梅很快就镇定下来。

“吴启军，我知道你口无遮拦，这次就原谅你吧。老同学给你提个意见，开玩笑可以，但是不能过分。我今天过来，是科里派我找杨哲民了解一点情况的。”她一本正经，“至于什么情况，我现在还不能告诉你。你也不要乱问，那是一件很严肃的事情。”

这几句话还真的把吴启军给镇住了，他当时就有点紧张。

我妈原是随口一说，姜红梅一接茬，顿时她就吓住了。

我也听得心里一紧。姜红梅说的那件严肃的事情，我倒并不害怕。只是话从她的嘴里说出来，我就觉得事情越来越严重了。

姜红梅很细心，担心惊吓了我妈，转身便安慰她说：“杨妈妈，这件事情跟杨哲民没关系。只是找他问问情况，没事儿。您老人家别担心。”

这样一来，吴启军就知道了果真有事，也就不再去胡思乱想了，站在一边，傻不拉叽地看着我，什么话都不敢说。

我倒是很配合。

“姜红梅，我现在就跟你去政工科吗？”

姜红梅显得比较通融。

“你们先去给杨妈妈买蜂窝煤吧。可惜我没时间帮你。吴启军又刚回来，你们陪杨妈妈吃完晚饭再说。”

她很体贴，拉着我妈的手，一再安慰她，然后起身告辞。

我妈想留又不敢开口，一直把她送到门边。

“姜红梅，你稍等一下。”我喊了声。

我没顾吴启军，也顾不上我妈，抬脚就追了出去。

陪着她走了一段距离。一直到看不见我妈那屋子的时候，还没等我开口说话，姜红梅自己就站住了。

“杨哲民，我真的有事找你。”她没朝我望一眼，“真的是科里让我来问情况的。”

顿时我就觉得她变成了一个陌生人。

“那，你可以就在这儿问吗？”我心里凉飕飕的，话就很冷了，“我知道你们想问什么，那就问吧。”

“这里不行，我还得做笔录。”

“那怎么办？”

“我刚才说了，现在该干什么还干什么。”姜红梅仍然没看我，“晚饭以后，你再来政工科找我。”

“非得今天吗？”我差点要发脾气了，“我跟吴启军约好了，晚上要痛痛快快喝一顿酒。万一我喝醉了呢？”

“那就找人抬！”她忽然发了大火，“今天晚上不管你有什么情况，必须要来。抬都要抬过来。”

“姜红梅，我到底怎么啦？”我也憋不住了，“你们真的以为我有事啊？告诉你，我什么事都没有。你们就接着往下查吧，以为我会害怕？我才不怕呢。”

姜红梅的声音忽然一变。

“怎么这样傻？”她朝周围看了一眼，“以为你不怕就完了？也不担心我害怕？”

我没听明白她的话。

“那，我就不知道你在想什么了。”

“还用问？白痴。”她抬起头来望着我的眼睛，“我还能想什么？想你呢。放假这么多天，天天都在想你。”

没等我反应过来，她扭头就走，背着身子扔下了一句话：“今天晚上你要是喝醉了酒，以后就别见我了。”

我不知道该不该追上去再说点什么，傻愣愣站在原地，把她说的话琢磨了又琢磨。

那会儿我还真像个白痴。

二

晚上没能跟吴启军喝上酒。他师傅早就做了安排，在宿舍准备了一桌子下酒的菜，说是要给徒弟接风洗尘。

这样更好。吃了几口饭，我就回了厂里。当时天已经黑了。

赶到办公楼的时候我看了一眼手表，其实还不到七点钟。我觉得去早了也不怎么好，又没什么地方消磨时间，就在离办公楼有段距离的小路上徘徊。路边有一丛夹竹桃，枝叶茂密。正好那儿没路灯，我就站在夹竹桃旁边朝办公楼那头张望。

办公楼其他科室都没有开灯，只有最上头那间办公室灯光通亮，那就是政工科。我很想知道除了姜红梅还有谁在那儿，可惜看不见。窗户倒有两扇，窗帘拉上了，挡得严严实实。

没过多久，政工科的房门打开了。姜红梅从里面走出来，站在走廊上朝外面看。我觉得她是在看我来没来。

看了一阵，她又走了进去。房门刚刚关上，又打开了。我清楚地看见姜红梅再次探出身子，朝外头看了几眼。回头走进去之后，那扇房门就再也没有关闭。

我退后几步，从另外一个角度可以看见房门里面的情形，发现里面没有其他人。姜红梅开着灯敞着门，只是为了等我来。

我赶紧往办公楼走，边走边想，早知道是这样，我又何苦在外头浪费那么多时间呢？

姜红梅把我迎进政工科，随手把房门关上了。

当时我还问了句："关上门好不好啊？"她说："有什么不好？政工科的房门，不关上，反而有点不正常了。"

想想也有道理，我就在椅子上坐下了。

"姜红梅，你是怎么做到的？"我笑着问了她一句。

“你是指什么？我做到什么了？”

“科里的人都被你支开了。怎么回事儿？”

“哈，我哪有那本事？”她也笑了，“骆科长带队，科里所有人都去市里参加会商会了。这里必须安排一个人值班，怕有紧急电话。我是在值班呢。”

顿时我心里就有点敏感。

“所有人都去市里了？”然后像是漫不经心地问了句，“还会商会？跟哪里会商啊？”

姜红梅竟然没跟我保密。“公安局，通报前天晚上你们车间那个案子的进展。”她看着我，“那天晚上你不也在值班吗？”

她这态度立刻引起了我的怀疑。

我不是怀疑别的。应该说，这次是怀疑我自己。再怎么说姜红梅也是一名政工干部。如果我是嫌疑人之一，她绝对不会跟我说这事情。

她的态度足以证明我是光明正大的，于是我就怀疑自己这两天是不是神经过于敏感了。

可姜红梅下午那态度又是怎么回事儿？当着吴启军和我妈的面，居然说是政工科派她来了解情况的。既然我不是嫌疑人，她何必还要那么说呢？

转念一想，她不那么说又该怎么说呢？难道向吴启军坦白她是在同我一起潜水？哈，明白了。看来我不仅缺心眼，还死心眼。

“你怎么知道我前天晚上值班啊？”我已经很轻松了，故意问，“那天不是王秘书请你们去吃饭了吗？”

“没去成。厂里出了案子，骆科长把我们全部召回来了。第二天我看过保卫科的讯问记录。”她说得很直率，“要给上头写一份汇报，我就去保卫科调出来看了。”

“是吗？他们问我的时候，天都快亮了。”这件事情我真的没什么把握，“脑子里一锅面糊。说了些什么，自己都不记得。”

“记录上头很简单啊。过程明晰事实清楚。保卫科说你非常支持他们的工作，配合得相当好。一直在夸奖你呢。”

我倒没觉得支持了他们的工作，反而一直在担心那天早上说的话是不是有漏洞，会不会有前后矛盾的地方引起人家的怀疑。既然认为我讲得很客观，还说我讲得明晰清楚，就证明我当时没有把某些东西披露出来是明智的。要是没能顶住，好些事情既不可能讲得明晰，也不可能说得清楚，更谈不上客观。

“哈，梅子，你知道吗？当着我妈和吴启军的面，你说你是科里派来找我的，”我故意埋怨了句，“知道那句话有多吓人吗？”

“当时我也觉察出来了，赶紧跟杨妈妈解释。”姜红梅哼了声，“至于你们两个，吓一吓也没关系。尤其是你，吓死了活该。”

“是吗？你就这么恨我？”

“当然。谁让你把我忘记了？几天都没个消息。”

我心里就彻底放松了。

“我都不知道咱俩谁忘了谁呢，原来责任在我身上啊？”我开心地望着姜红梅，“心里还在想，这到底怎么回事儿？我都到你地盘来了，也不给杯茶喝。”

姜红梅便从自己的办公桌上拿过一只保温杯递到我手上。

“什么呀？早给你准备好了。”

那是一只大红色的双层保温杯，制作工艺特别讲究。上面还刻了一句诗词：“待到山花烂漫时，她在丛中笑。”很潇洒的草书，还烫了一层金，格外精致。

“嗬，毛主席的诗词，《咏梅》。”我觉得很巧妙，“这杯子挑得好。你的名字就叫姜红梅，刚好对上了。”

她得意地笑了笑：“我爸送的礼物，刚刚收到。”

“是吗？”我问了句，“你爸还经常给你送礼物？”

“一般时候不送。”她微笑地看着我，“这一次，他是知道我的好消息了。”

“是吗？”我赶紧问了句，“什么好消息？”

“我的已经批准了。”她脸上洋溢着喜悦。

我一时没想明白：“你的什么批准了？”

“入党申请书啊。”她真诚地说，“还有比这更好的消息吗？”

“梅子，你真的了不起。”我羡慕地望着她，“太为你高兴了。”

“我妈也高兴得什么似的。”她甜蜜地说，“她也送了礼物。”

“哦？她送的什么？”

“还不知道。刚刚寄出，我还没收到。”

“那我也得送。”我想了想，“梅子，你说，希望我送一件什么礼物？”

她望着我，故意问：“我要是说了，你会送给我不？”

“嗨，谁跟谁啊？我的梅子呢。说吧，想要什么？”

“一年之内，你也要积极争取入党。”她迎着我的目光提出了要求，“这个礼物，你能送给我吗？”

我顿时一愣，还真不敢明确地回答她。

“哦？一年之内吗？”

“这要求不高，我还不到一年呢。”

“没问题，我努力争取。”我鼓足勇气，抓住了她的手，“说句心里话，我要是再不努力，跟你的差距只会越拉越大，越来越跟不上。万一跟丢了，我就只能像徐娘说的那样了。”

姜红梅没听明白：“徐士良说了什么啊？”

我憋住笑：“从水塔上跳下来寻死。”

姜红梅吓一跳，赶紧用手捂我的嘴。

“讲些什么话？”她痴痴地看着我的眼睛，“只要我活着，你就不准死。”

然后两个人你望着我，我望着你，定在那儿不动了。

我感觉脑子有点眩晕，轻轻地握住她的手。

这是最佳时机。要是我俯上前去吻她的嘴唇，她一定不会抗拒。而且我还敢肯定，她也在等待我那样做。

可恨灯光太亮，又是在政工科。时间不对，地点不对，连光线都不对。

见我踟蹰不前，她终于主动地说了声："今天很累了。明天你还要上班，休息去吧。"

我就站了起来，望着她，大胆地说了句："可我不甘心。"

她显然有点不敢回答我："唉，以后吧，日子长着呢。"

"不是那意思。"我赶快改口，"我是说，你进步得太快，落在你后头，我不甘心。"

其实姜红梅一点都没理解错。我故意改口，只是不想让她觉得我太鲁莽，临时找了个理由赶紧下台。

她也很配合。

"太好了，不甘心就有了动力。"

从她办公室走出来的时候已经夜里九点钟了。办公楼四周的光线非常微弱，我却感觉到眼前一片光明。

姜红梅让我送给她的礼物，早在学校的时候我就有过向往。我从来都喜欢给自己树立一个值得追求的目标。

经她一激励，我这整个人就进入了一种亢奋状态。

第八章

一

节后上班第三天，我们熔炉班的检修窗事件就有了结果。汪春廷被保卫科的工人护厂队抓回来了。

厂里派的大卡车，去了四名大汉。公安人员带队，还有正式拘留证。专业术语叫抓捕归案。

执行抓捕任务的大卡车上，还坐了另外一个人——我师傅。

难怪头一天上班就一直没见到我师傅。师兄他们告诉我说，师傅陪师母回乡下看中医，跟车间请了两天假。

当时我真的不怎么相信，他的这个理由很难说服我。前不久师傅还怒骂乡下的赤脚医生，说他们把师母害惨了。

当然，师兄他们相信师傅的话也情有可原。除了我之外，他们任何人都不清楚放假期间熔炉班的检修窗事件。

只是我心里也有疑虑。虽然我猜得到师傅请假跟汪春廷的事情有关系，却想不明白他又能做些什么。

我师傅这人有时候格外一条筋。一般人瞎来劲，只是跟在后头来劲。他不一样，总是喜欢抢在前面来劲。

卡车把汪春廷押回厂子里，我师傅以一种胜利者的姿态跳下车，那会儿我真的服了他。每次抢在前面来劲，基本上还都被他搞对了。

他还真不是瞎来劲。

汪春廷的检修窗事件就跟纸包不住火一样，很快就在厂里引起了轩然大波。

作为当事人，我觉得叫纸包火还不够准确，应该说一切都在掌控之中。说声包住它，就包得铁桶一般扎实。说声不包了，顿时就风生水起。那都是计划好了的。

按理说抓了汪春廷应该直接送公安局，却先把他押回了电机厂。这也是在计划之内。厂里的有线广播站大清早就播放紧急通知，要求各车间组织员工，上午九点半赶到职工大礼堂，召开全厂职工大会。会议内容非常重要，任何人不许请假，更不准缺席。

在那之前，大礼堂已经封闭，不许闲杂人员靠近。政宣部门在里面布置会场，舞台上方挂上去四个大字——“公捕大会”。

我平生第一次参加那样的大会，也是第一次真切地感受到了法律的力量与威严。礼堂大门前来了很多公安干警，都带着枪。长枪前头刺刀闪闪，短枪的皮套上，有一排金黄锃亮的手枪子弹。

吴启军在学校参加过军训，他凑我耳朵边小声说，看见没有？一色的五四式。好家伙，那都是军用手枪呢。

也许某些阴影还没消除干净，那种威严看得我有点心慌。

把汪春廷押上台的时候，并没有给他戴手铐。刚宣读完逮捕令，一副锃亮的手铐就卡住了他的手腕。几名武装公安扑上去，没有一秒钟停顿，推着他就走。

礼堂门外早就停了一辆囚车。公安人员蜂拥而上，迅速把汪春廷塞进车里，马达一响就飞快地开走了。整个过程像一阵风似的，眨眼之间就刮得没了踪影。

当时我坐在会场左后方靠过道的位子上。公安人员扭着汪春廷正好从那条过道出去。我想看一下他那时候的面部表情，没料想他们走得那么急迫，脚步比小跑还快，从我面前一闪而过。除了瞥见他一脸的死灰色，连鼻子眉毛都没看清楚。

汪春廷押走之后，骆科长走上了主席台。

他宣布说，德华电机厂发生了这么重大的破坏生产案，党委会和厂务会全体成员心情非常沉痛。光沉痛是不行的，一定要痛定思痛。下面，就这个反面教材，开个全厂职工警示大会。现在，我们请厂党委代理书记，厂长阳华生同志，做重要报告。

阳厂长手里拿一份讲稿，走出侧幕条，来到了讲台跟前。

这名厂长原来只管生产，车间是经常去的。后来宣布他代理党委书记，就很少看见他了。我们学校来的青工知道他为我们打抱不平，对他的印象非常好。想听听他做报告的水平，他的发言却很谨慎。只是照着稿子往下念，听起来就没有多少新鲜感了。

幸好稿子不长，宣读过程也不长。念完稿子之后，就进入了阳厂长的自由发挥时段。

"刚才我讲了要吸取教训，不是在批评基层的班组长。该批评的是我们这些厂级领导。事情出在下头，责任应该在上头。要讲打屁股，首先就该打我厂长的屁股。啊？很多时候，我当厂长的跟基层班组长不能相比。在他们面前，我应该感到惭愧。"

台下坐的两千多名职工都望着他，会场非常安静。我觉得阳厂长的话并不十分精彩。都是因为他几次提到了班组长，就让我预感到这些话后面还有别的文章。我觉得大家也在这么猜想，心里就产生了期待。至少我很期待，想听接下来他会点哪些班组长的名字。

阳厂长果然提到了我师傅。

"比如说熔炉班莫班长，就是我们工人阶级的优秀代表。莫正强同志舍小家为大家，长期任劳任怨，在最艰苦的岗位上，一干就干了二十年。这样的同志不是我们的楷模，那还有谁是呢？"他心里斟酌了一下，"破坏生产案现在已经真相大白，我也可以跟大家明说了。莫班长有高度的革命警惕性，案子发生的当天晚上就保护了现场，及时报了案。给后来的破案工作，争取到了宝贵的时间。啊？这一步太关键了。我们直接负责这方面工作的部门，啊？我也不是说他们的工作不积极，左一个开会右一个讨论，工作效率又怎么样呢？摸查到关键证据的，还是我们的莫班长嘛。同志们，我提议，大家给莫正强同志鼓个掌！”

下面就掌声雷动。那一瞬间，我看见骆科长先是扶了一下眼镜架，然后才跟着鼓掌。

我往前左右看了好一阵，居然没发现我师傅，这才想起他没有跟大家一起集合。

他是跟着卡车回来的，肯定参加了公捕大会，说不定就在主席台侧幕后面。阳厂长下一步很可能把他从侧幕那边请出来，然后将他拉到主席台正中，让他闪亮登场。

幸亏他没在那儿。

阳厂长发完言，朝骆青涛问了句：“骆科长，你还有事情要宣布吗？”

骆青涛赶忙摆手：“没有了，阳厂长。”

阳厂长将手一挥：“散会！”

谢天谢地，师傅没有出场。那一刻我长长地舒出了一口气，心里真的有一种如释重负的感觉。

说不清为什么，我觉得师傅还是有点拿不出手。他那样子往台上一站，肯定会给自己减色不少。

二

当天晚上，师傅把我和几个师兄请到家里喝酒。他是个不喝酒的人，那天兴致太高，居然破了一回例。

师兄他们很想听师傅讲破案的故事，又是吹又是拍的，把师傅灌得七歪八倒。

“不喝了，真的喝不得了。”师傅左边推右边挡，实在招架不住的时候，忽然问一句，“还想往下听不？不想听我就接着喝。反正在自己屋里，喝醉了倒头就睡。”

我对破案的经过也很感兴趣，就没跟着师兄们瞎起哄。

梁师兄最想听这个案子是怎么破掉的，他也就不闹了。

“师傅，说真的，车间主任说您带师母去乡下看病，当时我觉得奇怪。您什么时候相信过赤脚医生啊？”

师傅听得放声大笑。

“都被我哄了吧？哈。”他抹抹腮边的胡子，“以为师傅就不晓得放烟幕弹？”

然后他就从师母这道口子拉开了序幕。

“我不讲你们绝对不晓得。你们师母以前也是翻砂车间一个清砂的临时工。”他看了梁师兄一眼，“她还当过临时工的班长。那时候她只管清砂的女工。后来她自愿跟师傅结婚，就成师傅的领导了。哈，顶头上司呢。”

梁师兄当即抓住关键词，幽了师傅一默。

“自愿结婚吗？哈哈，那也是自愿当您的领导嘛，是吧师傅？”

大概是酒喝得很到位，师傅一点都不着恼。

“就是嘛，她自愿当领导，师傅自讨苦吃。哈，风水轮流转呢。”

余师兄便催促他说：“好啰，师傅，您还是接着往下讲。”

“好，接着讲。”师傅理了一下头绪，“你师母根本没去看病。她奶奶的侄子有个女儿，讲起来算是堂妹，就介绍来车间清砂。还没搞到一个月，就把腿摔断了。说是国庆节加班，在我们熔炉班摔的。师傅的鼻子灵得很，听讲有这种事情，就来了警惕性。让陈主任打个掩护，我就跟你们师母一起回乡下了。”

“师傅，我问一句可以不？”我听得有点忍不住了。

“当然可以，民儿你问吧。”

“师母那堂妹，她是不是姓丘？”

师傅当时有点吃惊。

“是啊，她叫丘桂兰。”他望着我，“怎么呢？你认得她？”

几个师兄也觉得奇怪，都朝我望。当即我就后悔了。

“那天车间给清砂工发工资，”我赶紧自圆其说，“听见有人喊丘三元的名字。”

“那就是她。”师傅很快消除了怀疑，“清砂女工里头，姓丘的只有她一个。”

“是吧？好多叫三元的。”我顺势把话岔开，“师傅，我还是没听明白。这个姓丘的女工，腿不是摔断了吗？断了腿还能走路啊？怎么又回乡下了？”

“看看，民儿到底比你们几个聪明得多。”师傅一拍大腿，“当时我也这样想了一下。多亏这么想了，要不然，这个案子还破不了。”他顿了一下，认真交代了句，“话先讲在头前，师傅讲的这些，你们就让它烂在肚子里。不管几时，都不准讲出去，听见了不？”

师兄几个连连答应，都急于听他往下说。

“我想她又走不得路，应该有人送她回去。送她的人肯定是有嫌疑的。我以为那是丘桂兰出来做事找的一个相好的人，就让你们师母去问。知道丘桂兰怎么说吗？”

我心里很明白那个相好的人是谁，但我不会插嘴。师兄们当然不可能知道，就一个劲地催他往下说。

师傅没往下讲就来了火气。

“丘桂兰真的有心计。她让你师母喊我，说是要单独跟我讲件事情。我一过去就跟我说，你们班上有个坏人，你不晓得吧？先拿二十块钱，我让你去立功，要得不？”

“一开口就要钱啊？”梁师兄问，“您借给她了？”

“哪是借？她那是要，晓得不？”师傅一拍桌子，“她是敲诈我，晓得不？我那一点工资，过日子一个月等不到下一个月。辛辛苦苦攒了二十块，狗日的，都让她敲诈去了。”

听到这里，大家基本上都明白了。余师兄平时脑子不怎么灵活，他都想到了是谁。

“师傅，她讲的那个坏人，就是春不老吧？”

师傅也不再绕圈子，回答得非常肯定：“当然，不是他还有哪个嘛？”

余师兄还是没怎么想明白。

“这就怪了，她一个清砂工，怎么晓得汪春廷是坏人？”

“你这家伙真的有点蠢。”梁师兄拍了余师兄一巴掌，“这个姓丘的骚货，肯定跟春不老睡过好多次了。”

“狗东西，还真是这样的。”师傅终于把底牌全说出来了，“晓得检修窗事件是怎么回事不？汪春廷那个老不死的，出钱把丘桂兰哄到通风管里头寻快活。事先他还把电灯关了。出来的时候看不清，害得丘桂兰摔断了腿。造孽不？一个乡里寡妇。”

“这么说，是汪春廷把她送乡下去的？”余师兄想明白了。

“是的呢。他自己也是那个乡的，就喊了部手扶拖拉机。”师傅很不甘心，“坐拖拉机花了五毛钱。本钱只五毛，跟我要了二十块。心黑不？那个死婆娘，活该摔断腿。”

我一边听一边琢磨。这个故事前半截我亲眼看见了，后半截师傅也补充全了。不知为什么，总觉得还有哪儿不对劲。

师傅回到乡下，汪春廷那个时候在哪里呢？也在乡下吗？师傅找那个姓丘的女人问情况，汪春廷难道一点都没有发觉？

最重要的疑问是，抓汪春廷的证据在哪里？

这次通风管里头是一条麻袋，春节期间给生产造成重大破坏的是条棉被。分析联想都说得过去，可要最后认定麻袋和棉被都是汪春廷放进去的，定案的证据是什么呢？虽然汪春廷已经被抓走了，这几个疑问我却始终没有想清楚。

我把几个疑问说出来之后，师傅几句话就讲清楚了。

“春不老还算有点良心，两天都在乡下照顾丘桂兰。我回去没让他晓得，报了案就躲在那边监视他。公安来得飞快，枪子都上了膛，一手铐就把他逮了。那阵仗我都怕，春不老的尿都吓出来了。他想坦白从宽，就竹筒子倒黄豆，把那条棉被的事情也主动交代了。日他的，不晓得他在那条管道里头搞过好多女人。”师傅愤慨不已，“血的教训呢。以后检修窗要上锁。钥匙我一个人保管，天王老子要都不能给他。”

“嘿嘿，师傅，”梁师兄怪怪地笑了两声，“有句话，我还不晓得该讲不该讲。”

“你个鬼家伙，”师傅不怎么喜欢他，也不大敢得罪他，“你讲啊。有屁就放有话就讲，还装什么斯文？讲啊。”

“那您就别见怪啊。”他真的问了句不该问的话，“刚才听您这么一说，嘿，师傅，立功的应该是那个丘桂兰啊。”

“胡说！”师傅特别忌讳这句话，显然早做了准备，“怎么是她？案子又不是她报的。哪个报案哪个立功。”然后还讲了好多条理由，“她又不想跟公安局报案。她晓得，报了案最多发一张奖状，又没钱给她。一个乡里女人，她不想要奖状，一心只想要钱。你晓得最后她对我讲了句什么话不？”

梁师兄被师傅反驳得绕不过弯来：“她还讲了句什么话？”

“我都不好意思讲给你们听。”师傅一副非常鄙视的样子，“她还觉得自己吃了亏，说，反正我人也残废了，就当是领一份抚恤金吧。看在亲戚分上，我还没有狮子大开口呢。听听，什么觉悟？”

余师兄好像很偏向师傅，就讨好了句：“师傅，您发了抚恤金，这二十块钱，公家应该给您报销回来啊。”

我师傅脸色顿时一变。

“你们都是我的徒弟不？啊？哪个讲不是，现在就给我滚出去！一个个讲，是不是我徒弟，讲啊！”

别看这几个师兄背过身去什么话都说，师傅当面发大火，还真没一个人敢出声。

师傅这一次极其豪横，语气也格外严厉："师傅本不应该把这些事情讲出来。都是自己的徒弟嘛，就跟亲生的儿女一样，这才告诉你们。我一开头就讲过，这些话，只能烂在肚子里。你们都还记得不？"

徒弟们赶紧应承。

"是的，是的。师傅讲过的。"

"放心吧师傅，我们都记住了。"

"不会讲出去呢。师傅立功，徒弟也跟着光荣呢。"

梁师兄的承诺最让人感动："师傅，您放心。别看我平时有那么一点吊儿郎当，这事情天大地大。哪怕忘记自己姓什么了，也不敢忘记师傅的交代。讲假话我就不是人。"

他的表态过于使劲，我们当时就笑了。

师傅也一扫脸上的阴云。"好，师傅就相信你一次。"他拿过酒杯放到梁师兄面前，"你给我接着喝！师傅一杯你一杯。徒弟把师傅卖掉的事情，我还没遇见过。要遇见了，我真跟他拼命。倒酒！"

三

师母比师傅晚回来整整两天。

她带着毛妹子和毛坨，到家的时候厂里已经下班了。她把两个小家伙往屋里一扔，锁上门就赶到了熔炉班。

当时我和余师兄还在冲天炉后头盘点原材料，师母冲进来就扯开嗓门乱喊。

"莫正强，你给我滚出来！"

余师兄有点胆小，吓得直朝我望。我也不知道该怎么办，只好迎上去问了声："师母，怎么啦？"

"你们都莫管。告诉师母，那畜生死到哪里去了？"

"您问师傅啊？"我犹豫了一下，"好像去厂工会了。师傅先前说过一句，晚上有个老工人座谈会要参加。"

师母回头就走，边走边甩下一路的狠话。

"躲到哪里都逃不脱。那个没良心的家伙，那个剁脑壳的东西。我要是不跟你离婚，就算你莫正强有狠。"

望着她气得发抖的背影，余师兄有点摸头不知脑："哲民，师母这是怎么回事啊？"

我摇了摇头："谁知道啊？她不会跑到厂工会去闹吧？"

"怎么不会？师母这个人性子烈，哪里都敢闹。"他有点责怪我的意思，"刚才你不应该告诉她的。"

"谁知道会这样呢？"我也很后悔，赶紧朝车间办公室那边看了一眼，"办公室又下班了，得打个电话给厂工会才好。"

余师兄又回头劝我："也不要紧。就算师母去了，有莫主席在，她也闹不起来。师母到底有点怕莫主席。"

余师兄全都猜对了，师母真的冲到了工会办公室。莫主席果然有镇山之威，一把就将她扯到门外。吼了声不许闹，有什么话跟我讲，师母就没敢闹了。

闹是没闹，狠话还是讲了。她瞪着眼朝莫主席说："告诉你那个混账堂弟，从这以后不准进我的屋。我要跟他离婚。"

莫主席当时就凶了她一句："你的屋不就是他的屋啊？怎么进去不得？离婚两个字轻易能讲吗？你还把它当成歌满世界唱啊？赶紧走吧，我在开会。以后再跟你讲。"

师母确实很畏惧莫主席，闹又不敢闹，不闹又不甘心。

"好啰，我不给领导添麻烦。回去看我怎么收拾那个老不死的。"

"怎么收拾我都不管，"莫主席笑了笑，"只要不离婚。"

师母哼了一声，话讲得更绝。

“做梦！不离婚？除非公鸡下蛋，太阳出西。”

第二天上班，我一个人到得最早。走到更衣间那边去换工作服，发现工具柜旁边支起了一架行军床。

我知道那是我师傅放的。他还真被师母扫地出门了？

随后就看见师傅从车间厕所那边走了过来。他看了我一眼，话也不说一句，直接走过去收拾行军床。床上头什么东西都没有，既没有铺的，也没有盖的。把行军床折叠过来，我看见背面印了一行字——造型车间基干民兵连专用。

既然弄了一张行军床过来，那就不是短期打算了。我就关心地问了句：“师傅，怎么也不准备点盖的东西？当心着凉呢。”

“哲民，别人要问起，”他没回答我，只是交代了声，“就讲这是班上安排的。管道检修窗没装锁之前，必须要值几天班。”

“我们都轮流值班吗？”我故意问他。

“那倒没有必要。最多三五天，师傅就一个人顶吧。”

我内心觉得好笑，这件事可不就你一个人顶吗？只是情况有点不妙。他说得三五天时间，我就知道这一次师傅家里的麻烦弄得有点大。

“师傅，跟你说件事，”我装作什么都不知道，“昨天下班不久，师母就过来找您。我怕她有急事，就告诉她您在厂工会。”

师傅一听就火了。

“她有个屁的急事！胡搅蛮缠。”

我顿了一下：“那，师母去找了您？”

“她那个人上得天呢，还有不找的？找了。”师傅很愤怒，“正开一个重要的会。莫主席一通臭骂，当时就把她轰走了。”

我就没再往下问，沉默了一下，伸手取出了工作服。

“民儿，知道昨天工会开的什么会吗？”师傅自己把话题转开，面色顿时转暖，“选了十几个老工人代表，给师傅提意见呢。”

“是吗？”我没有听明白他的意思，“提意见干吗？”

“莫主席一开场就跟他们讲直话，说我是今年劳动模范候选人。在座的老工人觉悟高，就请各位来开个座谈会，看大家有什么想法。赞成也好，不赞成也行，反正都讲几句。莫正强你也要把态度摆正，当得上更好，当不上就下次再争取嘛。多听听群众的意见总是好的。”说到这里师傅顿了一下，心里有点不安，“民儿，你来帮师傅分析分析，莫主席还要我摆正态度，什么意思啊？”

“放心，师傅，那叫征求意见程序。”我听明白了，安慰他说，“进行到这个程序，劳模人选的事情就定下来了。”

师傅对这个程序好像也很清楚。

“是啊，我也这么觉得。”他朝那张行军床看了一眼，“那个死婆娘，早不闹迟不闹，偏偏要赶这个时候。师傅心里明白，厂里不少人都不服气，正愁没有借口反对我呢。要是让那婆娘搅黄了，你讲可惜不可惜？那个蠢东西。”

我倒是觉得师傅的顾虑有点多余。

推选劳模是一件非常重大的事情，又是调查又是研究，反反复复搞了大半年时间才定下来。怎么会因为家庭闹点矛盾就轻易否决呢？

“师傅，我理解您。心里过于向往，就不想出一丁点差错。”我说得很轻松，“这样吧，哪天下班我把几个师兄都邀上。还跟那天一样，每个人端去一样菜，跟您和师母再喝一顿酒。嘻嘻哈哈闹一晚上，一盆稀泥巴不就和好了？”

“那是千万搞不得的。”师傅赶紧摆手，“你师母最忌恨梁师兄，晓得不？那家伙好多事情都知根知底，嘴还多得很。背地里不晓得跟哪些人讲过你师母的来历。一通乱讲。他们要碰了面，稀泥巴会变成黄泥巴，落进裤裆里头，不是屎也是屎。搞不得的。”

我还以为师傅不知道梁师兄背着他讲坏话，没想到师傅早已经明察秋毫。

“那怎么办？”我就不好再跟他提建议了。

“民儿，你听师傅的，”师傅倒是早就想好了，“下了班你还是去趟师傅家。当然只能一个人去。我晓得，师母真心喜欢你。你也莫开口就问，先跟她讲点别的。讲得她高兴了，再帮师傅说几句好话。要得不？师傅真不是怕她，只是担心她坏了评劳模的工作。”

如果有一百个主意由我选择，他这主意绝对排在最后一位。虽然我对师母已经没有什么不好的感觉了，那也不等于有好感。

架不住师傅一再嘱托，下了班我还是去了。

一路上我对自己说，死守住两个“不”字：不设任何目的，不抱任何指望。保持一种走过场的心态，回来给师傅交个差，就算是完成任务了。

四

打开房门看见是我，师母脸上立即有了笑容。

她仍然保持警觉，迈出门槛朝两头望了几眼，才回到屋子里。她那是看看我师傅有没有把我当敲门砖。

两个小家伙跟我没见两次面，见我走进来亲热得不行。哥哥叫得非常响亮，我就后悔忘记给他们买棒棒糖了。

师母大概也急于跟我说话，就跟毛妹子交代说：“姐姐带毛坨出去玩。莫跑远了听见没有？我跟你哥哥讲点事情。”

小家伙一出去，师母就把房门关上了。也没关死，只是虚掩着，不让外面的人看见。

“民儿，你看我这一儿一女可爱不？真的乖巧呢。见过的人，没有一个不喜欢的。”

“确实，我很喜欢他们。”我感到有点失礼，“一下班就过来了，棒棒糖也不记得买。”

“莫买。我不准他们吃糖，怕生虫牙。”师母接着话锋一转，“人人都喜爱这两个小家伙，唯独你师傅不把儿女放在心里。儿女他还算容得下，那个剁脑壳的，他最容不下的是你师母。他怕去坐牢，不敢把我们娘崽几个一刀杀了，就打算慢慢磨死我们几娘崽。自以为聪明，师母早就把他看透了。”

我知道那是气话，也没阻止她说。她要不把肚子里的气撒出来，怎么劝阻都是没有用的。

“民儿，你想得到不？师母又没做事，手头上没一个钱。你师傅讲是一个六级工，每个月工资六十块钱都不到。老话讲人嘴如灶门，我屋里就有四个灶门，哪有那么多柴烧啊？几个工钱月月用不到头，平时肉都舍不得买。一儿一女，正是长身体的时候，生得黄皮寡瘦，谁看见谁心疼。民儿，你师母真的不是小气，知道不？到底还是人穷志短，马瘦毛长不？”

我还是没作声，默默地听着，一边听还一边点头。

师母越说越激动：“晓得你师傅心有好狠不？”她把桌子一拍就骂开了，“他真的该千刀万剐。一家人穷得睡凉席了，你师傅一发狠，就把屋里几个钱送给外人了。眼睛都没眨一下。他是发哪门子神经啊？又不亏又不欠，凭什么给人家钱啊？人都被他气死。我们三娘崽跟他上辈子有仇啊？活该轮过来受他折磨啊？”

我觉得师母的话跟师傅讲的有点偏差，就插嘴问了句：“师母，我师傅给人家钱，没跟您商量吗？”

“那、那也是后来听他讲的。”师母明显地迟疑了一下，“事先我又哪想得到呢？”

“好像还是师母的亲戚吧？”话一出口我马上觉得不妙，“啊，我这么猜想。”

“哦？”师母立即警觉了，“不是猜想吧？师傅都跟你讲过了？”

我知道再辩解只会越描越黑，索性不再遮掩。

“师母，是这样，师傅只告诉了我一个人，也没讲得这么明白。他说，这次回乡下，您的一个亲戚把腿摔断了，好可怜的，就支援了她一下。”

一听这话，师母心里的火更大了。

“他那叫吃灯草灰，放轻巧屁。二十块钱，还只一下？他再多来两下，一家人就只有等死了。”她越说越来气，“这个老杂种，还讲她好可怜的。天底下可怜的人多的是，你师傅又不是开银行的，充什么阔佬？明摆着就是没把我们几娘崽当人看。”

我觉得师母的思绪缠绕住了。要是再顺着她纠缠下去，除了白白浪费时间，已经没有任何意义了。

“我是这么想的，师母您看对不对。”我很认真地望着她，“听您说了这么多，也就是那二十块钱引起的，是不？无缘无故给别人钱也确实不对。假如真有什么原因，师母您也要替他想一想。我师傅一定是有考虑的，家里的困难他会不知道？”

这话应该还不够有说服力，师母居然听得不作声了。

“还有件事情，我不知道师母听没听师傅说。”

师母马上抬头望我。

“哪件事情？”

“师傅已经是全市劳模候选人了，”我把“已经”两个字说得很重，“原来有三个候选人，最后征求意见的，就只师傅一个人。”

“真的啊？”师母有点意外，明显地又有些惊喜。

“真的，您昨天不是亲眼看见了吗？就在工会办公室，莫主席正在主持一个老工人座谈会。听说那道程序走完，就该报市里验收了。”

“是不是啊？要真这样，那当然好啊。”师母就迫不及待地问了句，“民儿，当个劳模，有多少钱的奖金啊？”

“我哪里知道？”我笑了笑，“我又没当过劳模。”

“那，你舅舅不是当过吗？”

我回忆了一下："好像没什么奖金。我舅舅领了奖状，还有几样奖品。上次我带过来送给师傅师母的茶缸毛巾，就是那些。"

师母不大相信。

"奖金都没有吗？好不容易当了劳模。"

"对了，师母，"我想起来了，"我舅舅加了两级工资。"

"两级啊？"师母喜出望外，"那，你师傅不就八级了？老天，一评上就到了八级？民儿，你晓得不？六级到八级，那是三步跳呢。一个月就要多拿二十几块钱。段一村就是八级，比你师傅多二十块。这我是晓得的。"

"是吧？师母您看看，要当上了劳模，给出去的二十块钱，一个月就回来了不是？"

"哈，还不止。以后个个月都有呢。"

"可不是吗？师母，现在是关键时刻，你得配合师傅啊。"

师母的烦恼顿时烟消云散，

"这话讲得好，我真的不应该乱吵乱闹了。民儿，你去车间找师傅说一声，今天就搬回屋里住。告诉他，师母会把洗脚水都给他烧好。"

五

到这时候我师傅反而很沉得住气。

我把结果告诉他的时候，心里还非常高兴，他却并不兴奋，坐在行军床上无动于衷，一副料事如神的样子。

"这个蠢东西。把她当人，她就装鬼吓人。不把她当人，她反而跟你磕头作揖，自己找梯子下台。我早就知道她会这样的。敬酒不吃吃罚酒，那又何必嘛。”

“师傅，我没那么大胆子，可不敢给师母吃罚酒啊。”任务完成得顺利，我就跟师傅寻开心，“哈，罚酒还端在师傅手上呢。”

师傅也笑了。他其实特别高兴，心里就跟卸下了一块铁锭似的。

“民儿，师傅一直担着心呢。那天我真不该喝酒，把不该讲的话讲给你们听了。你晓得的，虽然都是师傅带出的徒弟，人心到底还是隔了肚皮。记得你梁师兄讲了句什么话不？”

“梁师兄吗？”我想了想，“他说了什么？”

“忘记了？那个狗杂种，他讲立功的应该是丘桂兰。”他朝地下啐了口痰，“放他的狗屁。师傅不去乡下，有姓丘的什么事？”

的确。功劳算在谁的头上，这件事情师傅相当计较。

“师傅，别想那么多，至少师母那儿没什么问题。”我安慰了一句，“她跟您生气，说白了就是您不该背着她给了姓丘的二十块钱。”

“这婆娘真蠢。钱的事本来就没几个人晓得，她那一闹，那不就穿帮了？你梁师兄那句话，不就让他讲对了？”师傅连连摇头，“还讲事先没跟她商量，我哪里没商量？当时师傅身上总共不到三块钱，另外十七块，还是她拿给我的。”他心里有点愧疚，“唉，她拿那些钱出来也真的不容易。讲给你听不要紧，发工资还差十几天，家里真找不出几毛钱了。我都不晓得一家老小这些天该怎么过呢。”

“是这样啊？”我觉得这个问题非常实际，“师傅，那怎么行？撑到发工资还早呢。要不我先借点钱给您用着？”

“像什么话？哪能跟徒弟借钱？”他叹了口气，“这事儿不再说了。实在不行，师傅去找几个老伙计借。”

我知道他的性子，就没再说这件事情。

“也行。师母这事儿，我看您也没必要再犟下去了。只要她不再吵闹，所有的麻烦全都过去了。征求意见的会都开过了，再安静两天时间，您就心想事成，多好啊。”

师傅的疑虑却没有彻底消除。

“那也难讲，”他显得非常有主意，仿佛把什么事情都看穿了，“还不能欢喜得太早。知道不？我心里清楚得很。你师母跟我胡闹，以为真的只为那二十块钱？”

“哦？”我望着师傅，“未必还有别的原因？”

“当然。”师傅犹豫了一会儿，还是告诉了我，“姓丘的跟汪春廷睡觉，你师母知道了大吵大闹。说汪春廷是老畜生，以前跟她睡过，现在又跟她的堂妹睡。骂得好伤心，跟打翻了醋罐子一样。我当时就看出来了。狗东西，那婆娘心里还记挂着春不老呢。”

他这几句话让我非常吃惊。师傅从汪春廷手里把师母娶过来，都十多年前的事情了。难道他对师母还不放心吗？

师傅似乎看出了我心中的疑虑，犹豫了一下，终于叹了一口气。

“民儿，师傅有句话，梗在心里头不舒服，又不好跟别的人讲。那天在乡下，你师母吵闹一通，后来就不见人了。晓得她去了哪里不？”

我当即一愣。

“她不会去找汪春廷吧？”

“哪个讲不会？这个死婆娘，真的是去找汪春廷了。”

“哟，那还不打草惊蛇了？”

“哼，做梦。”师傅一回想起来就咬牙切齿，“我一直在那边监视汪春廷，生怕有人给他通风报信。没想到还真的有人。更没想到通风报信的，还是我自己的婆娘。日他的，当时我就给了她一耳光。”

“天！这都是真的？”我简直无法相信，“师傅，您真的打师母了？”

“不打？不打还下得地？要不是担心惊动汪春廷，我当时恨不得捶死她才好。”师傅又朝地下啐了一口痰，“她那是活该。我那一耳光打得她声都作不得。你看她敢跟你讲不？跑到工会去闹，你看她敢讲这件事情不？她还喊要离婚，要不是顾全大局，我立马休了她。日他的，我先忍住，她要再胡闹，离婚只在迟早。”

回宿舍的路上，我一直都没梳理清楚，脑子里头一团乱麻。

我师傅这个人太肯动脑筋了，真的叫聪明至极。表面看去一副憨态，其实什么事情他都在心里头梳理得明明白白。

他暗地里对师母早就有一本明细账。不想清算的时候，他就装糊涂；不想装糊涂的时候，他就一拿一个准。

举一反三，师傅对我们这几个徒弟好像也是这个样子。

很多账，他只是懒得跟我们清算而已。

第九章

一

十月份是最后一个季度的头一个月，生产节奏突然就地提速。

陈元干召开动员大会说，这个星期先过渡，四天开两炉。从下周开始，五天开三炉。再下个星期一天开一炉。高温夺高产，熔炉班是先头部队，一定要紧张起来。首先要绝对保证设备完好率。有任何隐患，都要在过渡期及时发现，及时改进。要拿出董存瑞舍身炸碉堡的牺牲精神，为高温夺高产扫除一切障碍。

这个主任毕竟当过炉工，冲天炉有什么毛病，他心里是明白的。还别说他，前几次开炉，我这个进厂不到两年的炉工都能够感觉出来。炉子的主要问题是铁水温度总达不到最佳状态，铸件的废品率一直偏高。翻砂工段造一百个砂模，至少有二十个因为铁水温度的原因浇铸不成型，只能忍痛报废。效率低下不说，浪费之大，看得人痛心疾首。

我师傅他们已经很努力了。怀疑焦炭质量不好，换了一批焦炭也没什么效果。又怀疑风压不够，检测了好多次都相当正常。

问题一直得不到解决，我也好几次不由自主地琢磨其中的原因。之前我就有点怀疑是炉膛的问题，那模样好像已经变形了。

我知道，包括我师傅在内，每个炉工历来不大注意炉膛的形态。

每次修整炉膛的时候，都只在原来的形状上凭个人的感觉敲敲补补。时间长了，炉膛的形态越来越走样，热能量也越来越不集中。

我没敢把心中的猜测告诉我师傅。对于技术问题，我师傅敏感得要命，生怕别人说他一知半解。我很清楚这一点，所以在他面前谈技术一定要小心谨慎。没有绝对把握，索性一个字都不要开口。

原因没找到，我心里又放它不下。下班之前，趁师傅他们在外面备料，我就悄悄钻进炉膛，用卷尺上下左右测量了一些数据，爬出来就去了技术室。

我想去那儿把冲天炉的资料找出来对照一下，查一查尺寸方面的容错率是多少。我在炉膛里面看清楚了，变形的确有点严重。但是我不能确定那种变形是不是在容许范围之内。

快到技术室的时候，我又担心人家会不会让我查。

技术部门是有规章制度的。如果我是车间技术员，查资料当然就没问题。问题在于我不是。普通工人查找资料，绕过了车间技术员，技术室不会理这个茬。

之所以心怀侥幸去那儿，是希望碰见宋玉香。她是技术科的资料保管员，我要是请她开个后门，同学的面子她还是会给的。

机会非常好，技术室其他人一个都不在。资料室比较隐秘，在最里面那间屋子。隔着宽敞的技术室，我敲了两次门宋玉香才听见。

她匆匆忙忙跑来开门，一看是我，高兴得直跳脚。

“哎呀，杨哲民，你怎么来了？好久没见你，想死我了。”

当时我没在意那句话。

“哈，不至于吧？咱们这些同学，你想谁不好，干吗想一个浇铁水的熔炉工啊？”

宋玉香回答得很快：“错了，杨哲民，天底下的人我谁都不想，偏偏只想你这个小炉工。相不相信？”

“嗬，这话好听。我不信也信。”我赶快说明来意，“宋玉香，可以帮小炉工一个忙不？”

“当然可以。”她很爽快，笑眯眯地看着我，“我帮你的忙，你可得付出代价哦。”

“好，没问题，什么代价，你尽管说。”

“那得看帮什么忙。”她卖了个关子。

我就把查资料的事情跟她说了。

“那没问题，小菜一碟。所有的资料都归我管。”她伸手把我拉进办公室，“别站在外头说话，进来吧。”

刚刚进门，她很快就把房门关上了。

我朝技术室四处看了一眼，十来张办公桌都空着。一个人都不见。

“那么多技术员呢？”我觉得奇怪，“都下班了？”

“不是下班，是加班。”她很开心，“所有人都去七车间了。厂里从苏联进口的一台自控镗床正在安装，那台笨家伙太复杂，技术难度大得要命。说明书又全是俄文。懂俄文的两个老技术员又都退休了，得从市里请回来，很难弄。还不知道要加班到几点呢。”

她边说话边走进了最里面的那间资料室。

“杨哲民，进来。资料都在这儿，随便你怎么找。来啊。”

我走过去，朝那间资料室看了一眼，总觉得什么地方有点不对劲。

我们所有同学当中，只有宋玉香是条谜语。谁都猜不出她的谜底在哪儿。在我的印象中，宋玉香并不张扬，没料想今天见面就是一句“想死我了”，的确让我有点吃惊。

走进资料室，宋玉香又要关门。

我赶紧说：“宋玉香，听我的，这扇门就别关了。”

她竟然很奇怪地看着我：“为什么不关？”

“太闷，”我飞快地想出了一个理由，“这么小的空间。”

“那可不行。”宋玉香的理由更明确，“资料室得严格防潮，必须随手关门。”

她没有任何迟疑，迅速把门关上了，然后熟练地打开防潮资料柜的一个小抽屉。

“造型车间设备的资料都在这儿，你随便找。”

我刚要伸手找资料，她又拦住了我。

“忘记了？”她直勾勾地盯着我的眼睛，“代价呢？”

“哦？你要什么代价？”

“抱我一下，可以吗？”

根本没等我回答，她张开双手就把我抱住了，抱得很用力，胸脯跟我贴得紧紧的。

宋玉香这举动非常突然。不知为什么，我觉得她拥抱得很老到，没有丝毫迟疑，动作还相当准确。该贴的位置贴上了，不该贴的地方也往前贴，这倒令我清醒了许多。

人一清醒，我也不怕她抱，就没有强行拒绝她。

也许她没得到我什么反应，自己就把手松开了，脸上红扑扑的，望着我说：“再亲我一下，就可以了。”

我当然不会答应她，但我也不希望让她太受刺激。

正想说句合适的话回绝，她踮起脚就朝我嘴唇亲了一口。

“好了，不影响你。赶紧找资料吧。”她心里其实也有顾忌，“万一有人进来，撞上了真的不好。”然后她坐回了椅子上。

当时我心里已经杂乱无章了。

我不想说宋玉香这些举动属于神经不正常，只是想不清应该属于什么。假如她对我有好感，我不可能感觉不到。尽管厂子太大人太多，只要有心，她一定有办法将心中的好感传递给我，但是她没有对我做过那样的铺垫。在别人没任何感觉的情况下突然贴上来，这能说是正常吗？难道宋玉香轻佻到这种地步了？我真的想不明白她。

看见我傻愣在那里，宋玉香似乎也很抱歉。

“杨哲民，你怎么啦？是不是觉得我很轻浮啊？”

我不知道该怎么回答她。“啊，也不是。”略一迟疑，就搪塞了句，“我只是，从来没遇到过这样的事儿。”

“我也没想到会这样。”她认真地说，“不是无缘无故，知道吗？从分配来的那天开始，我就注意你了。我真的很看重你。”

她这么说，我就放松了些。

“什么呀？我不值得看重。你对我还真不怎么了解。”

“需要了解吗？我就那么肤浅，一点洞察力都没有吗？什么人值得，什么人不值得，我都感觉不出来？”她站了起来，“先不说这些。感情是感情，工作是工作。看中什么资料，你尽管拿。我到外面等你。”

她恢复了正常，走出资料室，反手把房门带上了。

我也平静下来，把有关冲天炉的资料翻了个遍。非常遗憾，我想查找的炉膛数据，资料室还真的没找到。为了不让宋玉香觉得我急于逃离这儿，还磨蹭了一会儿，才随便拿本书走出了资料室。

宋玉香正在技术室给我沏茶。

“这么快就找到了？”她把茶水端过来，“给，这是我老家今年出的新茶。”

“宋玉香，茶我就不喝了。”我把那本书递给她，“这本书，我想借出去看看。你要登记一下吗？”

“不用，”她没朝那本书看，“记得还给我就行。”

“没问题，看完我就还过来。”我拿起书想要离开这儿，“谢谢，我先走了。”

“啊，那你还是登记一下。”她分明不想让我这么快离开，“借书还是要登记的。咱们不把闲话留给别人讲，你说呢？”

我赶紧答应她，飞快地在小本子上登记完毕。

“再次感谢你啊，宋玉香。”然后我抬脚就往房门那边走。

宋玉香好像早有防备，一把拉住我。

“杨哲民，别急着走。咱们在这儿说话，别人看见也没事儿。”

“不行啊。宋玉香，我还有事儿呢。”

几乎没有停顿，我伸手就去开门。

宋玉香抢前一步，用身体把门顶住了。

“杨哲民，我不耽搁你，就几句话，行不？”她坚定地看着我，“你要是不想陪我说几句话，那就是记恨我。真的，你那样做，我会后悔一辈子的。”

我听不得人家这样说，就站住了。

“宋玉香，放心好了，我不会记恨你。只是觉得这样不好。不是说你，我不能这样。”

“明白。别以为我是个随便的人。千万别那样以为。”她很平静地看了我一眼，又将目光移开了，“知道吗？我是个孤儿。两岁不到的时候，父母就不在了。我不敢回忆他们。那年我们村里山体滑坡，好多人都……”

她没往下说，眼睛里头出现了泪光。

我回过身来，一时也不知道该怎么安慰她。

“宋玉香，你的很多情况我们同学都没听说。”我说得很坦诚，“什么事情都别闷在自己心里难过，啊？你还是应该多跟同学们交往，就跟兄弟姐妹一样。你觉得呢？”

“我不会那样做。”宋玉香摇了摇头，“从小长到大，关心我的人太多了。那又怎么样呢？就好比堆沙雕。看上去堆得很高，堆得漂漂亮亮，堂堂皇皇，又有什么作用呢？经不住风，也扛不住雨。哲民，说句大实话，我这颗心，从来没踏实过一天。”

这句话让我认识到她心里的疼痛。那种疼痛是她个人独有的。作为没有亲身经历过的人，任你怎么安慰，对她的疼痛都于事无补。只能摇头叹息。

也许她被那些经历折磨得太久，习惯成了自然，很快她又从悲痛的情绪中拔了出来。

“哲民，不用可怜我。没事的。”她凄苦地笑了一下，“可以坦率地告诉你，我需要一个强大的男人，一个能让我心里很踏实的男人。好不容易才走到了今天，我已经累得走不动了。真的，哲民，一个人再往下走，我实在没信心了。”

她话里充满了怨恨，那意思对我也失去了信心。话刚说完，她闪开身体，拉开房门把我推出门外，咣当一声又把门关上了。

隔着那扇门，我清楚地听见她在里头号啕大哭。那种哭喊发自内心，听得我心慌意乱，拔脚就逃离了那个地方。

不是因为别的，我不可能再次敲那扇房门。

或许她偏偏不开门，我越是隔着房门劝她，她越是哭得伤心。

假如她再次打开那扇房门，等待我的将是一片沼泽。沉陷下去，一切都会失去控制。

二

徐士良是国庆假期过去了半个月才回厂的。

放假回到衡州，没几天奶奶去世了，他赶紧给车间主任发加急电报请假。那位姓赵的车间主任我见过，一位工人出身的中层领导，心地极善良，当即就同意徐士良处理完后事再回来。

在他回厂的头一天，小梅找到了吴启军。她说，徐士良家里兄弟姊妹多，生活一直很清苦。父亲早好多年就得膀胱癌去世了，全靠他母亲独自支撑，不仅担负了抚养子女的责任，还继续把婆婆当作亲娘供养。徐士良那一点学徒工资，根本就帮不上母亲的忙。

“吴启军，你跟杨哲民商量一下。”小梅提议说，“能不能在同学里头搞个动员。咱们多多少少筹集一点钱，帮一下徐士良。难得大家同学一场嘛。”

吴启军在这方面无比仗义，当天晚上就找了我。

“哲民，徐娘那家伙明天就回来了。时间有点紧，咱俩分头进行怎么样？”吴启军一开口就给我布置任务，“从一车间，到七车间，这个范围你负责找。八到十五车间交给我。每个同学都找到。就这么定下来，可以不？”

我当然没问题。其他同学我都可以找，只是觉得科室的两位女生有点棘手。

主要是宋玉香，我实在不想见到她。至少在比较长一段时间内，能不见面是最好的。当然这话我又不可以跟启军挑明了说，心里就有一点负担。

“可八到十五车间也没几个同学啊。你这家伙挺鬼嘛，变着法子偷懒不是？”我故意绕了一个弯，然后回答说，“那也行。科室那边还有两个女同学，就全交给你了。”

“全交给我也不行，”吴启军都想好了，“姜红梅我不管，她不是跟你很合得来吗？”

“什么话？让我找谁都可以，干吗要说我跟她合得来？”我内心很高兴，故意说了句。

“我又不是没看见。哈。”他没有多说，“至于宋玉香嘛，估计你跟她不怎么熟。这人就交给我了。”

“噢？这么说，你跟宋玉香很熟悉？”

吴启军对这句话反应有点过度，一听就认真了。

“哎，这听谁说的？告诉我，谁？”他紧紧地盯着我。

“你怎么啦？”我觉得他没必要那么认真，“随便问问不行啊？”

“当然不行。”吴启军竟然有点不依不饶，语气都加重了，“有些话是不能随便乱说的。知道吗？说出来，那是要负责任的。听明白了？”

我一点都没听明白，只是觉得这事儿并不重要，就不再往下问了。

第二天我上晚班，白天没什么事情，小梅就约上我一起去车站接徐士良。

从衡州坐汽车过来，路上要走八个多小时。一直等到下午四点，徐士良才从那辆黄尘扑扑的客车上走了出来。

小梅一眼就看见了他左臂上还戴着一圈黑纱。

“哟，这黑纱，还要戴多久啊？”她小心翼翼地问了句。

“想戴多久就戴多久，怎么啦？”徐士良竟然还是个大男子主义者，说话完全一副居高临下的架势，“这是我自己的事，管得着吗？”

小梅比他高出差不多一头，当时就被他训得不敢说话了。徐士良朝行李箱指了一下，小梅慌忙就拎在了手上。其实那箱子很小很轻，徐士良还朝她颐指气使。小梅也心甘情愿，看得出她对徐士良的呵护绝对发自内心。

“杨哲民，你是不是有一件天大的喜事啊？”徐士良一边走一边问我，“到时候，要请全体同学吃饭哦。”

这话问得我摸头不知脑。

“什么意思？我有喜事，自己都不知道？你指的是什么喜事啊？”

“你师傅不是当上全市劳动模范了吗？”他望着我，“还说不知道？这话谁相信啊？”

“嗨，你是说这个啊？”我感到有点奇怪，“你一直都在衡州，怎么会知道呢？”

小梅赶紧说：“我告诉他的。这么大的事情，全厂职工都知道了。那天通长途电话，我就告诉了他。”

“哈，小梅，怪不得有人说，不相爱的人有话不想说，相爱的人没话都找话说。”我取笑了一句，“长途电话费挺贵的，说这些干吗？钱多了烧着玩儿？”

“那得看说的什么话。”小梅人粗心细，朝我诡秘一笑，“你可能还不知道，厂里头到处有人议论，说你师傅想当劳模都快想疯了，又演双簧又做戏。哈，哲民，有这事吗？”

我觉得这话有点伤人，就辩解了一句：“有没有这事很重要吗？一名普通工人，渴望当上劳模，能说他不对？你也不过过脑子，就凭人家笑话他的那些事，他能当上劳模吗？”

徐士良赶紧附和：“对，这我相信。”转脸又训了小梅一句，“梅子，有些人觉悟低，喜欢打击别人。那些话听不得的，知道不？”

小梅很快就表示了认同。

“是的。不管怎么说，我相信杨哲民。他有正义感，眼光也很挑剔。既然过得了哲民那道门槛，我就没话可说了。”

她没话可说，我可在心里打了个结。

徐娘居然管小梅也叫梅子，我就觉得以后得给姜红梅改个昵称。怎么能一模一样呢？今后再这么叫姜红梅，心里立刻就会想到徐士良。

安顿好徐士良，小梅建议我跟他们俩一起吃晚饭。

那天晚上轮到我修整炉膛，得等到熄炉之后，最快也得晚上八点才有我的事。当时五点都不到。晚饭反正要吃的，时间又还充裕，我就答应了。

看来他们两个经常结伴出去吃饭，对厂子周边的馆子了如指掌。带我去的那家餐馆小巧安静，灯光柔和，环境很舒适。

“主要是口味特别。”小梅向我推荐说，“都是上海那边的味道，甜甜酸酸的，不知道你喜不喜欢吃。”

我想起来了，这家小餐馆就在一家上海迁过来的厂子旁边。那家工厂生产织布机，叫作浦陵纺织机械厂。规模比我们电机厂还要大。大多数工人都是从上海迁过来的，餐馆的格局便有一种江南情调。听说厨师也是从上海请过来的。菜做得很精致，价钱也不便宜。

我觉得姜红梅一定喜欢这个地方，就用心记下了那条小路，准备下一次就带她过来。

小梅把我们带到一张餐桌前坐好，然后拿过菜单反复地看。

徐士良对菜单没兴趣，就朝我问了声：“哲民，记得龚开明吗？戴副眼镜，瘦高个子。有印象吗？”

“这个名字有点熟悉。”我想了想，“你说的这个什么明，是咱们学校的老师吗？”

“原来是，后来当教务科长了。”徐士良看见我半天对不上号，索性讲得更明白，“就是那天亲自送宋玉香上车的那个人。这下总该想起来了吧？”

“啊，对，记起来了。不就是咱们系的那位龚科长吗？”我连连点头，“士良，你怎么突然谈到了他？”

看来小梅对那人印象很不好，便不屑地呸了一声，插话说：“哲民你恐怕没有想到吧？那个人犯了大错误，被学校给开除了。”

“是吗？”我对这人不熟悉，也不太关心他的事，“犯了多大的错误啊？一个系领导呢，说开除就开除了？”

“也不是开除，”徐士良赶快纠正说，“受了处分，降了级，调到铁路中学当老师去了。”

小梅看了他一眼，争辩了句：“什么呀？当老师哪有他的份？给铁路中学烧锅炉呢。你还以为我不知道？”

徐士良马上提高了声音：“不是。的确当了老师，教中学物理。我家就住在铁中附近，这次回去还看见他了。”

他一大声说话，小梅就不敢跟他争了。心中仍然愤愤不平。

“哼，那人是个大流氓，不配当老师。”接着她又呸了一声。

我却听得不明不白。

“这么说，他犯的是男女作风错误？”

“还是个惯犯。”小梅特别憎恶这种人，就看了徐士良一眼，“士良，你把他的流氓行为告诉哲民吧。我没你讲得那么准确。”

徐士良点了点头，转过身来望着我。

“哲民，你可能还蒙在鼓里。龚开明那家伙，长期利用毕业分配，跟应届生搞流氓关系。今年又搞了个女生，答应给她分配工作。”

小梅冷笑了声，抢过来说：“天晓得形势一变，分配搞不成了，那女生就回家跟爹妈哭。他爹是法院的干部，一状告到市教委，把他的职务撤了个一干二净。拔出萝卜带出泥，以前的好多事情，全都抖搂出来了。”

他们说到这儿，我飞快地想到了宋玉香。

龚开明一大早亲自过来送宋玉香上车，那情况的确有点不正常。现在他被开除了，这里头有宋玉香什么事吗？

“哲民你记得不？”我还没开口问，小梅就说出来了，“宋玉香是谁送上车的？当时两人那样子，你们男同学都没注意到吧？”

我赶快说，是的，那会儿只顾着心情激动，没注意别的事儿。

“我们好几个女同学都看见了。”小梅一副鄙视的样子，“龚开明跟她，两个人眼圈都红了，就跟生离死别似的。”

“他们两个人早就有问题。”徐士良毫不含糊，“全查出来了。宋玉香毕业那一年，说是到工厂实习，暗地里都跟他住一起了。悄悄住的。不是龚开明自己招认，谁都没发觉。”

这话听得我背后直冒冷汗，一句话都说不出来。

紧接着徐士良还爆出了一个更加令人惊讶的内幕。

“哲民，你知道宋玉香凭什么不下车间吗？这里头有太多猫腻。龚开明给电机厂发了一封介绍函，点名推荐宋玉香。找关系用教务处的名义发过来的。以权谋私呢。”

“行了，”小梅打断了他的话，“这事儿我们三个人知道就算了。到底都是同学，又都是同一批进厂，传出去，好像我们都不干净似的。真的，士良，你要管住自己的嘴。知道吗？这事儿太丢人了。”

关键时刻徐士良倒是服从她，赶紧答应了。

“梅子，你放心，这我还不懂？”

那会儿我已经放下筷子，一点胃口都没有了。徐士良和小梅说的这些事情，我完全相信，一丝一毫都不会怀疑。

宋玉香对我说得非常直白，她的心从来没踏实过。她极需要一个强大的男人。可想而知，毕业分配之前，系里的教务科长当然是让她感到心里踏实的人。

转念又觉得不是那么回事。离开学校之后，龚开明就不能陪伴她了。这一点宋玉香是明白的。她知道跟龚开明注定只开花不结果，毕竟那朵花也还灿烂。不仅顺利分配了工作，还附了一份学校的特别推荐，没有分配到车间遭受劳累之苦。

她知道龚开明很难让她长久踏实，内心早就不作苛求。既然找不到长久的踏实，分段踏实总比毫不踏实更实际。

所以那一段踏实过去之后，她又在寻求另一段踏实。

那天我在技术室的意外遭遇，或许就是她在进行某种试探。

于是我特别感谢姜红梅。要不是她给了我一颗充实的心，仅凭我一己之力，想阻击宋玉香的进攻，结局只能是溃不成军。

况且我很了解自己。除了打篮球，其他方面还真的谈不上强大。

我真的不可能带给她一丝一毫的踏实。

三

屈指一算，已经有半个多月没跟姜红梅见面了。我不知道她去了哪儿。

走之前她告诉过我，说是有个外调任务。具体什么任务她没跟我说，我更加不会主动问她。外调是他们的专业术语，有一种讳莫如深的含意。神秘色彩很浓。

我倒看不出姜红梅有多少神秘的地方。

当然我心里有一条红线——绝不让她觉得我是个累赘，于是两个人都非常轻松。我跟她该见面就见面，该聊天就聊天，一直相处得十分愉快。

一个星期之后，姜红梅完成外调任务，从外地回来了。当天晚上我们又去了厂子围墙后面那片蔬菜地。是她主动约的我。

那天她心情大好。

夜色中走了将近两个小时，她的手一直挽着我的胳膊弯，几乎没抽出来过。

我好几次想伸手去挽她的腰，一想到那天跟宋玉香的荒唐举动，又打消了念头。姜红梅就是我心中一块最纯净的水晶石，我绝对不能亵渎她。

离上次来这个地方已经好几个月时间了。

十月金秋，遍地瓜香。上次那个看护瓜果的草棚屋子还无人值守，这天晚上就有人住下了。一位鹤发童颜的老菜农坐在棚子外面的空坪里歇凉，手握一柄棕扇，时不时摇几下。

那天晚上的气温已经很凉爽了，老菜农摇扇子的动作仅仅是一种习惯。既然握了一柄扇子，不摇就好像不对似的。

我问姜红梅："咱们过那边去吗？"

"当然。"她没有任何顾忌，挽着我走了过去。

我也没犹豫，跟着她朝那边走。都忘了她还在挽着我。

"老大爷，您在看瓜地啊？"姜红梅比我还大方，主动跟老大爷打了声招呼，"今年的收成怎么样？看来挺不错嘛。"

我心里暗自好笑，姜红梅说话就跟首长视察一样。到底是名党政干部，一开口真还有点领导人的味道。

老大爷笑眯眯地回答说："是呢。今年风调雨顺。看势头，金娃娃八成是抱到手了。"

姜红梅的话就越说越像那么回事了。

"大爷您贵姓？家里还有些什么人啊？"

"免贵，小姓郑。儿子媳妇都是本地的菜农。"郑大爷脸上笑得一朵花似的，"还有个孙伢子，正在棚子里做作业呢。"

听见说话声，棚子里面蹦出来一个小男孩。七八岁样子，红扑扑的小脸，活像年画里面的吉祥娃娃。

姜红梅赶快走上前去，蹲下身子抚摸他的小脸。

“呀，真可爱。告诉阿姨，你叫什么名字啊？”

小男孩大方地说：“阿姨，我叫西儿。”

“西儿？是小名吧？”姜红梅替他理了一下衣服，“西儿，阿姨太喜欢你了，真的。”她禁不住欣喜，自言自语地说，“我要是有这么一个……一个弟弟，那就太幸福了。”

我心里怦然一动，觉得她是想说有这么一个儿子。真的，改口说是弟弟，其实还真没一点道理。既然称自己是阿姨，无论如何西儿都不可能是弟弟。完全不合辈分。

随后我们跟郑大爷和他的小孙子告别，继续往小山包那头走。

郑大爷居然还送了几步，拔出一根小竹竿递到我手上，叮嘱说：“一边走一边拨几下草。这天气还没转寒呢，路边草丛里头，菜花蛇还是有的。小心没大错，还是防备点好。”

姜红梅很感动，走出去好远还赞叹说：“世界上还是好人多。不是多一点点，到处都有好人，相信不？”

“哈，还说政工干部眼里没好人，简直胡扯。看看，你眼里到处都有好人。”我这话是由衷的，“不错，这就是我的梅子。”

姜红梅听得心里甜蜜蜜的，就把头往我肩上靠了一下。

忽然我就想到了称呼问题。

“啊，正想跟你商量一件事呢。”我顿了一下，“以后，我不再叫你梅子。咱改个称呼，行不？”

她抬起头来，一边猜想一边问：“那你叫我什么呢？”

“正想问你呢。”我望着她，“想让我叫什么都行，听你的。”

姜红梅似乎有点羞涩：“是吗？我要说出来，你敢叫？”

“当然敢。说吧，想让我叫你什么？”

“叫我老婆。”话刚说出口，她顿时一脸通红，“哎呀，真要命，你这人也太坏了，尽把人往里头绕。”

还别说，那会儿我也觉得难为情。让我叫还真有点难以启齿。

“那就以后吧。哈，咱们忍着点。先想个过渡的名字。”

姜红梅有点不理解了。

“叫梅子不好吗？我挺喜欢的。怎么想起要改个称呼啊？”

这里头的原因我还真不好怎么说。

“要是你不愿意的话，”我只好不再坚持，“那就别改了，不改也挺好的。”

她其实已经猜到了。

“是不是徐士良也这么称呼小梅？你觉得跟我重复了？”

“可不？那天徐士良从衡州回来，邀我吃了个饭，听见他也叫了小梅一声梅子。”

姜红梅笑了笑，忽然问我：“你跟他们一起吃饭了？”她很注意这件事，“徐士良说了些什么？他不是从衡州回来吗，有没有说咱们学校的事儿？”

“好像也没说什么吧。”我望着她，“怎么啦？”

“没什么。”她赶紧淡化话题，“没说就算了。”

她这一淡化，我心里就有点敏感。

龚开明出的那些丑闻直接牵扯到宋玉香，他们应该派人过来搞过外调。

姜红梅就在政工部门工作，她不知道这事儿，几乎不大可能。按照一般逻辑，政工科应该找宋玉香谈过话。除了谈龚开明的事情，宋玉香会不会把我也招供出来呢？

应该不会。至少目前还没有。如果是那样，姜红梅怎么还会跟我一切如旧？还开玩笑让我叫她老婆？

这里头只有两种猜测。一是宋玉香还算仗义，没把我供出来。再一种就是姜红梅对我实在太钟情。她或者根本不相信宋玉香的话，或者根本不在意宋玉香吻过我。

难道是这样吗？要真这样，我在她心中还有什么分量？

也可能这些猜测都不存在，完全是我想多了。毕竟我心中有愧，就总是在疑神疑鬼，神经也就变得十分脆弱。当然，归根结底，都是因为我太在乎姜红梅了。

往回走的时候，姜红梅很舒畅地告诉我说：“哲民，我的工作可能会有些变化，你得有思想准备哦。”

我一听又敏感了：“什么变化？总不至于离开电机厂吧？”

“那也说不好。”姜红梅说得很含糊，“作为一名国家干部，我也只能服从分配。没有价钱可讲的。知道吗？”

“是不是有领导跟你谈过了？”我表现得很平静，暗地里又极其不放心，“能不能透露一下，会把你往哪儿调？”

姜红梅想了想，赶紧把这话题淡化了。

“领导的想法我哪知道？先别想那么多。考察干部嘛，很平常的事儿。”

“没错。”我赶快不问了，“有思想准备就好，随遇而安呗。”

说实话，今天晚上我最大的发现，就是姜红梅说话的方式和语气变得有些陌生。对郑大爷，对那小男孩，甚至对我，她都有点干部的腔调。感觉跟她有点对不上版了。

这个变化很实在，真不是我神经过敏。回想第一次我跟她出来，不管谈论什么，两个人都自然而然，想到什么就谈什么，还涉及了男女繁殖什么的。放在今天还行吗？自己都会觉得不合时宜。跟干部对话，应该是另外一种语境。

好在分手的时候，姜红梅说了一句让人心里暖融融的话。

“哲民，有一段时间没去看望杨妈妈了，她老人家怎么样？最近身体还好吧？”

“谢谢，她挺好的。”我回答说，“秋高气爽的日子，我妈一般没什么问题。冬天的时候，就得多注意点了。”

“知道。”姜红梅甜甜地望着我，“我想过了，到了冬天也没事。也许那时候我就可以和你一起，经常去陪伴她老人家了。”

这句话的确是意义非凡。

在这之前，姜红梅特别忌讳跟我一起出现在我妈面前。我明白她的顾虑，觉得那样出现会引起一种误解。或许是火候还没到，她不愿意让别人产生误解。

如果她不再有顾虑，就说明她心里已经拿定了主意。

当然我还不敢过度欣喜。

她这主意突如其来，像一只翡翠色精灵小鸟悄然停在我的肩头。我既惊喜又惶惑，都不敢使劲回头看，生怕惊飞了她。

第十章

一

上班的铃声刚刚响过，陈元干主任就赶到了熔炉班。

那天太阳出来得早，橘红色的阳光透过玻璃窗，把设备照得颜色都变漂亮了。平时灰不拉叽的冲天炉，霎时间通身金黄。

陈主任迎着朝阳走过来的时候，额头上流光溢彩，一副格外喜庆的神态。

我师傅跟大家说："陈主任是专门过来参加我们班前会的，那就先请陈主任做指示，大家欢迎。"

陈元干赶快摆手。

"算了，算了。除了师傅就是师兄师弟，还鼓掌欢迎什么啊？那也显得太生分了。"他的话体现了平时不常见的亲切，"是这样，今天晚上就不开炉了，改成明天下午。今天干什么呢？都不晓得吧？"

师傅只是微笑，其他人都摇头表示不知道。

"很简单。打扫卫生，迎接验收。好事呢。"陈主任情绪高昂，"对于整个车间，这是完成政治任务。对于我们熔炉班，那是给自己家办喜事。师傅自己又不好张罗，我就回来给大家布置一下。啊？"

话说到这地步，大家心里基本上已经明白了。

然后陈主任才告诉我们，师傅申报劳模的材料，市里已经通过了。明天就会派一个验收小组到厂里来，进行全方位考察。

“这是什么意思呢？”陈主任解释说，“只有一个意思，那就是走程序。程序是必须要走的，劳模也是必须要当的。哈，一周以后，全市劳动模范表彰大会就要隆重召开。晓得不？我们电机厂有多少年没出劳模了？八年。八年呢，容易吗？太不容易了。”他感慨万端，“不说那些了。昨晚上厂领导召开了紧急会议，接待验收小组的工作必须做得滴水不漏。只能成功，不能失败。各位师兄师弟，师傅当了劳模，大家都要有荣誉感，听清楚了吗？”

陈元干的话特别有煽动性，大家听得心里热乎乎的，当即欢呼雀跃，一拥而上。梁师兄抱住师傅，二师兄抱住梁师兄，余师兄又抱住二师兄，一堆人簇拥着师傅，跳着脚原地转圈。

翻砂工段那边都不知道熔炉班发生了什么事，好多人跑过来围观，陈主任就强行把师兄们拉开了。

接下来陈主任又召开了全车间动员大会。他宣布了验收小组过来考察的事情之后，特意把调子降得很低。

“大家也没必要做任何准备，只是注意把工作面的环境卫生搞好就行。跟平时一样，照常上班。该做什么还做什么。就这些，清楚了吗？”

下面发出了一个声音：“好像不止这些吧？陈主任。”那人就是段一村，“还不能乱讲话，对吧？不该讲的话不要乱讲。该讲的话，也不要乱讲。对不？陈主任？”

周围就发出来一阵笑声。

陈主任表情平稳，一点都不恼火。

“段师傅，没那个规定。”他微笑地望着段一村，“验收组要是问到了您，您想讲什么就讲什么。真的，怎么讲都可以。没关系的。”

“那他们要是不问我呢？”段一村分明有点故意，转动着脑袋朝会场两边看了看，“问什么人，不问什么人，那又不是临时指点的。以为我们心里不明白？”

“您这么猜想我完全可以理解。那也没问题，段师傅，”陈元干非常大气，“只要您心里有话，想说就说。验收组总共来三位同志，您相信谁就找谁。您想跟其中任何一位同志说都可以，完全不必禁忌。我讲清楚了吗？段师傅。”

这一下段师傅就无话可说了。

会场上好多人都点头称赞陈主任，反倒把段一村搞得十分狼狈。

我看见吴启军赶快凑到他耳朵边，小声劝说了几句。段一村觉得有点理亏，就把身子坐正，不再旁生枝节了。

二

陈主任指派给我的任务是帮助师傅收拾家庭环境。

劳模验收材料里面有一项内容，说我师傅家庭条件很困难，他却一心扑在工作上，舍小家为大家。莫主席特意交代陈主任说，验收小组很有可能会去他家里做一些现场考察。准备工作不能疏忽。

安排好班上的卫生工作，师傅就领着我往家里走。看样子他也没料到家里还要做些准备，一边走还一边跟我嘟哝。

“家里有什么好收拾的？还不讲你师母，毛妹子手脚好勤快的，每天都把屋里收拾得干干净净。还要怎么收拾嘛？”

刚刚走出车间，陈主任小跑步追了出来。

“师傅，先别急着往回走。莫主席刚刚来了电话，让你们先到工会办公室去一趟。他还有事情要交代。”

师傅不敢怠慢，带着我就去了厂工会。

莫主席一直在办公室等候，我们一进去，他就站了起来。

“车间那边都安排好了吧？”他开口就问。

“是的。”师傅回答说，“元干还召开了动员大会。”

“班上呢？生料场那边总是堆得乱七八糟的。”

“没问题。我特意安排了人，把生料场当重点搞。”

“那就好。这些事情让元干去搞，他很仔细的。”然后莫主席望着我师傅，“屋里头呢？还没去搞吧？”

“正要去呢。”师傅指了指我，“其他徒弟毛手毛脚的，我特意把民儿带去帮忙。”

“那就对了。杨哲民是城里伢子，眼光好。有他去我就放心了。”说着话就从上衣口袋里掏出一张五元的人民币，“拿去，怕有什么要添置的。”

我师傅望着那五块钱，心里有点困惑。

“还，还要添置东西啊？”

“别的东西不要。”莫主席明确地说，“买几张宣传画，把板壁上搞不干净的地方遮起来。晓得不？”

“那要得几个钱？”师傅赶紧推却，“不要你的，我有呢。”

“你有鬼的钱，泡茶都用的桑树叶，我还不晓得？”莫主席把那五块钱往师傅手里塞，“买画要不得几个钱，这些是给你买茶叶的。买就买一点好茶叶，晓得不？验收小组又不在你屋里吃饭，总要泡几杯好茶水才体面不？你不讲面子，还有胡子遮挡，我的脸面呢？厂里的脸面呢？不讲了，拿着。”

听他那么一说，师傅当时就犹豫了一下。

“那，是不是还要去理发店剃胡子啊？”

“胡子就莫剃了，晓得不？”莫主席教导他说，“当工人的最讲本色。平时是什么样子，还是什么样子。”

“那我还要你的钱？”师傅豪情就上来了，“我还当是好大一个事情呢，不就是买几张画、一点茶叶吗？不要。这点钱都还要你出，那不就弄虚作假了？不讲了。民儿，赶紧走。”

出了门，莫主席还追出来说了声：“真不要？你莫嘴巴上充狠，到时候又回过头来找我。还是拿上的好。”

我师傅没有停留，头都不回地说：“老哥，你也是太看不起我这兄弟了。这把年纪还没有骨气，未必我是吃糠长大的？”

莫主席没有再追过来。他知道这个堂弟要面子，一咬牙也舍得花那几块钱。

其实他根本想象不到，师傅家眼下真拿不出钱来了。上次硬着头皮送了丘三元二十块钱，的确把他和师母刮了个油枯水竭。这段日子他是过了今天愁明天，时刻都在盼着发工资。已经都这样了，还要打肿脸充胖子，有什么必要嘛。自己的堂老兄，又不是外人。

这些话我当然不好跟师傅说。

也许他还有我不知道的办法，到时候峰回路转也是难讲的。我又何必看戏流眼泪，替古人担忧呢？

回到师傅家里的时候，我发现屋子里清清爽爽，干干净净。

师母说，一大早我师傅就把全家人喊醒，收拾了两个钟头。屋子本来就不大，两个钟头的时间，收拾三遍都够了。

板壁上倒有些零乱。中间贴着的那幅年画还是大炼钢铁的内容，过了好些年时间，颜色大面积都褪掉了。画面上乌七八糟还结了一些斑点，实在有点看不入眼。

再加上毛妹子和毛坨添乱，平时剪一些公鸡小狗之类的图案，东一块西一块贴在板壁上，不撕太难看，撕又撕不干净。还真需要买两幅画遮住才行。

看来也只有这一项工作要做。我就对师傅说，您跟师母就在家里收拾。有什么地方不放心的，再检查检查。我现在就出去，抓紧时间买几张画回来。

“好，那我给你钱。”师傅摸了一下口袋，转身朝师母问了句，“身上有钱不？拿两角钱给民儿。”

“你讲天话啊？”师母顿时叫苦连天，“我身上有没有钱，你还不晓得？买一把青菜五分钱，还是从毛妹子储蓄罐里抠出来的。”

我听得难受，当即挺身而出。

“师傅，茶叶和宣传画您都别管。您要是再多说一句，那就是瞧不起我这个徒弟了。”

不等他和师母反应过来，我一拉房门就跑了出去。

师傅几乎没有犹豫，抬脚追出门外，一把就扯住了我。

“民儿，师傅懂你的心意。”他就跟妥协似的，“也好，那你就替师傅出钱买画。茶叶好贵的，绝不能让你买，师傅已经有办法了。”他把我拉得离房门更远了些，“正好家里也揭不开锅了，我还是去找老伙计们多借几块钱。发工资就还。”然后压低声音交代说，“这事万万不能让你师母晓得。当她的面，还讲是你垫的钱。听懂了不？”

我有点不放心：“行吗？您有把握借到钱吗？”

“应该可以，都是一个乡出来的嘛。”他有点破釜沉舟的意思，“退一万步讲，还有段一村呢。他有钱。这家伙巴不得我去哀求他，正好可以挂在嘴巴边笑话我。日他的，泥巴萝卜，洗一截吃一截吧。眼前大事要紧，我也顾不得那么多了。”

我不觉得那是个好主意。本来还想劝他回头去找莫主席，知道那更不可能，他决不肯拉下面子吃回头草，也就没作声了。

买画还不是一件很容易的事。主要是电机厂附近没有新华书店，得跑十几里路才有一家。那地方比我妈住的地方还远。

这件事情虽然不那么着急，我还是借了一部自行车。

幸亏有那部自行车，赶到书店选两幅画，时间就到中午了。拐到我妈那儿，匆匆扒了几口饭，蹬着车就往回赶。

三

厂子里已经开过中饭，到了午休时间。

职工宿舍区里头很清静，路上难得看见一个人。进了宿舍区大门，我怕影响别人休息，就跳下自行车，准备步行去师傅家。

刚刚把车锁好，就听见身后有个女的叫我。声音压得很低，而且还很急迫。

我赶忙回头一看，小梅匆匆忙忙赶了过来。她是从男职工单身宿舍那边过来的，我就知道她去了徐士良那里。

"哲民，我刚去过你的宿舍，你不在，正不知道上哪儿找你呢。"她一脸的紧张，"这下麻烦了，出大事了。"

这句话把我吓了一跳："什么？谁出事了？徐士良？"

"哎呀，不是他。"小梅赶快摆手，"当然，说他也可以啰。主要是你师傅。"

我听得一头雾水："小梅，你都把我说糊涂了。你别着急，说清楚点，到底是什么事啊？"

"嗨，你师傅跑到宿舍里偷钱，让徐士良给发现了。"

"什么？"我头皮一炸，"有这种事？"

瞬间我觉得出这种事情也有可能，师傅的确急需用钱。接着我又觉得没有可能，师傅再不讲卫生，他的手脚还是干净的。

"小梅，我郑重其事地告诉你，要是没弄准确，这样的话一万个不能说。"我紧绷着脸，"说错了，就毁了一个人的政治前途。"

小梅赶忙解释："是徐士良看见的。他知道你师傅要当劳模了，也没敢跟任何人说，只是让我赶紧来找你。"

"真要命！"我闷着喉咙吼了句，"赶紧带我过去。"

徐士良的宿舍门关得很紧。

小梅走上前去，谨慎地看了看四周，然后伸手敲门。敲了两次，徐士良才在里面问了声："你是谁？"

"士良，开门。"小梅贴着门缝说，"找到杨哲民了。"

徐士良赶忙开门，等我们一进来又把房门紧紧地插上了。

"哲民，快过来看看。"徐士良急不可耐，把我拉到了床边一张小桌子前，"你对这些钱还有印象吗？"

桌子左边的抽屉是拉开的，里面零零散散地放着一些钞票。

当即我就认出来了，那是吴启军和我分头给他募集的捐赠款。还是我亲手交给徐士良的，总共三十八块钱。在那之前，我仔细清点过那些钞票。十元的票子一张都没有，大多是一元两元的。五块的有三张，我记得非常准确。

"哲民，你看看。"小梅挤了过来，指着抽屉说，"三张五块的，只剩下两张了。"

果然，那里面只剩下两张五块的钞票。

"不是，"徐士良赶忙补充，"先前只剩一张了。我真的没看错。十分钟还不到，抽屉里头忽然又回来了一张，这才成了两张。"

这话一下就把我说糊涂了。

小梅也感到摸头不知脑："士良，这话什么意思啊？三张变一张，一张又成了两张。我怎么听不明白？"

"士良，你先别着急。"我隐约感觉出这事情有点蹊跷，"到底是什么情况，你慢慢说，说清楚点。"

"是这样的，"徐士良很谨慎地朝窗户外头看了看，压低声音说，"哲民你知道吗？这两天我泻肚子，急了往厕所跑都来不及。我当时正在抽屉里清点那一堆钱，房门没关，抽屉也没关。也就一刻来钟的样子，回来一看，里头两张五块的票子不见了。"

"就那么一眨眼工夫？"小梅想不明白，"你看见房间里有什么人进来过吗？"

"看见了还讲什么？我不知道谁偷的，汗都急出来了。"

“那你怎么说是莫师傅偷的？”小梅追问一句，“没亲眼看见，怎么能乱肯定？”

“梅子，你听我说。”徐士良把经过梳理了一下，“我正在着急，忽然发觉外面有人朝这边走。走得很急，朝我宿舍来的。我赶快躲到蚊帐后头，看看是个什么人。等他走进来我才看清楚，那是莫师傅。”

“是吗？”小梅越发想不明白，“你刚才还说钱是他偷的，偷了钱不赶紧跑，他还返回来干什么？”

“是啊，我也觉得奇怪。”徐士良连连摇头，“知道他回来干什么？他直接走到抽屉前头，把一张五块的票子放回去了。”

“噢？有这种事？”我非常在意这句话，“士良，你看清楚了？你亲眼看见他把钱放回抽屉里了？”

“当时我心里有点慌，动都不敢动。等他走出去了，我才赶紧跑过来看。呀！抽屉里又多出了五块钱。”

“这样吗？”小梅不敢相信，“当时你数清楚没有啊？”

“这是什么话？”徐士良有点急了，“同学们捐的钱，我看得比性命还重，一天都要数好多次。怎么会数不清楚？”

“啊，我听明白了。”小梅望着徐士良，“意思是说，既然莫师傅放了一张回来，先前那两张，肯定也是他偷的？”

“要不然怎么解释呢？”徐士良其实也没有把握，“哲民，你替我分析一下，是不是这么回事儿？”

说实话，我心里也认可徐士良的判断。钱应该就是我师傅偷的。那会儿他忽然失去了理智，他太需要那几个钱了。

放回来五块钱，也有点像他的做派。我大致上了解他。班里的工作他偶尔也犯错，犯了错也暗暗地责备自己。他只是不肯明说，总是找个机会悄悄地补偿回来。

说不清为什么，我不想把内心的判断说给他们听。

“士良，小梅，没办法解释的事情，就说明事实还没弄清楚。”我一边斟酌一边说，“怎么分析都没关系，抓贼总还得抓赃。没有掌握证据，就不好轻易下结论。你们觉得呢？”

“那可不？哲民说得对。”小梅上次就感觉到我对师傅有好感，就表示了自己的看法，“就算是莫师傅偷的，这人也还本分。他要是不回来送钱，天晓得那十块钱谁偷走了？”

“还真是。”徐士良很感慨，“放回来五块，就说明他很有良心。既然这样，我看这事儿就算了，别再提了。哲民你觉得呢？”

面对他们的宽容大度，我一时又不知道该怎么回答。

毕竟这件事情发生得太突然，几乎颠覆了我对师傅的印象。往下该怎么办，我脑子里一团乱麻。

“士良，小梅，实话告诉你们吧。”我犹豫了一下，还是跟他们说了，“出了这件事情，我不相信也得相信。应该说也是事出有因。我师傅家里确实很困难，一点好茶叶都买不起。明天验收组要去他家里考察，他也是没辙了。本来不是问题，他那人又死要面子，莫主席给钱没要，我给更不会要。你看看，这不是自己把自己逼上绝路了？不瞒你们说，我真不知道该怎么评价这个人才好。”

“那就不说了，我对家庭困难深有体会。”徐士良一感动，忽然特别通达，“经过这件事情，我反而看出来你师傅品德还行，不像别人说的那样。真的，杨哲民，眼下他不仅是你的师傅，还是我们厂的劳模候选人。厂里出个劳模多不容易啊？就凭这一点，咱们就把今天这事儿抹掉。可不能因小失大。你们觉得呢？”

小梅非常赞同。

“士良，你能这么说，我特别感动。”她朝抽屉里头的钱看了一眼，“这些钱都是同学们帮助的，咱们也得向大家学习。关键时候咱们也得帮一下莫师傅，下午就买点好茶叶送过去。士良你说呢？”

我赶紧制止他们。

“二位的心意我替师傅领情了，茶叶就没必要再买。”我担心师傅跟他们面对面，会生出另外的尴尬，“剩下的事情，全交给我好了。”

有一句话我真不好意思说出来。我估计师傅已经把茶叶买回家了。他拿走那五块钱，本来就是买茶叶用的。

四

要不是为了把两幅画贴上去，我真的不想去师傅家了。不是嫌弃的意思，我心里出现了一条裂缝，不知道该怎么面对他。

走到师傅门外，窗口飘出来一阵清香，好像里面在蒸什么东西。

进到屋里，师傅一个人坐在厨房里卷喇叭筒烟。烟没点燃，那香味是从灶台上飘过来的。一股清蒸肉饼的气味。

看见我走进来，师傅就把手上的烟卷点着了。我看得出来，那一刻他的表情极其不自然，都不大好意思回头望我。

“师傅，画买回来了。”我主动说了声，脑子里有点乱，接着又问了一句不该问的话，“茶叶呢？您买好了吗？”

“不买了。”他果然很不痛快，“价牌子上写的四块，我还以为是四块钱一斤。一问才晓得，四块钱只一两。金子做的啊？少了茶叶真的会坏事啊？日他的，左边没按下去，右边又翘起来了。都是要钱的事情，算了，当不上就不当。买点肉回来，先把人保住再讲。”

他这些话逻辑有点混乱，好像不单单只有一层意思。

“怎么啦师傅？”我望着灶上那只蒸锅，还以为是师母生病了，“师母他们呢？都不在家？”

“去医院了。”师傅闷闷地说，“毛坨住院了。讲是重感冒，烧到四十一度，送到医院打吊针了。我刚从急诊室回来，赶紧给毛坨蒸碗精肉汤送过去。日他的，我怎么会这样没出息？儿女都跟着我受罪。十多天没吃肉，抵抗力都好差了。”

“师傅，这样下去怎么行啊？”我听得心里格外不是滋味，话就脱口而出，“有些话当徒弟的不该讲，可我实在憋不住。谁都有过不去的时候，该花的钱又不能没有。莫主席要帮您一把，我也能出力，这不就解决了？又都不是外人，您干吗死要面子活受罪啊？”然后就没遮没拦地补了句，“要不然怎么办？总不能去偷去抢吧？”

非常奇怪，师傅对我这句话居然没有任何反应。

沉默了好一会儿，他长叹一口气，把手里的喇叭筒烟卷往灶膛里一扔，一拍屁股站了起来。

“民儿，算了，那些话不讲了。我是又想抓胡子，又想抓眉毛，抓出了一脸的血印子，实在做不起人了。”他没有朝我望，“已经到了这一步，你就帮师傅一个忙，可以不？”

“当然可以。”我望着他，“师傅您说。”

“我晓得你身上没几个钱，”他略微迟疑了一下，“能帮师傅去跟杨妈妈借十块钱不？只需要借五天。发了工资，师傅亲自过去还给她老人家。”

说不清为什么，那会儿我真有一种如释重负的感觉。

“当然可以。师傅，您早就该这样了。”担心他还有顾虑，我还非常讨好地补充了一句，“我会找另外的理由跟她老人家借。您不用那么着急，三个月四个月慢慢还。您也不用出面，怎么能让别人知道您缺钱用呢？不行的，包括我妈在内，也不能让她知道。”

师傅怔怔地看着我，什么话都没说。我分明看见他那浑浊的眼眸有点潮湿了。他不习惯伤感，就朝灶台那边转过身去。

“要去现在就去，师傅有急用。”他背着身子对我说，“把钱给我的时候，千万莫让你师母看见了。晓得不？”

从我妈那儿回来的时候已经是晚上七点半了。

师傅和师母都没在家，毛妹子一个人在屋里写作业。她告诉我说，爹妈都在医院里陪弟弟。还安慰我说不要紧的，毛坨明天早上就可以出院。他的体温已经正常了。

我也很想去看看毛坨，又担心不好当着师母的面把钱交给师傅。犹豫了一下，还是去了医院，心想到了那儿总有机会的。

急诊室那边有一个房间还亮着灯。穿过走廊，远远就看见师傅和师母坐在病床前聊天。背对着门外，两个人都没有发现我。

当时师母正在说话。她那口气跟平时完全不一样，轻声细语情意绵绵。

“唉，讲起来，这些年我也好对不起你的。”师母还伸手摸了摸师傅的后脑勺，“要讲对我好，没哪个人比得了你。算了，日子再苦也只几天了。劳模一搞到手，还怕没钱用？”

师傅轻轻地摇了摇头。

“这我就要教育你几句了。”他的声音放得很轻，听上去也十分体贴，“新社会当工人的，哪个不想当劳模啊？那是好光荣的事情呢，未必都是为了钱？”

“是啰，这我懂的。”师母笑了一下，“钱也离不得的。起码毛坨看病就要钱不？”

“那不是主要的，晓得不？”师傅耐心地告诉她，“都晓得当劳模光荣，光荣在哪里呢？别的跟你讲不明白，当上了劳模，起码给儿女后代立了个好样子。晓得不？”

“晓得呢，”师母只顾着高兴，“唉，总算是板上钉钉了。”

“话莫讲早了，”师傅顿了顿，“争当劳模什么意思？劳模还是要发狠去争的。反正努力就好，搞不搞得上，哪个都讲不好。”

师母侧过脸看了他一眼：“未必还会有变化啊？”

师傅抬起头，语气变得非常坚定：“有变化也不怕。搞不上再接着来。日他的，就不信这辈子搞不上去。”

护士走过来换吊瓶，脚步声把他们的聊天打断了。

我也赶紧跟着护士走了进去。

师傅看见我来了，就跟师母交代说：“你先回去睡觉，后半夜再来接我的班。十二点准时来晓得不?我也要保证睡眠呢。明天验收组就过来了,还有好重要的事情要搞呢。”

师母心里当然明白,赶紧应了声,喜滋滋地离开了。

五

第二天清早六点差一刻,一阵敲门声把我惊醒了。

打开房门一看,徐士良站在我宿舍门外。清晨气温偏低,他一身睡衣睡裤,披了件帆布工作服,还冻得直打哆嗦。

“士良,是你?”我赶快把他拉进房间,“又是怎么啦?”

“没怎么呢,我给你看一样东西。”他递给我一只信封,“你快看看,这是怎么回事儿?”

那是一只牛皮纸信封,很旧了,上面没有一个字。信封没封口,里面装着一些钱。一张两块的,两张一块的,还有好几张一毛两毛的零票子。我数了数,刚好凑了个五元整数。

“这是谁给你的?”我抬起头来望着他。

“我觉得是你师傅,”徐士良说,“应该是他。”

“什么叫应该是啊?”我追问了一句,“他亲手交给你的?还是让小梅转交的?”

“都不是。”徐士良摇了摇头,“早上我还没有睡醒,就听见房门底下窸窸窣窣有动静。我以为是进了老鼠,赶紧敲了几下床铺,房门外头就有人惊跑了。我起身就看见了这只信封,有人从门缝底下塞进来的。”

“打开门看了吗?”我赶紧问他,“那人是谁?”

“只看见一个背影。”徐士良忽然没把握了,“我不熟悉你师傅。

到底是不是他，我还不太敢肯定。”

“那就是他，”我没再追问，“不可能会是其他人。”

“那确实。唉，”徐士良非常感动，“你师傅真是个大好人。偷东西的事情并不少见，可我从没听说还有这样的事。他又不知道有人发现，自己就把偷的东西给送回来了。完璧归赵，简直太不敢相信了。多难得啊。”

其实这也是我当时的真切感受。我只是不方便附和他。

昨天师傅主动让我去借钱，我就知道已经到了万不得已的地步。

我还以为借钱是为了毛坨治病，现在看来，他最耿耿于怀的是这笔良心债。他想尽快地把偷人家的钱还回去。

我能理解他这种心情。今天验收组就要来厂里了，有一件很丑的事情压在心里，无论如何他都直不起腰来。

赶紧把钱退回去，至少压在心里的那坨死铁就放下了。

的确如此。别说是他，连我都感到心里头格外畅快。面对那只信封，还有徐士良那副由衷感慨的神态，真的觉得今天早上的空气比往日清新多了。

第十一章

一

市里的验收小组来厂里考察，按道理工会主席应该全程陪同。可能考虑到跟考察对象有亲戚关系，莫主席就主动回避了。

一看接待安排表，他又说："前面不参加。最后验收小组跟考察对象见面的时候，我可能还是要去一下。"

莫主席内心的考虑我完全能够理解。他要是不参加，那场见面会就由骆科长代替他主持。为了更加稳妥，他觉得自己在场还是主动一些。

"先莫告诉骆科长，到时候再看吧。"他也想留点余地，又交代陈元干说，"我可能参加，也可能不参加。"

验收方式大部分是背靠背，所有的座谈会和现场考察，我师傅都不能在场。

知道这个方式之后，我还在心里想了一下。不是说还要考察师傅家里吗？难道他也得回避？

其实验收小组根本没有这个打算，是莫主席自己推测的。他以为会去师傅家里。既然要求滴水不漏，做好准备总比没做准备好得多。

莫主席当然没有料到，我师傅就是为了这个"好得多"，一不小心就被自己这个堂兄崴伤了脚。

这个教训很深刻。滴水不漏只是一种完成任务的态度，不能作为检验任务的标尺。古人提醒过，智者千虑，还必有一失呢。早知道人家不会去家里验收，昨天徐士良宿舍里头那段有关钞票的插曲，根本就没有可能发生。

好在这段插曲其他人都不知道，我心里就安定下来了。

既然是背靠背，验收组来我们熔炉班考察的时候，师傅也不能参加，陈元干就提前赶到了熔炉班。

班前会上，陈主任向全体炉工宣布说："经车间总支研究，决定由杨哲民同志担任临时召集人。各位师兄师弟，有什么意见吗？"

师兄们居然齐声欢呼，还鼓了好长时间的掌。

当时我十分清醒，知道他们不是为我欢呼，是为有人取代了师傅欢呼。

这些家伙对师傅的尊敬并不那么诚心诚意，对我倒是非常不错。尽管师傅毫不掩饰对我的格外关爱，他们心中都明白，那只是师傅的一厢情愿。我这个城里人很能吃苦耐劳，没有半点知识分子的臭板眼，他们对我早就心悦诚服。

劳模验收工作其实并不复杂，总共就三场座谈会。

第一场是跟厂级领导，由阳厂长召集。第二场跟老中青工人代表，本来由莫主席主持，后来换成谁我不认识。只知道那是莫主席推荐的另外一位工会负责同志。第三场座谈会是跟我们熔炉班。

在那之前，陈元干主任一直守在车间办公室的电话机前，时不时打听情况。其他两场座谈会的进度被他掌握得相当精准。

十一点半，陈主任打完最后一个电话，小跑步到熔炉班说，马上做好准备，验收小组已经在路上了。然后一个转身，朝车间大门跑了过去。

那边早就备好了一块标语板，上面写着"欢迎"的字样。

按照陈主任的交代，我让师兄们在冲天炉前头一字排开。

别的要求都没有，却想不到所有师兄竟不约而同换了新工作服。清一色高大威猛的身材，排着队往冲天炉前一站，那画面还真有一股雄赳赳气昂昂的壮志豪情。

验收组走过来的时候，看见那阵仗特别受鼓舞。他们一边鼓掌，一边加快步伐过来跟我们每个人握手。

有件事情让我很受教育。验收组成员的思想素质特别高，每个人都严格按照车间的规章制度，戴上了藤条安全帽。

当时我就觉得自己不适合当召集人，头一次就严重失职。熔炉班六七条汉子，居然一个都没戴安全帽。其实每个人都有，全锁在工具柜里头。要是由我师傅召集，这么大的疏忽是绝对不容许发生的。

政工科派了一个人带验收组过来考察，那人头上也戴了安全帽。我的目光只关注验收组的领导，偶然朝那人一看，顿时欣喜不已。那不是姜红梅吗？她站在到处都是黑灰的翻砂车间，不蔓不枝，亭亭净植，就像是一朵芬芳吐艳的荷花。

绝对不是我情人眼里出西施。那顶藤条帽子戴在她头上，怎么看怎么好看。也许是深色帽子的关系，我觉得姜红梅的脸色有红有白，比以往更加娇嫩。那台庞大的天车，宛如一幅粗犷豪放的背景图画。映衬之下，姜红梅越发显得玲珑剔透，清新可人。

真是这样。太赏心悦目了，就有点让人怀疑到底是不是她。

熔炉班加上验收组的同志，在鼓风机前面坐成了一个圆圈。

谈话直截了当，他们列三个题目，每个题目一个人回答就够了。虽然我是召集人，主持回答问题的仍然是陈元干。

第一个问题问的是师傅对原则立场是如何坚持的，陈主任就指令我回答。

说实话我没做思想准备，情急之中忽然想起了安全帽的问题，就做了句检讨。我说这是看见验收组的同志以身作则才想到的，然后就引申出了我师傅平时的认真态度和原则立场。验收小组特别满意，连连点头赞赏。

过后想起来，我急中生智的水平真的值得骄傲。既谈到了我师傅的优良作风，又顺带赞扬了验收组同志的高素质。还谈得自然而然，毫无吹捧之嫌。

姜红梅看似不经意地坐在我身边。我发完言之后，她用握笔的手悄悄朝我竖了一下大拇指，然后继续做记录。动作非常小，只是让我一个人看见。

另外两个问题由余师兄和梁师兄两个人回答，也是陈元干点名。原以为余师兄回答起来会困难些，没想到平时不怎么善于表达的人，今天倒讲得特别到位。

相比之下，不能说梁师兄讲得不好，只是讲得过了头，让人觉得他是想在领导面前充分展现自己，就有那么一点收不住脚的感觉。

十五分钟不到，熔炉班的座谈会就结束了。

车间主任特意点名让我送一下他们，我就陪着验收组往车间外头走。

陈元干有点意犹未尽，在前面不停地跟他们说话。姜红梅礼貌地跟在最后，正好我就有机会跟她并排走在一起了。

“觉得他们怎么样？”她轻轻问了一声。

“验收组吗？”我不用多想，“非常有水平。三个问题都不错，既全面又准确。”

“之前两个座谈会也一样，”她告诉我，“也是三个题目。”

“接下来还有哪些程序？”我小声问。

“下午两点，跟考察对象面对面交流。”

“哈，上午背对背，下午面对面，挺有意思啊。”我笑了笑，“也是三个题目吗？”

“一样，三个题目。”姜红梅不想谈得更多，“下午就简单多了，主要是听听考察对象自己还有什么要求。”

我其实不想跟姜红梅谈这些事情。好不容易碰见了她，就开玩笑地问了句："那，我这儿也有个要求，你能听听吗？"

姜红梅微微皱了一下眉头，朝前面几个人看了一眼。

"现在不行。"她小声回答我说，"上班时间呢，傻瓜。"

我暗自一乐，赶紧跟她拉开了一点距离。

其实我那是没话找话，回不回答无所谓。有最后"傻瓜"两个字，我就很满足了。

二

下午两点钟的见面会，参会人员的范围非常小。

因为人数不多，地点放在了党委小会议室，重视的程度也就可想而知了。

厂级领导有阳厂长。中层干部一名，指定由翻砂车间主任参加。再就是选一名青年工人当代表，居然就挑中了我。

我怀疑这名单不是政工科确定的。我怎么会在里面呢？骆青涛对我有成见，他没坚决反对就相当难得了。

政工科一般干部也不需要参加，但是那天姜红梅参加了。我当时还有点奇怪，后来才知道是自己孤陋寡闻。姜红梅提拔当副科长都半个多月了。

我后来责怪她的时候，她说："告诉你干吗？好让你讽刺？你还是你，我还是我，咱们还是咱们。一如既往，知道吗？"

我师傅到了小会议室，本来应该由姜红梅给他沏茶，骆青涛赶紧上前挡住姜红梅，亲自往一只茶杯里头搁茶叶，沏好茶水，又亲自端到我师傅面前。

"莫师傅您喝茶。"他望着我师傅直夸奖，"嗬，理发了？看看，您把胡子一剃，起码年轻二十岁。哈，皮肤都白多了。”

验收组的同志进来之后，骆科长赶紧领着他们走到我师傅面前。

“现在，我要给验收组的领导们隆重介绍一下。”骆科长红光满面，把我师傅扶了起来，“这位就是我们厂的模范工人，优秀代表莫正强同志。”

那三位考察组成员立即趋上前去，又是拉手又是问候。那副恭恭敬敬的样子，就像是新进厂的小学徒初次拜见师傅一样。

小会议室的座位也排得很用心，左边位子给验收组的成员坐，右边那一排坐着电机厂方面的人员。中间最显眼的地方有一张长条桌，后面放了两张椅子。一张给主持人坐，另一张就是被考察人的位子。

验收组成员很诚恳地把我师傅请到那个位子坐定之后，骆科长才走到主持人位置，从容地坐了下来。

他很认真地朝小会场看了两遍。

“啊，好了，人都到齐了。”然后很有礼貌地望着左边验收组成员，恭敬地请示了一声，“怎么样？啊？可以开始了吧？”

“可以了。”他们连连点头，“开始吧，骆科长。”

“好的。有个情况说明一下，阳厂长临时有个会，托我给验收组的同志道个歉，他没有办法参加了。”说完还向那几位同志点头表示歉意。

验收小组的成员也连连点头表示理解。

“我们的工会主席，是本年度劳模评选领导小组的组长，为公正准确地完成任务，半年多来，莫德龙主席做了大量工作。”骆科长继续说，“今天这个见面会原定是莫主席主持，哈，我坐的这个位置本来是他坐的。昨天莫主席身体有点不舒服，就把这个任务交给了我。”他又一次朝验收组点头致歉，“那就抓紧时间，开始开会吧。”

这时候会议室外面就传来了轻轻的声音。

敲门的是厂办秘书。他从外面把门推开，伸手让进来一个手拿竹烟袋的人。一看就知道，他就是工会主席莫德龙。

莫主席朝验收组的同志点了点头，径直找了把空椅子坐下了。

“骆科长，接着开会。啊？”他摆了摆手，“不打扰你们。接着开，啊？”

骆科长感到很意外，犹豫了一下，问：“莫主席，那还是您来主持吧。”

“不用了。”莫主席挥了挥手，“骆科长，还是由你主持。不耽搁时间了，验收组的同志还要赶回去呢。”

骆科长明显地感觉到自己被莫主席涮了，心里多少有点不痛快。手边准备了一段欢迎词，他也不念了。

“莫主席讲得对。那我们就抓紧时间，请验收组成员向被考察人提几个问题吧。”

“好的。”验收组一名负责的同志欠了欠身子，“提问之前，我先说明一下。电机厂的领导和全厂的工人同志，对本次验收工作给予了全方位的支持和配合。可以这样说，我们这次的考察和验收，达到了预期的目标，同时也取得了圆满成功。现在，请允许我代表大会筹委会，代表我们过来验收的几位同志，向电机厂领导和全体职工，表示衷心的感谢。”

然后他站起身，向莫主席和骆科长点头致谢。

小会议室里面人不多，掌声却非常热烈。那位负责同志没有坐下，趁这股热烈劲儿，再次宣布了一个激动人心的好消息。

“我给厂领导报告一个情况。吃午饭的时候，筹备领导小组负责同志听取了我们的汇报，非常满意。他特意委托我转告电机厂的有关领导：莫正强同志，已经正式确定为我们全市的劳动模范。”然后他离开座位，一边鼓掌，一边走到我师傅跟前，紧紧握住我师傅的手。“祝贺莫师傅。祝贺您，祝贺！”

我师傅也站了起来，一双手被那负责同志握得紧紧的，抽都抽不回来。看上去他没有别人那样激动，心里仿佛还有点不踏实。

“啊，我请问一句。你讲的那个负责人，他讲话就作数了？”

验收组那位同志就笑了，凑到我师傅耳边小声说："莫师傅，您就放心吧。筹备领导小组负责人，都是市委领导担任的。所有代表的资格审查，领导是可以发表决定性意见的。那是咱们的市委副书记呢。"

这句话我们都听见了。当时陈元干主任格外激动，又不想让别人看见，就扭过头去，悄悄抹了一把眼泪。

莫主席表情比较平静，鼓完掌，转过脸朝骆科长问了声："老骆，你问问验收的同志，既然确定了，今天这个见面会，还接着开不？"

骆青涛迟疑了一下，便把目光转向了那位验收组长。

验收组长赶快回答说："莫主席，是这样，见面会还是接着开。程序要走完，当事人还要签字的。莫主席您的意见呢？"

"好，那就听验收组的，我没意见。"

接下来，见面会进行得非常迅速。

验收小组提出的第一道题目有两问，中心意思都差不多。

"请问莫正强同志，您平时是怎样学习马列主义、毛泽东思想的？您又是怎样突出无产阶级政治的？"

我在心里假设了一下，这问题如果问到我，一时还真不知该怎么回答。不是不会回答，那问题很宽泛，主要是怕说不到点子上。我师傅没怎么思考，张口就来，第一第二第三，条理分明，回答得相当好。我也不觉得奇怪，这道题不难猜中，答案应该早就烂熟于胸。我师傅有的时候记忆力是相当不错的。

第二个题目难度小了很多。

"请莫正强同志举一到两个例子，说明您在自己的工作岗位上，是怎样做到一不怕苦，二不怕死的。"

回答这个问题，我师傅根本就用不着做准备。围着冲天炉熔炼了二十多年，那些惊心动魄出生入死的事情，他经历得太多太多。如果时间足够，师傅可以跟人讲三天三夜，还不带半点重复。

只是当时有点反常。我师傅在回答这个问题的时候，叙述得并不怎么流畅。我看得出来，他精力没能集中。这里讲几句那里说几点，缺乏连贯，情绪也上不来。说到激动人心的地方，他居然点到为止。人家还来不及激动，又被他引到另外一件事情上去了。

好在厂工会和政工科联合报上去的材料里面都有记载，考察组的同志也见好就收，提出了最后一个问题。

“在面对自己的错误和缺点的时候，您是怎样坚持在灵魂深处闹革命，又是怎样狠斗私心一闪念的？请举例说明。”

题目刚宣读完，我的一颗心就提到了嗓子眼。

奇怪的是，我师傅讲述英勇事迹的时候，大家的反应比较平淡，到亮出第三个题目的时候，会场上立刻鸦雀无声。所有人都屏住呼吸，耳朵竖得跟兔子似的。这些人到底怎么啦？难道听人家谈自己的缺点和错误，比听人家讲赴汤蹈火的故事更有兴趣？

面临这样的气氛，还别说我师傅，那会儿我都感到快要窒息了。在场的所有人，只有我才知道师傅内心的隐痛。

搞得如此紧张，我真的担心他精神上会承受不起。

还好，师傅坐在上面也还稳当。神情和面色跟以前没有太多区别。他只是没有及时回答，手指抚摸着剃得清清爽爽的面颊，像是在回忆，也像是在斟酌。

骆科长等了一下，觉得他考虑的时间长了些，就用胳膊肘碰了他一下，小声提醒说：“莫师傅，抓紧点，随便讲几句。啊？”

我师傅就开口了。

“骆科长，这次我不听你的。随便讲，那怎么要得？有些事情，不讲就不讲，要讲就讲彻底。”

骆青涛有点无奈，笑了笑：“好，您说吧，抓紧点就行。”

“那我就从这把胡子讲起。刚才，骆科长笑话我年轻了二十岁，那是有道理的。为什么呢？剃胡子了。昨天莫主席还劝我不要剃掉，今天早上起来，一照镜子，里头有好多年的邋遢东西，还不晓得里头有好多细菌。一个人的缺点别人清清楚楚，自己还糊里糊涂，那肯定会犯大错。日他的，索性把胡子一刀刮掉，脸就干净了。”

他发言的时候，验收小组一直在做记录。姜红梅也在做，政工科也需要留资料。

听到我师傅讲胡子的事，几个人又停了笔，认真地望着我师傅，不知道该怎么记。那些话似乎离了主题，又好像紧贴主题。

那会儿我的神经绷得铁紧，气都有点喘不过来了。

“好，不讲胡子了。那都是皮面的事，最多只是想表明一下我的决心。”他干咳了声，把身体坐正，“剃胡子要动刀子的。灵魂深处闹革命，那也是要动刀子的。刚才组长讲了，要举个例子，昨天就有个例子。日他的，老子昨天偷了别人十块钱，真的会丑死。我都活到五十岁边上了，一辈子没搞过这种事情。祖宗八代的脸都被我丢尽了。坐在这里我一直在做思想斗争，这件事情我是讲呢，还是不讲？感谢组长，您那句话提醒得好，要狠斗私心一闪念。那真的只是一闪念。唉，唉，我就是被那一闪念害死的。”

把那件事情和盘托出，本来是我极其担心的事情，话匣子一打开，我心里反而平静了。师傅终于自曝丑闻，抛掉了心理包袱，我猜想，那会儿他再也没有什么心理压力了。

“好，我总算讲完了。该讲的讲了，不该讲的也讲了。”他心里果然轻松了不少，“再要讲的话，就只有一句对不起了。实在对不起厂领导，对不起全厂职工。唉，最对不起的，还是我自己。我晓得，这一次，劳模是不够资格了。争取下次吧。要当就要当得干干净净。我就是这么想的。”

除了我和师傅，那会儿没一个人坐得住。

验收小组三位同志，惊诧得连记录都不做了。陈元干一张脸涨得通红，就跟自己的亲爹被人绑走似的，六神无主地朝莫主席看。

现场反应最大的有两个人。一个是莫主席。先是狠狠抽出竹烟袋，气恼地往里面按烟丝。接着又把烟袋往桌子上一扔，喉咙里接连发出咳嗽的声音。咳得很响。

另一个是骆青涛。他倒没有弄出什么动静，只是朝姜红梅使眼色，还做了个写字的手势。当时姜红梅连做记录都忘记了。骆科长生怕漏掉什么，一个劲地提醒她。

没有人宣布下面的议程，莫主席自己坐不住了。不做任何指示，呼啦一下站起来，拔脚走出门外，会议就自然结束了。

骆青涛那会儿行动敏捷，直接走到验收组负责人面前，同他小声商量几句，然后对姜红梅说："小姜，给车队长打电话，把吉普车调过来。考察组的同志有急事，现在就要赶回市里汇报。"

姜红梅赶快站起来往外走。

骆青涛也没停留，陪着验收组的三位同志走出了会议室。

从起身到走出会议室，骆青涛并没有跟我们几个人打招呼，也不朝我师傅看一眼。一般情况下，他是不会出现这种疏忽的。

我和陈主任也没顾上跟他们打招呼，不约而同地站起身来，朝师傅那边走了过去。

我担心那阵子师傅心里很难过，很快又悟觉到这种担心是多余的。

师傅没听莫主席的话，果断剃了胡子，那是他的一种取舍。

偷钱的那件事情讲还是不讲，那也是他的一种取舍。

这两次取舍，显然都是经过自己深思熟虑的。

后来又把钱归还回去的事情，他在会上一个字都没有说。我还想了一下，觉得不说更好。换了我，我也不会说。

不该得的钱必须退还给人家，怎么是为了说呢？那是必须要做的。就好比饿了必须吃饭，渴了必须喝水一样。天经地义的事情，真没什么好说的。

把那件事情吐出来之后，会场发生的一切，师傅肯定全都有思想准备。任别人听也好，走也好，他一概不管。掏出那只烟丝盒，闷声不响地坐在椅子上卷喇叭筒。

其实他那举动已经表现出了心中的懊恼。两只手极其笨拙，好半天没卷成那支烟。

看见我走过来，师傅闷闷地说：“民儿，莫怪师傅。替我跟那个同学说声对不起。听说他家里困难得要命，师傅悔都悔不过来。恨不得一斧头剁了这只手。”他长叹了一口气，目光一点都不呆滞，“昨晚一整夜我心里都是虚的，根本睡不着觉。要是昧着良心当这个劳模，那我不是一辈子都睡不着啊？唉，民儿，搞不得的。长痛不如短痛，我总算是想明白了。”

我赶紧抓住他的手，一句话都说不出来。

第十二章

一

七月一号那天，终于实现了姜红梅对我的殷切希望。

电机厂头一天就准备好了一辆大客车，总共二十三名男女青工，凌晨三点就开车前往韶山。那是一次新党员集体宣誓活动。我们要在朝阳沐浴中，共同肃立在火红的党旗下，握紧拳头发出一生中最为庄重的誓言。

一切都极其圆满，唯一有点遗憾的是姜红梅又出差了。

半个月前，厂政工科接到机电局转发下来的一份通知，市里决定借调姜红梅到卫生部门挂职做共青团工作。骆科长找她谈话说，上级对你是有考虑的，好好干。这可是锻炼自己的好机会哦。

临走之前我跟姜红梅见过一面。我问她挂职的时间有多长，她也不太清楚。

“至少三个月吧。放心，会回来的。”她欣慰地望着我，“我知道你这件大喜事。可惜不能亲眼见证你的光荣时刻了。”

见不见证并不重要，她知道我就放心了。

我答应送她这件礼物，约定的期限是一年。当时我还没有太多信心，多亏她的激励，还不到十个月就心想事成，我心里特别自豪。

同一天宣誓入党的青工里头，我们学校分配来的同学中除了我，还有一位。这件事真让我想不明白，那位同学居然是宋玉香。那天去韶山，凌晨上车的情景，竟然就跟我们毕业来这儿的时候一模一样，她也是最后一个上车。只是没有人陪送而已。

当然也是好事，至少那个教务主任的事情并没有影响到宋玉香。我并不是关心她，资料室那件事对我毕竟是个隐患。既然她也得到了批准，说明那件事除了我和她心照不宣，并没有其他人知道。

姜红梅肯定也不知道。她是科室的支部委员，党支部要知道这些事情，宋玉香的入党申请恐怕就很难通过了。

从韶山回来的路上，宋玉香面颊红润，情绪高昂，借故跟我旁边的人换了个位置。坐下来的时候，还故意使劲挤了我一下。

尽管我情绪也很不错，还是下意识往里面让了让。

她感觉出来了，小声问了句："干吗？还防着我啊？咱俩平等了不是？哈。"

我没顺从她的思路，冷不防说了句她料想不到的话。

"知道吗？来之前我算过一笔账。"

"算账？什么账啊？"

"电机厂有两千多青工，咱们学校分配过来十八个人，占的比例还不到百分之一。"

"就是嘛。"她听懂了，还在心里估算了一下，"你再算算，二十三个新党员里头，咱们就占了俩，差不多百分之十了。"

我笑着摇了摇头。

"不止，还有姜红梅，她去年就加入了。"

宋玉香竟然有点不屑于谈到她。

"说她干什么？跟咱们俩不可以同日而语。"

"是吗？"我很惊讶，"什么意思啊？"

"杨哲民，你和我有今天，全都是靠自己打拼出来的。你同意我这句话不？"

“当然同意，大家都一样。难道姜红梅不是吗？”

“分配工种之前，我跟她住过同一间宿舍。”宋玉香不以为然地笑了笑，“知道她妈是什么人？她爸爸又是谁吗？”

“谁啊？”我真的不清楚，“你都知道？”

宋玉香一副讳莫如深的样子，没说知道，也没说不知道。

我估计她并不清楚。最多知道点影子，那也只是道听途说而已。这些事姜红梅连我都不告诉，更不可能告诉她同宿舍的人。

“从今天起咱们都是党员了，老议论别人的家庭情况也不好。”宋玉香好像觉悟挺高，主动把话支开了。其实接下来谈的话题还是姜红梅，“反正姜红梅跟你我都不一样。她是市里重点培养的干部，前途无量。你信不信？电机厂还只是她的起跑线。终点在哪里，连她自己都想不到。”

这话在我听起来有点不是滋味。姜红梅就是姜红梅，你宋玉香也就是宋玉香。每个人都有自己的奋斗目标，每个人都在为自己的目标努力着。姜红梅的努力至少是光明磊落的，你呢？你敢说自己走过的路就那么光明正大吗？

有那么一瞬间，我差点没忍住，故意要跟她谈教务主任龚开明的事情。话都到了嘴边，又吞回去了。谈那些当然不好，那是龚开明个人的道德品质问题。宋玉香虽然也有个人的需求，她却没有伤害过别人。某种程度上说，她应该是被伤害者。作为一个男人，我不应该刺激一位被伤害的女人。我只是听不得她贬低姜红梅。

“杨哲民，我想问你一句话。”宋玉香并没注意我的思想活动，“不管你愿不愿意听，都得回答我，可以吗？”

我淡淡一笑，回答说：“不可以。我这人性格不好，愿意听才愿意回答。知道吗？我不会回答不愿意听的问题。”

“哟，我太高兴了。”她转过脸来看着我，“知道吗？我特别喜欢听你这样说话，真正的男子汉就应该是这个样子。”

“是吗？”我觉得她的目光也还真诚，话就说得没那么生硬了，

“哈，我还以为这句话伤了你的自尊心呢。”

“没有。不敢伤害我自尊心的男人，基本上都是懦夫。他们想方设法讨我喜欢，也只是图一时快活而已。”她说得很直率，“一个真正强大的男人，不会把情感当外衣披在身上。他的力量，不是自己说出来的，而是让别人感觉到的。”然后把手放在我的膝盖上，“我不会弄错，你就是这样的男人。”

刚好这时候大客车猛一颠簸，把她的手给震开了。有人挖了条狭窄的引水沟，横穿公路而过。司机骂了一句脏话，费好大的劲才让车子恢复了平稳。

我也趁机挪了一下身子：“行了，宋玉香，”我想分散她的情绪，“夸得我都快晕车了。哈，你不是想问我一句话吗？”

“是啊，早就想问了。”她望着我，问得毫不遮掩，“在你心中，一个姜红梅，一个我，谁的分量更重一些？”

我听得心里一愣。她怎么会知道我跟姜红梅的事情呢？会不会是姜红梅自己告诉过她？她们俩不是住过同一间宿舍吗？

想想也不对，姜红梅很快就单独住了。在那之前，我跟姜红梅的关系八字还没一撇。她问这句话应该跟我没太多关系，最多也就是想听我说几句夸奖她的话而已。

“你是想听真话还是想听假话？”我故意问了句。

“当然听真话。”她很认真，“谁还想听假话啊？”

“可我对姜红梅了解得不多。对你嘛，那就了解得更少。”我打太极拳似的回答说，“真话想不出来，假话说不出口。哈，那我说句笑话可以不？”

“也可以啊。说吧，我愿意听。”

“从时间角度来说，跟谁认识得早，谁的分量就重。”

宋玉香一听就不愿意了。

“你说的不就是姜红梅吗？她跟你同窗四年呢。”

我摇了摇头，接着说：“从距离来说，这会儿谁离我更近，谁的分量就更重。哈，宋玉香，这么说你满意吗？”

“不满意，一点都不幽默。”她有点不高兴，“我知道你想回避我的问题。你这一回避，刚好也回答了我的问题。你把姜红梅看得比我重多了。”

她这么说我也不想否认。要论分量，姜红梅在我心中无可替代。宋玉香内心到底怎么想我还不能确定。她应该对我没有更多的想法。如果有，那还真叫自不量力。

宋玉香没再说什么，我就想抓紧时间休息一下。路况很差，车子摇晃得厉害，好多青工已经昏昏入睡。

宋玉香却没有一点倦意，一双清澈的眼睛盯着窗外。精神头那么足，我就觉得她一定还有话要跟我说。

果然，十分钟不到，她就用胳膊撞我。

“睡着了？”

“啊，没有。”我回答说，“我坐车从来不睡觉的。”

“我看你眼睛都闭老半天了。”

“养养神呗，正好在心里琢磨点事情。”

“琢磨什么？还在想我问的那句话？”

我敷衍了句：“也算是吧，总想着就有点犯困。”

她就把身子转过来，正面对着我。

“别一个人琢磨。时间这么充足，咱们俩讨论一下呗。”

“宋玉香，讨论就算了。”我明确表示了不赞成，“我继续养神。你呢，想说什么就继续说，我都听着呢。”

“呵，瞧这态度，不冷不热嘛。”她似乎对我的态度并不在意，“行。那我只说三句话，你同意也好，不同意也行，放在心里搁着。我相信，或迟或早，总会得到印证的。”

“是吗？”我没睁开眼睛，“那就说吧，第一句是什么？”

“宋玉香喜欢你。”她说得直截了当，“我没吓着你吧？”

“没有。”我把眼睛睁开了，“我胆子大，一般人吓不着我。”

“可我宋玉香不是一般人。”她的目光非常执着，“真的，你得有思想准备。我会锲而不舍，死缠烂打。哈。”

“好的，我知道了。”我平淡地说，“第二句呢？”

也许正是我态度平淡，她就略微犹豫了一下。

“姜红梅不适合你。”她终于脱口而出，然后加重语气补了句，“绝对不适合。这话你一定要记住。”

我当时就感觉得非常不自在。

“宋玉香，你这话有来由吗？姜红梅跟我有什么关系？”

“会有关系的。我眼光毒，看得出来她会往你身边走。”她说得很自信，“你不可能抵挡得住，很快就会拜倒在她石榴裙下。”

我听出来了，她还不知道我和姜红梅的事情。

“行了宋玉香，别把自己搞得跟算命先生似的。”我心里安定下来，就不想再跟她啰唆，“不是还有一句话吗？赶紧说，我还真困了，得抓紧时间迷糊一下。”

“行，那我就跟你聊聊姜红梅吧。”她还真的是锲而不舍，“你该不会厌烦我吧？要是你不想听，我不说也可以的。”

“听。干吗不想？不听白不听。”

我故意说得毫不在意，实际上还真想知道她会怎样评价姜红梅。不记得谁说过一句话，女人的嘴里不会有好女人。没关系，从另一个角度听听她的挑剔也难得。我懂辩证法。

“我是学技术的，特别关注科技领域的优势和趋势。”宋玉香绕了个圈子，“姜红梅的优势在哪里呢？第一，出身于革命军人家庭，属于根正苗红。第二，姜红梅爱学习，非常有上进心。第三嘛，她形象也不错。咱有一说一，她并不比我长得好看，但是人家稳重端庄，整体上非常耐看。哲民你觉得这分析客不客观？”

“嗬，真没想到，你对她的评价这么好啊？”我很意外，还以为她会贬损姜红梅，“听你这么一说，姜红梅还真不错呢。”

“看看，我没猜错吧？哈。她还没往你身边走，就有点抵挡不住了吧？”她怪怪地笑了笑，“跟她比起来，我好有挫败感。”

我知道她指什么，淡淡地笑了一下，什么话都没说。

“杨哲民，你也别高兴得太早。”她突然把话锋一转，“还有一条真理，优势决定趋势。知道吗？家庭出身是她的优势，可你的出身是小手工业者。我了解过了，你们俩出身不对等。从趋势上分析，成功的概率太低。”

“哈，宋玉香，你这是唯成分论嘛。”我哈哈一笑。

她也不纠缠这一点。

“第二个趋势就厉害了。知道吗？根正苗红的女干部，电机厂会是她的归宿吗？绝对不是。你是个关心国家大事的人，知道老中青三结合吗？这就是一种大趋势。姜红梅进领导班子是肯定的。可你呢？最多捞个炉工班的班长。撑死了，弄个车间主任，还是个副的。对不起，我这话讲得直，你可别难过啊。”

这一次我没有马上做出反应。说实在话，她说的这种趋势，我在内心深处是有所考虑的。我也觉得姜红梅真的很有发展优势，她的前程的确是难以预料的。

“行了。你这些分析，都是建立在假设的基础之上。”我不愿意顺着那些思路往下想，“还有实在一点的吗？”

“这些话都很实在。”宋玉香并不想改变思路，“你成天闷在车间鼓捣，好多事情都弄不清。姜红梅在厂里上过几天班你知道吗？不是局里借用，就是市里抽调。哈，那还真叫人见人爱，花见花开。我跟她在一个办公楼上下班，每个星期见她一面都难。”

“是啊，”我摇了摇头，不由自主地带出了一点个人情绪，“你都难见到她，我们这些人肯定就难上加难了。”

“最后还有一点，姜红梅身上自带一种高贵气息。那人当娇太太可以，过日子做老婆还真不合适。”她的观察真的算得上细致入微，“知道我对她的第一印象是什么吗？哈，她一举手一投足，就让我想起了电影里头的官夫人，有时候又像个阔太太。真的。”

话说得有点过头，听得我心里不舒服，就装出很随意的样子，故意调侃了她一句。

“哟，这还真是我对你宋玉香的第一印象呢。哈，记得吗？去年五一节开联欢晚会，你化好妆往舞台上一站，我还真以为来了一位漂亮的阔太太呢。”

“你这话也没错。我不只是长得漂亮。”她对自己倒是很自信，“我宋玉香的优势就是人拿得出手，心收得回来。我不是跟你说过吗？眼下我还在五心不定的阶段。只要遇到了一个强大的男人，我会死心塌地跟他过日子。”然后她将目光变成一团火，逼视着我的眼睛，“我会让你整个晚上快乐得要死要活。信不信？”

这句话可以把一般的男人说得心慌意乱，我那会儿却无动于衷。主要是她故意用了个“你”字，心里头一警觉，人就闪开了。

我相信她有本事把男人弄得要死要活，但我不相信她能死心塌地。

她那两只眼睛清悠悠渗出一种墨绿色，不知道这样的颜色暗示着什么。如果是一渊池水，那水到底有多深，一般人是测不到的。

客车在离厂子还有三十公里的地方停下了，司机要给车子加油。车上的人也憋得受不住，争先恐后跳下车往厕所跑。

再回到客车上，宋玉香就坐回了原来的位子。她的行李箱还搁在那儿，得整理一下，不久就要拿着行李下车了。

原来跟我同座的那人也没有换回来。车子一直开回到电机厂，旁边那个座位都空空荡荡，我却觉得宋玉香的气息还在身边。

那是因为她那些话一直还留在我脑子里，很长时间都没挥散开。

宋玉香没有什么恶意，她只是想继续攻占我的心。姜红梅只是她想象出来的竞争对手，她真的不知道我的心已经被姜红梅完全占据。

正是在这种不知情的状态下，她才会在我面前毫无顾忌地剖析利弊，那还真叫苦口婆心。总有一天她会弄清楚我跟姜红梅的关系，但我相信她并不会因此感到难为情。

她说的话基本上还是客观的。这些话除了宋玉香，还真是不会有人对我说。尽管好些话我都不乐意听。

家庭出身不同的隐患我还没感觉出来，说电机厂不会是姜红梅最后的归宿，这一点我几乎完全认同。自从跟姜红梅明确关系之后，我心里始终夹带一种莫名其妙的疑虑。她要是调离了电机厂，我该怎么办?

想办法跟着她调离，这可能吗?一个没有本事的男人，作为家属随女人流动，那叫吃软饭。吃软饭的男人绝对遭人耻笑。

就算我这张脸丢得起，轮不轮得上我丢脸还在两可之间呢。

将来姜红梅会上到什么地步，那时候她又有什么想法，这些都是未知数。眼下谁都不可能算计得毫厘无差。

其实我心里早就充满了矛盾。看见姜红梅不断地进步，我一千个喜欢。她进步太快，离我越来越远，我又一万个不情愿。

对我来说，这的确是一种隐忧。这种隐忧还屡屡显现，前不久她还给我打过一剂预防针，说她的工作可能有变化。

面对她出现的变化，我始终是被动的，只能告诫自己尽量把隐忧淡化掉。听其自然，带忧生存。至少绝对不去触发它。

没料想今天被宋玉香触发了。触发的程度还很深。

幸好这是个喜庆的日子，再难的事情也应该拿得起，放得下。

客车开回厂大门那一刻，果然我就没心思再想这些了。

二

我入党师傅特别高兴。

那天从韶山回来，陈元干主任在红卫饭店做东，请了师傅一家人共同为我庆贺。酒是他自己带去的。他知道师傅不能喝烈酒，就带了一罐自家酿造的糯米醪糟。其实那不叫酒，口味甜甜的，师母和两个小家伙都可以喝。

两杯甜酒下肚，师傅就开口了。

“民儿，从今天起，你只会越来越优秀。为什么呢？你已经是个有信仰的人了。师傅我早就有信仰，只是老了。人一老就容易忘事，有时候信仰也不记得，那是要不得的。听师傅一句话，你年轻得很，别的可以忘记，信仰忘记不得哦。”

“好，您放心。”我端起杯子，“师傅，再来一杯。”

师傅一伸巴掌挡住了我。

“不急，师傅还没有讲完。”他朝陈元干看了一眼，“你还没回来的时候，我就跟你大师兄报告了。师傅我在熔炉班又是班长，又是党小组长。以前那是没办法，总共三个党员。从明天起，师傅只当班长。党小组长嘛，你就担起来。在小组里师傅保证服从民儿。民儿是我最得意的徒弟，只有你才管得住师傅。元干，你也表个态啊。”

陈元干不怎么好回答，只得笑了笑。

“师傅，明天还不行。我跟总支商量过了，虽然没有不同意见，还是要跟厂党委正式打个报告。”他解释了句，“也只是个时间问题，最多只是走个程序。”

师傅一听就炸锅了。

“程序，程序，又是程序！日他的，你师傅差一点就被那些程序害死了。”然后端起杯子，一口就喝下去了，“不管那些。这件事情，元干你要没搞成，以后莫来见我。”

结果这件事情还是没搞成。

陈元干倒是尽了全力，程序还没走到党委会就被挡回来了。

答复非常明确：因为杨哲民刚刚入党，对党章和党内的各种程序还不够熟悉，必须要有个学习的过程。

没有这个过程，担任党小组长还是不合适的。

我师傅听到这个消息大骂骆青涛，说他是找借口发难。还说那人两面三刀，从来就跟姓莫的过不去。

这三个字我听得懂，姓莫的肯定不止我师傅一个人。

接下来师傅就大发牢骚。

“杨哲民要当不得小组长，你政工科就派人来当。”他一拍大腿起身就走，“反正我坚决不当了。”

他不是讲气话，还是真来了性子。

从那以后，师傅每天上班只是闷头做事，其他百事不问。这点很要命，平时感觉不明显，一旦师傅成天闷闷不乐，熔炉班立刻就变得死气沉沉。

班里气氛变成这样，我思想上也有很大的负担。做事不积极吧，怕师傅说我没有正确对待小组长那件事。表现得太好吧，又担心师傅以为我一心想当那个小组长。

要不就看淡一点，别那么认真？

好像那也不行。我平时做什么都认真，这一点大家都知道。忽然不那么认真了，师兄们会认为我目的太明显。入了党就革命到头，不求上进了？

这话我可不爱听。我压根就不是那种人。

其实我没当上小组长，师傅完全不至于有那么大的反应。

我非常了解他。小组长既没有权力又没有压力，他说让给我当，也不过就是一句客气话而已。他的火气以及紧接着的消沉情绪，应该是一种借题发挥。

去年争取当劳动模范的努力，最终功亏一篑，那件事情对他毕竟是一个打击，一直到现在都还没缓过劲来。

他怨恨骆青涛也不是没有来由的。

那天验收小组匆匆离去，骆青涛始终处于一种亢奋状态。没向厂领导汇报就跟随验收组去了市里。陈元干后来好大的意见，说本来还有沟通的余地，骆科长叫上车就把人家给送走了，就跟赶人家走似的。

不知道他去市里找了什么人，回来汇报的口气就完全不一样了。当然，他也是非常痛心的，还向阳厂长和莫主席几个头头转达了市里的领导对他们的感谢。

“领导同志一再肯定电机厂的评选工作，希望我们不要灰心，不要气馁。尤其莫师傅那个同志，成绩还是不可否定的，主要是考虑到影响不好。”骆青涛解释了句，“领导的意思很清楚，如果有群众问‘小偷也能当劳模？’我们该怎么回答？所以说，事情不大，影响还是比较恶劣的。”

他的话就跟回窝的燕子，里外绕了好几个圈，最后的两句话才算归到了窝里。强调影响恶劣，才是他真正要表达的意思。

接下来骆青涛就紧锣密鼓，围绕着我师傅所谓的偷窃事件，迅速展开了全面调查。调查的由头合情合理——既然莫师傅自己都坦白了，就得有个结论才好向上头交代。那也是对莫师傅本人负责嘛。

幸好调查工作是由保卫科负责，那几个人对我师傅也还算敬重。觉得为几块钱把奋斗好多年的劳模也搞丢了，都替他感到可惜。想想蛮可怜的，就没给我师傅任何难堪。

我师傅心里肯定非常不乐意。他很固执，硬说脑子那几天受到了很大的刺激，一点都不记得当时去的是哪间屋子。

保卫科的人带他过去辨认，那么长一溜房间，关上门都一个模样。我师傅在那条走廊上寻来寻去反复走了好几趟，硬是没说出来到底是哪一间。

“莫师傅，那天这些房门都是关上的？”保卫科的人问他。

“只有一间是开的。”我师傅应付说，“我想看看里面住的是不是我老伙计，门都没看清楚就走进去了。”

“大概是哪一间，还记得吗？”

“反正不是一头一尾的。中间这些嘛，我看都有点像。”他故意说了句，“外头看不出来，里头的样子我还是记得的。要不你们一间一间喊他们回来开门？进去了我就认得出来。”

刘科长就笑了。

“那也没必要，很小一件事情，何必要搞得满城风雨？”他考虑了一下，安慰我师傅说，“莫师傅，也没别的意思。现在只是需要丢钱的人写个文字，跟你讲的对得上，任务就完成了。您还记得住那间屋子的人是谁吗？”

“记得，只是不认得他。反正是一个青工，我也不晓得他是哪个车间的。”他一个劲地摇头，“只晓得肯定不是翻砂车间的。其他车间的青工，我又不认得几个。”

后来保卫科采取了另外一种办法。下班以后，他们分头去了每个房间，不动声色地询问谁丢了钱。

第二天上班前，徐士良大清早就找了我。说保卫科昨晚询问过他，被他一口否定：“我没丢钱啊。要是丢了钱，不用你们上门，早就去保卫科报案了。”

徐士良都说没丢钱，其他房间就更问不出丢钱的人了。

前后搞了个把星期，丢钱的人找不到，连举报的人也没一个，刘科长就签了“留档待查”四个字。那件事情也就高高挂起，淡而化之了。

骆青涛很不满意。无奈保卫科跟政工科是同级科室，不归他直接领导。

报到阳厂长那儿，厂长说，总要分个轻重缓急嘛。生产任务这么紧，要是挫伤了生产骨干的积极性，反而因小失大了。

这意思很明显，厂长说的生产骨干就是我师傅。至于还查不查，阳厂长没说一个字。

既然厂领导没有明确指示，保卫科就束之高阁。

骆青涛一肚子牢骚，却又毫无办法。

三

调查的事情烟消云散之后，师傅专门把我叫到生料场聊了一次。

那天已经下班了，他端一只小板凳坐在围墙脚下拔杂草。

“民儿，师傅想跟你打听一声。”他看见我走过去，闷头闷脑地问了一句，“你那个同学叫什么名字？”

“徐士良。”我知道他问的是谁，“怎么啦师傅？”

“他不报案，没有举报我。佛手不打可怜虫，那是个大好人。”他说，“怕添麻烦，保卫科问的时候，我也没把他讲出来。”

“是的，有些事情真的没必要讲。”我也拿过一条小凳子坐在了他身边，“那天陈主任跟我闲聊，回想起劳模验收的事儿，他还说，师傅本来已经处理得很好了。自己不讲出来，劳模早当上了。”

师傅马上转过头看着我。

“民儿，你也这么认为？”

“不完全是，”我望着他，“过后我也想了很多。百分之三十觉得很可惜，百分之七十，觉得您是对的。”

“意思是说，师傅还赚了？”他没一点开玩笑的语气，“何止是百分之七十？应该讲百分之百师傅都是对的。”

“那当然。从为人的道理上讲，真的应该那样做。”我笑了笑，“感觉上嘛，还是有点不甘心。”

“唉，你就莫讲感觉两个字了。”师傅连连摇头，狠狠地将一把杂草扔进了垃圾堆，“那真叫害死人呢。”

“噢？”我望着他，“您是指那天借钱的事吧？”

“还会指什么事呢？”他朝那堆垃圾唾了一口唾沫，“民儿不是外人，事情也过去了这么久，师傅就不闷在心里了。你晓得那天师傅中了什么邪，做出那种丢人的事吗？都是感觉上出问题了。”

“是吗？”我望着他，“这我可没想到。”

“那天上午我去宿舍那边找了几个老伙计，听我讲跟他们借钱，一个个躲都躲不赢。不晓得是怕我还不起，还是故意想看我的笑话。日他的，那些老伙计我都帮过忙的。人怎么能这样呢？”他非常计较这一点，“师傅做人未必就那么差火？这一辈子，我怎么混得朋友都没一个了？唉，借钱只屁大点事，那感觉实在太伤人了。”

我体会到了他的心情，就点了点头。

“后来碰见段一村，人都差点被他气死。”师傅说起这人心里就来火，“我看他平时也还豪爽，就开了一句口。你晓得他怎么讲的？借就不借，你赊账可以不？我问他怎么赊，他说，你赊一块钱，到时候还我十块。赊两块也可以，那就还我二十。要得不？你不是就要当劳模了吗？还怕你以后还不起啊？”

“哦？他这么说？”我很惊讶，“这不是羞辱人吗？”

“我一听，转身就走，心里悔得要命。我那是生得贱不？跟他开什么口啊？”师傅接着说，“那狗日的还左一句、右一句在我背后放狗屁。说，都穷成这样子了，还演戏，两口子演双簧，想当劳模想出神经病来了。要出风头，又没个卵钱，有本事你去偷啊。”

“唉，师傅啊，那句话也能听吗？”我觉得那人太阴暗了。

“民儿，师傅真不是起了心去偷钱的。你同学那间宿舍，以前住的是些老职工。我想进去看看里头有没有熟人，一眼就看见了抽屉里头有钱。那一下真跟吃了迷魂药一样，心想人家要是再不借给我呢？反正没人看见，索性拿两张走。拐过宿舍一看，那还是两张五块的，就觉得不能缺德到这种程度。拿太多了。十块钱是学徒伢儿半个月的工资呢。赶快跑回宿舍，我又放回去了一张。”

“第二天清早，您把另外五块钱也还过去了。是这样吧？”

“是啊。你都知道了？”他望着我，“那还是你替我跟杨妈妈借的钱。”

“太好了，师傅，您已经没有任何亏欠了。”我的话说得很真诚，“我那同学相当感动，他说，您永远是值得我们尊敬的好师傅。”

“民儿，这话就莫讲了，哪里还够格啊？”他叹了口气，仍然很懊恼，“师傅到今天都想不明白是怎么回事，肠子都悔青了。眼看天就要亮了，还一泡尿屙在床上……”

“没事儿，师傅。”我赶紧开句玩笑，“您想想，洞庭湖那么大，憋不住撒泡尿进去算得了什么？莫非一湖水就变咸了？”

“话是这么讲。”他没有笑，心里还是放不下，“到底还是不应该不？”

“可应该的事情，您不也做了吗？”我说得非常认真，“您把钱又及时送回去了。多不容易的事儿啊？真的。勇于纠正错误，比不犯错误更难呢。”

“是吗？”师傅琢磨了一下，“那，是不是就功过两抵了？”

“肯定嘛。”我轻松地笑了声，“哈，抵了还有多呢。真的。”

“你这是宽我的心呢。”他站了起来，“不讲了。民儿，师傅已经爬起来了。重整锣鼓再开张，不信我就搞他不上。”

“绝对的，师傅。”我也站了起来，“明年那朵大红花，肯定就是您的了。”

“明年不行后年，后年不行大后年。民儿，讲句不该讲的话，为了这朵大红花，累死了都值得。”他神情很庄重，“到时候民儿就帮师傅把大红花挂在坟头上。你要记得哦。”

我听得哈哈大笑。

“师傅，还是挂您床头上吧。不是还要拉师母去照个彩色相片吗？”

“那她会喜晕去。三天三夜都睡觉不着。”师傅也笑了，“哈，那个婆娘。”

第十三章

一

有件事我可是绝对没想到过。

自从我师傅劳模的事情告吹之后，段一村对我的态度忽然亲切了很多。还不仅对我的态度大变，对我师傅的看法，也忽然来了个回水湾处大掉头。

有一天我上晚班，走进车间就遇上了段师傅。他本来已经走出了车间，看见我过来，又返回来跟我打招呼。

“杨哲民，问你件事。我听启军说，去年莫胡子当劳模那件事，眼看到了手又搞黄了？什么情况？”

我正犹豫怎么跟他说，他却不再追问。

“不管什么情况吧，肯定有人使了绊脚。”他一声冷笑，“电机厂我还能不知道？庙小妖风大，池浅王八多。人跟人有好复杂你晓得不？我经常教育启军，任何时候不要相信任何人。当面喊哥哥背后摸家伙的人多得很。防不胜防。”

他那番话我不大认同。师傅没当上劳模的原因，我心里很清楚，还真不是有人使绊脚，更不是有人设局害他。心里暗想，你倒像那个使绊脚的人。要不是你恶意挤对，我师傅也许还不会跌那一跤。

段一村当然不知道我内心的想法，他却装得什么都知道。

“你师傅那人头脑太简单了，他哪搞得赢骆眼镜？”他看着我，“晓得骆眼镜是哪个不？”

“您是说骆科长吧？”我忍不住解释了句，“段师傅，骆科长对我师傅还可以。这件事我也知道一点点，不能怪他。”

“一点点？半点你都不知道。”段一村竟然很固执，“还以为人家对他好。要不是莫主席护着，劳模提名都没他的份。想整他的人多得很呢。他又太软弱，不像我段一村，挡得一拳开，省得百拳来。不信换了我试试，生米都煮成熟饭了，我看哪个敢把我撸下来。”

他讲的这些话我还是不赞同。

我师傅那件事情，骆科长还算是手下留情，到最后都没对人泄露。当然，保卫科最为关键。刘科长当年就是莫主席从退伍军人安置办要过来的，很有恻隐之心。他觉得人家劳模都没当上，再认真就有点不近情理了。

当然，这些话我不会透露给别人，尤其不能告诉段一村。

“算了。没油盐的话，我也不讲了。”段一村挥了挥手，“你转告莫胡子，段师傅其实很佩服他。别看我对他经常打击讽刺，那都只在当面，背后从不搞鬼。这样吧，哪天你和你师傅，我和吴启军，咱们师徒四个好好喝顿酒。不是段师傅吹牛皮，翻砂车间只要我们四个人一条心，天塌下来都扛得起。看谁还敢欺负你师傅。”

他这一番话说得如此暖心，那会儿还真把我感动了。当然，我也不会为这几句就对他彻底改变印象，只是觉得那话说得也还仗义。

晚上接班的时候，我就把段一村的话转告给了我师傅。

“民儿，怎么会这样蠢？”师傅劈头朝我呵斥了句，只差没发火了，“不记得我跟他借钱的事了？啊？当时要不是他打顶板，师傅怎么会鬼迷心窍做蠢事？你还跟他来往？啊？那种人会安好心？”

我心里早有准备，就坦荡地笑了笑。

“师傅，那些事情，我还真记不清了。”我把话说得从容不迫，“您说怪不怪？我只记得您后来说，我怎么一个朋友都没有了？师傅，您真的说过这句话。忘记了？”

师傅当时就不作声了。

然后我又赶紧跟他赔小心。

“师傅，当徒弟的本不配这样跟您说话，主要是那句话说到我心里去了，就觉得我以后做人一定要吸取教训，尽量以宽容之心待人。您觉得我这话有道理不，师傅？”

我师傅沉吟了好大一阵，终于长长地叹了一口气。

“唉，民儿，你这叫一句话喊醒梦中人。”他忽然间明白了一些哲理，“想想也是啊，退一步真就那么难吗？有时候，退一步也是向前进嘛。我怎么今天才搞明白呢？”

那一刻我觉得自己特别聪明。像我师傅这样的倔强脾气，平时九头牛都拉不动，不经意之间，这道弯就被我转过来了。

其实我的情感一直贴着师傅，真不愿意他更加消沉。段一村是他的老对头，跟这种人都能搞好关系，我相信师傅心里会宽阔很多。

“唉，还是派性的流毒作怪，我原先很佩服他的。那家伙有真本事，也有真脾气。”师傅决定了，“喝酒的事情，既然他都讲了，师傅还有什么好说的？那就星期六，要得不？”

我就把这话告诉了吴启军，要他转告给段师傅。

我还说，如果没有问题，我就到那天徐娘和小梅请我吃饭的那家小餐馆去提前预订。那地方离纺机厂近，离我们厂远，环境相对僻静，特别适合段师傅抒发豪情。

“行啊，就这样说定了。星期六，咱们不见不散。”吴启军答应得很爽快。他说他师傅非常有诚心，早就跟他交代过了，不管什么时候都可以。

刚要离开，吴启军又一把拉住了我。

“哲民，知道这是怎么回事吗？”他望着我，“我跟他两年了，没见过他请任何人吃饭，这可是头一次呢。”

“还不是关键时刻见性情？”我回答说，“你师傅这叫同情失败者。”

“什么呀，何止是同情？那是拔刀相助你知道吗？”吴启军一副心悦诚服的样子，“他那人无私无我，太了不起了。”

“是吗？”我有点茫然不解，“你是说，他要帮我师傅？”

“这事儿先不透露。不是别的，我担心自己一激动讲不清楚。”他不像是吊我的胃口，“到时候听我师傅当面说。哲民，不是卖关子，我想让你亲眼看看我师傅的侠肝义胆。”

回复师傅的时候我犹豫了一下，没把吴启军这些话告诉师傅。我觉得留点余地非常必要。吴启军那人平时经常牛皮哄哄的，我担心那话不怎么靠谱。

话靠不靠谱先不管，至少喝酒的事情已经有了着落。

星期六一大早我就提醒师傅，下午一定要抓紧时间，提前去那家小餐馆做好准备。

师傅心里记得很清楚。

“民儿，这两天我都在算日子呢。放心，师傅不会忘记的。”

“那就好。”我望着他，“师傅您觉得，咱们还要准备点什么吗？”

这个问题师傅也考虑过了。

“民儿，正要跟你交代呢。”他一边想一边说，“进厂二十多年，我这是第一次跟段一村吃饭。人家那么有诚意，这顿饭就应该由我们请。你要记得哦。”

一听这话，我心里就没什么把握了。

“师傅，这可能吗？”

“有什么不可能的？是不是又在担心师傅没钱？”

“师傅，不是那个意思。”我赶紧跟他解释，“段师傅那个人你比我还清楚，格外豪爽。这事儿又是他的提议。他会让我们付钱吗？”

“不要紧，本地有条铁规矩，谁点菜谁付钱。”师傅认真地交代我，“民儿你要主动点。咱们先把菜点好，他就不好意思结账了。”

“那没问题。我五点之前就过去点菜。”

“好。民儿做事牢靠，有你这句话，师傅就不操心了。”

二

其实我和师傅的操心都是多余的。

段一村前脚迈进小餐馆，后脚就到了餐馆服务台，从裤子口袋里掏出两张钞票，看都没看，“啪”地往桌子上一拍。

“二十块钱，先搁这儿垫着。吃完饭多退少补，听见没有？”

负责结账的服务员有点为难。

“哎呀这位同志，您晚了一步呢，四点多钟就有人把菜点好了。”

“那不更好吗？”段师傅口气格外强硬，“他点菜，我结账，未必就不合王法？就这样了。别人付账你都不能收，只能收我的。”

当时我和师傅坐在最里面一个小单间里说话。服务台那边发生的事情，我们两个人都没觉察到。

吴启军领着段一村走进小单间，我师傅赶紧站起来，迎上前去，一把就拉住了段一村的手。

“段家的，我晓得你的钱用不完，用不完也是你的，我不眼红。今天这顿饭，死活你都不能出钱。菜我已经点好了，你要还跟我抢，那就是瞧不起我莫胡子。晓得不？”

“莫胡子，段一村什么时候瞧不起你了？”他比我师傅更豪气，“你要这么讲，今天我就跟你认一回真。这餐饭你要结得了账，我就算你狠。”

他们俩一来一回，开场的气氛很不错。几个哈哈一打，就都在小方桌前坐下了。

我觉得师傅对他的称呼挺有味道，就悄悄问吴启军，是不是还有人也这样称呼段师傅。启军小声告诉我说，翻砂工段有几个老师傅也这么叫他，他们相互之间都是那样称呼。张家的，李家的，王家的，赵家的，那是当地人的习俗。听上去还挺亲切的。

餐馆里头顾客不多，菜就上得很快。几个碟子端上来，吴启军才想起来忘了准备酒。

“哟，赶紧，我去买瓶酒。”他站起来，望着我师傅，“莫师傅，您喜欢喝什么酒？白酒行吗？”

段一村对我师傅很了解，赶紧说：“他不行，喝一口就倒下了。”他一把将吴启军按了回去，“我也不喝，好好陪莫师傅说说话。”

我师傅就有点过意不去了。

“那怎么行？段家的，你的酒量大得很呢。不喝酒有什么味道？今天很难得，我也陪你搞两口。大不了早点回去睡觉，没关系的。”

“莫胡子，以后吧，今天搞不得。”段一村很固执，“我有事情要跟你商量，晓得不？酒就不喝了。”他朝吴启军吩咐了声，“去，找服务员搞几瓶汽水过来。汽水当酒也蛮好的。”

我师傅的确没酒量，听他这么一说，就不再坚持上酒。

不上酒我又有点不安了。为了把酒喝好，我还特意多点了几道菜，就凭一点橘子汽水，那些下酒菜绝对销不完。自己结账就算了，又没轮得上我，想起来真的有点不好意思。

段一村做事情利落，说话也不绕圈子，喝了一口汽水，抄起筷子就给我师傅夹菜。

“莫胡子，有句老话，水往低处流，人往高处走，这话你应该是听说过的。”

“当然，这话还不晓得？”我师傅不知道他想说什么，“不就是一心求上进吗？”

“对的。我晓得你是个上进心很强的人。”段一村放下了筷子，“眼下就有个上进的机会，你想了解一下不？”

吴启军悄悄看了我一眼，那意思是让我集中精力听。

我师傅没明白段一村想说什么："那你说说看，什么机会？"

"浦陵纺机，晓得不？"他指了指门外，"就在这旁边不远。"

"当然晓得。"我师傅想都没想，"搞三线建设迁过来的，那厂子大得不得了呢。原来好像在上海吧？"

"南京。"段一村说，"也差不多。浦陵纺织机械厂嘛，一听名字就知道，在南京和上海之间。中央企业，部里直管的。"

"是啊，名气大得很，讲起浦陵纺机，没有几个人不知道。"我师傅倒是很了解，"听说他们工人的工资高，买菜从来不问价。我们工业区的菜价，就是浦陵纺机抬起来的。"

"一点都没错。"段一村忽然盯着我师傅，"莫胡子，你想去浦陵纺机做事不？正好有个机会，千载难逢呢。"

吴启军又看了我一眼，提醒我注意他师傅的拔刀相助。

当时我却没有听得太明白。

我师傅的身份是一名产业工人。德华电机厂虽然属于地方管理，也是正规的国营工厂，正规的企业编制。到哪里做事，怎么可以由段一村随意指点呢？

我师傅心里肯定也在这么想，就笑了一下。

"谁不想去啊？那是从糠窝里跳到米窝里呢。"师傅摇了摇头，"算了，天远地远的事情，就跟讲梦话一样。"

段一村也笑了笑，非常认真地说，他跟浦陵纺机人事部的头头很熟悉，还不是一般的熟悉。他们厂也有翻砂车间，也有造型工，当然也有熔炉班。纺织机械的零部件不算太大，车间规模也不大，跟我们电机厂旗鼓相当。

纺机厂熔炉班的老班长早就到了退休年龄，厂里一直不想给他办理退休手续，主要是没合适的人接他的班。前不久老班长跟厂里打了书面报告，说半个月之后，不管厂里找不找得到人接班，他都要回上海去养老。话说得很绝，一点商量余地都没有。

纺机厂人事部那个头头非常着急，三天两头过来找段一村。知道段一村有点人脉关系，就盯着他推荐引进。

“莫胡子，晓得人家什么想法不？”段一村望着我师傅，“人家知道我以前也搞过一段时间炉工，就说，半个月快到时间了，要么你帮我挖个熔炉班长过来，要么你就自己上，改行当班长。哈，明白了吧？真的很紧急呢。”

“呵，他这话也讲得太霸蛮了。”我师傅听得笑了，“那人跟你是什么关系啊？”

“她是我一个远房亲戚，外婆那边的，算是表妹吧，小时候读书出去的。工作时间长了，就调回纺机厂当了人事科长。”

“人事科长应该知道啊，熔炉班的班长就那么容易找？”我师傅有点小得意，“以为跟商店买东西似的，随手就有？”

段一村心里很鬼，当时就认为我师傅有那么一点意思了。

“来，莫胡子，先吃点东西。”他亲手给我师傅夹了一块回锅肉，“不着急，边吃边讲。”

然后他告诉我师傅说，去那边工作，属于正式调动，一切手续都由他们办理。他们是大牌企业，调个把工人绝对不是问题。

“莫胡子，我把你的情况讲清楚了，纺机厂的领导也做了研究。晓得他们给你什么条件不？只要你去，工资标准一步到位，八级。原来他们老班长就是八级工，待遇不能低于他。”

我师傅不动声色，只是把筷子放下了。

“是按我们厂里的八级，还是他们厂子里的八级啊？”他比较关心这一点，知道那其中的差别还是很大的。

“当然是按他们的。”段一村说得很肯定，“我算了一下，比我这八级工，每个月差不多高出十好几块呢。”

我没有正面朝师傅看，但我感觉到师傅的眼睛正在放光。他当时正端起饭碗，闷声不响地吃饭，那样子也还算四平八稳，看不出来有太多的兴奋。

段一村没怎么吃饭。估计他是故意给我师傅留一点思考的空间，就站起来说："这汽水蛮害人的，我要去小个便。"

吴启军没有跟他起身。等段师傅走出单间，他就告诉我师傅说，刚才段师傅说的事情，还真有那么回事儿。他真的有一个表妹在浦陵纺机厂当人事科长。

"我见过两次。那女的好有气质，我师傅特别看重她。"吴启军强调说，"这些天她四处托人，熔炉班长很难找，她快没辙了。"

我师傅已经吃完了饭。看他放下饭碗抹着嘴唇的样子，我就知道这件事情他在心里也捋得差不多了。

"吴启军，这么说，你跟那个人事科长很熟？"他望着吴启军，"你师傅那个表妹？"

"不是很熟，"吴启军说，"就见过两次。怎么啦莫师傅？"

"啊，没什么，我还没有想好呢。有件事情你师傅在场我还真的不好问。"他望着吴启军，"我晓得，你跟民儿就跟兄弟一样，问问你应该是没关系的。"

"那可不？莫师傅您放心，哲民跟我比亲兄弟还亲。"

"那你晓不晓得，浦陵纺机他们那个厂子，评劳动模范是不是跟我们一样啊？也是年年都评吗？"

这句话还真把吴启军给问住了。

"哟，这我可不清楚。"他想了想，"要不问问我师傅？"

"那不行，这话不好问他。"我师傅赶快摆手，"我琢磨了一下，你可以帮我跟他那表妹打听一下不？"然后自己又否定了，"算了，你师傅晓得了反而不好。那就算了，莫问了。"

说着话段一村就回到了小单间。

"启军，我看可以结账了，你去服务台办一下。"

吴启军赶紧起身，被段一村支出了小单间。

段一村又回到椅子上坐下了。

他不像是听见了我师傅刚才提出的问题。小单间没有房门，连一条布帘子都没挂，他不可能站在外面偷听。非常奇怪，他一开口，我又觉得好像是听见了。

“莫胡子，想好没有？人家等回复呢，这事还蛮紧急。”他似乎看透了我师傅的顾虑，“我晓得，条件你肯定满意。考虑来犹豫去，不就是担心去了那儿，当不上劳模吗？”

我师傅心里一怔，不好否认又不好承认，就叹了一口气。

“唉，劳模不劳模的，这些话就不要再讲了。”

“就是嘛，本来就不算个事情，你偏要看得比天还大，结果呢？到底吃了哑巴亏不？”他连连摇头，“莫胡子，你我都是电机厂元老级的人了，这种事情经历得还不多啊？周芋头，还记得不？早莫主席好几年，厂里就推他当劳模。后来呢？查出了历史问题。伪保长呢。大红花还没戴上身，喊声黄就黄了。”

我师傅就解释了句：“那讲不得，还是他本身有污点。”

“那，戚老倌呢？”段一村又举了个例子，“雇农出身，从小当学徒，打了一辈子铁。跟你差不多，锻工车间老班长，那还不过硬啊？群众推举，他得票率百分之九十九，最后还是没搞上，讲是名额有限。莫主席气得跑到市里找人评理，有用吗？莫胡子，你怎么就看不明白？由不得你呢。你想出风头，注定就会让人当猴子耍。退一万步讲吧，当上了又怎么样？不就一两级工资？哈，我段一村从没想过当劳模，不照样到了八级？”

“段家的，这些话你也莫跟我讲。”我师傅听得有点不耐烦了，“那是你有本事，没哪个能跟你比。行不？”

段一村非常得意：“就是嘛。有本事的人，根本不想当劳模。”

我师傅的脸色当即一变。

“你这意思，想当劳模的，都是一些没本事的人？”他到底没忍住，“就算我莫胡子没本事，那莫主席呢？他都出国搞过技术援越。还有那戚老倌，参加全国劳动能手比武，都拿过二等奖呢。未必他们都没本事？”

段一村嘴巴张了一下，当时就无话可讲了。

正在这当口，吴启军回到了小单间。

“师傅，全妥了。”

段一村脸色很不好看，问了声：“账都结了？”

“是，都结清了。”吴启军回复说，“总共还不到八……”

“没问你这个。”段师傅脸一板站了起来，“那还赖在这儿干什么？走，回去。”

三

他们师徒俩匆匆离开之后，我师傅半天没有起身。

他不起身，我也不好乱动，就坐在对面默默地看着他。

师傅心里的火气消得也快，从口袋里掏出那只装烟丝的小铁盒，一声不吭地卷着喇叭筒烟。

卷好了，点燃了，吧嗒吧嗒吸了几口，才开口问了句话。

“民儿，是不是觉得师傅做人还是有些问题？”他自嘲了一句，“我这是不是黑狗坐轿，不识抬举啊？”

“也不能那样说。”我想了想，“两个人的出发点不同，思想意识也不在一条道上。谈着谈着，就两岔了。”

“是啊，师傅本来想借这个机会跟他缓和一下。”他摇了摇头，“怎么讲呢？他大概也是诚心想帮我一把。唉，搞成这个样子，到底是哪个的错，师傅都想不明白了。”

“师傅，我也有点想不明白。段师傅干吗推荐您去啊？那么好的条件，他自己为什么不去？虽说他已经八级了，纺机厂八级的工资肯定比咱们还高。他真的是无私无我吗？”

“那是你没听仔细。”师傅非常精明，“人家要找当得班长的人，又不是找个八级工。段一村那个吊儿郎当的角色，哪当得班长？自己都晓得不合格。要不然他会先人后己？做梦呢。”

这时候我才觉得自己不够清醒，听了半天都没朝这方面想。心里还总在怀疑段一村推荐我师傅的动机。

“师傅也不是自己夸自己。要找个班长，整个工业区真没一个人可以跟我相比。我要去了，纺机厂会满意得不得了。当然啰，我也会满意得不得了。唉。”师傅叹了口气，心里直后悔，“那么好的待遇，到底是个机会不？这样的好机会，到底难得碰上不？”

“算了，师傅，也不过就是那么一说。”我赶紧分散他的注意力，“真实情况到底如何，还是个问号呢。”

“那当然。”他的注意力还很难分散，“那要万一是真的呢？”

师傅这样执着，我就不好说什么了。他非常实际，那边的工资待遇对他毕竟还是有相当大的吸引力。

“这样好不好？”师傅其实已经考虑好步骤了。他经常是这样，表面没动静，心里清白得很，“这事情分三步进行。第一步，你明天再找吴启军问问情况。他不是见过纺机厂的人事科长吗？师傅的意思，必要的时候，你跟启军去见她一面，先把真假搞清楚。”

我想了一下，觉得吴启军可能会帮到我，就点了点头。

“等你搞踏实了，就走第二步。”他的层次很分明，“到那时候，我就去跟莫主席说。市总工会的活动一年四季都有，他跟纺机厂的工会主席经常在一起开会的，应该很熟。”

“对啊，”我觉得这条路更可行，“那您何不请莫主席直接给浦陵纺机推荐？真的，比段一村推荐靠谱得多。”

“蠢话。师傅是电机厂的骨干，莫主席怎么会把我推荐给别人？当然啰，我要自己下决心，死心塌地要走，最后他还是会帮忙的。”师傅的算盘打得很精细，“找莫主席，也只是想请他过去，先帮我把八级工的待遇搞落妥。”

我没再说话。他心思缜密，真的让我佩服。

“师傅，您不是说分三步走吗？第三步是什么？”

师傅没有很快回答我，目光也有点呆滞了。

“唉，民儿，师傅想过来想过去，还是这第三步重要。”他叹息了声，“段一村那家伙也不是看不起劳模，他那是一辈子都当不上，就往劳模身上泼脏水。师傅哪会跟他一样呢？工资高当然喜欢，到底跟当劳模不能比。钱再多，屋子里头都留不住，迟早要用完的。大红花呢？那可是一辈子的财富呢。活在世上给家人长脸，埋在土里给子孙留名，光照千秋你晓得不？祖祖辈辈，满门光彩呢。”

我听得非常真切，觉得他这话的确发自内心。物质利益他肯定看重，这很正常，一般人都看重。可他如此郑重地向往那朵大红花，这可不是一般人能比得上的。

“师傅，那就这样。”我替他想了个稳妥的办法，“我托人去替您打听清楚，到了纺机厂，仍然有希望当上劳模，您就高高兴兴地去。要是去那边，当劳模的希望没有了，那就拉倒。工资再高，待遇再好，您都义无反顾地拒绝，我支持您。”

“是的，民儿，只有你了解师傅。换别人，还以为你师傅犯了神经病。”师傅也被我鼓舞了，只是略微还有疑虑，“民儿你找得到人打听不？要找个靠得住的才行呢。”

“放心师傅，肯定找得到。”我没有犹豫，“绝对靠得住。”

那时候我已经想到找谁了，只是不想告诉师傅。

我觉得找姜红梅最合适。

她从头到尾参加过劳模的考察和评选，政策方面她心里一清二楚。即便有拿不准的地方，她还可以去市里咨询。这好办，这些本来就属于他们系统的本职工作。

快到电机厂的时候，远远就看见大门外头站着两个人。

当时已经是夜里九点了，灯光也还明亮，我看得清清楚楚，那是吴启军和他师傅段一村。

师傅的眼神没我好，认不准他们两个，脚步就缓下来了。

“民儿，那是段一村他们两师徒不？”他使劲往那边看，“你讲怪不怪？我就觉得段一村不怎么甘心，会在前头等我们。”

“是他们两个。”我赶快点头，“师傅，您的感觉真的准。”

段一村两师徒也看见了我们，转身迎了过来。

我师傅就主动问了声：“你们怎么还没进去？”他望着段一村，“段家的，你还有话要跟我讲吗？”

“是啊。算你莫胡子狠，段一村犟不过你。”他调侃了自己一句，“本想替你办件好事，回过头我还要求你。哈，我生得贱不？”

我师傅就笑了。

“段家的，莫这么讲。我已经领情了，真的。是不是那么回事，我都欠你一个人情。”

“莫胡子，我不相信这句话。人情是欠不得的，晓得不？”他神情有点沮丧，“我已经把自己搞得骑虎难下了。”

“这话怎么讲？怪我？我把你搞得骑虎难下？”

“不怪你，只怪我自己。”他的确非常为难，“纺机厂那边，我都替你答应了。现在该怎么办？唉，进又不能进，退又不能退。”

“你看看，都没问过我就答应人家，你这人做事牢靠不？”师傅趁机试探他，“跟你讲老实话，纺机厂的事，我就怕不牢靠。不下雨你都讲得出彩虹。是真是假，我怎么晓得啊？”

“绝对真的。”段一村说得很肯定，“还要怎么讲你才相信呢？”

“怎么讲都没用。”我师傅直截了当地说，“你徒弟不是也认得那个科长吗？明天就带杨哲民过去见见，可以不？”

段一村回答得非常痛快。

“当然可以。你让杨哲民亲口问问她。”想了想又赶快说，“哦，明天不行，她开一天的会。那就后天去问。我晓得，后天她铁定要回厂里上班，可以不？”

“没问题啊。你讲哪天就哪天，我这里倒无所谓。”我师傅一副不在意的样子，“反正就八个字——捡了不喜，丢了不忧。”

“哈，你喜不喜我不管，要是让你婆娘晓得了，她会喜得放倒你啃。”段一村放心了，就胡乱开玩笑，“日他的，你们两公婆，往后的日子可以横着过了。生再多的伢儿，都不怕养不起了，哈。”

我师傅一听就有点紧张，眉毛都竖起来了。

“段家的，我给你嘴边挂个警报器。这事情任何人都讲不得的。职工、家属，包括我婆娘，一个都讲不得的。”他极其认真，“要是传出去半个字，我就跟你段一村门板上剁狗尾，一刀两断。”

然后两个师傅就各回各的家了。

四

我跟吴启军住在单身宿舍。往回走的时候，他放慢脚步，小声问我说：“哲民，咱们分析一下，你师傅最后下得了这个决心吗？”

“难说。”我不想跟他透露太多，“真假都还没搞明白呢。”

“你是说这件事情？”他一拍大腿，“绝对假不了。”然后又回头看了一眼，“知道我师傅跟人家什么关系吗？”

“谁啊？那个女科长？”我调笑了句，“不会是恋人吧？”

“恋人倒谈不上，情人是肯定的。”吴启军知道的不少，“什么屁远房亲戚？早几年流行跳忠字舞，学习班上认识的。以前联系不多，这两个月忽然搞得很热火。听我师傅说，那女的爱人是高级工程师，上个月抽到云贵高原支援备战备荒去了。”

当时我就听出了一个大概轮廓，果然这里头有猫腻。

“那女人真的是人事科长？”我有点担心，“不会也跟表妹一样，都是假冒的吧？”

“那倒不会，她本来就是个副科长，刚刚转正没多久。知道吗？突击提拔就是为了让她爱人去那边安心工作。她还真不顺利，上任没几天就遇上炉工班长退休那事儿。厂长给她下了死命令，一催再催。那女的急傻了眼，三天两头跑过来找我师傅。”

“是这样啊。”我听很多人讲过段一村是好色之徒，就笑了笑，“哈，麻烦了，那不成了自投罗网吗？”

吴启军也笑了。

“你也听说过我师傅的风流佳话？哈，还真是。知道我师傅跟她怎么说吗？”

“不知道，你师傅怎么说的？”

“老练着呢。头一次我师傅没露锋芒，只是说，我可以帮你想想办法，要是能弄成，那可是要回报的哦。”

我觉得这手法非常熟悉，顿时就想起了那天去资料室，宋玉香也跟我这么说过。当着吴启军的面，我就没再往那边想。

“后来呢？”我继续问他，“她又来找你师傅了？”

“能不来吗？那女的是江浙人，在这边没几个朋友，不找他还能找谁？一次次来，我都见过两次。”吴启军回想了一下，“我师傅还真上心，替她物色了好几个人，自己都觉得不大合适，就没给她推荐。嘿，你师傅劳模的事情砸了锅，情绪不是一直很低落吗？我师傅忽然就想到了他。那天跟我分析说，人嘛，要么图个名要么图点利，莫胡子那人这一辈子名是图不上了，去纺机厂发点小财，他肯定喜欢，跑都跑不赢。这是我师傅的原话。”

当时我就生气了。

“启军，这么说，这事儿你早就知道了？怎么回事儿？也不事先告诉我一声？你觉得这样做够朋友吗？”

吴启军就跟我油腔滑调。

“朋友肯定是够的。什么时候告诉你，我师傅是做了整体考虑的。

他说得等纺机厂那边研究通过，全弄妥了再找你们谈。哲民，多好的事儿啊，还跟我计较这些？”

想想也对，我也就不再计较他了。

“哈，这会儿事情弄妥了，你师傅的回报呢？”我望着吴启军，坏笑了声，“是不是也弄到手了？”

“那可不？”吴启军摇了摇头，“嗬，那回报厉害。要遇上一个没主意的人，早就跳楼了。”

“是吗？怎么个厉害法？”

“我师傅望着她说，大功告成，你可以到领导那儿邀功请赏了。我先不带他过来，还没回报我呢。然后开出了条件：两个人先好上，相互适应一个月。觉得可以就跟家里离婚，半年之内正式领结婚证。嘿，当时就把人家给吓蒙了。”

“她答应了？”我觉得段一村实在过分，就关心了句。

“后头的事师傅没跟我说。”他心里分析了一下，“应该有戏吧？要不然他哪敢约你师傅吃饭？”

我忽然觉得有点荒唐。

“启军，这些都是你师傅当面说给你听的？你们平时尽交流些什么啊？无话不谈都到这个份上了？”

“这算什么？比这更掉份的，还多着呢。”吴启军居然不在乎，“他那人率性，一张嘴什么都说，真的没格调。”他一挥手，“放心，我爷爷当过保定外围神八路，咱也是根正苗红。别看眼下还没入党，那只是迟早的事儿。无产阶级的革命立场，我吴启军坚定着呢。”

他的宿舍比我的近，说了声明天见，就先回房间去了。

我站在原地，傻傻地看着他开门关门，心里一点都不踏实。

段一村有自己的算盘，我师傅有自己的准星。他们各自的想法，我是料想不到的。

有一点我能料到——后天我跟吴启军去纺机厂人事科的计划，大概率可以取消。

纺机厂瞄定我师傅的事情，已经真实无疑。

五

浦陵纺机厂的确没必要再去，我却一点都没有感到轻松。师傅交代我办的第二件事情，才是我心里一个沉甸甸的包袱。

一口就答应下来帮师傅打听评劳模的事情，是因为想起了姜红梅。正好有了借口，我还可以去市里见她一面。

当时想得非常美妙，回到宿舍我就有点后悔。

姜红梅被抽调到市里工作都快三个月了，这么长的时间，她几乎就没回过电机厂。

回没回过也许说不好，至少我一次都没见到过她。她心里还是跟以前一样有我吗？

即便小有惆怅，我对她仍然无怨无悔，信任如初。

或许也是因为那次宋玉香把趋势讲得过于透彻，反倒让我储存了足够的思想准备。任何东西都是强求不来的。得则我幸，失则我命。

早上起来又继续纠结，我去市里找她合适吗？尤其星期天，她肯定有自己的安排。有一种安排我最不愿意设想，万一有人约她，我要撞过去岂不显得胸怀狭窄，居心不良？

既然答应了师傅，我不去又不行。那就别星期天，今天就过去。好在我可以找人调班。

去了车间，我悄悄跟师傅说了这个情况，师傅心知肚明，马上让上晚班的余师兄过来顶替我上白班。

出发之前我还犹豫了一下，一身工作服去市里显得太随便了，就返回宿舍换了一身干净衣服，还特意挑了一套最新的。

姜红梅绝对没有想到我会特意过来找她，突然闯到她面前，她还真让我弄了个措手不及。

那个机关制度很严格，不管找什么人，只能在传达室登记。幸亏姜红梅在那里非常有地位，传达室就打了个内线电话给她，说来了个电机厂的工人，有点急事想跟姜书记汇报。得到同意，他们才让我坐在那里等候。

我这才知道她是那里的团委书记，难怪那么忙，手里还拿着会议记录本。见到我的时候，我发现她眉宇之间闪出来一丝惊喜，很快又消失了。

“是你啊。”她朝前后看了看，“杨哲民，找我有什么事？”

顿时我就意识到来得不是时候，或者我根本就不该来。身边又没其他人，她却对我连名带姓用了全称。

“啊，你在开会？”心里有点凉，我就随口问了声。

“是，正在主持一个汇报会，整个系统的。”她补充了句，“有事抓紧说。”然后抬起手腕看了一眼手表，“五分钟，能说完吗？”

我便简单明了地说完了来意，估计还没用上两分钟。

她回答得更快，而且说得一清二楚。

“没问题，不管是哪一级企业，都可以参加当地的劳动模范表彰活动。市里分配名额给他们，具体的评比条件，企业可以自主制定，按他们的条件验收就行。”她望着我，没明白我是什么想法，“你怎么会关心这个？还特意跑过来。替谁问的？”

“是我师傅，他想调个单位。”

“莫师傅吗？没问题啊。电机厂有他全套材料，转过去就行。”她回答得很肯定，“他的材料是我们弄的，非常过硬。”

我心里有点疑虑，过硬吗？怎么后来又没评上？姜红梅说得那么肯定，我就没问了。师傅的材料里头应该没有不良记录。

几句话解决问题之后，我赶紧争取主动。

“姜书记，我替我师傅谢谢您。”然后转身就走。

我故意说是替师傅谢谢她，明显地表达出了我心中的哀怨情绪。叫了声姜书记，还特意用了个“您”字，果然刺激到了她。

“哎，等一下。”她叫住了我，“干吗？气鼓牢骚的？”

“我有吗？”我回过身来，很快地表示了友好，“怎么会呢？你可别乱想，实在不想耽误你的工作。”

她没有朝我走近，却把声音收小，很清晰地说：“知道吗？看见你来，我这颗心怦怦乱跳。真的在开会呢。这都不懂？”

“没事，我能不懂吗？”我也放低声音，安慰她说，“只是一时不习惯。没事的，梅子。”

姜红梅又看了一眼手表。

“别着急回厂里。今晚上我正好有空，带你去一个地方吃回头鱼。可好吃呢，早就想过要带你去。”

“不行啊，梅子。”我说得很果断，“我是跟人家换了班过来的，晚上得整炉子，以后吧。记住那个地方，一定有机会的。”

她也就不再迟疑。

“也是，那就以后再说。”

然后她就匆匆忙忙往会议室那边走过去了。

望着她的背影，我特别欣赏自己拒绝她的语气。毫不犹豫，相当坚定。这语气真的能让我找回一些自信心。

尽管不拒绝也不现实，我的确要回去上晚班。

六

回到厂里的时候还不到下午两点。午休时间刚过，上班铃声正好打响，干部职工正匆匆忙忙往各自的工作岗位赶。

鬼使神差似的，一进厂门，迎面就碰见了宋玉香。

“哟，杨哲民？”她朝我上下打量，“你这是从哪回来啊？穿得像个公子哥。哈，不会是相亲去了吧？”

“哎，你还真没说错。”我就像在跟谁赌气，故意说，“我还真去了，特意调班去的。”

“结果碰了一鼻子灰，对不对？”她回答这种玩笑的语句很多，信口拈来，“一看你这死气沉沉的脸色，我就放心了。”

“干吗？幸灾乐祸是不是？”忽然觉得跟她打趣也十分有趣，就逗她说，“该不会是起了歹心，想趁火打劫吧？”

“为什么不？打得到就打。万一打不到，”她直扑扑地望着我，“我还继续打。哈，又吓着你了吧？”

“行了，宋玉香。”我觉得够了，就不想再跟她闹着玩，“我还有点事，见好就收吧。”

她却不依不饶。

“你行了我不行啊，还没见到好呢。”

顿时我就起了一个荒诞的念头。

“你下午几点下班？”我突然问她。

“五点啊。”她应得很快，“怎么？有什么想法？”

“我上晚班，八点接班。”我望着她，“有三个小时的空闲，咱俩一起吃个饭怎么样？”

宋玉香当时就激动得双手合十。

“三个小时呢。天哪，我太兴奋了，天赐良缘啊。”她很热情，“我知道一个地方，特别有情调，咱们去那儿吧。我请你。”

然后她就乐滋滋地朝办公楼那边跑了过去。

宋玉香刚离开我就后悔。心里使劲骂自己，我这是作死啊？怎么能这样呢？今天是怎么啦？奇怪的念头一个一个往外冒，冒出来接着又后悔。

我师傅倒是满意得不得了，听我说完了情况，跟宋玉香一样双手合十，心里直念阿弥陀佛。

“这就好，这就好，两头都不失塌，这我就下得决心了。”随后说的那句话跟宋玉香只差一个字，“真的是天赐良机呢。”

当然，一个是良缘，一个是良机，那差别还是很大的。

回到宿舍，我坐在床沿上，心里始终六神无主。

我真的不知道该怎样看待姜红梅。

当然不能说她把我彻底忘记了。她拿着笔记本出来见我，至少今天她一颗心肯定没放在我身上。

我完全可以理解她的忙碌，但是我极不愿意看见她忙得津津有味的神态。

这是一种发自内心的忧虑。她那神态令我心里发慌，就像是一杆标尺，实实在在地测出了一种距离。

至于宋玉香，我又实在感到对不起她。

我真想约她吃饭吗？那是在报复姜红梅吗？仔细反省，还的确有那么一点潜在因素。

宋玉香还高兴得跟捡了个金元宝似的，回想起来我都出了一身冷汗。难道人家就没有一点尊严，可以任我拿过来当出气筒吗？说得严重点，这样做简直没有道德。

越想越坐不住，我就赶紧起身，换了上班的衣服。离她下班时间还早，现在去还来得及。必须终止这个玩笑，还得向她赔罪。

宋玉香看见我提早过来找她，又是一身脏不拉叽的工作服，心里就明白了。

“今天不行是吧？”她望着我，“现在就要提前接班吗？”

“不是，不用提前接班。”我不想找任何借口，“我特意过来跟你赔礼道歉的。”

“是吗？”她一听就明白了，“为什么道歉？觉得还不到火候，对吗？你还没看上我宋玉香，我没说错吧？”

“宋玉香，这么说吧。对于你，我没有看不上，只有对不起。”我说得很认真，“任何人都有自己的人格，都不能让人冒犯。当时我心里乱七八糟，自己都不知道怎么回事。”

“杨哲民，我好感动。说假话不是人。”她的确很诚恳，“女人都是被动的，本来就是任男人选择的。没事儿，我真的无所谓。不就是吃个饭吗？说实话，我看得没那么重。还专门过来赔礼道歉，实在没必要。”她轻描淡写地说了句，“谢谢，你是好人。我满足了。”

晚上去接余师兄的班，我心里就踏踏实实了。

借我师傅的话说，那叫放下了。放下得比较彻底。

从姜红梅那里离开的时候，心里那一点小不愉快，也都忘得一干二净。

宋玉香的影子反倒有点顽固，没能扫除得太干净。她非常宽容，丝毫没有责怪我，反倒让我感到自责。

她会是我心中的一个隐患吗？

这话到今天还真的不好说。有那么一瞬间，我觉得宋玉香也并不是不可以考虑。至少她不像姜红梅那样游移不定。只要我有心，她随时可以扑向我的怀里。

那绝对只是一瞬间，闪电一般就过去了。我很清醒，宋玉香跟姜红梅完全没有可比性。长得漂亮是运气，活得漂亮才是本事。姜红梅的情怀，还有她的理想和追求，宋玉香绝不可能具备。换句话说，宋玉香活得实在不怎么漂亮。

她始终在寻找一个强大的依托，却始终没读懂什么才叫真正的强大。

那天晚上，修整炉子的工作做得很不顺利。不能说我心不在焉，只是觉得每道工序都不怎么顺手。炉坑里面垮下来的废渣还特别多，清理的过程占用了太多时间。整完炉子，天都大亮了。

七

回宿舍路过吴启军的房间，他的房门大开大敞。看见我从门外头经过，吴启军赶紧跑了出来。

“哲民，纺机厂人事科那儿，你没打算去吧？”

“还有那个必要吗？”我也没有把握，“你觉得呢？”

“完全没必要，”他说，“已经毫无意义了。”

“行，那就不去了。”我忽然有点奇怪，“你开着门等我，就只是想告诉我这个？”

“必须告诉你一声，免得你冒冒失失跑过去。”然后他回转身把房门锁上了，“这会儿我得赶紧过去一趟。唉，真的急人。”

“什么事着急啊？”我问了句，“你这是去哪儿？”

他不想让别人听见，凑过来小声说：“去纺机厂。”他连连摇头，“知道不？出问题了。”

“哪里出问题了？”我不禁有点担心，“人事科那儿？”

“什么人事科啊？保卫科呢。我师傅给扣那儿了。”

我听得一愣。

“怎么回事儿？纺机厂为什么扣你师傅？”

“哪里是纺机厂啊？派出所。知道吗？麻烦惹大了。”

然后吴启军告诉我，昨天晚上段一村把纺机厂那位女科长约出去吃饭，事先还安排了一个幽静的地方，吃完饭两个人就摸到那儿睡觉。那个片区治安秩序不怎么好，偏偏遇上了派出所的治安人员查户口。

他们两个都喝了酒，疯得筋疲力尽，还在床上酣睡就被抓了现场。派出所忙到深更半夜，情况审理清楚之后，当晚就给纺机厂保卫科打了电话，让他们把人提回去自行处理。

听完吴启军述说，我心里顿时着急了。

“那，我师傅调动的事呢？”我赶紧问他，“不就泡汤了？”

“可不？全砸了。”吴启军说了实话，“本来就是冲女科长去的。以为姓段的真为你师傅好？他是为了搞上那个女人。”

这下我全明白了，天底下真的没有免费的晚餐。

“人都抓了，”我竟有点幸灾乐祸，“你过去还有什么用？”

“得把他领回来啊。”他无奈地摇了摇头，“以为我想去？咱们厂保卫科让我去的。刘科长说，尽量别张扬，科里就不去人了。”

“是吗？”我还没明白，“就你去，人家肯放人？”

“哪能啊？”然后他才告诉我，“知道吗？莫主席天不亮就过去了。跟纺机厂协商了老半天，才通知刘科长接人。要不然我哪行？”

听完这些情况，我心里已经彻底绝望。

事情搞得如此乌七八糟，师傅看到的那一线烛光肯定也就熄灭了。

别的先不说，两家厂子都丢不起这个脸。段一村可以说是以公谋私，为了个人目的，不惜挖电机厂的墙脚。

那女科长还不仅是以公谋私，除了作风败坏，她还动摇了军心。

她那位高级工程师的老公，接受的是支援三线建设的重要任务。出了这样的事情，政治上的影响是不可忽略的。

我很佩服电机厂处理这一类事情的沉着和稳妥。

就跟当时我师傅没当上劳模的事情一模一样，段一村跟纺机厂那女科长的丑闻，照样瞒了个密不透风。

后来听吴启军说那女科长降了职调到了云贵那边。可在那之前，也没有从纺机厂传过来只言片语。他们也做了低调处理。

段一村当天下午就回到车间上班了。

他闷头闷脑继续做他的大砂型，谁都没注意他曾经离开过车间。我估计厂里不会对他有什么处分。这家伙无党无派，无官无职，还无家无小。

如果硬要给个处分，比如降一两级工资，也是合原则的，却又很不合算。他肯定会找理由不再做大砂型。

那是他的独门手艺，无人可顶替。到时候阳厂长对一机部就不怎么好交代了。

我师傅更是蒙在鼓里，什么都不知道。下午他还见到了段一村，两个人相互点了点头，擦身而过，什么话都没说。

当时我师傅已经很放心了。他知道了去纺机厂评劳模一切照旧，按理说，应该给段一村一个回复，他却没有，就跟忘记了那事情一样。

我猜测他是为了更牢靠，想再跟莫主席交个底。师傅做事越来越慎重，木板上打口钉子，背后还要卷个脚才放得心。

果然，下午三点钟的时候，师傅把我叫到了一边。

“民儿，你手上的事先放下，我帮你搞完。现在你去一趟菜场，帮师傅买几样荤菜回去，晚上师傅屋里有客。”他想了想，又补充说，“还有，吃晚饭你也过来，帮师傅陪陪客。”

“我来合适吗？”我的第一反应就是他想请段一村吃饭，“您请的客人是谁啊？”

“莫主席呢，”他没有瞒我，“好久没到我屋里来过了。”

想到莫主席刚刚从纺机厂把段一村接回来，我就有些担心。

“师傅，调动的事情，您还没有跟莫主席说吧？”我想劝阻他，“现在说好吗？您觉得是不是性急了点呢？”

“不是我性急，”师傅清楚地说，“是莫主席讲的。中午的时候他特意来车间找我，说晚上去我屋里吃饭。”他想得很周到，“我也正好要拜托他。八级工资不讲定，去了纺机厂那就回不得头了。”

我不好再说任何话。

他不知道纺机厂人事科长已经端掉了，心里还在延续那个水中捞月的美梦。

八

莫主席来我师傅家吃饭是件非常罕见的事，我还从来没遇到过。他主动过来找师傅谈的事儿，我也猜了个八九不离十。

他刚从纺机厂回来，段一村跟那边人事科长合谋挖电机厂墙脚，他已经了解得一清二楚。他要对我师傅动之以情，晓之以理，果断地制止这件事情的发生。

很快就明白了，我的判断完全不对。大错而特错。

莫主席进到屋子里，并没有急于说话。

饭早就做好了，他坐下来闷头就吃。一连吃了三碗饭，他才从容地放下了筷子。

"莫胡子，你想去浦陵纺机做事，怎么早不跟我讲？怕我不放你走是不是？哈，你这家伙，连我都不放心啊？"然后一拍桌子，"去，没问题。我想过了，东方不亮西方亮，这对你还真是件好事。"

我在边上听傻了，大张着嘴，半天没能合上。

我师傅照样也听得发呆。应该说这是他最希望得到的效果，不知为什么，莫主席主动表态同意，他心里反而空不见底了。

"老、老哥，"他讲话竟有点结巴，"你是怎么晓得的？"

"我一大早就去了纺机厂，跟他们工会何主席扯了一上午。中午还请我吃了饭。你的材料他们都研究了。何主席跟我熟得很，你以为瞒得住我？"

"也不是。最后我还会跟你讲的呢。"师傅笑了一下，顺势就把那句话问出来了，"那，何主席讲没讲，我要是去纺机厂，工资待遇是怎么定的？"

"八级啊。他讲了，过去一报到，财务科就会发通知。"莫主席非常肯定，"我都帮你搞落妥了。待遇不往上提，我会同意你去？"他做事极其认真，还把师傅最关心的那件事情也落实到位了，"劳模的事情我也建议了，没问题。他们的厂子大，名额多。何主席让我把材料转过去，他负责帮你搞好。”

“哦，哦，”我师傅竟然浑身不自在，“这样啊。那，那就好。”

他绝不怀疑莫主席的话，只是心里的顾虑消失得太快。那些顾虑曾经支撑着他的身体，转瞬之间被迅速抽除，整个人就失重了。

莫主席抹了抹嘴，拔出竹烟袋，一边装烟丝一边发感慨。

“调过去也好。我都想退休了。电机厂嘛，我当然是舍不得的，那又怎么样？又没哪个舍不得我。就讲劳模的事，条件都摆在明处，有本事就摆擂台比嘛。又不是我个人的事，年年跟他们掰手腕，掰得好累你晓得不？简直是血奔心呢。不讲了，你还是赶紧走。你走了，我也不操心了。不求人一般高，看哪个还奈得何我。”

我师傅听得又是点头又是摇头，还陪在边上不停地叹息。他知道这个堂兄为自己受过太多的委屈，心里感到非常愧疚。

“唉，真是。就像你讲的，喊声走，我也舍不得。电机厂讲不出哪里好，又讲不出哪里不好。日他的，真的矛盾。”他看了我一眼，“熔炉班的担子又重，这一走，心里还真是放不下，唉。”

“放不下也放。”莫主席说得很坚定，“你走了杨哲民搞。那年你当班长的时候，还比他小几岁呢，哪里有搞不得的？”

“那是，民儿也不是搞不得。”我师傅却没那么坚定，“到底还是嫩竹子不？做出来的扁担，到底还是不怎么扎实不？”

莫主席就听得不耐烦了。

“你到底想去还是不想去啊？瞎驴子拉磨一样的，转了半天还在原地方。讲句明白话看看？不想去，我赶紧退人家的信。”

“去呢，去呢。”我师傅赶快应承，“都要起身了，还能不去？”他接着找了个由头，“我再跟你弟媳妇商量一下，要得不？”

当时我师母和小孩子都不在身边。那是莫主席的意思，他本来就不喜欢我师母。事先跟我师傅说过，男人商量事情，女人小孩在边上凑什么热闹？让她们先吃饭，吃好了外头玩去。

好不容易支开了，还要找师母商量，莫主席就把脸拉长了。

“你那婆娘有什么好商量的？我还不晓得，她眼睛里头钱最大，还会反对你去？算了，”他忽然看着我，“杨哲民，你来帮你师傅拿拿主意。他到底是去好，还是不去好？”

莫主席这句话还真把我给问住了。

这是个两难的问题，怎么回答都不合适。说不去吧，工资和劳模的问题都能解决，干吗不去？未必我还眼红师傅？

鼓励他去也不行，好像我心里还揣了个小算盘似的。刚才还说我可以接任他当班长呢。这口滚锅我可不愿意沾。

不回答更不行，莫主席已经问到我头上了。情急之下，我只好像抓阄似的随手摘了个答案。

“既然莫主席问到我，那我就瞎说了。”我几乎没有犹豫，“我觉得没有必要去，完全没必要。我真是这么想的。”

师傅没有料到我会这样回答，赶紧转过身来看着我。

“民儿，你接着讲。怎么又没必要去呢？”

我没朝他看，只是诚恳地望着莫主席。

“我师傅收入不高，家庭负担重，这些我们当徒弟的都知道。”我看了师傅一眼，“我心里比其他人更加清楚，师傅还真不是一个往钱罐子里头钻的人。”

当时我师傅大为感动，一拍大腿就附和开了。

“民儿讲得好，我历来就这么想的。满世界都一样，有钱多的也有钱少的。多有多用，少有少用，一样过得下去。就讲电机厂，八级工没几个，其他人的工资都不高，学徒工更是没几个钱。你看厂里几时饿死过人？不可能的。”他说得自己都激动了，“倒过来讲，钱多反而不是个好事。害死人呢。那个春不老有钱吧，有钱就拿去搞女人。还有那段一村，钱多得用不完，一天到晚尽想些花花心思，哪里还有一点进取心？”

莫主席其实更想听我说，耐心等他说完，伸一只手示意他暂停，继续望着我。

“民儿，你没说完吧？还有吗？”

“有啊，”我也有点激动了，“都说纺机厂是直属企业，规模大设备也好，这我都相信，可我不相信师傅会喜欢。那设备是用钱买来的。电机厂熔炉班这些设备，是我师傅他们从无到有，亲手造出来的。”我盯住师傅的眼睛，“师傅，您问问自己，咱们那台冲天炉，您舍得扔下它不管吗？”

我师傅听得动了感情，连连点头。

“唉，民儿，这话还问？”接着又摇头，“师傅晓得你是故意问的。故意问也问不得。师傅听得心里疼，晓得不？”他指着莫主席，“你问问厂领导，这台冲天炉当时是怎么搞出来的？他肯定记得。他和我两个人床铺都是开在车间里的。日日夜夜，前后搞了五六十天呢。设备没设备，材料没材料，四处找人，八方求援，鞋都跑烂了好多双。你晓得不？”

莫主席也被这些话触动了，收好竹烟袋，感慨地说：“那倒是。多亏下了决心搞冲天炉，生产能力一家伙翻了三倍，总算赶上了快班车。要不然，电机厂哪有今天这样的规模？”

“最早只是土法上马，平炉熔炼你听说过吗？”师傅的感情越说越投入，“莫主席从长沙搞回来一张图纸，说那叫冲天炉。看都看不明白，就请了个技术员上课。民儿你一句话问到我心里去了，师傅为这台冲天炉付出的心血，只有冲天炉自己晓得。落成那天，我一个人站在炉子前头把它一顿臭骂。狗日的，为了它的出生，我莫胡子起码折损了十年阳寿。我真讲了这句话。讲得自己眼泪水直流。日他的，我爱死了它。你讲我会舍得扔下它不？”

“那就莫再讲来讲去了。走什么走？不走。”莫主席就跟自己下了决心似的，“我是看你什么都没搞上。听别人讲你要去纺机厂，我的心也凉了。讲定了不？不走可以不？”他盯着我师傅的眼睛，“真要不走，我就做你不走的安排。”

“讲定了，不走。赶我走都不走。”我师傅咬牙切齿地回答说，“你也莫做安排，我自己努力。哪里丢的哪里捡，不信我捡不回来。日他的，这口气实在吞不下去。跑到别的地方当劳模，那不算英雄。我要让电机厂看看，喜马拉雅山，最顶尖的地方除了莫胡子，还有哪个爬得上去。不信就再培养几个人拿来比。莫胡子不把他比下去，我就不是人养的。”

“那就好。”莫主席站了起来，“不走是对的。你要走了，把我都搞得没脸面，进取心都没有了。那就这么讲好，我们两兄弟接着攒劲，要得不？于公于私，那把劲是松不得的。”

“不松，当然松不得。电机厂脚下这片土，是我们这些老家伙用锄头挖出来的。哪怕就是死，我也要埋到自己的土里。”

我不知道应不应该为这样的结局高兴，只是觉得一切都还圆满。

莫主席问我的意见，当时我并没有很明确的倾向。师傅最后做出不走的决定，到底对还是不对，也只是个未知数。

没见到结果，一切都还说不好。

我觉得应该不会错。一切都说不好的时候，圆满就是最好。

第十四章

一

有一天回去看我妈，她不在家。

屋子里很整洁，那是我妈的良好习惯，她看不得屋子里有一丝杂乱。

那天有点反常，正中间那张小餐桌上，堆了好些纸盒。每个纸盒都用剪刀剪开了，里面的东西摆了满满一桌。

我觉得奇怪，我妈出门之前，怎么也不收拾一下呢。

我走过去仔细看了看，忽然觉得那些东西有点来路不明。

那些东西我认得出来。两盒干黄花菜，质量绝对一流。每根黄花菜长短几乎一样，粗细也没多大区别。

另外两盒是白粉丝。包装上印的字看得我眼睛一亮，“玉龙特级粉丝”。

我心里十分惊讶，那两样东西很稀贵。白粉丝是用粮食加工的，国家控制得很严格。这我知道，平时买粮食都是定量供应的。听食堂管理员说，有次我们厂里接待阿尔巴尼亚来的国际友人，想让食堂里做一道叫作“蚂蚁上树”的特色菜，那道菜的主料就是白粉丝。跑遍所有商场，最后还是把那道菜取消了。根本买不到。

黄花菜在我们这边更是紧缺物资，都好多年没见过了。提到黄花菜，有人称它为“金丝”。白粉丝叫“银丝”。不知道“玉龙”在什么地方，但是大家知道，“玉龙粉丝”了不得，是粉丝里头的王中王。

我还听人说金丝银丝只有飞行员部队保证供应，其他地方也不是绝对没有，只是有钱都买不到。

如此稀少的东西，我妈桌子上怎么会有呢？肯定不是买回来的，我妈没那本事。即便买得到，她也绝对舍不得买。

心里正疑惑着，我妈就回来了。

幸亏房门是大开着的，她一手提一只陶土罐，根本就腾不出手来开锁。陶土罐的个头还不小，提得她一头的汗。

看见我在屋里，我妈高兴地说：“回来得正好，赶紧帮妈把东西装进去，罐子挺沉的。”

我接过罐子，急不可耐地问她：“妈，这些个金丝银丝，您是从哪儿弄来的？还这么多？”

我妈当时没听明白。

“哪有什么金丝银丝啊？你问的是什么？”她成天在家不出门，弄不清楚那些雅号。

“这不是？”我指了指桌子，“我说的是这些黄花菜和粉丝。”

我妈就笑了：“嗨，不知道吧？都是小姜妹子送来的。”

“姜红梅？”我心里一阵惊喜，“她送来的？我怎么不知道啊？什么时候送的？”

“上午啊。”我妈乐滋滋地说，“只待了十分钟就走了。她往这边出差，特意拐过来的。时间很紧，车子都在外头等她呢。”

“是吗？”我想了想，“这么忙啊？也没回电机厂一趟？”

“我问过，她说没空去。”我妈想起了什么，“对了，她说来这边几家医院搞调查研究。哲民，怎么回事？去医院研究什么啊？”

“她抽调到卫生系统了，那是她的工作。”我解释说。

“那，你就一直没见过她？”我妈很关心这个。

“不会啊，”我赶紧宽她的心，“上个月，我还专门去见过她呢。为我师傅的事儿。”

“那，她还会回电机厂吗？”

“应该会吧？”我还真说不好，“反正去卫生系统是临时的。”

“这妹子真的细心，”我妈很感动，“说黄花菜和粉丝容易生霉，让我买两个罐子封上。还特意说要买陶土的，陶土吸潮。”

离开我妈那儿的时候，我心里感到很踏实，一路步履轻松。

金丝银丝谈不上贵重，却因为紧缺而身价倍增。有那么一瞬间我做了个很不恰当的联想，我之所以思念姜红梅，也是因为紧缺吗？

旋即我就驱除了这个联想。

我决不能玷污了她对我的感情。她对我妈的种种关怀，更容不得任何人亵渎。她绝对是自觉自愿的。要不是我妈告诉我，她每次过来我几乎都不知道。

送黄花菜和粉丝的事情过去了不到两个月，我又一次感受到了姜红梅对我的情深意切。跟上次一样，也是从她对我妈的关怀举动中感觉出来的。那种关怀，真的叫无微不至。

那段时间熔炉班特别忙。设备的小故障一个接一个地出现。班上就那么几个炉工，谁都闲不下来。连白班晚班都暂停了轮换，每个人白天干了晚上都得接着干。

技术部门说，那是我们的设备到了金属疲劳期。零部件该保养的必须保养，该更换的只能更换。生产还不能停顿，只好陪伴老旧设备打疲劳战，足足顶了十来天。设备正常了，上班才恢复正常。

十来天没回家看我妈，心里总挂念着。终于空闲下来，第一时间我就赶了过去。

走到门口，老远就看见木门中间挂着一只木盒。那木盒很精致，装了盖子还上了锁。我还以为是邮电部门为了提高为人民服务的水平，统一给安装的。的确，这点想得好，今后接收邮件就方便了。

走近了些我才发现那不是信件盒。小木盒是白色的，正面印了一行“为人民服务”的红字，下面还有一个奶牛的图案。

我看不出那是做什么用的，进到屋里就跟我妈打听。

“牛奶公司过来装的呢。”我妈高兴地告诉我，“他们每天早上都会送一罐鲜奶过来，多好啊！以后就不用去商店排队了。”

我一听就觉得这不是我妈自己能弄成的。

牛奶公司产量不大，还要保证人民群众的正常需要。像这种定时定点送牛奶的方式那叫“特供”，需要报上级公司审批。我们电机厂只能批五户。莫主席为这件事儿还专门跑到市里争取指标，据说最后增加到了八户。

“妈，这牛奶盒子，不会是厂里给您申请的吧？”我觉得可能性不能说没有，但是并不大。

“没有，哪能麻烦厂领导。”我妈赶快解释，“你舅舅早交代过，说电机厂对咱们太关心了，尽量别再给人家添麻烦。”

我忽然意识到了：“那就是姜红梅，我没猜错吧？”

“当然，不是她还有谁啊？”我妈脸上乐开了一朵花，“那妹子太有心了。上个礼拜专门过来办这事儿，当天就弄好了。还一再跟我交代说，钱是半年交一次，她已经把两个半年的钱都交清了。”

“是吗？”我听得心里暖融融的，“这也太周到了。”

“妈要给她钱，知道她怎么说？”我妈望着我。

“不知道，”我也望着我妈，“她怎么说？”

“那孩子，她叫了我一声妈呢。”我妈满脸红光，“小姜说，妈，给什么钱？一家人不说两家话呢。”

这话听得我心跳都加快了。

不好在我妈面前表现得太兴奋，我就装得很男人的样子，点了点头。

“那也应该。跟我都两年多时间了，有些事情，也到了该明确的时候了。”

我妈不喜欢我这态度。

“什么话？你这孩子脑筋真笨，以为还不明确？妈心里早就明确了。”

“妈，您那叫明白，跟明确不一样知道吗？”我故意强词夺理，“我是指两个人的关系。明白还不行，得明确。”

“妈也没说错，不明白怎么好明确？算了，不跟你争。”她忽然想起了一件重要的事情，“哟，差点忘了，小姜说，领导同意了她的要求，下个月就可以回厂里来了。”

“噢？”我对这点非常重视，赶紧问我妈，“她跟您说了这话？那是什么时候说的？”

“就是装牛奶盒子那天。”我妈记得很准确，“她说，过几天她会到福建去一段时间，半个月的样子吧。领导交代说最后再出一趟差，就可以回电机厂工作了。”

福建是姜红梅父母的定居地，我就猜测她是不是有点公私兼顾的意思。妈都叫过了，她跟我的事情，也该告诉自己的父母了。

骑车回厂的路上，我在心里使劲骂自己。

相比我的焦虑和浮躁，姜红梅的镇定简直令人惊叹。

她把对我的感情埋在心底，沉稳地往前推进。幸福都推到鼻尖底下了，我居然没看出来。这两只眼睛是怎么长着的？人家还要怎么做才如我的愿呢？还左猜疑右不满，甚至还闪现过跟她分手的念头。

由此可见，我这人也太不识好歹了。

二

熔炉班的设备还是有点不尽如人意。

其他设备问题不太大，主要是那台给冲天炉投送材料的卷扬机，一会儿正常，一会儿又卡顿。全班人马一刻也不敢松懈，随时得做好人工投料的准备。

那是件最费力又最不讨好的事情。一周里头还接连出现了三次，把大家搞得心力交瘁。人都累成了牲口。

最累不得的还是我师傅。讲经验可以牛皮哄哄，拼体力的事情，我师傅就赌不出狠了。我估计他肺活量可能比一般人小了不少，平时老是咳嗽。走路走快了，喉咙还直发齁。

到底快五十岁了，跟年轻人比不得，他又偏不服气。人工投料的时候，他也挑起扁担往炉口攀。喊都喊不住。

头一担生铁他挑一百八十斤，第二担一百五十斤两条腿就打战。拼到后来，一百斤的担子都直不起身。徒弟们实在看不下去，就上前抢他的扁担。

熄火歇炉之后，师傅一屁股坐在更衣间那只小凳子上，足足喘息了二十分钟。

梁师兄大概是想让他开心一点，就凑过去开玩笑。

"师傅，您跟炉子赌什么狠啊？它是越老越来劲，您呢？越老越来不得劲。哈，是这话不？"

师傅的气还没喘得太流畅，不想回他，就点了点头。

"师傅，卷扬机一卡顿，您猜我想起了谁？"梁师兄问了句。

师傅抬起头望着他："想起哪个了？"

"春不老呢。"梁师兄嘻嘻一笑，"他要还在班上，大家都松快。一个人抵得我们三个，哪还用师傅上阵？您讲是不？"

"是，肯定是。"师傅狠狠瞪了他一眼，"那你把他从牢里请回来啊。讲些不巴边的话。你现在就去啊。只要你搞得他回来，我熔炉班照样收他。师傅讲话算数。"

梁师兄就不再开玩笑了。

"师傅，讲笑话呢，我是帮您顺气呢。"他上前把师傅搀了起来，"明天再卡了，无论如何我都不许您拢边。讲真的，师傅，维修车间再不把卷扬机修好，您就不答应开炉。到底人是当不得铁用的。这话不是您说的吗？”

师傅知道梁师兄产生了畏难情绪，却没气力批评他，望着瘫在一边的卷扬机，吐了一口痰，什么话都没说。

有些事情真叫玄妙莫测。本只是一句信口开玩笑的话，居然就变成了一件真事。

冲天炉完全正常之后没两天，陈元干把我和师傅两个人请到车间办公室，交代了一件令人猝不及防的事情。

“是这样，师傅，”他刚刚坐下来就对我师傅说，“班上原来那个临时工，汪春廷，您还记得不？”

“春不老啊？”我师傅不知所以地望着陈元干，“哪会不记得？怎么讲起他了？”

“他出来了，从牢里头。”陈元干说，“他那是减刑释放。”

“汪春廷吗？”我师傅很吃惊，“出来了？牢都不坐了？”

“怎么不坐牢？不都已经坐一年多了吗？”然后陈元干解释说，“现在法院对好多案子都要进行复查。汪春廷嘛，给生产造成了损失是客观事实，那是应该坐牢的。”

“就是嘛，”师傅非常不理解，“那还放他出来？”

“他原定的破坏生产罪，也复查了。”陈元干很有些政策水平，“法院认为起因只是乱搞男女关系。分析汪春廷的犯罪动机，不存在破坏生产的主观故意。应该认定为过失犯罪。”

“过失犯罪，不也是犯罪啊？”我师傅有点急了，“那要这么讲，只要是过失，都可以不坐牢了？公家损失了好几万块钱呢。”

陈元干大概觉得跟他讲不清楚，就堵住了他的话。

“我直接说吧，政策上还是主张给出路的。请你们过来是想征求一下意见，还让汪春廷回熔炉班，你们同意不？”

我师傅想都没想就表示反对。

“我不同意。又不是正式工，哪个讲了非要回原单位？”他转头望着我，“民儿你也表个态，同意不？”

那会儿我的注意力没集中，心里在回想梁师兄说的那句玩笑话，觉得他事先应该听到了一点风声。要不然不会巧成这样。

师傅见我没及时表态，还以为我不好讲出不同意见。

“你作句声嘛。我们三师徒也要搞民主集中制呢。民儿，你也说说。”

一时间我还真不好怎么说。案子本是我师傅举报的，同意汪春廷回来，不就带了点否定的意思吗？况且春不老跟师母的陈年旧事，师傅一直还耿耿于怀呢。

非常意外，也不知道我师傅怎么想的，还没等到我说话，他自己忽然作了表决。

“那好啰，民儿也是班上的骨干，他不表态就是同意了。”他给自己找了个台阶，“表决结果二比一。那还讲什么呢？车间领导又做了决定，我就只好不反对了。”

汪春廷再次回到熔炉班的时候，就跟换了个人似的。

他那模样改变得太多，差点都认不出来了。原先他的个子全班最高，这次看上去起码矮了十公分。我发现那是他的背驼下去了。

还有一个变化跟我们的猜测相反。原以为他会老得不成样子了，却出乎所有人意料，脸上的皱纹反而平整了不少。皮肤颜色还有红有白，乍看一眼，比原来年轻了好几岁。

这很奇怪。一年多的囚禁生活，精神压力都会把人磨老，可见汪春廷这人思想简单。他没有精神追求，也就没什么精神压力。

变化最大的是他的个性。别说不敢跟我师傅顶嘴，见到熔炉班任何一个人，他立即直起身子低着头，双手向下垂。如果跟他说话，每说一句他都回答“是”。不跟他说话，他也是那副垂首低眉的姿势，直到别人走远，才继续干自己的活。实在有事要问师傅了，一开口就是“报告干部”，然后小心地发问。

我师傅还真的不习惯他那一举一动，觉得把整个熔炉班的空气都搞僵了。经过请示陈元干，就邀我找春不老认真谈了一次。

“汪家的，”这次师傅既没叫他的大名，也不叫他的绰号，“这样要得不？回都回来了，你就再莫装出作孽巴沙的样子了。认真改造思想嘛，也不在乎样子可不可怜。发狠做事就好。听清楚了？”

“报告干部，汪春廷……”觉得不对，他就赶快改口，“班长，我听清楚了呢。”然后尴尬地笑了一下。

那是他回来以后第一次笑。很短促，却笑得并不勉强。

师傅也看见了，心里就发了慈悲。

“班长也莫喊，原先怎么喊照样怎么喊。”他说得很果断，“还是喊莫胡子，晓得不？你喊得松快，我听起来也松快。”

从那以后汪春廷真的轻松了很多，跟过去相比，手脚勤快了一倍还不止。他是个拿计件工资的人，以前只做有钱拿的事。这次回来，有钱没钱都不计较，见事就做。

熔炉班烟大灰多，窗户玻璃从不通透，还一直以为贴了一层膜。汪春廷备完料也不歇气，抽空提过来一桶碱水，搭起一张楼梯，密密细细搞了两三天，班上忽然就变了样子。阳光直通通照进来，就好像所有的窗户玻璃被人卸走了似的。师兄们顿时神清气爽，知道搞卫生擦窗户是没钱拿的，就争着过去给汪春廷上烟。

坚持一段时间之后，我师傅的心也被触动了。

有天早上他把我叫到一边，让我去问问陈元干主任，有没有可能给汪春廷补点零用钱。

“民儿，莫说是我讲的，晓得不？”他叮嘱我，“我一讲陈元干就会有压力。给得就给，给不得就算了。莫违反政策。”

我也知道政策上没开那个口子，就不想去问。

“师傅，汪春廷是不是要求过补钱啊？”我反问了句。

“没有呢，他哪敢开口？”师傅摇了摇头，“不开口我也晓得。从牢里出来的人，身上油干水净，买包烟的钱都没有。你我两个也是他的领导，总得关心一下不？”

“那我支援他两块钱吧，别让陈主任为难了。”我表了个态。

“那也好。师傅这一向手头好紧的，你给我就不给了。”师傅叹了一口气，“回头一想，春不老这个人真的算很老实的。一辈子只凭劳力吃饭，眼睛从不往别人碗里张望。帮得到的人他都帮。”然后他毫无顾忌地提到了我师母，“民儿，跟你讲也不要紧。当年你师母在乡下都快饿死了，不是汪家的把她带出来，哪里有今天？日他的，可恨是可恨，他做了好事，我还是要记得的。”

师傅说得真诚，我也有点感动了。

“师傅，您能这么说，我真的很敬佩。”然后笑了笑，“还以为您跟他是水火不相容呢。”

“当然是。有些事一辈子都容不得的，莫去想就是了。”他很有感悟，“唉，讲是那么讲，越不想越是想。晓得师傅为什么以前总是看不惯他？都是自己心里横了一道梗。讲句公道话，汪春廷这老家伙，为人做事，还真没几个比得上他。变成了这个样子，师傅心里到底还是有点看不下去不？”

“师傅，我想问一声。”犹豫了一下，我还是开了口，“汪春廷回来这事儿，师母应该也知道了吧？”

“我告诉她了。满车间都晓得了，还不告诉她，会以为我是故意不讲。怎么可能？这步田地了，未必我还担心她会起二心？”

“那，师母是什么看法？”

“鬼晓得，”师傅也不在意了，“那天晚上我整炉子到天亮。那个死婆娘，一个人在被窝里哭到天亮，眼都哭红了。我也不问她。你师母哭归哭，想归想。她那是想明白了。”

“师傅，想明白了是什么意思啊？”我一时没能理解。

“民儿，既然讲开了，我都告诉你吧。莫跟别人讲，晓得不？”师傅斟酌了一下，“你师母也是个有良心的人。她那天跟我敞开窗户说亮话，说春不老落到这个下场，是你莫胡子害的晓得不？一个男子汉，女人都拱手送人了，他就没指望了不？就不往长远想了不？快活一天得一天，就越来越败坏不？换了你莫胡子试试，不也一样消极啊？”师傅感慨万端，连连摇头，“日他的，那婆娘以前从不跟我讲这些，听得我声都作不得。”

“倒也是。”我听得笑了，“师母这些话，还真的有道理呢。”

“所以我说嘛。”师傅也笑了，笑得还挺舒心，“知道你师母昨天去哪里了？我让她回乡下了。”

“回乡下干吗？”

“还记得那个丘桂兰不？”师傅告诉我说，“我让你师母把她从乡下接过来。”他显得很有人情味，“狗日的，莫看春不老到处乱搞，心里还真的只喜欢丘桂兰呢。”

“是这样啊？”我似乎猜中了师傅的心思，索性笑话了他一句，“师傅您是想一举两得吧？汪春廷刚回厂就去接丘三元，您也就不必担心师母东想西想了，对不？哈，师母居然还去接。您真行啊师傅。”

师傅居然没有责怪我

“民儿，这次你就有点小看师母了。”他说得极其认真，“接丘桂兰过来的事情，是你师母主动提起的呢。我跟你师母扯皮拉筋一辈子，只有这件事情合了拍。”

“是吧？”我就不再开玩笑了，“您跟师母，心地都很善良。”

“主要是她。”师傅的感叹发自内心，“要讲做人善良，的确还没几个比得上你师母。这是一句真话。她总是觉得欠了春不老一笔良心债。把丘桂兰接过来，债就还清了。”

三

第二天我上白班，师傅一过来，就让我跟梁师兄调班。

“明天你上晚班吧，白天有个事情，我不好叫别人。”他说。

“师傅，什么事啊？”

“你先莫问，到时候就晓得了。”

我以为是他家里的事：“那，我要先做点什么准备吗？”

“出点力就好，”师傅说，“准备我都做得差不多了。”

梁师兄好像知道是什么事，我跟他商量调班的时候，他二话没说就答应了。

“晓得呢，师傅跟我讲过了。”然后又问了我，“杨哲民，你喜不喜欢钓鱼啊？”

我摇了摇头，没明白他的意思。

“梁师兄，你怎么突然问这个？”

“不喜欢就算了。”他没有回答我，“随便问问呢。”

按照师傅的吩咐，那天清早我就跟他从围墙后门走出去了。外头就是那片望不到边的蔬菜地。我跟姜红梅去过几次的地方。

穿过那座守瓜果的棚子，再过去一里路的样子，面前出现了很大一片水面，那是一个鱼塘。师傅说这是蔬菜生产队最大的一块塘，水面有四十几亩，周围还插了警告牌，“公共财产，严禁钓鱼”。

梁师兄昨天问我喜不喜欢钓鱼，我估计讲的就是这个地方。

师傅当然不是带我过来钓鱼的。那鱼塘的拐角处盖了一个屋子，门口挂一块木匾，“红星蔬菜生产队肥料站”。红砖墙，青灰瓦，屋子还不小，建得也不算简陋。

生产队长跟我师傅很熟，讲话都是一个口音。看见师傅带我走过来，心里非常怀疑。

“咦？莫胡子，就是他吗？”队长望着我，“一个城里伢儿，又这么年轻，怎么会安心帮我守鱼塘？”

师傅一听就笑了。

“你想破脑壳呢，人家堂堂一个大学生，会帮你守鱼塘？”然后朝肥料站看了看，“赶紧把屋子的隔断搞落妥。那个老师傅，下午就会过来住。”

我看见肥料站里头堆了一些木板，大致明白了他的意思，他想在里头隔一间卧室。很快我又想到了，他说的那个老师傅，十有八九是汪春廷。

生产队长把木板那些材料交代给师傅之后，觉得还不放心，就又问了声。

“莫胡子，你跟那老师傅讲好了不？早上打一次草，晚上抛一次食，每个月十二块钱。话先讲明，吃饭的钱那是不包的哦。”

“包住就可以，吃的你莫管。”我师傅故意夸耀一句，“队长啊，你捡到宝了呢。那老家伙劳力好得很，手脚又勤快。不信你试一两个月看。到时候他喊声要走，你都舍不得呢。”

师傅给屋子做隔断还真的熟练，就跟那天给我妈装修屋子一样，三下两下就有了模样。我在旁边给他打下手，看他手脚麻利的样子，心里又多了一层佩服。

只是一直没有想得太明白，以为他把汪春廷安排来生产队做事了。跟师傅一打听，他就说那是不可能的。只是想给他搞一个长期一点的地方，先住下来，落稳脚再说。

“白天还在熔炉班做事，该做什么照做。”他朝外头看了一眼，“你看这里多好？就只是早晚帮着喂一下鱼，又不白辛苦，还搞得到外快。这种好事哪里去找啊？本来就有一份临时工的工资，你看看，两口子的日子就好过了不？”

“两口子？”我想了想，疑惑地望着他，“谁两口子啊？您是说他跟丘桂兰？”

“还有哪个，当然是她。不是讲过吗？你师母去接她了。”

我还是没想通："是两口子吗？她跟汪春廷结婚了？"

师傅就暂时把手上的活放下了。

"这个事情还蛮伤脑筋。"师傅拿出烟丝盒子，开始卷喇叭筒，"别的问题也没有，丘桂兰守寡有好几年了。主要是春不老大她二十好几岁，她怕自己没面子。"他点燃了纸烟，"爱面子就莫爱票子啊，她又喜欢春不老的钱。你师母做了她两天的工作，她都下不得决心。最后跟你师母说，婚就不结，只是搭伙过日子。要得不？"

"那，您和师母的意见呢？"我关心地问了句。

"坚决不可以，我和你师母的意见高度统一。那不成了无照经营非法同居啊？难道还要三天两头跑派出所去保人？绝对搞不得。"他说得很坚定，"民儿你讲对不？搞就搞落妥，不给自己留隐患。"

他的话说得太滑稽，我听得直发笑。

"最后呢？"我朝屋子看了看，"屋子都弄好了，她肯定是同意了。是这样吗？"

"口头上还是同意了，说过段时间去扯结婚证。"师傅基本上放心了，"过段时间再去登记，问题也不算大。试营业不算违法，只是时间不能超过半个月。"

"有这规定吗？"我又想笑了。

"哪里有？"师傅也挺鬼，"其实有没有我也不晓得，他们更不晓得。讲出来摆在这里，丘桂兰心里到底是个压力不？哈。"

那天从乡下进城的班车晚了很长时间。

天都黑了，师母才把汪春廷和丘桂兰领了过来。他们大大小小带来了五六个包袱，还真是一副过日子的样子。

肥料站的电灯很亮，我就注意打量了一眼丘桂兰。这个当时被我吓得摔断了一条腿的女子，我还是头一次见面。

首先我注意观察了她的两条腿。毕竟又过了一两年时间，她走路的姿态完全正常。究竟是哪条腿摔断过，我基本上分辨不出来。任何痕迹都没有落下。

她的皮肤不怎么好。虽然不太黑，但是有点粗糙。五官倒是非常端正，除了鼻梁的左右两侧有些雀斑，总体上还是很好看的。

第二眼再看，觉得那雀斑也还出彩，跟她皮肤的色调两相呼应，生得还非常对称，看上去一点都不讨嫌。

第十五章

一

这两个星期生产还算正常，不用连轴转，也不用加班加点。

时间可以自由支配，我过去看我妈的次数也就更多了。不得不说其中也有别的意思。

姜红梅这一个多月一点消息都没有。估计她还在出最后一趟差，这段时间应该还在福建。明明知道我妈也不可能有她的消息，我还是不停地过去，总想去碰碰运气。

我妈当然看出来了。她觉得我神情有点忧郁，又不好怎么劝我。其实她也更加希望姜红梅早点回来。

坐到快九点的时候，我妈用布袋子给我装了五六罐牛奶，说她实在是吃不完。放久了怕坏，非让我带回宿舍吃。

“吃牛奶好呢，”我妈劝我说，“还可以帮助睡眠。”

“行了，带就带吧。”我接过那只布袋子，“睡眠要帮助什么啊？我还不至于为这事儿失眠呢。”

我把那布袋子挂在自行车把手上，一声不响地离开了。

回到宿舍，我一口气喝了三罐牛奶。不知道是情绪问题还是牛奶真有催眠的作用，我倒在床上就睡着了。睡得还很沉。

大约后半夜两点来钟，我突然被敲门的声音惊醒。

有人压低声音在门外叫我。

“哲民，睡了吧？哲民，快醒醒。”

我从床上一弹而起，那是吴启军的声音。

打开房门，吴启军闪进来，用背把门顶住了。

“哲民，快穿衣服。别问什么事，穿衣，快。”

我被他吓住了。

“没问题，这就穿衣。”他煞白的脸色把我弄得很紧张，“启军，快说，咱们要去哪儿？”

“去医院。外头有部自行车，我驮你去。”他急得声音都变了，“别磨蹭了，快，边走边跟你说。”

后半夜气温低，坐在自行车后座上，凉风迎面刮过来，吹得我直打冷战。

吴启军闷着头使劲蹬车，他倒是出了一身大汗，背后的衣服都浸湿了。

“启军，怎么慌成这样了？”我觉得事情很严重，“去医院干吗？谁生病了？”

他喘着粗气说：“唉，别问，到那儿就知道了。”

为什么不敢告诉我？我忽然想到了我妈。刚刚离开的时候她还好好的，顿时我就急了：“你赶紧说，跟我有关系吗？”

“没有。哲民，你别乱想。”他知道我担心什么，赶紧告诉我，“是宋玉香呢。”

“宋玉香？”我很意外，“又是她？”

“什么叫又是她？”他不理解，“以前她也去过医院？”

我不好怎么说，就追问了句：“启军，宋玉香怎么啦？深更半夜去了医院？”

吴启军还是没明说，低着头死命蹬自行车。

“启军，怎么不说话？到底怎么回事啊？”

“你能不能把嘴给我闭上？”吴启军忽然发了火，“问什么问？我又不是医生。”

我顿时悟觉到不大对头，这里头一定有什么隐情。难道吴启军跟宋玉香搞到一起了？这可能吗？

二

医院急诊室那边空无一人，只有一盏红灯在门上方不停地闪亮。

吴启军驮着我，直接把自行车骑到了急诊室门口。

冲进急诊室，那里面没有病人。一名护士正在收拾急诊床，看见我们闯进来，问了声：“是找宋玉香吧？”

“是。”吴启军有点惊慌，“她人呢？去哪儿了？”

“手术室。”护士说，“大出血，医生都吓坏了。”

吴启军一跺脚，转身又冲了出去。

趁这空子，我问了护士一句：“护士，宋玉香是什么病啊？”

护士觉得有点奇怪，便回头望着我。

“你不是跟她爱人一起来的吗？他都没有告诉你啊？”

“她爱人？”我这才想到她说的是吴启军，“啊，你说的是他？刚才走得急，他还没来得及细说。”

“宫外孕，”护士没对我隐瞒，“很严重。突然出现了失血性休克，必须马上做手术。”

虽然我没听说过宫外孕那个专业术语，后面那句失血性休克我还是懂的，知道那些症状危及生命。心里一紧张，来不及说谢谢，拔脚就朝手术室那边跑了过去。

通往手术室有一条比较长的走廊。夜深了，一个人都不见。走廊右边有几间医生和护士的办公室。我走得很急，吴启军冷不防从一间办公室跑出来，跟我撞了个满怀。

“哲民，我正要去找你。”他一把拉住我，“看在老同学的分上，你帮我签个字担保一下。”

“担保？”我一头雾水，“担保什么啊？”

“进去你就知道了。”他把我往医生办公室拉，“这字你一定得签，救人如救火啊。”

办公室里面坐着一位面容和善的老医生，看见我进来，就递过来一张文件纸。

那是一张欠条，上面写的一段话，看得我心里直收缩。

“今欠到，第二职工医院医疗费壹百元整。次日中午十二时前全额归还。欠款人：德华电机总厂职工吴启军。担保人：德华电机总厂共产党员——。”

下面留了个空白，那就是等我签字的地方。

“这个，我签字有用吗？”我望着老医生。

“写欠条本来是不行的。”老医生很通融，“这么晚了，又是这样危急的情况，救死扶伤嘛，先这么办吧。留个依据再说。”

吴启军赶紧介绍说，这是二医院的张院长，他同意我们明天补交医疗费。已经让医生开始做手术了。

我一边说谢谢，一边在空白的地方签下了自己的名字。

手术室大门左边有一只灯箱。红灯亮着的时候，表示里面的手术正在进行中。什么时候变成了绿灯，手术就结束了。

从医生办公室赶过来的时候，那儿亮着的是红灯。

“红灯还没亮多久。医生说，至少得两个小时。”吴启军朝旁边看了一眼，“那边有条木沙发。哲民，咱俩就坐那儿等吧。”

我看了一眼墙壁上的挂钟，当时是凌晨四点差一刻。

出来的时候走得匆忙，衣服穿得不多。空荡荡的走廊像条风道，穿堂风扫过来，牙齿都磕得咯咯响。吴启军看见了，就想脱一件衣服给我穿。其实他是想表达一点歉意，我却毫不犹豫地拒绝了。

“献什么殷勤啊？一股汗臭味儿。”我恼火地凶了他一句。

他看了我一眼，赶紧宽我的心。

“哲民，你放心，医疗费我一定会补交的，绝不会连累你。”

“别吹了。一百块钱什么概念你知道吗？你我加起来两个半月的工资呢。你用什么补交？卖血啊？”

“我想好了，明天跟我师傅借去，他有的是钱。”他迟疑了一下，“只是得编个什么借口。你能再配合我一下吗？”

“那得看你编的是什么借口。”

“我就说，冬天快来了，杨妈妈胃寒，不能受凉，想跟他借点钱把屋子好好弄一下。”他考虑得有鼻子有眼，还真像那么回事，“我师傅要问到你，你就说，你舅舅会把这钱还给他的，这不就圆满了？”

这么不靠谱的理由也亏他想得出来。我不想接这茬，没说行，也没说不行。

“怎么样？哲民？”他知道我心里不痛快，“看在咱们老同学、好兄弟的分上，帮我把这道难关渡过去，行吗？”

“这道难关你过得去吗？我怎么觉得跟一道鬼门关似的？实话实说，就算帮得到你，我也不答应。我妈的屋子挺好的，根本不需要借钱弄。你就死了这条心吧。”

吴启军非常了解我，知道我心里有火，便叹了一口气。

“哲民，我明白你心里是怎么想的，不就是我跟宋玉香的事儿没早告诉你吗？你看看，出了这样的事情我都只找你。咱俩谁跟谁啊？”

他这么一说，我心里的火气也就消了些。

“你跟宋玉香这事儿，什么时候开始的？”我问他。

“有一段时间了。”他记得很清楚，“去年国庆节之前，就发现她对我有那么点意思了。放完假从保定回来，我给她也带了一些酱驴肉。她很开心，就约我陪她逛了几次马路。大致上就是这样吧。”

这话听得我心里怦怦直跳。宋玉香去年国庆节之前就跟吴启军好上了?

我飞快地在心里回忆了一下，去技术室找资料不也是那个时间段吗?没错，的确是国庆假期之后。两件事情真的出现了重叠。宋玉香刚刚吃过吴启军带来的酱驴肉，转身就在技术资料室拥抱了我。天哪，这也太过荒诞了。

再一回想，这种荒诞不经也是有可能的。她说得明明白白，任何时候，她都需要一个强大的男人。那就是说，之前宋玉香对吴启军有过试探，后来又试探我。难道我和吴启军除了个子大一点，别的方面都不够强大?都不是她能依赖的男人?

这种猜测显然不对，我应该是可以依赖的。宋玉香一直都没放弃对我的追求。前不久从韶山回来的路上，她还左分析右引导，表露了要跟姜红梅竞争的意愿。早一向我还突发奇想约她吃饭呢。

这人到底是怎么回事?居然又跟吴启军闹出了宫外孕?

吴启军觉得跟我讲清楚了，就没再往下说，盯着手术室那盏红灯，嘴里不住地叨念。

“怎么还没结束?可别出更大的事啊。”

看着他那心急如焚的样子，我反倒如释重负。有吴启军替宋玉香担心，我就得到了解脱。

毕竟我认定的人只有姜红梅。宋玉香跟定了吴启军，唯一干扰到我和姜红梅的因素，就彻底消除了。

从因缘的角度看，吴启军才是宋玉香的归宿所在。进厂的时候，档案室的照片里头，吴启军跟一个女同学脸对脸醉在桌子上，我真的觉得那女同学像宋玉香。

当时跟宋玉香不熟，心里也拿不准，就闷在肚子里一直没说出来。现在已经坐实了，那就是她。

不管怎么说，他们俩的确挺般配的。男方个子最高大，女方长得最漂亮，天造地设。作为老同学，我应该衷心祝贺他们。

“启军，只要到了医院，你就放心吧，职工二院的医疗条件算是很不错了。”我试图分散他的担心，“没想到，五大三粗的吴启军，也这么铁骨柔情。哈，我还一点都不知道。你这才叫深海潜水呢。”

“哲民，不是不想告诉你。”吴启军竟然连连摇头，“宋玉香跟我说是那么回事，又不像是那么回事。后来有好几个月见了我就回避。她对我到底爱还是不爱，我还真的拿不准。”

“是吗？”我觉得这也很像宋玉香的作风，“那你们俩怎么又、又这样了？”我指了一下手术室。

“就是说啊。”吴启军捶了一下大腿，“哲民，我敢对天发誓，也就一次。真的不敢相信，我吴启军的枪法也太神了。”

“是不是啊？”我难以置信，“那是什么时候的事儿？你刚才不是说，有好几个月她都在回避你吗？”

“是啊，都过了大半年时间，我还以为没什么希望了。”吴启军自嘲地一笑，“有个星期天，她突然找到我，说她过两天就要去韶山，天大的喜事，怎么也不为她祝贺一下？我问她怎么祝贺，她就让我去她宿舍。我特意摘了几朵小红花带过去，她看都没看一眼，扔掉小红花，心急火燎把房门一关，就跟我……那什么了。”

这话听得我头皮直发麻。

他这话我绝对相信，宋玉香那种炽热的进攻方式，吴启军肯定抵挡不住。她曾经也对我发起过攻击，幸好有姜红梅在我心中坐镇。要不然，这一类的意外事件恐怕早就发生了。

三

第二天早上我还是陪吴启军去找了段一村师傅。

不找不行，那是仅有的一根救命稻草。

去之前我跟吴启军说得非常明白，段一村那人心高气傲。既然肯收你做徒弟，你对他就得襟怀坦白。是什么事就说什么事儿，别编造些不靠谱的话瞎说。要不然你就另请高明，我是不会跟你去的。

事实证明我的建议非常正确。段一村听完吴启军的请求，当即就表态说，没有任何问题。吴启军你都二十多岁了，能够找到一个称心如意的对象，师傅高兴都来不及。只是身边没有那么多钱，今天又是星期天，银行不开门。

“这样吧启军，”他考虑得很周到，“我手头上还凑得出二十块，我们现在就过去。职工二医院师傅也有些熟人，先交二十块作抵押，剩下的礼拜一去银行取。他们肯定会同意的。”

吴启军感动得眼泪都要下来了，领着他师傅就去了医院。

当时他还执意要我陪着去，那当然是不可能的。宋玉香要在医院见到我，她一定会很尴尬。退一万步，即便她能装作什么事都没有，我可不敢保证做到心态平稳。尽管我当时已经悬崖勒马，那也不等于我跟她没发生过任何事情。

下午三点钟，吴启军跑过来找我，让我陪他去喝酒。

“哲民啊，我心里闷了好多话，再不说出来，我就得憋炸了。”

我当然不好拒绝他，就和他去了一家小餐馆。

菜还没上来，吴启军就把一杯酒喝了个底朝天。

“哲民我告诉你，昨天晚上发生的事情就像是一声惊雷，把我彻底炸醒了。”他用力放下酒杯，语气中有一种我从来没见过的庄严，“知道吗？宋玉香的事儿，本来我已经没抱任何希望了，没想到她再次找到我的时候，送给我的是两份沉甸甸的礼物。”

“是吧？”我望着他，“什么礼物？”

“她特意选去韶山之前的重大日子跟我破镜重圆，这是第一件。那是她成长道路上的里程碑，分量够重了吧？”他面色相当地凝重，“同时送给我的，还有一个女人的贞操。你掂量一下，这样的托付，难道不值得我吴启军珍惜一辈子吗？”

我被他的话感动了。想起当时姜红梅要求我一年内入党，就觉得我和吴启军都是同等幸运的人。

“启军，这话说到我心里了。”我欣慰地望着他，“宋玉香是不是也要求过你入党？不管怎么说吧，打这以后，你也得积极靠拢组织。咱大老爷们儿，可不能总落在女同胞后头哦。”

“这话我可不敢讲。起码这一辈子我绝对不会亏待了宋玉香。”他的态度异常坚定，“宋玉香都为我死过一回了，我要是亏待了她，那就叫天理不容。我吴启军绝对不做那样的无耻小人。”

我点了点头，心情非常轻松。

“宋玉香今天的情况怎么样？什么时候可以出院？”

“危险期已经过去了，”他放心了不少，“人还是很虚弱。”

“钱的事情呢？你师傅已经弄妥了吧？”

他没有及时回答，顿了一下，长长地叹了一口气。

“哲民，别看我师傅讲话豪气，真金白银掏出来的时候，我看见他的手直打哆嗦。唉，那会儿我惭愧得话都说不出来。尽管他有钱，到底都是血汗换来的。都是因为我这个徒弟不争气，他只好打脱牙齿带血吞。唉，真不知道该如何报答他才好。”

我也非常感慨。

“是啊，有钱是一回事，舍不舍得拿出来是另外一回事。更要命的是有没有钱拿出来。”然后我开了句玩笑，“这件事要换成我师傅，那我就只有死路一条了。”

“不过我师傅后来也挺高兴的。”吴启军摇了摇头，“唉，这事儿也挺窝囊。他一高兴，我心里反而没那么自在了。”

“是吗？”我意识到了什么，“你带她见了宋玉香？”

“肯定啊。人家慷慨解囊，全力相帮，我怎么能不让他见见救助对象？”说到这里，吴启军已经是满腹牢骚，“只是我师傅有几句话真是说得不好，都把我弄得下不来台了。”

“噢？他怎么说的？”

吴启军犹豫了一下，不大想让我知道。

“算了，哲民，那些话就不学给你听了。”

我却相当重视。

“哈，是不是当宋玉香的面批评你了？”

“何止批评？他居然跟宋玉香说，对不起啊小妹妹，我这个徒弟一点本事都没有。既然搞出了这么大个事情，你要么拿钱来挡，要么拿命去拼。你看，拿钱吧，他一个子儿都没有。拿命吧，他又舍不得。唉，我实在瞧不起他。现在好了，师傅站出来了。你安心养病，不管什么情况，有我段一村在，你就放一百个心。”

“哦？他是这么说的？”我很惊讶。他这些话也说得太过分了。在我听来，近乎别有用心。“启军，这话不是一般的伤人，我觉得你要留个心眼儿。什么叫他都瞧不起你啊？”

“算了，这也能理解。说到底，还是舍不得钱。将心比心，搁在谁头上也舍不得。”吴启军还算是想得开，“当时我没说话，心里想，以后我哪怕吃稀饭喝清汤，也要拼命攒钱。金钱面前没有师徒关系。这笔钱，无论如何我都要尽快还给他。”

第十六章

一

宋玉香的事情尘埃落定，我心里越发思念姜红梅。

我无法掰着指头数日子。离开的时间太长了，一百只指头也数不过来。伴随着思念，甚至觉得姜红梅的轮廓都有点模糊不清了。

偏偏有天晚上还梦见了宋玉香。那个梦清烟缭绕，她挽着吴启军在夜空中遨游，目光却始终不肯离开我。

惊醒之后，我再也不能重新入睡。

我心里百思不得其解。日夜思念的人，为什么总是离我那么远？早该遗忘掉的人，为什么又总是离我这样近？

星期天回家去陪我妈，走到门口就听见屋里头欢声笑语。我妈的哈哈打得很响，就像是家里来亲戚了似的。

推开房门，地下放着一口小行李箱，还有一只帆布旅行袋。当时我心里一阵狂喜，那是姜红梅出差随身携带的东西。

果然，那位扎着围裙在案板上切菜的女子，还真的是她。姜红梅渴望回到我身边的心情，比我还急不可耐。

故意不告诉我什么时候回来，是想给我一个惊喜。下了车她没有回电机厂，带着行李直接奔我妈而去。如此煞费苦心，对于我们俩的关系进程来说，绝对是一座里程碑。

在这之前，她一直很忌讳跟我同时出现在我妈面前。她早就认为那是个里程碑，早就在心里头忍耐着，早就期待着这一天。

尤其她刚刚从自己父母身边回来，就迫不及待地为这座里程碑揭开面纱，其中的含义足够我展开充分的联想。无论朝哪个方向想，都足以令人酒兴盎然，不醉不休。

那几天我妈胃疼的毛病开始出现反复，饭量骤然减少。煮一锅粥两三天吃不完。

姜红梅这是第一次来家里吃饭，她还精心烧出了好几道拿手菜，我妈却一口都不敢吃。

她望着姜红梅做的菜赞不绝口："瞧小姜这菜做得多好哇，看着就想吃，偏偏我这胃出了毛病。唉，怎么这样不凑巧啊？"

姜红梅赶紧打开行李箱，从里面取出几只小药瓶。

"妈，挺凑巧啊，刚好给您带了治胃病的药。我妈给推荐的。"她指着药瓶上像中文又不是中文的名字说，"这种药叫'胃仙U'，是从日本进口的，效果非常好，一般的医院都没有。您试试效果怎么样。行的话，让我妈再寄点过来。"

"哟，日本的药啊？"我妈心里有疑问，然后赶快道谢，"哎呀这真是，还惊动了你妈妈，这怎么好意思？小姜，你得替杨妈妈好好感谢她老人家啊。"

我妈心中的疑问只有我知道。她的青春岁月在抗日战争中度过，逃难多年，受尽流亡之苦，对日本军国主义的憎恶从未泯灭，估计对日本胃药也不会有什么好感。好在我妈妈礼仪周全，除了表示感谢，丝毫没让姜红梅产生不愉快的感觉。

其实还不止有胃药。姜红梅打开旅行袋，拿出来四个塑料包裹，说都是那边的特产。外地很难得看见的。

"这两包是福建龙眼，咱们这儿叫桂圆。眼下是吃桂圆的季节，您别舍不得吃，放久了会坏。桂圆养胃，您可以吃的。"她又把另外两个包裹交到我妈手上，"这个是荔枝干，对您的肠胃更有好处。可以把它当茶喝，没事儿您就泡一杯。很方便的。”

我妈对那两样东西非常喜欢。

“可不是吗？以前哲民的舅舅出差到广东，总给我买荔枝干，说这东西挺贵的。小姜啊，你这样上心，妈都不知道怎么感谢才好了。”

“妈您千万别这么说。以后哪怕工作再忙，我都会经常过来照顾您老人家的。”她很含蓄地看了我一眼，说了一句既认真又像是开玩笑的话，“哲民最近进步得非常快，我要再不让他心里热乎点，没准哪一天就跟不上他的脚步了。”

我妈被她说得哈哈大笑，拉着她的手半天舍不得松开。

我更不消说，她们俩婆媳一般亲密，我心里比吃蜂蜜还甜。

刚吃完饭，我妈找了个借口起身就往外走。

“对了，昨天林医生约我去抓几服中药，你们坐，我得去一趟。”拉开房门她还回头交代了声，“小姜你别着急走啊，在这儿吃晚饭，啊？正好跟哲民一起回去。”

姜红梅也没客气，应了一声，继续收拾厨房。那副通情达理顺从婆婆的样子，看得我心里极其舒坦。

她还很会做家务活，一点都不像个娇生惯养的干部子女。刚收拾完厨房，一壶滚热的红茶就搁在了小餐桌上。我都不知道她什么时候准备好的，可见她统筹能力绝对超一流。我甚至觉得在她身上挑不出任何毛病，除了完美还是完美。

屋子里只剩下我们两个人的时候，姜红梅的心才踏实下来。一双眼睛望着我，目光中热浪滚滚。

“哲民，这段时间完全把我忘记了吧？”她好像担心我会问这句话，有点先发制人的意思。

“怎么会？”我笑了笑，“上次我还专门去市里找过你，为我师傅的事儿。忘记了？”

“是专门找我吗？要不是你师傅有事，你想到过找我吗？”她也笑了，心里十分感慨，“人一忙起来，日子过得真快。半年多时间，飞一样就过去了。”

“我怎么就没这感觉啊？”我故意叫苦，“你不在厂里的日子，我可是度日如年呢。”

她心里一愣，看了我一眼：“哟，这话也说得太夸张了吧？”

“一点都不。”我望着她的眼睛，“梅子，你的日子是忙过去的，心里很充实。我的日子，是守着日历熬过去的。每天心里有多空虚你知道吗？”这话说得我自己心里都有点酸楚，“老想给你写信，接着就扇自己的耳光。怎么不把想念埋在心里，非要影响梅子的工作吗？可我已经埋在心里很久了。什么时候是个头啊？够又够不着，看也看不见。那样的煎熬，简直是一种心理折磨。梅子，实话告诉我，你体会过这种感觉吗？”

我看得很清楚，姜红梅还没听完，两行晶亮的泪珠就从眼睛里头涌了出来。她伸出双手，隔着小桌子抓住了我的手腕。

“哲民，别说了，真的身不由己。对不起，哲民。”

我慌忙抓住她的手，赶紧安慰她说：“没事儿了。梅子，可别让我看见你难过的样子。说出来心里就舒服了，真的。”

她就把手抽回去了，掏出手绢擦了擦眼泪。

“好，这才是我心中的杨哲民。人生最需要的就是坚强，坚强的人才会有理智。”

我点了点头。“那当然，重要的是相互信任。”我说得非常由衷，“梅子才是我唯一信任的人。”

“当然是，”她望着我，“不是唯一，难道还会有别的人？”

不知道是我敏感还是她敏感，反正那气氛一下就没那么浓烈了。我赶紧回想刚才这句话，生怕有什么不合适的地方。

姜红梅其实没在意我的话。

“哲民，明天去市里办完交接手续，我就正式回来上班。往后咱们又一切正常了，这下你该高兴了吧？”

“还用说？”我望着她，“要不要叫上几个同学庆祝一下？”

“咱们这不是正在庆祝吗？”她说，“全家人都开心，多好啊？其他都没必要，知道吗？咱俩的事儿，尽量别对外张扬。”

我赶紧点头同意。她说到全家两个字，我就趁机问了声：“咱们俩这事儿，你还没有给二位老人家说吧？”

她没有犹豫，只是笑了笑。

“想过，好几次话都到了嘴边，又没说出来。”

“那就下次回去的时候吧。”我试探了句，“最好的方式，我跟你一起去见两位老人家，可以吗？”

“不行。”她摇了摇头。

“是吗？为什么？”

“还哪能等那么长时间？”她回答得很果断，“说不定过不了多久，我会事先写封信告诉他们。”

这话让我惊喜，又觉得其中有别的原因。

“哦，你说不能等那么长时间，什么意思啊？”

姜红梅便把她家庭的情况告诉了我。

“我妈是军区医院的院长，过完年就退休了。她想在退休之前，把我的终身大事确定下来。”她淡淡地笑了笑，“他们医院里有个青年专家，是我妈培养的，刚刚提上了副政委。”

我听得心里发慌，也不敢追问，目光都不敢离开她。

“这次回去，我妈把他带到家里来了。”她平静地说，“个子跟你差不多，笔挺笔挺的。见面敬了个军礼，站在那儿一动不动。”

我还是没说话，心里在想象着青年军官那种英俊的样子。

姜红梅注意看了我一眼：“怎么啦？你怎么不说话？”

“啊，没有呢。”我犹豫了一下，“只是不知该说点什么才好。”然后苦笑了声，“人家是副政委啊。咱是一名小炉工，说不上话呢。洗脸盆能有多大？哪敢跟天比啊？”

“这不像是杨哲民说的话。”姜红梅皱了皱眉头，“在我心目中，你是个非常自信的人。可这句话，连自尊都谈不上了。”

当即我就觉得有点惭愧，恨自己胸中的格局太小。

的确，副政委又怎么样？姜红梅自己的意志才重要呢。她要不在乎我或者真有了别的想法，又何必把这件事情告诉我呢？

“哈，你这么说我就放心了。”我松了一口气，“后来呢？那个副政委，你是怎么回复他的？”

“没有怎么回复啊，用不着。我妈又没跟我明说。”她十分坦然，“我爸看得出我的态度，过后还说了我妈几句。”

“是吗？你爸怎么说的？”

“还不是说我妈瞎操心。”她很敬仰父亲，“他说，真正爱女儿，就让她走自己的路。她的日子得自己过，谁也不能替代的。”

我很钦佩这样的父亲，趁机向她开口打听了句：“对了，你爸是干什么工作的？”

姜红梅略微犹豫了一下，还是告诉了我。

“我爸原先也是军队上的一位领导干部，离职休养好几年了。知道吗？他有一位老部下，早几年转业在这儿做地方领导。之前我也不知道，来厂里工作了大半年我都不认识。后来抽调到市里工作，才跟他见了面。”

她说得非常粗略，我也不继续打听。

姜红梅从来不对任何人炫耀自己的家世。她觉得炫耀那些，本身就是一种不自信。

这一点跟我很对味。

二

我替姜红梅拎着行李箱，晚上八点半钟从我妈家出发。走回到电机厂的时候，都晚上十一点多钟了。

那一段路虽然有些距离，却不至于耗费三个小时的时间。主要是我们都特意放慢脚步，不舍得轻易缩短两人在一起的宝贵时光。

虽然是条大马路，两边却没有路灯。行人非常少，特别适合紧靠双肩悠闲地游逛。

只是经常有些大货车驶过，车灯迎面照过来，野蛮地把相互拉着的手分开，实在有些可恼。车灯接踵而至，那种情境也不便交流亲密言语，就东一句西一句扯着闲话。

“对了，哲民，好几次我都想跟你聊聊骆科长，”她忽然想起了什么，“一见面又忘记告诉你了。”

没想到这种时候她会提到骆青涛，弄得我有些扫兴。

“梅子，咱们谈点别的好不好？”我不想聊骆青涛，尤其不愿意花费我跟姜红梅在一起的时间，就固执地表示了反对，“骆青涛这人我不喜欢。我觉得他没什么可聊的。”

“看看，我知道咱们同学对他的印象很不好。这也正常，一开始我也是那样。其实那些看法都是片面的，并不怎么客观。”她说得很平稳，介绍也非常清晰，“骆科长是老牌大学生，咱们还在上初中，他就从北京一所大学毕业了。知道吗？那时候大学里学的东西很扎实，他有好几个同学都分配到了重要部门，有的还在咱们省城做到了局级干部。他们那批大学生，都是有真才实学的人。”

“是吗？”我很意外，“他怎么才一个科长？反差这么大？”

“平台不高呗。国庆节我们去过他家里，真的没想到，骆科长还是个大孝子。他父亲去世早，母亲瘫在床上快二十年了。毕业那年，他主动要求回来照顾母亲。分配到基层工厂，限制了上升空间。这些情况你们谁都不知道。骆科长无怨无悔，也从不跟人说。”

听她这么一说，我对骆青涛的看法立刻来了个大反转。那叫将心比心，我的母亲也正在由我照料。

“是啊，你不说我还真不知道。”我望着姜红梅，“那，他的工作水平呢？你觉得也挺不错吗？”

姜红梅琢磨了一下。

“跟他一起工作了这么长时间，我觉得应该是不错的。好些事情，他都有独到的见解，只是因为服从原则，不肯轻易表达出来而已。”

“能举个例子吗？”我来了兴趣，“当然，能说就说，如果违背原则，你也可以不说。”

“什么呀？不就是想问你师傅的事儿吗？”姜红梅笑了笑，“那倒不算违背原则，你不跟别人说就行。”她靠得更近了些，“我以前也告诉过你，骆科长对莫师傅印象很不错的。说他的觉悟来源于一种最朴实的阶级感情。这样的工人特别本色，相当难得。”

“那他对我师傅当劳模，怎么又是那样一种态度？”

“你呀，怎么就想不明白？”姜红梅不想继续往下说，“我这么告诉你吧，在有些事情面前，骆科长没有态度。”

她这话很玄奥，尽管我还没理明白，觉得继续往下问也不合适，就不再说什么了。

走了没多远，姜红梅又问了一个我不大乐意回答的问题。

“哎，吴启军最近怎么样？”

“还行吧。”我不敢肯定姜红梅知不知道宋玉香宫外孕的事情，赶紧搪塞了一句，“最近没怎么见到他。”

“徐士良跟小梅呢？”她又把话题转开了，还嫣然一笑，“他们两个人是一对奇妙的组合，挺有意思的。”

“哈，奇妙两个字有点玄乎。你觉得他们能一直走到头吗？”

“怎么不能？”她很肯定，“小梅可喜欢徐士良呢。”

“哈，我担心徐士良不懂得珍惜，对小梅总是凶巴巴的，特强势。”

“也许小梅喜欢那样呢？”姜红梅笑了笑，“个子大的人心眼不多。她觉得自己有种呵护弱者的责任，这是人的本性。”

“就跟牧羊犬似的？”我望着她笑了，“难怪你也找了我这么个大个子。没错，我也挺缺心眼，也是一条忠实的牧羊犬。”

“哈，你这意思，我只是一只可怜的小绵羊？”

“你是我的精神支柱。”我搂住她的肩膀，“抽掉它，整个人就崩塌了。信不信？”

她也顺势靠紧了我。

“不敢不信，到时候又要去跳水塔。”

“哈，谁呀？那是徐娘说的。”

从那时候开始，我们两个人一直搂得很紧，直到望见电机厂大门的时候，才依依不舍地把手松开。

其实我心里还有很多话想问姜红梅。这两年她跟我分多聚少，单独在外的那些日子里，虽然她不是小绵羊，我却觉得总会有其他的牧羊犬在主动地呵护她。

然而现实又最有说服力。她不仅没有离开我，反而离我越来越近。

既然这样，其他的话也就没必要再问了。

第十七章

一

这段时间天气变化得非常快，大起大落的状态显得十分诡异。

一般初冬季节空气干燥，湿度不会太大，我们这儿却阴雨绵绵。气温很低，经常有一种阴冷刺骨的感觉。偶尔又乌云密布，一声炸雷响起，还会大雨倾盆，就跟春夏两季涨水的日子差不多。忽冷忽热，忽晴忽雨，季节仿佛整个地错位了。

我妈最不能适应的就是这种天气。姜红梅几乎每天都过去看望，又是泡荔枝水又是暖热水袋，还让她坚持服“胃仙U”。

姜红梅一走，我妈又小声告诉我说，那日本药不怎么行。吃下去没起什么作用。我看得出来，有句话她不好明说。她把吃日本药当成好大一个负担，认为吃了比不吃的时候更难受。

除了我妈之外，我师傅的状况也非常严重。

以前只是发现他经常干咳，偶尔还咳得喘不过气来。我以为那是抽旱烟的原因，后来才听我师母说，早好多年他就开始哮喘。严重的时候，不敢平躺身子睡觉。一躺下就咳，咳开了就是老半天，气都喘不过来。

职工医院每年都要组织翻砂车间的工人体检，我师傅根本不想去。能推就推，能躲就躲。有一年咳得实在受不住了，莫主席就强行带他过去做了一次体检，果然发现了大问题。他得了矽肺病。

那是一种职业病，是长期吸入含有二氧化硅的粉尘引起的。矿工和翻砂熔炼工人最容易染这种病。那天我查阅了一些资料，说那会影响肺功能，甚至发展成肺心病导致劳动能力丧失，非常可怕。一旦出现心衰和呼吸衰竭等情况，就会直接影响生命安全。

医院把矽肺病按程度分为四级，师傅的情况处于二到三级之间。

这次复发的时机不同以往。不仅天气不同，我师傅的精神状态也跟以往大不相同。劳动模范落选的事情令他刻骨铭心，从那个时候开始，他已经横下了一条心。

矽肺病本来也没有什么特效药，他索性不管不顾，一天到晚闷在熔炉班，除了做事还是做事。手脚基本上就没停下来过。

早出工晚收班成了常态。也不让师母送饭过来。头天晚上他准备一些馒头，清早带到车间里，趁着生火烤炉膛的时候，加热了对付几口继续干活。

有时候也带几个煮熟了的小红薯，在火上一烤，熔炉班的空气中便飘浮起阵阵甜香。

这样一来，我们班上的师兄弟们都坐不住了，做任何事情都不要别人喊。无论是备料还是开炉，总是有人争先恐后，冲锋在前。车间的黑板报上，每天都有表扬熔炉班的文章。

师傅并没要求别人怎么做，加班加点都只自己一个人受累。正如那天他跟莫主席表态所说，自己的事情，又不是做给别人看的。

这话我越来越相信。

作为一个不甘失败的人，他的确只在做给自己看。

清晨的空气格外清冷，我多次看见师傅蹲在冲天炉旁边，不停地咳嗽。有一次足足咳了半个小时，地下吐了一大摊青痰，里面那一丝一丝的血水，看得人特别揪心。

他很顽强，不愿意让徒弟看见，趁没人注意，又赶紧用铁锹给铲掉了。

我很担心师傅这种顽强，他这是在跟自己的性命赌气。

二

星期三半夜一点，平地滚起了阵阵闷雷。

开始还不算怎么激烈，几分钟之后突然电光暴闪。炸雷就像劈在头顶上一样，紧接着暴雨就狂泻不止。

我从床上一个翻身爬起来，披上雨衣骑着自行车往我妈那边赶。雨大风急，那件雨衣瞬间被大风刮得无影无踪，当时却什么也顾不上。顶着暴雨赶到我妈那儿的时候，整个人就跟从河里捞上来似的。

我妈在屋子里正冻得发抖，看见我那样子，顿时大惊失色。

“儿啊，你哪里这么蠢啊？这种时候还跑过来？”她忙不迭给我拿干毛巾，“又是雷，又是电的，我这外头的树都拦腰劈做两截了。你还要不要命啊？”

幸亏我体魄健壮，用热水擦好身体，换上干衣服，一点事没有。第二天清早又骑上自行车回到了车间。

只差一分钟我就迟到了，进到车间，竟然发现人数似乎还不到平时的一半。

我们熔炉班也一样，除了余师兄站在侧门边，其他人都没看见。连我师傅也不见人影。

“人呢？”我奇怪地问余师兄，“师傅他们还没来吗？”

“早就来了，”他告诉我说，“都去菜地那边了。”

我这才看见围墙那边的后门已经大开大敞。那个后门直通外面的蔬菜地，我们班经常从那儿往外运废渣。

“为什么去菜地？那边发生什么事儿了？”

“我也不清楚，听说昨晚上那边死了一个人。”

“哦？有这种事儿？”我很惊讶。

说着话，梁师兄从菜地那边跑回来了，气喘吁吁的，跑出了一头的汗水。

“梁师兄，那边怎么啦？”我迎上去问了一声。

“郑老伯死了，”他唏嘘连连，“让雷给炸死的。”

我立刻想到了那个看守瓜地的老大爷。我还清楚地记得，他刚好姓郑。姜红梅那天晚上问过他，还聊了一下收成情况。

“余师兄，你们待在这儿，我也去看看。”我拔脚就冲出了围墙的后门。

看守瓜果的小棚子前后大约有百来人，围得水泄不通。那个小棚子我很熟悉，跟姜红梅来过好多次。

那都是晚上，没有发现棚子后面还有一根架高压线的水泥电杆。电杆很高，又正在电线的转弯处，为了稳固，就加装了一根斜拉线。那根拉线是用钢丝绳绞成的，从水泥杆上斜拉下来，直接穿过小棚子埋进了地里。

我们车间的值班电工也在那里围观，他就给大家讲解说，昨晚上那个落雷，就是顺着这条金属拉线引下来的。看守瓜果的郑老头子在里面睡觉，当时就让那落雷给劈死了。发现的时候一身漆黑，烧得跟焦炭似的。

郑老伯的尸体还平摊在小棚子外头，被人盖上了一床雪白的床单。没有人忍心揭开床单，看不见他身上什么颜色。站在尸体旁，我想起了那天晚上跟他说话的情景。郑老伯为人和善，心态非常好，对收成很乐观，还说这个金娃娃肯定是抱到手了。

谁又能料得到，遍地都是金娃娃，他却一个都抱不上了。

我师傅跟郑老伯很熟。他蹲在尸体旁，用砖头压住床单的边沿，生怕被风吹了去。看见我也过来了，就告诉我说：“火葬场的车很快就会过来，我把郑老伯送上车再回去上班。民儿你不要在这里多停留，先回去把班上的工作招呼好。”

我迟疑了一下，想起那天晚上还有一个长得像年画娃娃的孩子，就问了一声：“师傅，郑老伯是不是还有一个小孙子啊？头上扎一个冲天炮的那个？”

“没错，那伢子叫西儿。”他奇怪地看着我，“爷孙俩都是这个村里的，你怎么会认识他们呢？”

我没说认识的过程，只是焦急地问他：“那小家伙，叫西儿的，他应该没事吧？”我记得很清楚，他老是跟着爷爷在看守瓜果的棚子里头写作业。

我师傅站了起来。

“西儿是天上的神仙，哪吒下凡呢。”他认真地说。

“是吗？”我心里一惊，以为那男孩也被落雷击中了，“师傅，他也受伤了？”

“怎么可能？”旁边一位比郑伯年纪还大的白髯老者，用斥责的目光狠狠地瞪了我一眼，“雷公怎么敢动哪吒一根汗毛？”

师傅就小声告诉我说，西儿昨晚上的确是紧挨着郑伯睡的。雷打下来，爷爷一命归天，孙子毫发无损。

“你讲这件事情神不神？”那位白髯老者表情格外庄重，“清早西儿还以为爷爷睡懒觉，就一个人上学去了。”

琢磨了好半天，我觉得师傅跟那老者说的不像是真话，也不像是假话，还真是有点像神话。

很快就有一辆灰色面包车颠簸着开到了菜地里。

那名白髯老者和我师傅赶紧上前招呼。

村里的人一声吆喝，抬起郑伯的尸体，朝面包车那个方向走了过去。

三

郑伯的尸体运走的第二天，发生的事情就完全不可思议了。

当天晚上轮到我整炉膛，夜里一点接班，一直到次日早上八点。

大约后半夜的样子，我就听见围墙外头有很大的动静。一开始还只是有人大呼小叫，没过半个小时，突然就人声鼎沸。

我停下手里的活儿，看了一眼挂钟，刚好凌晨四点。走出侧门，隔着围墙就看见外面火光四起。漆黑的夜空被火把照亮了大半个天。光是听声音，就觉得外面菜地里起码汇集了几百上千人。

心里正在猜疑，厂里的工人护厂队员气喘吁吁赶过来十好几个，问我发现了什么。

我没有出去看，答不出他们的问题，就问他们发现了什么。他们说，派出所打电话给厂保卫科，说我们厂的围墙外头有情况。担心影响到工厂的安全，必须派人过来做好警戒。

“派出所讲，已经有两千多人过来了。”护厂队长说，“四周还有好多人正在往这边赶，恐怕还要过来上万人。”

保卫科的刘科长随后骑一辆自行车也赶到了。他果断地吩咐说，赶紧叫两个电焊工过来，把后面的铁门焊死。手脚慢了，要是外面的人挤过来，那门就顶不住了。

话刚落音，后门外头就有人使劲敲门。刘科长一步抢到了门后，喝了声，什么人？外面就有人大声说，快开门，我是派出所的，我是谢所长啊。

刘科长赶紧开门把他让进来，随即又把门关上了。

那位谢所长样子真的很狼狈，头上的大盖帽不知道掉哪儿去了。警服的纽扣被扯掉了两颗，一身大汗，头上直冒热气。

刘科长跟谢所长很熟，赶快打听情况。

“外头都是赶到这里来求神水的人，”谢所长说，“四面八方的人都有，多得很呢，灯笼火把手电筒，一眼望不到边。”

“神水？”刘科长听得莫名其妙，“谢所长，您说说看，求神水是什么意思啊？”

“还有什么意思？有人造谣呗。”谢所长解释说，“老百姓信迷信，听说这村里出了一个雷都打不死的西儿，就说他是西天下凡的神童。这里的水也成了神水，包治百病。这些话全都是凭空捏造，既不知道从哪里传来的，更不知道从哪里传出去的。就跟长了翅膀一样，传得飞快。过来的人千奇百怪，有拿瓶子的，有拿罐子的，还有拿汽油桶的。情况特别复杂。”

“那怎么办？得赶紧制止啊。”刘科长听得紧张了。

“就是说啊。半个小时前接到的通报，警力都还没来得及部署，一家伙就人山人海了。我得赶紧给市局报告情况，又退不出去，只好借你们后门。”谢所长拔脚就走，还回头交代说，“电机厂是重点防护单位。外头的人越来越多，还不晓得里面有没有阶级敌人。你得把护厂队员全部调过来。不怕一万，就怕万一。晓得不？”

天亮以后，外面的情况比谢所长预计的还要严重。

当时我还没弄完炉子。上班铃刚刚打响，各个工段的职工都赶到了车间。围墙外发生的事情大家都听说了，挤到我们熔炉班，却没有办法走出去看。

那扇后门被电焊工用角钢焊成了铜墙铁壁。围墙又有两三米高，听得见看不见，就有人想爬到我们冲天炉上头去观望。

这时候我师傅显示出了高度的原则性。他亲自把守在环形铁梯跟前，耐心劝阻每一个人。其实他自己也很想上去看看外面的场面，一想到要以身作则，几次都忍住了。

“民儿，你还不下班啊？”趁没人注意，他小声问我。

“快了，出完最后一车炉渣，就没事了。”

师傅点了点头，小声交代我说：“下了班，你骑自行车绕到围墙外头去。莫让人看见，晓得不？”

“去那儿干吗？”我没明白他的意思。

他从工具柜里取出一只空酒瓶，塞到我的手上。

“替师傅求一瓶神水。”他再次朝身后看了看，“这几天师傅晚上咳得睡不成觉，就想试试看。说不定能起点作用呢。”

“神水？”我还是没想明白，“那要从哪儿取啊？”

“沟里呢。”师傅说，“菜地的每条渠沟，都成了神水。”

说实话，我一点都不相信有什么神水，也不愿意做这件事情。只是围墙外面的景象很有点诱惑力，就想借机会过去看看热闹。

刚想接过那只酒瓶，师傅又改变了主意。

“算了，民儿，你如今也是共产党员了，万一有人晓得了，怕有闲话。党员讲无神论，还搞封建迷信？”他把酒瓶收了回去，“师傅是老党员，也要注意影响。”然后小声告诉我说，“让春不老去最好。他就住在那边，顺路。我让他多求几瓶，少了怕不起作用。”

禁不住好奇心，下班以后我还是绕了过去。刚刚接近那片菜地，人就挤不动了。

平时那地方郁郁葱葱一眼望不到边，这时候除了五颜六色的人，一棵蔬菜都没有了。全部被人群踏成了平地。

从汪春廷住的鱼塘前边过来，有一条灌溉菜地的小水渠。

水渠里的水是从鱼塘引下来的。七弯八拐从菜地穿过，宽的地方大约一米，窄的地方也有半米左右。平时流下来的渠水也还清亮，此刻已经满目浑黄。

一夜之间变成了神水，颜色还真的不是过去那样子了。

我判断不出来到底来了多少人。后来听有关方面的人士说，三天之内，来来往往的总人次，最后超过了五万之众。

那数字不像是统计出来的。当时不可能有科学的统计办法，只能完全凭经验估算。可能没那么多，也可能还不止那个数。

人数多少还在其次，更加让人惊讶的是范围之广。

光是听那喊叫声，南边人北边人，各个地方的口音都有。长途公共汽车络绎不绝，每辆车都挤满了人，一下车就朝这边狂奔。

求取神水的方式简直不堪入目。

人们有虔诚心，却没有仪式感。只要能挤到水渠边，趴下去就舀。也有人伏在沟边上，先喝饱肚子，再用器皿舀水。

听说还有人匍匐在沟边洗瘌痢头。这种极端缺德的卑劣举止引起了公愤，下游喝完了神水的人回想起来觉得恶心，就过来拳脚相向。

公安人员马上严令制止，当场就带走了好大一批。

大约花了我一个来小时，根本就挤不到棚子那个位置。暴雨过后天气格外闷热，刚洗完澡又一身大汗，我就放弃了好奇心。

四

到了第三天，求神水的奇特盛况戛然而止。

毕竟属于迷信活动，给社会治安也带来了太多的隐患，公安部门终于果断出手。灌溉渠里的水又恢复到清亮见底，却发现渠底留下了厚厚一层硬币。都是前来求神水的“朝圣者”施舍的。

为了不让自私的人牟取不正当利益，蔬菜生产队就派民兵守卫。然后组织了一些可靠的菜农，卷起裤脚下去收捡。一箩筐一箩筐的，据说总共收回了几千上万枚硬币。

那是相当大一笔收入。经有关部门研究决定，全数上交给国库。调来了两部手扶拖拉机，一部装着钱袋，一部坐着武装民兵。

押解的阵仗，看上去比银行的运钞车更加威风。

菜地那边一清场，求神水的人就断了指望。水照常流淌，法力却永久地消失了。

好在那儿跟我们厂的距离最近。近水楼台先得月。早在公安部门出手制止之前，翻砂车间的师傅都求到了神水。其他车间也是，想求神水的人基本上如愿以偿。

其实第二天陈元干就召开过党员会议。普通群众求神水就算了，我们党员同志要以身作则，封建迷信的事情坚决不能搞。当时我悄悄朝师傅看了一眼，他正在闷头卷喇叭筒。陈主任的话他肯定听见了，会不会坚决照办，我是持怀疑态度的。

当然，他不会亲自跑过去求神水。他的各种心愿，汪春廷会忠诚地替他完成，而且会加倍地完成。

下午没什么事情，心里总是有些牵挂，就回了一趟我妈那儿。

暴雨过后，天气又转晴了。太阳照得身上暖融融的，我心里又安定了很多。这样的气温对我妈的身体很有好处，相信她胃疼的毛病也会得到一些缓解。

我妈没在家里，估计她是去了林医生那儿。取出钥匙打开房门，一眼就看见小餐桌上放着一只酒瓶子。

当时我的第一反应就觉得那是一瓶神水。里面装得满满的，颜色不怎么清亮。

为了弄得更准确，我打开瓶盖闻了一下，没有任何酒味。我还用舌头舔了舔，既不是白醋，也不是其他饮料。什么异味都没有，的确只是普普通通一瓶白水。

想起有人在那儿洗过癞痢脑袋，顿时就觉得格外恶心。

没有丝毫犹豫，我拿过那只酒瓶，走到厨房下水道前一股脑倒了个干干净净。担心里面有残余细菌，还用暖壶里的滚开水对酒瓶进行了高温消毒。

做完这些，我心里头还不怎么踏实。想到我妈有时候也很固执，又怕说服不了她老人家，忽然就起了个顽皮念头，拿过水壶，给酒瓶里头灌回了满满一瓶凉白开。

放回小餐桌的时候，我还特意仔细观察了一阵才放心。我的处理非常成功，看上去跟先前那瓶神水基本上没有区别。

没过多久我妈就回来了。

其实她并不希望我看见那瓶神水，当时就解释了一句，这是你师傅送过来的。

“天刚刚亮，你师傅就骑部单车送过来了。踩得上气不接下气，还要赶回去上班，茶都没喝一口又走了。你师傅说，这水真的有用。一定要让妈试试。”

“哦，那您就试试吧。”我心中暗自好笑，“反正多喝水，对身体也没有什么坏处。”

我妈听我这么说，忽然不高兴了。

“哲民，这么说可不对。好多事情你可以不信，但是不能不相信科学。”她振振有词，“刚才林医生都说，神水肯定有科学根据。”

“是吗？”我很怀疑这位医生，“那他是根据什么得出的结论呢？”

“他说科学家没有研究出来之前，就得尊重事实。”我妈说得有根有据，“这两天林医生去了好多病人家。我们这一带患慢性病的人，中药西药吃了几十年都不管用，喝下半瓶神水，居然就好得利利索索。这是真的，不信你去问林医生。”

我当然不会去问林医生。

我知道很多病都没有研究出更好的治疗方法。比如我师傅那职业病，据说还没几个人完全治愈，所以我师傅寄希望于神水。他那叫病急乱投医。

不管怎么说，师傅大清早骑自行车给我妈送神水，的确让我大为感动。

我心里非常清楚，早上是他最难受的时段，每天起床总要咳很长一段时间。自行车他平时根本不敢骑。迎着凉风骑不多远就得跳下车子，蹲在路边不住地咳嗽。

他心里真的看重我这个徒弟。有任何好事，他都不会把我落下。

他觉得神水是件绝好的东西，生怕我妈这儿没有，再困难他也得亲自送过来。担心我会阻止他，事先还不向我透露一个字。

五

两天以后又到了星期天。

清早我陪姜红梅去了一趟菜市场，她还特意给我妈买了点里脊肉，挑选了一盒水豆腐。她说肉丸豆腐汤带有碱性，可以中和胃酸过多的症状。

这些知识我都不想了解。她的母亲是军医，服从她就是了。

走到我妈房门外头，迎面就看见我妈送一个人出门。那个人职业特征鲜明，身上穿件白大褂，手拎一只出诊用的医药箱，我就认定了他是那位林医生。

看见我和姜红梅回来，林医生赶紧停下脚步，一定不让我妈继续送他。

“杨妈妈，行了，您有客人，赶紧回吧。”

我妈就站住了。

“好，那我就不远送了。”她似乎有点不放心，“那，林医生，打这以后，我就什么药都不用吃了？”

“是的，什么药都别吃了。”林医生回答得非常果断，“我都给您检查过了，一切正常。真是没有想到啊。”

我听得有点困惑。

“大夫，您说我妈一切正常？”

“是的，我也觉得奇怪，可事实就是这样。”他望着我妈的脸，“中医讲究望闻问切，你看看老人家的脸色，白里透红，眉清目朗，简直太好了。这就说明你母亲的身体已经完全恢复到了健康状态。”

姜红梅并不知道送神水那件事，她也朝我妈的脸色打量了几眼。

“哎，还真是。早一向还没这样好，这会儿皱纹都不见了。”她由衷地说。

我却百思不解。

“妈，您把那瓶水，都喝下去了？”我都没顾场合，望着她问了声。

“可不？”我妈也不避讳，“你师傅说得分两次喝，我胃疼得厉害，性子急，一口气全喝下去了。”她特别满意，“要不然，哪能好得这么彻底啊？哈，太神了。”

姜红梅心里就明白是怎么回事了。她很有分寸，朝我看了一眼，什么话都没问，就连看我的那一眼，都没让我妈感觉出来。

我妈喜欢她来，又看见她买了那么多菜，心里特别高兴，拉着她的手就往屋里走了进去。

我朝我妈的背影说了句：“妈，我送送林医生吧。”然后拉上那位医生就往外走。

离屋子远些的时候，我放慢了脚步。

“林医生，您真觉得我妈的病让神水治好了？”我望着他，“还是故意安慰她的？”

林医生一听就不高兴了。

“你这么说就不对了。我是新中国医科大学培养出来的医生呢，都工作十多年了。”

“啊，对不起，我不是那个意思。”我赶紧向他道歉，“是这样，我妈前两天弄来一瓶神水，让我给倒掉了。她那个瓶子里，是我重新装进去的白开水。”我望着他，“您真的认为那也能治病？”

“是这样啊？”林医生当时就站住了。

他没有马上回答我，只在心里琢磨着什么。这位医生面相端正，脸型长长的，鼻梁高高的，一双眉毛又直又硬，还真有几分西方学者的神态。

然后他分析说，这也许是一种心理暗示。佛学里头也有个说法，叫作信者有，不信者无。我的导师研究过医药心理学，无论医也好，药也好，患者的心理配合相当重要。至于重要到什么程度，导师还在继续研究。

“下次我写信问问他，再回答你，行不？”

他说的下次，我没抱任何指望。反正眼下我想不明白，以后也很难得想明白。说不定再过些日子，我连想都不想了。

吃过晚饭回厂里的路上，姜红梅只一句话就把我心中的疑虑给解释清楚了。

“什么呀，那都是‘胃仙U’起了作用。”她非常自信，“我妈说那药是我们国家中医里头的方子，在日本也叫作汉药，对胃溃疡有很好的修复作用。”然后很有说服力地告诉我，“我妈收治过不少病例，很多顽固的老胃病患者，慢慢都让那药给治好了。”

她这种分析对我非常有启发。

虽然我妈不相信日本人做的药，我还是逼着她在不断地吃。尤其姜红梅一过来，第一件事情，就是伺候她吃“胃仙U”。

我记得姜红梅带回了四瓶，每瓶一百颗，已经吃得只剩下一小半瓶了。

以数量求质量，这是有道理的。我也听说过中药的效力一般来得缓慢，要到一定的程度，最佳效果才能显现出来。

林医生说吃药治病需要有心理配合也有道理。

以前我妈不信日本药，“胃仙U”的作用就感觉不出来。那瓶凉开水喝到肚子里，我妈心里觉得有作用，就真的起了作用。

这就说得通了。

硬要说神水起了作用，那只是引导了我妈的心理反应。起作用的不可能是神水，而是姜红梅带回来的“胃仙U”。

这句话跟我妈肯定讲不清楚，任何人都只相信自己的感觉。

就跟林医生说的那样，信者有，不信者无。

第十八章

一

其实“信者有”这话并不绝对。

不能说心理因素绝对没有作用，但它绝对不是万能的。单凭心理信念去阻抗疾病，反而会贻误时机。

这一点在我师傅身上就体现得十分明显。

我不能确定他喝下了多少神水，反正他取回来的数量相当可观。汪春廷非常努力，不仅自己每天取神水，还叫上丘桂兰帮忙。

我师母专门腾一口半大的水缸，然后交代汪春廷说，别再取了，实在没地方装了。这一缸水，莫胡子两个月都喝不完。

三个月过去，师傅哮喘的毛病没有任何改观。他坚持不懈，每天都喝几大碗，一边喝一边剧烈地咳嗽。

有一天他终于忍不住了，就把我拉到没人的地方打听了句。

“民儿，问你一句话。我给你妈送去的那瓶神水，她老人家喝了吗？”

“当天就喝了，师傅。”

“有效果没有？她觉得？”

我笑了一下。

“她自己说效果很好。”

“哦？”师傅很奇怪，“我怎么没觉得？反而越咳越厉害了？”

“嗨，什么神水啊？简直乱弹琴。我妈喝的是白开水。我把您那瓶神水倒掉了。”然后我认真地劝他说，“师傅，别抱幻想了，您这病不能再耽搁，得抓紧去医院。”

师傅听得连连点头。

“我也想去医院，生产任务实在太紧，心里到底放不下。喊声住院，一耽搁就好多天，万一那水真的灵验呢？”他也很懊悔，“唉，迷信真的害人。多亏你换了白开水，我心里一直不踏实。杨妈妈要是喝出了问题，师傅会悔死。”

然后他一边咳嗽，一边走到搅拌机后头拌耐火灰，我赶过去把他拉开，让余师兄过来拌。

粉尘那么大，他还一点都不注意。

有一天我修整炉膛到天亮，都快到八点钟了还没见到师傅过来，就觉得情况不对。正在收拾工具，忽然看见毛妹子惊慌失措地跑进了车间。

小家伙告诉我说，她爹爹从床上一坐起来就吐血，吐了很多血。

我什么话都没问，拉着她就往师傅家里跑。

送到职工医院，急诊室的医生一看就说麻烦了，赶紧输血。动作非常快，各种输液的架子也手忙脚乱地支了起来。

一名护士正往这边推来一个氧气瓶。那铁罐子又高又大，我赶紧迎过去帮忙。

趁那机会我问了声：“护士，他这情况严重吗？”

护士说：“说不好。病历上写的是二期，看他这样子，肯定都三期了。到了三期就有点严重，很难得治好。”

紧接着师母也抱了一堆东西跑了进来。

她倒是有经验，对我说：“这也不是第一次了。你先回去吧，你师傅要打一天的吊针。回车间给陈主任说一声，你师傅今天肯定上不得班了。”

这个时机并不好，师傅今天不上班，对我们还是有影响的。正好下午要开炉，每次开炉，都由我师傅掌控整个过程。

其实他不在也不要紧，开炉的全流程我都学习得很熟练了，只是没能独立实践过。

今天刚好是个机会，我就走到病床前，俯在他耳边说：“师傅，我先回车间去，您安心治病，班上有我呢。”

师傅睁开眼睛都显得很困难，隔了好一会儿才点了点头。

“人不要正对着炉口站，晓得不？”他吃力地叮嘱我说，“堵泥要拌得硬一点，不硬就堵不住铁水，记得不？”

我用力点头，还使劲握了一下他的手，然后就离开了。

二

开炉之前的阵仗一如既往的庄严。

翻砂车间各个工段的师傅徒弟陆续赶到各自的岗位，一色的藤条头盔、蓝光墨镜。

熔炉班全部人马早早聚集，取出各种护具，从头到脚全副武装。每到开炉那天，我们熔炉班就成了全车间的聚焦点。

冲天炉点火的那一刻，就好比打响了发令枪。

以往这时候，我师傅的神态特别威严。

“鼓风机？”他高声问。余师兄响亮地回答说：“到位！”师傅又问：“卷扬机呢？”梁师兄昂起头：“到位。”师傅没有停顿：“生料？”汪春廷就回答：“到位。”二师兄更加主动，没等师傅问就响亮地报告：“熟料到位！”

然后师傅大手一挥："点火！"

偶尔我也感到师傅这神态似乎有点做作，觉得不那么呼喊也照样可以点火开炉。后来我们去兄弟厂子参观，觉得他们那种开炉的方式很沉闷，不如我师傅这样有力量。

的确，铁水喷薄的时候，神经处于高度紧张的状态。在那之前，真的需要早早地兴奋起来。

我师傅懂得这一点，每次开炉的气氛都被他搞得庄严激越，特别有仪式感。没别的作用，纯粹是为了调动自己的精气神。

习惯了师傅喊喊叫叫的指挥方式，遇到他突然缺席，其他人还真不知道该怎么开炉了。

按说梁师兄的工龄最长，出师了好多年，都三级炉工了，他却不敢担当责任。

"杨哲民，还是你来，你头脑清醒。除开你谁都搞不好。"

其他人都齐声响应。无论师兄师弟，一致地抬举我。

这情况我也预料到了。离开急诊室的时候，我还当面跟师傅表过态，心里头已经做好了思想准备。临到发令那一刻，脑子里忽然一片空白，真的有点手足无措了。

情急之下，一回头就看见我师傅从侧门那边走了进来。一身蓝白条相间的住院服，衣领处还留有几点新鲜的血斑。

余师兄又惊又喜地迎上去。

"师傅回来了？太好了。杨哲民正不知道怎么办呢。"

师傅赶紧摇手，让他不要声张。

我站在冲天炉前，第一个念头就是让师傅赶紧离开。他不能待在这儿，必须返回医院。

梁师兄很了解师傅，就建议我说："哲民，那是根本不可能的。让师傅坐边上也好，大家心里都踏实些，你说呢？"

这话我倒也认同。已经到了这个地步，只好这么办了，就朝侧门那边喝了声："余师兄，赶紧给师傅换石棉服。两层口罩。快！"

余师兄响亮地回应了声，飞快地取出了防护器具。

随后我就顺势喊开了。

“鼓风机，卷扬机，各就各位。”

师兄们当即回应：“鼓风机到位！”“卷扬机到位！”“生料熟料到位！”

我没有停顿，踩着那节奏振臂高呼——“点火！”

机器一启动，地面就微微发颤，整个车间立即沸腾起来。

趁温度还在逐步上升的间隙，我小跑步回到师傅面前，从工具柜里头拿出几件工作服，厚厚地垫在那张小凳子上，扶着师傅舒舒服服地坐了下去。

“师傅，您就在这儿当场外指导。粉尘太大了，您哪儿也别去。觉得什么地方不对，就让余师兄过来找我。”我话说得很坚决，“今天我说了算。您要不听，我马上派人送您回医院。”

师傅戴了头盔，里面又有两层口罩，说话不方便，就连连点头，一把推开了我。

虽然发出点火指令的时候有点生疏，但那不算问题，只是一声口令而已。炉子一旦点燃，往下的流程不用吩咐，每个人都知道自己该干什么。动作果断，衔接熟练，完全就是一种本能反应。

第一罐铁水出炉的时候，我的心情有点激动。看那颜色我就知道没有一点瑕疵。加料均匀，控温准确，炉口引出来的铁水晶亮透白，完全达到了浇注要求。

往下就很容易了。只要按比例持续供料，把风量和风速保持住，今天这场战斗就可以完美收官了。

抓住空隙时间，我朝师傅那边看了一眼，竟然没见人了。我奇怪地望着余师兄，他就朝侧门外的生料场指了一下。

很快师傅就从外面走回来了。他端着一块木板，那上面托着四坨金刚土做成的堵泥，稳稳当当放在了工具柜旁边。

堵泥是堵炉口必不可缺的神器。铁水流出一定数量的时候，就得堵住它不再出炉。

堵铁水方法非常直接。手握一根四五米长的钢钎，我们叫它堵钎。堵钎前端，有一块直径大约十公分的圆形钢板，那上面就粘着一坨用金刚土做成的堵泥。

那形状很像一只玉米面窝窝头。尖头朝前，看准出水口，用堵钎将堵泥一鼓作气顶过去，把出水口严密封死。保持那种姿势一两分钟时间，金刚泥基本硬化，就可以把堵钎收回来了。紧跟着再粘一坨堵泥在堵钎上，备着下一轮堵炉口使用。

刚到熔炉班的时候，我特别喜欢观看堵铁水那一刻的景象。堵泥顶上去，铁水四处溅开，钢花满天飞舞。冲天炉前头就跟过年放烟火一样，看得人心花怒放。

不久才知道，堵铁水极其危险，没有丰富的实践经验，稍不留神就会出大事故。所以我师傅上午一再交代，人不要正对着出水口站，堵泥要做得硬一点，那都是经验之谈。

看来他对我们做的堵泥不怎么放心。趁我们在炉子跟前忙，就到生料场那边亲手做了几坨堵泥。师傅经常挂在嘴边的一句话——熔铁炉好开头不好收尾。开到最后，出水口已经变形，炉膛压力越来越大，很多炉前事故都是在那时候发生的。越到后头越要当心。

开炉大约进行了一个半小时，我师傅站起身来，想走到翻砂工段那边看看还剩下多少砂型没浇注完。

这是一种职业习惯，他必须随时掌握加料的分量。我师傅有一手绝活，凭借多年的开炉经验，他能够在即将结束的时候，对余料做出准确的判断，看看还得加多少料进去。料少了，不能浇完所有砂型，那批砂型就报废了。料加多了也不行，炉子里剩下过多的残料，就会对炉膛造成很大的损伤。

当时炉口正在往铁水包里出铁水。梁师兄看着师傅从身边走过，稍一走神，铁水包里面的铁水就漫出来了。

他赶紧抄起堵钎，瞄准出水口，一咬牙就顶了上去。

我师傅回过身来，看见梁师兄堵炉口的样子，一步抢上前去，凑到梁师兄耳边高声喊叫："怎么搞的？口子堵偏了。顶住，用力。天！会跑水。用力顶住！"

跑铁水是炉前最可怕的事故，当时所有人都吓住了。

"把堵钎全部拿过来，快！"师傅急了，赶紧朝余师兄挥手。

余师兄不敢怠慢，飞快地把师傅刚备好的四根堵钎扛了过来。

但是有点来不及了。梁师兄手上那根堵钎开始颤动，前端的堵泥正在脱落。出水口左边露出了一个缺口，铁水像开了水龙头一样射出好几米远。溅在梁师兄左脚边，防护皮鞋立刻冒出了青烟。

"妈啊！烫死我了！"梁师兄一声惨叫，扔下钢钎倒下去，接连朝右边打了几个滚，忙不迭地解鞋带。

眼看那块残留在出水口的堵泥要脱落，我迅速从余师兄手上夺过一条堵钎，趁原来的堵泥还没有脱尽，身体向前一挺，把堵泥准确地顶进了出水口。

我师傅那会儿身体特别轻盈，一步跨到我身边，用眼睛瞟了一下出水口。

"民儿，不行。看见没有？还是不正。"

"可以的，师傅。"我很自信，感觉自己堵的位置不错，"堵泥对得很准。行的，师傅。"

师傅弯下腰，再次看了一眼出水口。

"行个鬼啊？右边又裂开了一条缝。"他惊呼一声，"跑水了！当心！"

话没落音，出水口右边的堵泥飞快崩落，一股更大的铁水直接朝前方喷射过来。我师傅眼疾手快，死命把我推开，自己也就地打了个翻滚，躲开了直射过来的那股铁水。

我们都没经历过这种场面，眼睁睁看着跑出来的铁水恣意泛滥。

铁水有一千多摄氏度的高温，流到哪里就毁灭到哪里。那几乎是一场不知怎样才能遏止的灭顶之灾。

我师傅翻身爬起来，一秒钟都没迟疑，从侧面冲到了出水口前。冒着无法靠近的灼热，拿过一把小钢铲，不停地凿冲天炉的出水口。几次残留下来的泥渣已经把出水口四周烧结得凹凸不平，我师傅就在那旁边锲而不舍地凿那些坚硬的泥渣。

铁水仍然奔流不止。铲子凿下去，钢花四处溅起，纷纷扬扬落在师傅的头盔和衣服上。那一刻师傅什么都顾不上，任身上的工作服到处冒烟，只在那里吭哧吭哧地凿出水口。

终于凿平了。师傅身体一躬，狸猫一般跳下平台，从余师兄手上夺过一条堵钎，一声吆喝，亡命地堵住了出水口。

我在边上看得真真切切，那一刻钢花都没溅起一颗。他那叫百步穿杨，扎扎实实的真功夫。

只是这个时候我师傅已经完全没有力气了。他用肚子顶住堵钎，歪着脖子不住地喘气。看得出他喘得相当费劲，喉咙里发出哧哧声，跟拉风箱一样。

梁师兄看得太不过意，一瘸一拐跑上去抢他手上的堵钎。

“师傅给我！我力气大，我来顶！”

师傅说不出话却坚决摇头。他不相信梁师兄。

我觉得那会儿师傅谁都不相信，要命的时候他只相信自己。别人的力气，别人的手法，他都放不得心。

他就那样硬顶了十来分钟。

当时所有的砂型都浇注完毕，车间里不少翻砂工都跑过来，围着冲天炉观看。我师傅前步弓后步冲的样子，像一尊油光黑亮的铜雕，顶在那里纹丝不动。

旁边的人都知道拉他不开，又不知道该不该把他拉开。一直到他自己觉得可以了，才松开堵钎，一屁股坐了下去。

他当然无法坐稳，身体一歪，仰在地下再也动弹不得。

三

晚上十一点钟的样子，莫德龙主席赶到职工二院，特意去看望了我师傅。

当时我们几个师兄弟都在那儿，谁都不愿意离开。开完炉我们把师傅送过来的时候，他一直昏迷不醒。

医院方面紧急会诊，很快就决定给他上呼吸机。从医生那紧张的表情可以看出，师傅的病情已经到了相当严重的地步。

六点过一刻，医院方面把我师母叫过去谈话。先是安慰了几句，然后告诉她说，今天晚上是一道坎，你爱人的肺已经不行了。过得去过不去，就看天亮之前了。朝最好的努力，做最坏的准备吧。

这些话当时就把我们吓得目瞪口呆。

莫主席就是知道了这个情况才赶过来的。他在市里开会，接到电话起身就走。紧赶慢赶，到医院已经夜里十一点了。

不知道是不是血脉相亲的缘故，莫主席刚赶到职工二院，我师傅竟然苏醒了。

从下午四点多昏倒在车间开始，六七个小时人事不省。他的魂魄随风飘扬，仿佛去到什么地方游荡了一圈，又绕了回来。

医生再次会诊，确定他已经脱离了生命危险。

然后内科主任又找到我师母，问师傅的医药费由哪里支付。内科住院部最里面那间屋子是特种病房，里面有呼吸机。我师傅情况虽然有缓解，但是还得在有呼吸机的病房住三天以上的时间。

“那病房贵得很呢，你爱人住不住得起啊？”医生问她。

师母出来跟莫主席说了这个情况，莫主席一听就生气了。

“你怎么就不明白？我们是国营企业，公费医疗你不晓得啊？告诉他们，住。哪怕是皇帝老子的金銮宝殿，莫胡子他也住得起。”

安顿好我师傅，莫主席从口袋里掏出几块钱塞给我师母，让她给师傅买点营养品。

“明天厂里会有人过来交支票给医院。这些事你不懂，莫管了。你只管把莫胡子招呼好，其他都是我的事。”

从特种病房退出来的时候，刚好过了午夜十二点。

“你们几个师兄弟，肚子饿不？”莫主席望着我们问了声。

“不饿呢，莫主席，”梁师兄嘴很乖巧，“您从市里赶回来，也太辛苦了。赶紧回去休息吧莫主席。”

“休息个鬼啊？”莫主席见我们几个都没表态，就决定说，“人高马大一个个的，不饿才怪呢，我都饿了。走，出去吃个夜宵，再回去休息。”

职工二医院大门外头有一家通宵餐馆。菜不怎么好吃，就着下饭肯定没问题，莫主席就把我们带到里面一个小单间。

“想吃什么点什么，把肚子搞饱就好。听见没有？”

我那几个师兄弟平时根本就没有机会陪厂级领导吃饭，顿时就有一种受宠若惊的感觉。尤其莫主席是师傅的堂兄，更多了一层亲近，梁师兄就有点放开了。

“莫主席，您老人家开恩，那我就顺鼻子上脸了。索性搞瓶酒，难得孝敬您老人家一回呢，行不？”

莫主席也同意了。

“反正我不喝酒。你们几个累成这样，喝点酒晚上睡得更加安稳。那就搞一瓶吧。”

那场酒喝得很畅快。一瓶酒飞快见底，梁师兄又叫了一瓶。

当着莫主席的面，师兄师弟们不停地夸赞自己的师傅。

莫主席只是听，没怎么说话。一根竹烟袋基本上没断过火。

等他们说得差不多了，莫主席朝我问了声：“民儿，你怎么样？

跟了一个没文化的师傅，没什么好学的吧？”

这句话问得我不知道该怎么回答。不是不好回他，只是觉得想说的话太多，一时不知道从何说起。

“莫主席，怎么讲呢？我师傅不是没什么好学的，他身上的一些东西，我们年轻人一辈子都学不来。这是真心话，莫主席。”

我那几个师兄弟其实没听懂我指的是什么东西，却七嘴八舌附和得格外来劲。

莫主席就伸手打断了他们。

“民儿接着说，你讲的是哪个方面？”他继续望着我。

“要论力气，师傅没有我们力气大，但是他有窍门。这方面我们差得很远。书本知识师傅的确没有，可他有丰富的经验。很多经验书本上是学不到的。”那时候我头脑非常清醒，回答得有条有理，“莫主席，您知道最让我感动的是什么吗？”

看来莫主席对他堂弟太过理解，一句话点中了要害。

“不要命。”他望着我，“你是不是说这个？”

“是的，您说得太对了。”我由衷地赞成，“今天炉口跑了铁水，我们用力气堵，怎么堵也堵不住。师傅病成这样了，没力气，他就拿命去堵。他舍得性命，那才叫绝技。这种绝技可不是一般人敢学的。不敢学就学不来。师傅把炉子看得比命还重要，那是一个人的本质。其他的优秀都是学来的，本质的优秀是天生的。所以我想说，这样的师傅，值得我们学习一辈子。”

那会儿我看见莫主席眼眶都潮湿了。他放下烟袋，从梁师兄手上夺过酒杯。

“杨哲民，我莫德龙不会喝酒。你这些话讲得真的到位，我要跟你搞一杯。”

那杯酒下肚，莫主席的话匣子就打开了。

“都是自己屋里的人，我就讲讲你们师傅的事吧。他小时候跟我讨米要饭，当过叫花子，你们都不晓得吧？”他说得很平淡，“我爹妈死得早，他爹妈死得更早。那年闹饥荒，我们乡里饿死了好多人，莫家这两个孤儿，讨饭都没地方去。那天他跑过来告诉我说，哥啊，猪肉真的好吃，刚才都忘记喊你一起去尝了。我觉得奇怪，你到哪里吃猪肉了？他说，村头那户人家厨房里炖红烧肉，我躲在窗户外头，闻了半个钟头呢。”

几个师兄听得连连摇头。

“难怪师傅身体底子差。唉，唉。”

“底子差，性子又犟。”莫主席接着说，“那户炖肉的人家有人在外头当连长，你师傅就说，老子长大了一定要当官。解放后他又没有当上官，主要是没文化。他就说，不要紧，我当个模范也好。没文化我就拼命做事，事做好了，不信模范都当不上一个。”莫主席说到这里又笑了，“都怪那名字取得不好，莫正强。明明是莫争强的意思，偏偏他这一辈子都争强好胜。天生一个吃亏的命。”

梁师兄就忍不住了。

“莫主席，有句话您讲得就讲，讲不得也没关系。”他望着莫主席的眼睛，“去年那个劳模，鸭子都煮熟了，怎么又飞了呢？”

莫主席便朝我看了一眼。他目光里的意思我看出来了，欣赏我的嘴稳。连师兄弟都不明就里，就觉得我是个靠得住的人。

“讲也讲得，不讲更好。”他含糊了句，就来了情绪，“最看不得假装正经的家伙。又不是工人出身，动不动还分析别人。未必本地的工人就不是工人阶级啊？拉一派打一派，还讲别人搞山头主义。把我搞急了，迟早要摆到桌子上，跟他辩论个明明白白。”

那阵子我们几个人都不敢作声。有人听得懂一点，比如我。有人还摸头不知脑，比如除我之外的其他人。

“话讲多了。狗日的，不该喝那杯酒。”

莫主席掐灭竹烟袋准备收场了。

他站起身，交代我们说：“一句话关总，你们都是莫正强的徒弟，一定要给师傅争气。发狠地做事，莫把话给别人讲。想当劳模，这话讲到哪里去都不会错。今年再努力拼一把，不信就当不上。这是你们师傅从小的梦想。打虎要靠亲兄弟，上阵就得父子兵。咱们上下一齐攒劲，那朵大红花，一定要戴在你们师傅胸前。听清楚了不？”

第十九章

一

师傅住了半个月医院，厂里就安排他去广西疗养了。

那边有一家机械工业部的职业病疗养院，条件很好。据说就在山水甲天下的桂林风景区，空气特别新鲜，对矽肺病的治疗和康复尤其有好处。

走之前莫主席征求过他的意见，疗养有两种选择，可以三个月，也可以一个月。

师傅反问他，我可以不去吗？莫主席说，根据市里的情况，还是去的好。你就选一个月的那种，不会耽误大事。

莫主席那意思是今年评选劳模还没有开始，得两个月之后。如果去三个月，恐怕就要影响一些事情了。

那天是我和余师兄送师傅上的长途客车。他的行李简单得不能再简单——一个半大不小的旅行袋，再就是一只军绿色的帆布挎包。那是车间民兵连发的，折痕很清晰，可见平时根本没怎么用过。

师傅让我帮他提旅行袋。余师兄要替他拿挎包，师傅无论如何都不肯，一定要自己斜挎在身上。

离发车的时间还有半个多钟头，师傅又不想坐下来等，挎着包满车站走。一会儿问检票员几点钟开车，一会儿又去小卖部看看有什么东西要买。反复转悠了好几次。

其实师傅根本不想买任何东西，几点开车他记得比我们还清楚。余师兄就背着他朝我做了个鬼脸。

“哲民，师傅展示他的挎包呢。”余师兄悄悄对我说，“你看看，挎包背带上，白毛巾拴了只茶缸，上头有字。‘劳动模范’呢。”

其实师傅从家里走出来时我就看见了，当时我心里还很高兴。那茶缸和毛巾本来就是我送给师傅用的，总是锁在柜子里就失去了意义。遇上外出疗养的机会，那就叫好钢用在了刀刃上。

当然，师傅故意四处张扬，肯定也是一种炫耀心理。

“这样挺好啊，”我就小声对余师兄说，“时刻把劳动模范的奖品带在身边，说明他时刻都在激励自己嘛。”

“那倒是，而且还能起到表率作用。”余师兄笑嘻嘻地说。

“能吗？”我没有想明白，“什么表率作用？你看见了？”

“当然，”余师兄还真看见了，“刚才我解手路过检票口，有人跟检票员吵架，问怎么还不检票上车。知道检票员怎么说吗？”

“不知道，她说了什么？”

“看见那个劳动模范了吗？人家肯定是去开会的。他都遵守时间，你们还有什么可吵的？好好跟劳模学习，啊？耐心等着吧。”

我听得笑了。心里想，这也算是歪打正着吧。一不小心，师傅又做了一回表率。

别看我师傅表面毛糙，其实是个很爱面子的人。

他觉得部里的疗养院级别蛮高，去那里疗养的劳动模范很多。桌子上放一只劳模的茶缸，床头上挂一条劳模的毛巾，多好啊。既合乎情理，又自然而然。

他真没有别的意思，最多只是担心别人看不起自己。

二

根据生产办公室要求，师傅离开的那段时间，车间得指定一个人临时负责熔炉班的工作。一个月空窗期，没人管事是不行的。陈元干主任征求了莫主席的意见，临时负责人那副担子，毫无争议就落在我肩上了。

跟我谈话的时候，我没有过分谦虚，当时就答应了。我心里有个小算盘，师傅不在班上，对我而言，反而是个绝好的机会。

那天晚上莫主席谈了师傅的童年和他那坚定的志向，感动之余，我觉得自己应该挺身而出，对现状做出一些改进。

师傅最可贵的精神就是一不怕苦二不怕死，那都是为了更好地完成生产任务。假如不那么苦不那么危险，任务还能完成得更好，我们又何乐而不为呢？

师傅和莫主席那一辈人精神可嘉，技术方面却已经落后于时代。这不正是我们拓展才智的广阔空间吗？

说心里话，我的这种想法已经酝酿很长时间了。

比如炉膛的形状问题、投料的比例问题，尤其这次炉前跑水的教训，足以说明熔炉班的操作流程过于粗放，实在不怎么科学。传统熔炼技术早就滞后人家好多年了，为什么就不进行一些技术革新呢？

像人工投料、钢钎堵口那些传统操作方法，既费力又危险，效果还无法保证。讲句不客气的话，那些套路早就该淘汰出局了。

当然，我师傅对这些想法是不赞成的。

我曾经试探过。他在别的方面都支持我，唯独这方面的建议他一口就否定了。

“民儿，别人投机取巧师傅也懒得讲。你一个有出息的年轻人，也想学坏样子？”他说得正气凛然，“你给我记好了，搞小聪明走不通的。条条蛇都咬人，怕危险就莫出来做事。不信问你舅舅去。”

现在好了，师傅疗养起码一个月时间。在此期间，我至少可以做成一两件事情。平时那一顶大学毕业生的帽子老被别人拿来取笑，都带有一点讽刺意味了。我听在心里又作不得声，没有成就，也就没有说话的资本。就跟我那些师兄弟差不多，只能做一些呆板事，被别人取笑也在所难免。

思考了几个晚上，我决定从两件事情入手。

第一件事情属于技术革新，那就是改造炉膛的形状。

我准备参考更多的技术资料，弄几个试验性的模板出来。趁师傅不在场，整炉子的时候，我就可以放开手脚一个个做试验。最后确定一个科学而实用的模板，炉膛的质量就可以稳定下来了。

第二件事不叫技术革新。对于炉前工艺来说，那叫技术革命。

前段时间我很留意国内外有关熔炼炉的各种论文，知道了有一种叫“泥炮机”的新型机器。它的功能就是放铁水和堵铁水，完全替代了传统的人工操作方式。

如果有了那种机器，我们熔炉班就不必使用堵钎和堵泥，傻傻地顶在冲天炉前冒那么大的人身风险了。

只可惜平时忙于一些别的事情，一直没抽出更多的时间去技术室查找资料。

当然也有其他原因。自从那次去资料室，宋玉香对我进行了一次温情袭击，我想到那个地方就心有余悸。幸好有了她和吴启军之间的事，我心中的隐患才得以彻底摘除。

敲开技术室的门，一打听，他们说宋玉香不在那儿。

昨天她交了一份医院证明，请了病假。三天的假期，要到后天才能上班。还得看当天的情况。如果病没好利落，说不定还得继续休息。

员工请病假是常见的事儿，幸好技术科还有其他人顶班。因为我有了代理班长的身份，他们也乐意配合。我找了一大堆资料，打张借条就可以拿走。

三

从技术室走出来的时候，迎面遇上了姜红梅。

她看见我从资料室走出来，就告诉我说："宋玉香生病了你知道吧？我刚从她宿舍过来，看样子病得还不轻呢。"

讲句实在话，一听说宋玉香生病我就很敏感，觉得又是那方面的事情。我在心里默算了一下，离上次的宫外孕事件，也不过三个月的样子。莫非又是同样的毛病？

当然这话我不能跟姜红梅说。任何时候我都不希望姜红梅在这方面起疑心。

其实她已经有了疑心。当然她不可能怀疑我，她是在怀疑宋玉香的病情。她朝四周看了看，小声告诉我说，情况有点不对头，宋玉香应该出了那方面事情。我故意问哪方面啊，她就斜了我一眼。

"明知故问，流产了呗。"

"哦？"我望着她，"你确定吗？"

"基本上可以确定。"姜红梅望着我，"你知道她是跟谁吗？"

我当然知道是吴启军，却不想说我知道。

"谁呀？"我故意问了句。

"真是太不可思议了。"她微微皱了一下眉头，"吴启军的师傅，那个姓段的。"

"是不是啊？"我简直吓了一大跳，"不可能吧？你怎么知道的？"

"宋玉香原来跟我住一个宿舍，"她告诉我说，"后来我到政工科工作，就单独住了。她还住那个宿舍，也一个人单独住。"

"然后呢？"我期待她往下说。

"早上我忽然想起那墙上还有一张照片忘记取走，都好长时间了。那是我很满意的一张个人照，就想去取回来。结果你猜怎么着？明明听见里面有声音，一敲门，那声音没了，门也没敢开。我以为宋玉香不方便，就离开了。”

“是吧？你看见那里头是谁了吗？”

“当时肯定没看见，”姜红梅说，“还以为那是我们的同学，心里有点好奇。回头一看，门开了，吴启军的师傅从她宿舍里溜出来了。走得很快，头都没回一下。”

“你认识吴启军的师傅？”我不怀疑姜红梅的话，却又极不愿意相信这件事，“你能确定那就是他？”

“能不认识吗？”她一不留神说出来了，“段一村的生活作风问题，纺机厂转了材料过来。上个星期要归档，我还找他核实过。”

“我的老天，那他怎么还……唉，怎么会这样啊？”

“你怎么啦？”姜红梅奇怪地看着我，“干吗那么惊讶？不相信我的话？”

“也不是，”我连连摇头，“只是觉得太出乎意料了。”

“我也是。当时的距离有点远，我怀疑是不是看错人了。”她接着说，“反正要取照片的，我就又过去敲门，宋玉香就把门打开了。当时我发现她脸色苍白，一副失血过多的样子。桌子上有只保温罐，里面装的是鸡汤，满屋子香。”然后望着我，“这一下我全看清楚了，那保温罐是厂里发的奖品，上面清清楚楚印着一行字——奖给技术能手段一村同志。你说，这还有错吗？”

我没有回答她，牙帮子都咬紧了。

出了这样丑恶的事情，吴启军肯定还被蒙在鼓里。

第二天一上班，我就去了翻砂工段。

当时段一村还没来到车间，吴启军也不在。我得去安排熔炉班的工作，就没等他们。

没过几分钟，段一村主动来班上找我了。我看得出来，他非常心虚。

“杨哲民，你刚刚找过我？”他装作没事的样子问我。

“不是，我没找你，有点事要找吴启军。这两天也没见到他。”我用冷淡的目光看着他，“能告诉我启军在哪儿吗？”

“出差了。”段一村倒是没回避这个问题，“河北邢台铸造厂跟我们这边有个互帮互学的项目，本来是我去的。想到这事对吴启军是个锻炼机会，他又是河北人，正好可以回家看看，就推荐他去了。”

我马上意识到了这是个由头。一个非常巧妙的由头。

大概段一村心里也很亏欠，就觍着脸对我说：“怎么样，莫师傅疗养去了，你可是重担在肩啊。”他分明是在讨好我，“不怕的，你能行的。有什么困难跟段师傅说，啊？启军的好兄弟，也是我段一村的徒弟。可别跟我见外哦。”

要在平时，他这么讲我会说声谢谢，可这一次没有。当时一幅幅画面跟放幻灯片似的，依次从我脑海里映过，真的令人作呕。

吴启军几次对我说，段师傅是他的人生样板，这个样板已经朝他横刀夺爱，他知道吗？分配工种拜师认徒的时候，吴启军豪情满怀，扑通一声跪在了段一村跟前。男儿膝下有黄金，你段一村领受了徒弟的黄金，怎么还忍心掠夺弟子的未婚妻？

你知道吴启军有多么爱宋玉香吗？他被宋玉香的两件厚重礼物感动得涕泪双流，已经铁下心来要伺候她一辈子了。一个被尊称为师傅的家伙，把徒弟对未婚妻的情感残忍践踏，你还算是人吗？

我又想起了他那次在二医院当着宋玉香的面贬损吴启军，当时离段一村被派出所抓了现场，从纺机厂保卫科放出来还没过多长时间。他竟然不思悔改，毫无廉耻之心，乘徒弟危难之机，一双脏手紧接着就伸向了宋玉香。

头顶着八级技工的绚丽光环，道德竟然败坏到这种地步，我真想冲着他的脸呸一口唾沫。那会儿段一村已经转身回翻砂工段了。望着那一副猥琐的背影，我的拳头握得铁紧。

满腔怒火已经冲到了头顶，一阵寒气掠过，我那股怒火很快便开始降温，紧接着就熄灭了。

其实我心里非常明白，一只巴掌拍不响，那也有宋玉香的问题。民间有句俗不可耐的俚语，说是母狗不摇尾巴，公狗不敢上背，用在宋玉香身上，简直就跟量身定制一般合适。

一个人的底线至关重要，底线只有九分，境界绝对高不过一寸。宋玉香觉得段一村有钱，可以让她心里踏实，于是不再多想，一脚就把吴启军蹬掉了。

她这种过河拆桥的习惯动作十分娴熟，说来就来。今后某一天，宋玉香会不会也把段一村一脚踢进阴沟呢？

我相信会。宋玉香一路走来，靠的就是这种看家本领。

到了那个时候，我要当着段一村的面放一挂两千响的鞭炮，为他以损人开始、以害己告终的圆满结局表达咬牙切齿的祝贺。

那几天我已经一门心思全部投到了技术革新里头。正是要紧的时刻，段一村的丑陋行为被姜红梅无意中发现了。如果他伤害的是另外的人，也许我没那么愤慨，偏偏他伤害了吴启军，我的心已经被他搅得一团稀糟，面对几本技术资料，一页都看不进去。

我不知道吴启军什么时候从邢台出差回来，更不知道回来了我该怎么对他说。是等他从别人那里听说了再跟他谈，还是趁没有任何人告诉他之前做他的思想工作？

怎么设想都觉得不合适。不合适又继续设想。简直伤透了脑筋。

四

好在情况总是在不断地变化。总是在你不知道该怎么走的时候，有扇窗户忽然打开，让你心头一亮，似乎又找到了出路。

那天正在班里做事，陈元干找到我，说局里来了一份通知，准备从我们厂抽调三个人，参加机电局职工篮球代表队集训。

“其中两个人都在我们翻砂车间，你和吴启军。”他说。

全市职工篮球锦标赛两年比一次，机电局历次都在前三名之内，却从没夺取过冠军奖杯。知道电机厂分配过来一批大学生，里头有几个校队绝对的主力，就把目光瞄准了冠军杯。

我从陈主任的消息中得到了启发，觉得吴启军可以直接去机电局报到，那样就可以让他避免很多烦恼。

再一想觉得也难做到。他对宋玉香太痴迷，无论如何都会先回厂里一趟。段一村夺走他心上人的噩耗，想瞒住他，几乎是不可能的事情。

不管怎么说，这毕竟是个好消息。吴启军迟早得接受那个现实，至少他可以暂时不去面对那个师傅加情敌的段一村。他对篮球的痴迷程度我是知道的，投入激烈的竞技状态中，吴启军绝对忘我无他。

集训加竞赛将近两个月时间。等到捧回冠军奖杯的时候，没准早已经把宋玉香忘到九霄云外了。

还有一个不错的消息，机电局女子篮球队相中了江红梅。她也在抽调名单之中。

小梅性格开朗，快人快语，我可以托付小梅给吴启军做做工作。

实在万不得已，就把龚开明和宋玉香的事情亮出来。吴启军面子薄，听了那件事，肯定就心灰意冷，或许就能死了那条心。

不过这一步得由我控制，撒手锏绝不轻易出手。既要做好吴启军的工作，又要尽最大可能，减少对相关人员的伤害。为人处世，还是要有个基本原则。

我也想到过把这些考虑告诉姜红梅，听听她还有什么好的建议。转念一想，又打消了这个念头。毕竟这件事情过于凡俗，是非曲直又纠缠不清。姜红梅应该保持冰清玉洁的形象，所以我不希望把她牵扯进来。

当然，机电局想把我也抽调上去打篮球的计划是非常不现实的。熔炉班是电机厂第一道生产工序，班长因病缺阵，我正顶替在最前沿。抽调我的事情想都别想。绝对没有可能。

陈元干怕我有情绪，还找我谈了一次。其实没必要谈，我肯定会以大局为重。

趁这机会我跟他打听了一句，吴启军什么时候回来您知道吗？他说，恐怕还得五六天。已经给邢台方面发了电报，限定他后天要赶回来。

“机电局毕竟是主管机构啊，”他很认真地说，“你去不了，吴启军再不去，无论如何都说不过去。他能有什么理由呢？”

打听到这个消息，我在心里做了个计划：在吴启军赶回来之前，我得请小梅和徐士良吃个饭，着重交代点事情给小梅。

然后我还必须根据吴启军回来的时间，第一时间在厂外头截住他。

想是这么想，这两件事情，做起来都有一定的难度。

我觉得前一件事比较好办，小梅问题不大，她会听我的话。

后天接到吴启军，那件事情就相当麻烦，就跟火中取栗一样，极其烫手。挑明他师傅跟宋玉香的事，等于我要给他当头一棒。

然后我还要说服他恢复平静状态，动员他轻装上阵。

这件事情我毫无把握，成功的概率几乎为零。

小梅跟徐士良走进小餐馆的时候手牵着手。

那种亲密的样子令人嫉羡不已，我就开了句玩笑。

“瞧这小两口，如胶似漆啊。小梅马上要参加集训了，往后两个多月的日子，我看你徐娘怎么过。”

徐士良还没说话，小梅就开口了。

“你是说去机电局打篮球的事儿吧？”她笑嘻嘻地说，“我跟厂工会表态了，让他们给局里退信。我不会去的。”

“什么意思？”这我倒是完全没想到，“为什么不去啊？”

小梅还没来得及回答，徐士良就把话抢了过去。

“不会的，梅子一定会去的。”他望着小梅，“我不是都跟你说好了吗？多光荣的事啊？你要不去，人家还以为我在拖后腿。”

“别说得那么轻巧，”小梅关心地看他一眼，“我去了你怎么办？谁来照顾你嘛。”

徐士良就有点难为情了。

“哈，瞧这话说的，好像我从小到大就没离开过你似的。”他甜蜜地说。

看着他们你侬我侬的样子，我心里越发替吴启军难过，就直截了当地对小梅说：“去是一定要去的，我还有事要拜托你呢。”

然后我就把吴启军宋玉香段一村犬牙交错乌七八糟的事情说给他们听了。我的确是和盘托出，没有任何保留。

他们两个人听得目瞪口呆，大张着嘴，半天不敢相信。

“那不就是个狐狸精吗？”徐士良掰着指头算了一下，“我知道的就有三个。龚开明第一个，吴启军加上他师傅。没错吧？还有些鬼都不知道的呢？鬼知道往后还有谁呢？天哪，她得害多少人啊？”

我心里有愧，赶紧打断他。

“不说了。说来说去，她也是我们的同学。其实最受伤害的，还是她自己。”

“她那是自找的。”徐士良早就看不惯宋玉香，“那年五一节我就看出来了，仗着一张脸蛋，处处抢风头，害得我几次出错。”

“哲民，我去。”小梅忽然下了决心，“吴启军是北方人。别看他大大咧咧的，这人性情耿直，心地善良。无论如何也得把他拯救出来。宋玉香什么货色，我也懒得讲了。就这么办，我去做吴启军的工作，想办法让他振作起来。你们放心好了。”

到她真下定决心的时候，徐士良反而有点犹豫了。

“那你每个星期六还得回来一次啊。”他叮嘱说，“要不我去市里看你去，行不？嘿，不会给你丢脸吧？”

“什么话？”小梅非常爽朗，“尽管来。我会高兴地告诉大家，这就是我的男朋友。明年春节就结婚。真的，我真这么说。”

“那也别说春节，房子都没着落呢。”徐士良很高兴，“不过你说春节也行，反正就那么回事儿，哈。”

然后小梅就盯住了我。

“你怎么样？哲民，打算什么时候公开你的事儿？”

我心里一愣，故意问了句：“我有什么事儿？没有啊。”

“得了吧哲民，”徐士良抢过话头，“你跟姜红梅是天生的一对，还以为我们不知道？”

“徐娘，你这句话没什么因果关系。”我笑着说，“就算你知道是天生的一对，也不能证明就一定有什么事啊。”

小梅倒是没追根刨底。

“士良，这事别盯着问。”她诚挚地说，“人家不像咱们，他俩都是追求进步的人呢。的确是天生的一对，咱们默默祝福就行了。一切都顺其自然吧。”

于是我觉得真该跟姜红梅商量一下了。

我们又不是地下工作者，有必要总是偷偷摸摸吗？况且很多事情都是瞒不过人家的，到时候还以为我们过于清高，对任何人都不信任。

人活在世界上，社会交往是必需的。真的没理由封闭自己。

五

吴启军回来的时候，我非常成功地在车站出口截住了他。

“哦？哲民？”他看见我的时候并不感到奇怪，“有什么事情要告诉我吗？看样子还挺着急的？”

我不想显得过于唐突，就平静地说："机电局成立了篮球集训队，咱俩都有抽调通知。对了，小梅也有，女队让她去打中锋位置，昨天她就去局里报到了。"

吴启军听到这个消息仍然波澜不惊。

"就这么个破事儿，也值得你杨哲民赶到车站来拦截我？"他闷声闷气地说。

"啊，我是想告诉你，这次我去不成。你知道吗？我师傅去广西疗养，现在的熔炉班是我在负责。"我胡乱找了点理由，"所以得赶快告诉你一声。"

"越说越没有道理了。"吴启军几乎在鄙视我，"你去不成算多大个事儿啊？非得这么着急告诉我吗？"

我就不再找开场白。正想跟他直说，他忽然从内衣口袋里掏出一封信。

"什么都别说了，"他把信塞到我手上，恶狠狠地说，"你要还是我的兄弟，就老实告诉我。这是怎么回事儿？"

我打开信封，那里面只有半张信笺纸，内容简单至极——"分手吧，回来不要再找我了"。后面连落款都没有一个。

"这是谁写的？"我问他，"宋玉香吗？"

"居然还问我？"他顿时来了火气，"少来这一套。以为我没看出来？一副做了亏心事的样子，揣着明白装糊涂是不是？"

我心里一咯噔，当时就不高兴了。

"启军你什么意思啊？是不是觉得她跟你分手，有我什么事在里头？"

看见我理直气壮，吴启军心里又没有一点把握了。

"我是瞎猜的。看见这信，这两天我一直在心里猜想。狗日的，谁会这么缺德？我才离开几天啊？说撬就给撬了？"

于是我就放心了。

在这之前我还不知道怎么开口告诉他，既然他已经收到绝交书，这个过程就免除了。

“启军，去局里打比赛吧，眼不见心不烦，管他是谁呢？既然她宋玉香五心不定，朝秦暮楚，那就没什么好留恋的。长痛不如短痛，一刀两断痛快得多。你说呢？”

“是啊，一路坐车回来，我都想七八个钟头了。拉倒吧，我还不稀罕她呢。只是一口气咽不下去而已。”他的确快人快语，“下车看见你等在这儿，还以为那个混蛋是你呢。宋玉香对你的印象好得出奇，她要勾上你，也是分分钟的事儿。那妖精太会来事儿了。”

“得了吧启军，那只是对你有效果。”我故意把话说得轻松些，“自己不坚定，还怪她？”

吴启军连连摇头。

“男人坚定都是在外表，内心谁都软塌塌的。这妖精就专拣你的软处戳。”他叹了口气，“她说她是个孤儿，没两岁父母就不在了。还说她那颗心从来没踏实过一天，都累得走不动了。她需要个强大的男人，一个可以让她心里踏实的男人。哲民你听听，她这么说，男人心里能不落泪吗？”

那番话我印象太深刻了。令人惊叹的是连遣词造句都没做改动，我就想到当年龚开明也应该是这样被感动的。

我不知道她是不是对段一村也复述过一遍。应该是的。

其实倒真没必要。那个披着人皮的家伙本身就是一条色狼。我相信宋玉香还没说到一半，他就扑上去了。

既然吴启军已经接受了宋玉香的背叛，我就觉得索性趁这机会，一不做二不休，把事情讲得更彻底。

吴启军迟早都会知道是什么人把自己撬了。过一段时间知道是自己的师傅在背后下狠手，又会撩发性子，不知道还会干出什么惊天动地的事情来。我就把姜红梅看见段一村那罐鸡汤的事儿跟他说了。

他的反应仍然出乎我的意料，就跟什么都知道一样，竟然还非常平静地说了一句玩笑话。

“这多好？至少我欠他那一百块钱，就永远不用还了。你说是不是？”

“你还欠他的钱吗？”我居然忘记得干干净净，“那是什么时候的事啊？”

“杨哲民，你真可以啊。你还在那张欠条上签过字呢，忘记了？担保人，共产党员杨哲民。想起来了？哈。”

我也听得哈哈大笑。

“对，这钱不还了，他那叫预付款。”

“哲民，都到这地步了，我就实话实说吧。”吴启军冷静地告诉我，“那天他交完定金，非让我带他去病房见宋玉香。不是自吹，那两人一对眼神我就觉得他们会勾搭上。我不是告诉过你吗？姓段的王八蛋当她的面一个劲儿损我，他那点贼心思我还看不出来？”

“可不？”我附和了一句，“他们那叫乌龟看绿豆，对上眼了。”

“行啊，对上了你就拿走吧。不稀罕。我正怀疑那宫外孕是不是我的孩子呢。整到这种地步，我他妈早料到了。”

他这番话听得我眼睛都忘了眨一下。

吴启军居然这么沉得住气，倒是我没有想到的。早给我说一声，我又何至于这样劳神费力，替这家伙操碎了心？完全是自讨苦吃嘛。

当晚我把他送到了市里，吴启军这一章就算是读过去了。的确，他面前的路多得很，任何一条路说不定都比眼前的更加宽阔。

走之前他还清理了一口小箱子，里面装满了打篮球的防护用品。护膝、护踝、护肘、护腕，一应齐全。还清理了几本有关篮球战术的书。

他已经提前进入比赛的临战状态了。没等凯旋，他就把烦心事抛到了九霄云外，这的确是一件值得欣慰的大好事。

第二十章

一

终于可以静下心来考虑技术革新的事情了，当天晚上我就熬到了深夜两点多钟。

关于冲天炉的炉膛问题，资料里面讲得既玄乎又简单。

玄乎之处谈到了各种弧度的物理属性，附带了无数道方程式。我不知道需要何种文化程度才能读得懂，反正我是读不懂的。

说简单又简单得令人怀疑。

炉膛的形状也就跟老式煤油灯的灯罩差不多，两头直通通，中间圆鼓鼓。各式各样冲天炉的炉膛形状，基本上都不外乎那种样子。

我还想查出那种形状的容错率是多少，把资料翻遍了也查不到这方面的数据。

没有新数据，就说明传统的操作经验没发生过改变。这一点我一直不甘心，一直都在动脑筋想办法。

早在师傅去桂林疗养之前，我就鼓起勇气对炉膛形状做过一次探索。当时也没什么根据，只把炉膛朝上的口子弄小了点。

没想到效果还真不错。焦炭燃烧相当充分，铁水温度很高，红中泛白。无论炉口出水还是浇铸砂型，铁水完全顺从人的意志，行走得特别流畅。陈主任看得大声称赞，大小师兄欢喜得手舞足蹈。

就连对铁水的要求近乎苛刻的段一村也竖起了大拇指，朝吴启军说："看看你这同学，这才叫天分。铁水好不好，只有炉膛知道。到底是大学出来的，要依靠我们车间那些没有文化的老炉工，他能把炉膛修整得这样灵光？呸，做他的梦吧。"

段一村这句话肯定把我师傅惹毛了。当时我就看见师傅脸上有点挂不住，干咳两声，转身就走。

谁都看得出来，段一村绝对不是言者无意，我师傅又肯定是听者有心。

第二天车间的黑板报还表扬了我。我怀疑那稿子是吴启军写的，使的劲太大。形容词用了很多，对我算是给足了面子。他没想到，这样一来对我师傅的面子反而伤害更大。

果然，回到班上碰见师傅，他劈头盖脸就给我浇了一瓢冷水。

"知道不，整炉子是讲不好的，技术也就那些，多半是靠手气。莫以为成功一次，就好了不起。那是天气帮忙，正好碰上天气干燥，晓得不？你这是运气好呢。要遇到阴雨天，还莫说是师傅，师爷都没办法。一要经验，二要运气。有个鬼的技术啊？你让总工程师动个手看看？他不是最有技术吗？讲句丑话，要是请他来修整炉子，哭都哭不出来。这句话你给我记在心里，不会错的。"

也许是受到了打击，也许天气真的有影响，接下来我修整的炉膛就不怎么漂亮了。温度达不到，排渣也不畅快。无论我想什么办法，效果总是出不来。怎么弄都不对路。

好不容易把炉开完，出了一大堆废品。

对一名炉工而言，废品率过高，那是要做检讨的。

师傅倒是没让我写检讨，只是把我好一顿羞辱。

"这下你总没话讲了吧？师傅不是打压你吧？以为上了大学就了不起了？老辈人传下来的经验就狗屁不值了？我告诉你，否定什么都可以，想否定你师傅，不摔个鼻青脸肿，我就喊你做师傅。"

那次以后我的心就乱了。

当然，我绝对不会认为师傅的经验就不可否定，总觉得我能够找到更好的办法提高炉温。甚至我还认为那不应该是一件多么困难的事情。

困难的倒是我这位师傅。

他就像一堵高墙挡住我的鼻尖。别说往前走，转个身都一难百难。

现在他去疗养了，这个机会我是绝对不会放过的。

二

中午跟师兄们一起去食堂吃饭，路过小餐厅的时候，忽然闻到从里面飘出来一股酒香。

我们职工食堂的餐厅很大，可以容下一千多人吃饭。旁边还有四个小单间，那是领导接待客人的地方，一般只吃饭不喝酒。

偶尔有职工来了朋友也在那里加几个菜，那时候就会弄点酒助兴。

当时就是那样，小餐厅正好有职工请朋友喝酒，非常凑巧，还是我们学校的几个同学。看见我路过，那个吹笛子的胡先胜就跑出来拉我进去作陪。

胡先胜分配到焊接车间当电焊工，据说学得不错，电焊、氧焊、气割技术掌握得出神入化，都当上了副班长。

那天就是他父亲出差到这儿，顺便来看看他，桌上摆了很多菜，极其丰盛。我特意走到胡先胜父亲面前，恭恭敬敬问候了声，胡先胜就强行把我安排到他父亲身边坐下了。

他父亲是从省城过来的，他说桌子上那瓶酒是长沙特产，名字叫“白沙液”。一定要让我多喝两杯。

我朝那酒瓶看了一眼，顿时来了兴趣。我相信那肯定是瓶好酒。

其实我不怎么懂酒，只是觉得酒瓶的样子非常奇特——白瓷做的瓶身，那形状活脱脱就像一只葫芦。

就是那只酒瓶子，当场把我的心思给侵占了。

我一边吃饭一边琢磨那只瓷葫芦，除了给胡先胜的父亲敬了一杯酒之外，饭都没有吃饱。菜是什么滋味就更不知道了。

下班回到宿舍，我马上拿出铅笔在纸上画那个葫芦，然后对着那张纸反复琢磨。葫芦的形状是两个圆球摞起来的，下面大上面小，中间缩进去，像是一个黄蜂腰。

这种形状有什么道理呢？仅凭感觉，我就觉得里面暗藏玄机，值得我好好思考一下。

最先悟到的是保温作用。铁水的比重很大，一定会沉在最底层，就好比沉在葫芦下面那个大圆球里。中间那个黄蜂腰，就能起到保持温度的作用，至少可以阻挡一部分温度的散失。

然后我又想到了排渣的功能。

铁水熔炼过程中会产生很多硫黄和其他渣滓的熔浆体。比重很轻，一般都浮在铁水表面，正好被黄蜂腰给卡在葫芦上面那个小圆球里头。既可以覆盖在铁水表面保温，又便于从上方的出渣口吹出炉外。这不一举两得吗？

想明白了这些优势，当时我就坐不住了，拿出日志查阅了一下，今晚上修整炉膛的是余师兄。非常好办，余师兄最听我的话。

我赶快换上工作服，信心满怀地往车间那边赶了过去。

我是小跑步赶到熔炉班的。那时候余师兄已经从炉坑里面把炉渣全部出清，堆得跟两座小山包似的，人却没看见了。

冲天炉里面挂着一盏移动工作灯，他已经钻进了炉膛，在里头用小钢凿叮叮当当清理炉壁。我在外面喊了几声，半天他才回应。

问他凿完没有，他说刚好凿干净了。我就让他爬了出来。

“耐火泥搅拌好了？”我又问。

他指着旁边那堆耐火泥说：“早拌好了，你看看够不？”

那堆耐火泥差不多百来公斤，一般是够了的。我考虑到蜂腰位置得多用点泥料，就交代说，再拌二十公斤吧，我要做个试验。

然后我打开一张图纸给他看，当时就把他给搞蒙了。

“杨哲民，这是什么玩意儿？葫芦娃娃吗？”

我哈哈一笑。

“余师兄，你就别进去了。”我一把扯下他的头罩，“修整炉膛的事，今天让我来。”

他当然巴不得。只是想不明白我要干什么，一脸的问号。

葫芦形状炉膛的熔炼效果简直太理想了。梁师兄好歹在炉前操作了十二三年，铁水出炉的时候，他看得大呼小叫，就跟哥伦布发现了美洲新大陆似的。

参加浇注的翻砂工里头有很多经验丰富的老师傅，看见那高质量的铁水往砂型里头顺畅地灌注进去，一个个赞不绝口。

陈元干当炉工比梁师兄更早，是个非常挑剔的内行领导。他跑过来一看，马上问怎么回事，炉膛是不是有些改动了？

余师兄得意地告诉他说，不是有些，而是完全变了样子。然后就掏出我画的那张葫芦形炉膛的图纸给他看。

陈主任是炉工出身，一看就拍着大腿说：“对呀，这形状，不想让温度上来都不行呢。”然后朝我擂了一拳，“好，杨哲民，难在想不到，想到了就不难。什么叫作技术革新？就是做出了别人想不到的事情。你这叫一炮打红啊。”

说一炮打红其实还不准确。

接下来好几天，我都按那个形状修整炉膛，每次都很理想。师兄们很踊跃，都照那份图纸的模样整，没有出现过一次失误。铁水的质量持续向好，每炉铁水都相当漂亮。

一炮打红炮炮红。梁师兄就夸张地宣布说，趁师傅不在家，我们这群徒弟，一不小心就翻开了冲天炉历史上崭新的一页。

最可喜的事情是排除了气候影响。

那些天湿度非常大，翻砂工段那边都抱怨说，砂子明明是干燥的，一过夜就不行，都捏得出水来。他们那么一抱怨，我的心里就更加踏实。

捏得出水来的日子，温度都保持得这么好，还有什么恶劣的气候可以影响我们？我这项技术革新，经受了最大的考验，铁定是成功了。

三

过了一个星期，陈元干找我去车间办公室谈了一次话。

以为他会好好地表扬一下我，结果我有点失望。表扬的话还是说了一句，接着就表示了心里的忧虑。

他说，这项革新效果的确好，只是还得有科学依据，要不然技术部门就很难认可。哲民你有依据吗？

当时我差一点就要顶他一句了。什么叫革新？革新不就是要革除旧的生产方式吗？还要什么依据？有依据那就叫因循守旧。

我当然不会那样说，换种方式反问他一句："陈主任，这种炉型要是有依据，师傅他们可能早就搞出来了，您说呢？"

他没有回答我，站起身把办公室的门关上了。

"杨哲民，莫师傅是你的师傅，也是我的师傅，他那个人你应该很了解的。刚才我说技术部门难认可，那还是以后的事情，眼下师傅这一关你就过不去。"他说得很直爽，"说他思想固执吧，他又不是没有道理。狗皮膏药还各有各的熬法呢，你能说他那方法硬是不行？二十多年了，不都是这么过来的吗？"

那会儿我忽然来了个性。

"我的大师兄啊，您别绕圈子好不好？一下推技术员，一下推师傅，就算他们不同意，那只是他们的看法。既是行家又是管生产的车间领导，您个人是什么看法？”

听我叫了句大师兄，陈元干的个性跟着也就表现出来了。

“小师弟，我陈元干从来就是个敢冲敢闯的角色，你可别把我淡看了。我当炉工之前还当过兵你知道不？以为我不支持你搞技术革新？错了。有革新精神的人，我支持还来不及呢。告诉我，这之后还有什么计划？你还有哪些革新项目？说出来，你看我支持不支持。”

大概他这豪爽有点过度，顿时引起了我的警觉。话虽然说得热情洋溢，我却觉得他好像在摸我的底。

“想法不是没有，计划还真的没有。”我含糊了句，“心血来潮就试着弄一下，也没怎么想以后的事儿。走一步看一步吧。”

“这么想就对了。”陈元干其实相当精明，“杨哲民，你不说也没关系。我知道你很有创新精神，也非常肯动脑筋。我还知道你有很多革新的想法。好啊，这一点太难得了。”他顿了一下，“我的意思嘛，能不能就像你刚才说的，走一步再看一步？”

我没听明白他想说什么，就用目光直视着他的眼睛。

他也在心里琢磨该怎么跟我说。

“我再讲得透彻一点吧，你心里所有的革新计划，能不能放到明年之后再做考虑？”

他还是没有讲得太透彻，我却差不多听明白了。

“陈主任，如果我没理解错，你的意思，是让我等到今年年底，等市里有些事情尘埃落定之后？”

“当然嘛。”他朝窗户外头看了一眼，“春节之前，市里又要召开劳模表彰大会了。师傅奋斗了一辈子，也许下一届他就参加不成了。我们这些当徒弟的，不尽全力把他推举上去，于公于私，都是厂里的一个重大损失。这对师傅也太不公平了。哲民你觉得呢？”

我的内心只有四个字，无话可说。

莫主席亲口说过，一定要帮助师傅实现几十年的愿望。陈元干的意思也差不多，他担心我抢了师傅的风头。那当然不是我的本意。

我只想搞一点技术革新，绝对没想过成为师傅前进路上的障碍。如果客观上影响了他，我的确应该把身体抽回来，免得遮挡了师傅身上的光芒。

“那，这炉膛呢？”我问陈元干，“是不是也得拆除，完全恢复到老炉膛的样子？”

陈元干赶快摆手。

“干吗？千万不能那样做，多好的效果啊。”然后真诚地说，“咱们当徒弟的，要把粉打在师傅的脸上。这是一件增光添彩的事情，就当是报答师傅的礼物，怎么能收回呢？”

此时此刻我对陈元干已经心服口服。

“没说的，大师兄，你放一百个心好了，师傅的事儿就是杨哲民的事儿。”

我站了起来。转身之前觉得应该跟他握手告别，就伸出了一只手。

陈元干的手很有力量，把我的手握得铁紧。

“对了，今天找你来，主要是为了另外一件重要的事情。”他的神色一下就变得凝重了，“杨哲民同志，我代表车间党总支正式通知你，党小组长的报告，厂党委已经批下来了。从现在起，熔炉班这副担子，就名正言顺地落在你肩上了。”

我没想明白他这话有什么实际意义，眼下这副担子，我不正担着吗？师傅走的那天我就担上了，难道一直都没名正言顺？

好在这些事情都无所谓，我当然不会开口问他。

四

参加工作快三年了，我发现自己有了很大的改变。心理承受能力越来越强。

炉膛革新花费了不少心思，说声让给师傅，我二话都不说。我觉得那只是小试牛刀，重头戏还没来呢。

陈元干又交代我说，那些重头戏也压一压，一切等到明年之后。

没问题，压就压。先不讲师傅还有人生目标要实现，光看他那年纪，还有那身体，迟早要退出这个舞台。

等到师傅功成身退的时候，我正年富力强。机会有的是，何必急于眼前？

想是这么想，禁不住轮子已经转动，惯性还在发挥作用，一时又刹不住车。

既然刹不住，那就别停下来。重新调整一下自己的思路，以不变应万变。兵马暂时不动，先把粮草准备充足。炉膛的革新已经圆满完成，接下来该朝泥炮机那个堡垒进攻了。

坦白地说，我对那个堡垒的了解基本上属于空白，仅仅只是一个概念而已。没关系，一步一步来，反正我有的是时间。

眼下最困难的还是缺少这方面的资料。

电机厂技术室的资料尽管浩如烟海，关于熔炼技术方面的资料却少而又少。毕竟我们的主业是电机制造，我需要的资料，应该去钢铁熔炼行业寻找。

机电局下面有两家炼钢厂，我一打听，因为污染的原因，那两家厂子都在百来公里之外的县里头，去一趟很不容易。

有人告诉我说，光是查资料也没必要去炼钢厂。机电局资料室肯定有存档。

我觉得有道理，趁着白天不开炉，起个大早就往市里赶。

平时我很少去市区，坐轮船的机会不多。上次为师傅的事情过去找姜红梅，坐的是一条旧船。没过几个月，码头上的渡轮焕然一新，有的船还是双层结构。

买船票的时候，出现了两种价格。底层的普通舱票价五分钱。二层叫作公务舱，票价贵很多，要一毛五。

坐公务舱的人大多是出公差的干部和采购员。一般人也可以坐，只是不舍得花那么多钱。

我当然坐普通舱，买了张五分钱的票就进去了。那天不是周末，坐船的人并不多。

禁不住好奇心，我就想上二层去开开眼界，看看一毛五的座位跟下面有什么不同。

那天二层座位几乎没有人坐，只在前排座位上有两名乘客。一男一女，背对着楼梯。那两个背影我太熟悉了，男的是骆科长，女的更好认，她是姜红梅。

他们两个应该是去机电局汇报工作的，坐的是公务舱。心想人家是出公差，我出现在他们面前很不合适，就赶紧退了下来。

轮船在江面上顺流而下，行走很快，不到三十分钟就开始减速，缓缓地朝码头那边靠了过去。

我不想让骆科长和姜红梅看见，特意等到最后，一直到绝大多数乘客下船之后，才从轮船上离开。那个时机掌握得很好，骆科长他们两个人绝对没有发现我也在船上。

问题是我要去的也是机电局。我当然不愿意跟他们一起走进去，就拉开一段距离跟在后头。其实也没离得太远，目光刚好能够得上。

我看见他们俩并排走在一起，间距保持得不怎么稳定。人行道上人一多，经常把他们挨肩擦背挤在一起。骆科长显得很有风度，他还时不时伸出手去护着姜红梅的后腰，生怕有人撞伤了她。

看见他那副绅士样子，我就觉得自己像是在盯他们的梢。

路旁边有家旧书店，索性走进去看看里头有些什么我喜欢的书。消磨一二十分钟时间也没关系，等我再去机电局的时候，就不可能跟他们碰上了。

机电局的总工程师和我有一面之交。

他曾经到我们翻砂车间来过，还特意到了熔炉班。听说我是衡州工业技术大学的毕业生，还亲切地告诉我说，真是凑巧，十多年前，我在你们那个学校当过副校长呢。

他还给我留了联系方式，说他姓郑，要是有什么技术方面的需要，可以随时到局里来找他。这句话我牢牢记住了。

正因为那一次认识了郑总，我才动了来机电局向他求教的念头。

郑总的确见多识广，他对我要打听的高炉泥炮机很了解，还拿出一本全英文的熔炼机械图册，向我做了详细讲解。

好在我有了两三年的实践体验，算得上一通百通，听他讲解没有任何困难。

只是越听越觉得失望。国外那种泥炮机对于我们熔炉班的冲天炉其实没什么实用价值，水土完全不服。

郑总告诉我说，泥炮机是一套完整的炉前设备，现在国内很多大型钢铁冶炼企业已经在使用这种设备了。对于不专门从事钢铁冶炼，只生产一般铸造件的高炉，使用泥炮机意义并不大。设备加装的成本还高得出奇。

耐心听完我改革的初衷，郑总非常理解我的愿望。他说，那还不如因地制宜，在炉前操作的工艺方面搞点技术改造。

“你的目标很清楚嘛，既要保证放铁水和堵铁水的准确性，又要提高人身安全的保障程度，只要抓住这两点，就有了革新的方向。”他热情地鼓励我说，“小杨，没有做不到，只有想不到。破除迷信，大胆探索。我相信你是可以闯出一条新路子的。”

郑总对我这个同门弟子还真是高看一眼。除了热情鼓励，他还要留我在机电局食堂吃午饭。

我没有过多推辞，觉得能够拜一位总工程师做老师，绝对是我的荣幸，就跟着他往一楼食堂走了过去。

五

有些事很奇怪，该遇见的遇不着，不该遇见总遇着。进到食堂里，一眼又看见了骆科长和姜红梅。他们正好在一张小圆桌上吃饭。

两人中间还有一位领导干部，四十好几的样子。那人举止沉稳，充满自信，很有一种指点山河的将军气概。

姜红梅看见我走进来，表面上也还平静。

骆科长却相当吃惊。

“咦？杨哲民？”他看了看我，又看了看郑总，“你怎么在这儿？”

我还没说话，郑总抢先告诉他说：“这是我学生，衡州工大的。”他打了个哈哈，“骆科长啊，不听哲民说还不知道。我有十几个学生分配到你们电机厂了？”

我知道郑总这是给我面子。他其实是知道的。

“十八个，”骆科长赶紧向他介绍，“我们姜红梅也是其中一个，她也是您的学生啊。特别优秀的学生呢。”

姜红梅赶快站起来打招呼：“郑校长，您好。”

那位领导干部很痛快，赶紧招呼说：“好啊，既然碰在一起了，那就坐这儿。加两个菜，弄点酒来，为你们师生重逢，大家都喝一杯。”

骆青涛赶紧介绍说：“杨哲民，你早就如雷贯耳吧？这位领导，就是我们机电局的一把手，鲁昌顺局长呢。”

说实话，我还真没听说有个鲁局长。成天在工厂上班，来机电局的机会少而又少。骆科长故意当着大家的面说如雷贯耳，鲁局长听了心里就会很舒服。

跟那么大的领导一起吃饭，我是头一次。不记得是谁说过一句话，见官不向前，吃饭别落后。这会儿见官吃饭全凑一起了，我该是向前还是落后呢？心里暗自发笑，那会儿也就没感到拘束。

抿了一口酒，鲁局长望着骆青涛问了句："老骆，他们这批大学毕业生，一直还在车间劳动吗？"

骆青涛回答说："是的。阳厂长召集我们讨论过好几次了，厂里打算分批次一步一步解决这个问题。"

"你跟阳华生同志说，打个报告上来。"鲁局长说话相当干脆，"这是遗留问题，别分批次了，争取一次性解决。学有所长，术有专攻嘛。"

骆青涛连忙答应："好的，局长。"他说话非常巧妙，"这批学员的确很优秀。分配到各个车间，都成为生产骨干了。每个车间都不肯放人，抽不抽得动还是个问题呢。"

"不放不行，你们政工科做工作嘛。"鲁局长随口举了个例子，"像你们厂的吴启军，还有那个女子队的江红梅，他们的篮球特长就相当突出，我看比专业水平不会差。我在大学里也打过篮球，一看那基本功就知道。"

"哈，局长，您还不知道吧？"骆青涛指着我，"更厉害的角色在这里呢。杨哲民是学校篮球队的队长，据说组织能力很好。吴启军都佩服得五体投地呢。"

鲁局长的确是个篮球迷，马上看着我，眼神都变了。

"哦？小杨你在场上打什么位置？"

"我打一号位，局长。"我回答说，"控球后卫。"

"是吗？"鲁局长来了兴趣，"怎么没把小杨抽上来？我那天看了一场热身赛，咱们局代表队缺的就是控球后卫嘛。老骆，这任务交给你，明天就把小杨抽过来。不许讲价钱哦。"

骆青涛这次就不敢做空头保证了。

"局长，是这样的，杨哲民有特殊情况。他师傅您知道的，就是莫正强啊，他病得很重，去疗养了。熔炉班现在是小杨在主持生产，实在抽不出来。"

鲁局长注意力就转移了。

“哦？你说莫正强吗？”他非常重视，“去年电机厂那个落选的劳模就是他吧？”

“是的，就是他。”骆青涛回答说。

“他去疗养了？”鲁局长关注地望着他，“什么病？矽肺？”

“是的，病得不轻。他还一天都没离开工作岗位，”骆科长钦佩地告诉他，“一直累到大吐血。非常感人。”

“怎么能这样呢？啊？”鲁局长听得不高兴了，“产业工人都是国家的宝贵财富，一定要爱惜他们的身体。”他放下筷子，非常认真地强调说，“当领导的，眼睛不能光是盯着生产任务，要多搞点技术革新，让我们的工人从传统劳动中解放出来。我多次讲过，革命就是解放生产力嘛。”

当时我就看见郑总朝我望了一眼。

他没接局长的话，看我一眼，那就是对我无声的鼓励。

过了好长的时间，只要一回想起鲁局长的话和郑总的目光，我心里就回旋着一股暖流，庆幸自己在正确的时间、正确的地点做出了正确的选择。

那天我要不是下个决心去机电局，这么激动人心的机会，就让我白白错过了。

第二十一章

一

乘轮船回厂的时候我特别留意，看看骆青涛和姜红梅是不是也在船上。既然都见过面了，也用不着太避讳。

前后左右看了个遍，却没发现他们俩。

没发现更好。心里还想了一下，当着骆科长的面，我跟姜红梅都会有点尴尬。幸好坐的不是同一班船。

从机电局回来，车间已经开完炉了。心里回荡着鲁局长和郑总的嘱咐和信任，我就提前赶到了熔炉班。

郑总有一句话启发了我，他说要因地制宜。这话说是好说，到底怎么个因地制宜法，一时间还真是找不到头绪。

开完炉的车间余烟袅袅，已经空无一人。

时间还早，我换上帆布工作服，没有急于清理炉坑，直接走到非常熟悉的冲天炉前方，默默打量着那个让人又爱又恨的出铁口。

这时候就听见有个声音在身后说："怎么啦？一个人望着炉子发什么呆啊？"

听声音就知道是姜红梅，我就转过身来。

"回来了？"我问了句，"刚刚回吧？"

"什么呀？跟你一班船回来的。"她微笑地看着我。

“哦？怎么没看见？”我明白了，“对了，你们坐上面那层。”

姜红梅没有否认。

“是啊。坐在上面也有不好，下船的时候只能走在最后。”她摇了摇头，“明明看见你抢先下了船，等我们走上岸，你早就跑得没影了。”

“是吧？我不知道你也坐那班船。”我笑了笑，“今晚上轮到我整炉子，下了船就赶紧往厂里跑。”

“是啊，我知道你上晚班。”姜红梅不再说船的事儿，朝冲天炉看了一眼，“哲民，我没有耽误你干活吧？”

“没有没有。”我赶紧说，“刚刚灭火熄炉，炉膛里头还热着呢。起码有几百度，想进去也不敢啊。我又不是孙大圣。”

“那，可以带我参观一下吗？”她朝冲天炉前后望了望，“这儿我还没来过呢。”

“怎么没来过？”我提醒她说，“去年你还陪验收组过来考察，这么快就忘记了？”

“那不算。我就想在没有人的时候，让你带着我，看看你做事的地方。”她用柔软的目光看着我，“知道吗，我好忌妒这个地方。它怎么就那样有福气，可以一夜一夜地陪伴你啊？”

她那句话瞬间把我点着了。我忽然胆大包天，朝四周看了一眼，趁着没人，一把搂住她，紧紧地吻她的嘴唇。

她居然毫无顾忌，没做任何躲让，仰起脸来欣然接受了我。

那是我第一次吻她，没想到竟会发生在黑乎乎灰蒙蒙的熔炉班。这可不是正确的时间，也不是正确的地点。

但是我们突如其来地做了这件正确的事情。

她用舌头轻轻地顶开我的牙关，一直抵住了我的舌尖。那种绵软的冲击力，激动得我浑身颤抖，难以自禁。

很快她又把我推开了。

“唉，不行。”

“怎么啦？”我看着她的眼睛，“什么不行？”

她避开了我的目光。

“别那么草率。”

我意识到她说的草率不光是接吻。倒也是，想到我还要钻进滚热的炉膛里面拼搏到明天，就赶快给自己降温。

“那我带你看看这个地方吧？”我有点不敢直视她，就说了一句可以令她哈哈大笑的话，“这下轮到你开心了吧？从现在开始，就该这个地方忌妒你了。”

她笑是笑了，却并不像我想象的那么畅快。其实姜红梅对这地方没什么兴趣，只是想跟我说说话。

“说真的哲民，我根本想不到会在机电局碰上你。”然后问我，“你去局里，到底有什么事情啊？”

我一听就很敏感。她是不是以为我在怀疑什么？也许她发现了我在身后盯梢，然后一直跟到机电局找她？

“还不都是为了这个地方？”我赶紧指了一下冲天炉，“我想趁师傅不在的这段时间，搞点小改革什么的，就去了局里。”

“你是怎么认识郑总的？”她还是有点担心。

“他来过翻砂车间，到过我们熔炉班。我见过他。”我告诉她，“我并不想去局里，真的，只是想去查找熔炼设备的技术资料。咱们厂里又没有。”

姜红梅也就不再追问。顿了一下，她忽然说了句：“你看，骆科长的眼光敏锐吧？他当时就看出眉目来了。”

“眉目？”我没听明白，“我跟你的事情吗？”

“还能有什么？”她没否定，“骆科长的目光格外刁钻。尤其是这种事情，扫一眼就能看出来。”

“那怎么办？”我有点担心，“没什么问题吧？”

姜红梅迟疑了一下。

“我怎么知道？”

其实她那种迟疑的反应已经说明了问题。骆青涛在路上对姜红梅的精心呵护，我都亲眼看见了。虽然我不是故意盯梢。

姜红梅见我没接着说话，也看出了我心中有疑虑，赶快解释说："骆科长本人不可能对我有想法，他不是那种人。"

"他没想法，那还有谁呢？"

姜红梅就不琢磨了。

"谁都没想法，行吗？咱们别谈这个了。"

"对，管他呢。"我赶紧说，"咱俩眉目端正，随人家怎么看。"

她笑了笑，又问我："知道骆科长怎么说你吗？"

"不知道。"我回想了一下，"他说了我什么？"

"他猜到你去干什么了。"姜红梅说，"坐船回来的路上，骆科长跟我说，你这同学很有心劲啊，他去局里找郑总，一定是在心里憋招数。他想搞技术革新呢，那家伙鬼得很。"

"是吗？"我并不觉得意外，"骆科长能猜到也不是没有道理。不想搞技术革新，谁会专门跑过去找总工程师呢？"

"可我就没猜到，当时还吓了一跳，以为看错人了。哈。"然后姜红梅又告诉我一件让我意料不到的事情。

"哲民，骆科长对你很有想法呢，你还不知道吧？"

"噢？"我没听明白，"什么想法？"

"他告诉我说，鲁局长让他做个普查，看看我们厂青年工人里头有哪些拔尖的苗子。市领导很重视对青年骨干的培养，指示说，今年劳动模范的评选，不局限于清一色的老工人。选好接班人非常重要，一定要有几个优秀青年的代表人物。"

这话当时就把我吓了一跳。

"梅子，你是说骆科长看中了我？"我觉得这件事情有点荒诞，"他不会是这个想法吧？"

"怎么不会？骆科长早好多年就有这个想法。结果很多人都对他产生了误会，以为他看不起本厂的老工人。"姜红梅说得很直白，她对骆科长的确很佩服。“用长远眼光看，我觉得骆科长是对的。”

我没有接她的话，心里却不完全同意她的看法。

我师傅一直怨恨骆青涛两面三刀，主要是为了当劳模的事。说他表面上肯定，背地里总是给他设置障碍。

骆科长对我的看法即便有所改变，也未必就是认可了我。他忽然对我有想法，还真有可能又在给我师傅设一道屏障。

要真是那样，这道屏障就非常厉害了。于公而论，培养青年骨干是一件冠冕堂皇的事。于私而言，当师傅的人，会反对自己的徒弟当劳模吗？那也太说不过去了。真到那时候，我师傅只能有苦难言。

这些话我只能闷在心里。我知道姜红梅在这个问题上的看法跟骆科长高度一致。既然改变不了她，我还是不说为好。

不知不觉，墙上的挂钟指向了七点四十分。

姜红梅朝挂钟看了一眼，有点不情愿地说了声：“哟，我来这儿快半个钟头了？”

“不止哦，”我告诉她，“整整五十分钟，不相信吧？”

“是吗？”她朝冲天炉看了一眼，“炉子里头，温度是不是已经降下来了？”

“差不多吧。”我摸了一下炉子外壳，“已经凉了。”

“那，你呢？”她把目光转向我。

我没明白她问什么。

“我怎么了？”

“你凉了吗？”她轻轻一笑，“我是说你心里。”

“哈，怎么会呢？”我一兴奋，那些隐隐约约的疑虑就消失了，一伸手又把她搂了过来，“不信你再体会一下？”

这次她推开了我。

“你要做到几点？”她似乎有点怨恨地看着冲天炉，“不会修整到天亮吧？”

“不会的。”我告诉她，“抓得紧的话，转钟三点可以完工。”

“好，我等你。”她勇敢地说，“不管等到几点，你完工了马上到我宿舍来。”

那句话听得我心里怦怦乱跳，一把抓住了她的手。

她果断地把手抽回去。

“炉子要修整好，别偷工减料。”

然后她一扭头，朝车间外头跑了出去。

二

紧赶慢赶，汗都没顾得上擦，结果还是延误了时间。完工的时候已经是三点半了。

这事还真快不起来。我没做过父亲，却觉得葫芦形的炉膛就跟我的亲生儿子一样，天塌下来我也不忍心省略任何一个细节。

女工宿舍我从没去过，走到那个区域，顿时有一种眩晕的感觉。空气里头似乎别有一种气味，像洗发液的味道，似乎还掺杂着奶香。

姜红梅宿舍的门看上去关得很紧，轻轻一推又开了，一点声音都没有。她处理过那扇房门，用一张纸叠得不厚不薄，刚好塞住门缝，不让风轻易吹开。

床头柜上的台灯罩子搭着一条毛巾，把光线遮挡住，让它只透出鸡蛋大小那么一点亮。屋子里暗淡朦胧，看得见却看不清晰。

隔一层蚊帐，我发现了姜红梅平摊在床上那模糊的身体。

她肯定没有睡着，我就想走过去撩开蚊帐。

“关灯。”她忽然轻轻说了声。

“关灯吗？”我犹豫了，“不用吧？”

“一定要关灯。”她有点胆怯，“我不敢看。”

我就把台灯关掉了。

其实关不关灯区别不大，窗户外头光线还是透得进来，我仍然看得见她。她坐起身，撩开了蚊帐。我看见她身上飘浮着一层薄纱，就跟若有若无的水蒸气一般。她那雪白的身体早就无遮无挡，让我一览无余。

那一刻我有一种从来没有过的紧张，心都提到了喉头处。

“还不来？”她的声音有点颤抖，“好冷。”

我心慌意乱。

“还、还没洗澡。”

“不要。”她急切地说，“就爱你一身的炉子味道。”

还没反应过来，她一伸手就把我拉过去，顺势往床上一仰。

我往前一踉跄，门板一般的身躯整个把她给压没了。

懵懵懂懂挤进去的时候，她疼得一哆嗦，紧紧地箍着我的脖子。当即我便感觉天旋地转，一股热流飞快地贯通了我的整个身体。像是滑进了温润的淤泥，又像是跌入了火山口。那一池滚烫的岩浆，瞬间已经把我熔化殆尽。

三

睁开眼睛的时候，就像是从休克中苏醒过来，记忆都是模糊的。

朝窗口看了一眼，天已经麻麻亮了。当即就痛恨自己怎么能睡得死人一样，糟蹋了金子般的好时光。

姜红梅一直睁大眼睛躺在我的胳膊弯处，轻轻地问了声：“醒了？”

我赶紧朝她看，才发现她身上有一层蝉翼般轻柔的睡袍。最上面那颗纽扣旁边撕裂了一条缝。我就问她："这是我弄的？"她说："那还有谁？你就跟野兽似的。"我就有点得意："好了，我赔你一件。"她说："不用，这道口子没法修补了。我要收藏它，真的，珍惜一辈子。"

她说这句话的时候，眼角很快就聚集了一滴泪珠。

我不理解这种时候她怎么会伤心流泪。

"梅子，没事吧？"

"没事，"她无声地叹了一口气，"现在好了。我不怕了。"

我赶紧侧过身子抱住她。

"告诉我，梅子，你怕什么？"

她没有回答，望着天花板，想着自己的心事。

这样子更让我担心。

"是不是我勉强你了？"

"哪里的话？"她抛开了心里的事情，"哲民，谢谢你。"

"什么意思？梅子，你有事不想跟我说？"我伸出手，轻轻捋着她的眉毛，"别让我担心，知道吗？有事就告诉我。现在你是我的了，还有什么不能说呢？"

"我想怀孕。"姜红梅转过头，怔怔地看着我，"真的。"

这句话还真是把我吓住了。

"为什么？梅子，怎么会这样想？"

"怀了孕，我就真正属于你了。"她喃喃说了句。

我没有追问她，只是一直望着她的眼睛。难道她还没有真正属于我吗？我不敢问。先前隐隐约约的疑虑，又从心里涌现出来。

大概她也感觉到了什么，就坐了起来。

"起床吧。你累了，趁天还没全亮，赶紧回宿舍休息去。要保证睡眠哦。今天我还得去市里，可能过几天才能回。"

我没有听她的，继续侧着身子，固执地望着她。

她就笑了一下："傻看着我干吗？不认识了？"

“梅子，我觉得你一定有什么事情瞒着我。”我终于问出口了，“好像是一件不能让我知道的事情。是这样吗？梅子？”

“是，是这样。”她没有否认，然后起身下床，取过一套干净的内衣，“还不止一件事。有不能告诉你的，也有不想告诉你的。哲民，如果你信任我，什么都别问。”

我也赶紧从床上坐了起来。

“梅子，你不会离开电机厂吧？”

她迟疑片刻，才回过头来望着我。

“哲民，总有一天，我会完全彻底地属于你。”她又将目光移开了，“其他的，我现在说不好。你就听我的，行吗？”

能不行吗？我只能听她的。她正在某个道口徘徊。之所以不想说，是不想把心里的苦闷分给我。

而我在这种时候唯一的选择，就是信任她。

去开房门的时候，姜红梅拉了我一把。

“哲民，我还有一句话，你能听进去吗？”

“能，梅子。”我没有犹豫，“你说，什么话？”

“我告诉过你，骆科长对你有想法，你怎么看？”

“也只是个想法吧？”我拿不准，“梅子，我很难相信。他还真想让我当劳模？”

“不是他，是我。”姜红梅说得果断，“老骆也想。他也许有别的考虑，这我不管。我是真心实意的。”她目光明亮地盯着我，“哲民，为了我，你也得努力争取，我这是在求你。答应我，啊？”

我听懂了她的话，却不敢贸然承诺。

“梅子，这现实吗？”

“没有志向，一切都不现实。”她似乎很有信心，“哲民，一定要出人头地。你必须让我有说话的资本，明白这意思吗？”

坦白地说，我不是很明白，也不是完全不明白。

“好，我听你的。”我点了点头，“为了你，我努力吧。”

“我会帮助你。”她说，“昨晚等你来的时候，我把这件事情前前后后想了个遍。咱们不能蛮干，一定要找到自己的突破口。”

“你觉得我的突破口在哪里呢？”

“技术革新。”她明确地说，“就从这儿做起。要跟老工人比吃苦耐劳，年轻人没有优势。可要比解放思想，技术革新，老工人就没有优势了。”她笑了笑，“这也是受你的启发。发现你去局里请教郑总，我心里忽然一亮。这是我替你量身定制的奋斗方案。咱不能跟老工人拼资历，一定要因地制宜，出奇制胜。”

我立即想起郑总也跟我说过这句成语。

非常巧合，他和姜红梅针对的还都是同一件事情——技术革新。

熔炉班那台鼓风机平时靠电力驱动，停电的时候需要继续工作，就加装了一台柴油发动机。那叫双动力运行。

这个联想很有寓意。也就是说，我的技术革新，打这以后已经进入了双动力运行阶段，想停都停不下来了。

姜红梅说她过几天才能回，结果完全不是预计的那样。

主要是形势出现了重大的变化。有关部门抽调她进行了半个月的紧急培训，然后就安排到了市里组织的一个工作组。

据说还有十几个这样的工作组，被派遣到了各个局级单位。

中心工作迅速开展起来，姜红梅完全失去了音信。就跟从地球上蒸发了一样。

快到两个月的时候，我收到了一封信。一看那笔秀丽的钢笔字，就知道那是姜红梅寄给我的。从哪儿寄出来的我也不知道，寄信地址简单得不能再简单——内详。

取出那封信的时候，我心里莫名紧张。

一想到吴启军出差邢台也收到过宋玉香一封分手信，好一阵子我连信封都不敢撕开。

我跟吴启军毕竟不一样，姜红梅跟宋玉香更加不可同日而语。怀着对姜红梅的无比信任，我还是把那封信打开了。

我是对的，姜红梅对我情深意长。那封信开头写下的第一句话就看得我热泪盈眶。

哲民，亲爱的，我想你。每天晚上我都被眼泪唤醒，再也不能入睡。你也这样想我吗？亲爱的，我真的好害怕，你可千万不能忘记我啊……

接下来她的叙述很粗略。我想知道她这两个月去了哪儿，可她在信中几乎没有提到。只是说，她最近在武水左岸，为无产阶级革命事业而奔走。武水就在本地，号称我们这个城市的母亲河，我才知道她并没去外地。

有一句话又让我十分敏感。她最后说，哪怕走到天涯海角，我的心，永远只会和你在一起。

天涯海角是什么意思？难道她还会去更远的地方吗？我想起她说过的一句话，既然成了一名国家的公职人员，祖国的需要就是自己的岗哨。我的天，她不会还要往海南岛调吧？

信的最后，姜红梅抄写了晚唐诗人李商隐一首寄托相思的情诗，温馨婉约，愁肠百结。

君问归期未有期，
巴山夜雨涨秋池。
何当共剪西窗烛，
却话巴山夜雨时。

这四句诗令人震撼。

两个月不见她，我也是日思夜想。但是平心而论，我还真不如她想念得这般深切。

也许这就是男人和女人的区别。当男人认为这个女人终于属于自己的时候，他的心已经落到了实处。女人似乎正相反，得到心仪的男人之后，她心里也许更加不踏实，恨不得天天都黏在一起才好。正如姜红梅告诉我的，每天晚上她都泪水洗面。

巴山夜雨涨秋池，正是那种情景的写照。

第二十二章

一

收到姜红梅来信没过两天，我师傅从广西疗养地回来了。

本来说好一个月，他没有按时回来，还延长了将近一个月时间。

他之所以答应延长原定的疗养期，是因为市里正在轰轰烈烈开展中心工作。那项工作意义重大，压倒一切，就决定今年的劳动模范评比活动延后举办。

莫主席赶紧发电报给我师傅，通知他说厂工会已经正式给疗养院发了份公函，让他继续疗养两个月。

莫主席在电报中说，这样的机会很难得，一定要安下心来治病。要治就治断根。

陈元干也找我谈了话，说车间总支对我这位代理班长的工作非常满意。考虑到莫师傅需要延长疗养时间，让我在接下来的两个月，继续担负熔炉班临时班长的责任。

这都是莫主席他们一厢情愿，我师傅无论如何都不愿意在外地待那么长时间。

师傅这人平时很少吃药打针，体内没有抗药性，疗养效果非常显著。好不容易熬完第二个月，他索性不跟厂子里任何领导打招呼，拎着包就从疗养院离开了。

坐了一晚上火车，天一亮又转乘公共汽车，日夜兼程马不停蹄，第三天就赶回了电机厂。

进厂门的时候正好碰见了莫主席，生怕那位老兄批评，他就先发制人。

“不就是要治断根吗？都断根个把月了，还总住在那里干什么？公家的钱未必不是钱？不行，我住得心疼，回来算了。”

莫主席作不得声，就悄悄问他：“市里不评选劳模了，推后了，我不是告诉你了吗？”

“我不管那个，只挂念熔炉班。”我师傅直摇头，“我不是不相信那帮徒弟，到底嫩了些，嘴上没毛，做事不牢呢。”

这是一句真心话。说一千道一万，我师傅根本的问题就是不相信别人。按说自己一手带出来的徒弟总应该放心吧，他偏偏不，从来就没放心过他的任何一个徒弟。

在别人眼里，都以为他最喜欢的徒弟是我。只有我心里才明白，在所有的徒弟当中，他最放不下心的也是我。

他知道我对他的尊敬是真心实意。真心实意，就说明这个徒弟非常有主见。师傅对没有主见的徒弟极瞧不起，认为他们没本事。可一旦徒弟有主见，他心里又特别警惕，生怕徒弟的本事超过了自己。别看他平时对我关怀备至，心里头早就防备得严丝合缝。

第一次去他家里，师母当着我的面提醒他说，你得当心点，学校出来的徒弟有文化，说不定哪天打你的翻天印。

师傅当时还让她不要讲那些没油盐的话，其实他早就把那些油盐放在心上了。

果然，回来的第二天清早，师傅就去了熔炉班。

那天刚好轮到余师兄修整炉膛，他做得很仔细，按照模板把炉膛修整得相当规范。看见师傅走了过来，就像献礼似的把葫芦形炉膛的模板拿出来给师傅看。

“这是什么花脚乌龟啊？”我师傅完全看不明白，“搞这块木板干什么？做什么用的？”

那会儿余师兄已经把炉膛修整好了，为了讲解得更清楚，就告诉师傅说，要不您自己进到炉子里头看看？漂亮得很呢。

我师傅一听就意识到了什么，扔下模板，跳下炉坑就往炉膛里钻了进去。看见自己修整了一辈子的炉膛变成了葫芦形状，一分钟不到又钻了出来。

余师兄还想听一句表扬的话，一看师傅那愤怒的脸色，当时就吓得不敢作声了。

我师傅也没有开口骂人。走出炉坑，从地下捡起一把榔头，一声不吭又钻进了炉膛里头。

余师兄赶紧跟着跳下炉坑，就听见师傅在里面咬牙切齿地痛骂。

“日他的，就晓得会出纰漏，越怕什么他就越来什么。我真的一天都离开不得，一离开就出了活鬼。”

他一边骂一边用榔头拼命地砸炉膛。随着他的怒骂声，耐火泥被砸成了碎土，一拨一拨地往下跌，就跟下冰雹一般。

余师兄眼睁睁地看着刚刚修整好的炉膛被摧毁，心疼得眼泪都下来了。

师傅还没有发泄够，从炉膛里面爬出来，顾不上掸去头发和脸上的泥土，狠狠地说：“下午就要开炉，现在我先不跟你们算这笔账。”然后朝余师兄吼了声，“还不赶快去给老子准备耐火泥？”

余师兄已经被师傅暴怒的样子吓成了老鼠，忙手忙脚地跑出去重新搅拌耐火泥。

两个小时之后，那个炉膛又被修理成了以前那种灯罩的样子。

师傅根本没让余师兄动手，全部过程都是他亲手完成的。

当时我去了我妈家，这些情况一概不知道。

余师兄被师傅的训斥吓破了胆，直到下午开炉之前，他一个字都没敢跟我讲。

五点开炉，师傅四点不到就到车间换上了石棉工作服。

他已经两个月没开过炉了，我就问他："师傅，今天还您主持吧？"

他嘴里吐出硬邦邦两个字："你来！"

他的愤怒写在脸上，我也不敢多说。

这两个月，我对熔炉班不少地方都做了些改变，他看着就心烦。我弄不清楚到底什么地方没有让他满意，心想开完炉再问也来得及，就把炉子点着了。

出第一炉铁水的时候我就觉得不对头。

一切都做得非常到位了，那炉铁水的温度却没达到要求。

我师傅看见铁水的色温那样不正常，也想不出原因来，就喊了声："这炉水不要了，再出一炉。"然后他没有朝我看，一个劲冲着其他人怒吼，"时间还不够晓得不？一个个就跟蠢猪一样。那么快就出水，温度怎么上得来？"

除余师兄外，其他人都觉得不对头。你望着我，我望着你，谁都不知道哪里出了问题。

自从炉膛改成葫芦形状之后，由于保温效果非常好，焦炭投放量减少了很多，燃烧的时间也缩短了不少，谁也没有料到炉膛又改回了原来的形状。继续按新方法操作，燃烧的时间肯定是不够的。第一炉铁水的温度没达到要求，当然就不能用了。

出第二炉铁水的时候，连我都没有任何把握，朝师傅望了一眼，他也没有吭声，也在聚精会神地朝吹渣口里头观察着。

为了保险起见，我特意延长了十五分钟，才把出水口捅开。

铁水从出水口流出来那一瞬间，大家都发现第二炉铁水温度仍然没达到理想的程度。

这一点我师傅心里也很清楚，就吩咐操作铁水包的师傅说："这炉铁水温度还是不怎么样，先浇注大砂型吧。"

浇完那包铁水，两位师傅赶紧跑过来抱怨。

“熔炉班怎么搞的嘛？今天这铁水，浇大砂型都不行，动作稍微慢了一点，后面的铁水就流不动了。”

我师傅就发了大火。

“动作怎么能慢呢？一口气接不上来，再热的水都会降低温度。算了，我还是自己掌握吧。”

他一把将钢钎夺过去，把我从炉前支开，戴上深色墨镜，亲自把守在冲天炉出水槽前。什么时候出铁水，什么时候堵炉口，一概不让别人插手。

他那气鼓牢骚的样子，明摆着就是在跟我较劲。

回到炉子后面，余师兄瞅见师傅没注意，把我拉到了一边。

“哲民，我必须告诉你，今天早上，师傅把炉膛又改回去了。”他提心吊胆地看着炉前，“师傅把我整的炉膛敲了个稀巴烂，还把我骂得狗血淋头，我都一直不敢告诉你呢。”

就算余师兄不告诉我，我心里也猜到了怎么回事，只是有点不敢相信那是真的。余师兄这么一证实，我心里就来了脾气。

师傅还在炉子前头使性子。他决不相信温度上不来是自己整炉子的原因，就把出水的间隔拖得特别长，希望让温度更高一些。他是在跟老天赌气，完全不自量力。使尽浑身解数，炉子里出来的铁水总是达不到他希望的状态。

看见他那手足无措的样子，我心里又不生气了，觉得他那会儿挺可怜的，心里就明白了一个不是道理的道理：我搞技术革新不容易，师傅他想因循守旧也很不容易。

由此可见，技术革新最大难度是走不出第一步。一旦走出来，获得了大家的公认，无论是谁，他要想倒退回去，难度比我走出来要大得多。

我师傅当时就是那样。他无论如何都想不明白，跟他打了一辈子交道的冲天炉，居然就不听他使唤了。这还了得？

“狗日的，怎么搞的嘛。”他火冒三丈，故意不喊我，只是朝着梁师兄发脾气，想从其他方面找碴子，“你告诉我，今天烧的是哪里的焦炭？”

“牛马司的。”梁师兄清楚地回答说，“怎么啦师傅？”

牛马司煤矿生产的焦炭在国内非常有名，硫黄和其他杂质的含量最小，发热量极高，被人称作种子煤。质量是无可挑剔的。

这些情况我师傅心里非常清楚，当时就无话可说了。

面对失败，他又极不甘心。心中的火气无法按捺，终于恼羞成怒。把那钢钎往地下一扔，猛地转过身，指着我的鼻子就骂开了。

“杨哲民，以为我不晓得？趁我不在班上，你把炉子一顿乱搞。昨晚上我就进去看过，肯定是炉衬出问题了。”

我看着他，态度非常冷静。

“师傅，您说的是炉衬还是炉膛啊？”然后笑了笑，“炉衬只在外层，炉膛在里层。里层都没出问题，外层怎么会出问题呢？”

师兄们集体失声，只有梁师兄悄悄朝我竖了一下大拇指。

“都有问题！”师傅差不多气急败坏了，“炉衬也有问题，炉膛的问题更大！明天我就找技术员来，里里外外检查清楚。冲天炉是国家财产，必须按规程操作。搞坏了，那是要负法律责任的。”

二

没有人比我更了解我师傅，他不可能去找技术人员。那只是一句气话。

他非常清楚，真有技术员过来，人家跟我更有共同语言。如果表态支持了我，他就一点回旋余地都没有了。

看样子他当天晚上就去找了陈元干。第二天刚刚上班，陈主任就到班上来找我了。

“哲民，昨天开炉，跟师傅闹矛盾了？”

我就把大致经过告诉了他。

陈元干早有预料，笑嘻嘻对我说：“没关系，按上次我跟你说的办，肯定就没事了。”

他上次跟我说的话我没有忘记。无非就是要我开通点，把粉抹在师傅脸上。

“陈主任，我没问题，可他还没容我说什么，自己就把葫芦形的炉膛给鼓捣回去了。师傅都等不及看看那新炉膛的效果如何，我还能说什么呢？”

陈元干想了想，小声说：“我跟师傅做做工作。一会儿你也来办公室，我们三师徒好好地沟通。你配合我就行。”

师傅没到班上来，他一个人先去了办公室。我安排好班上的工作，去到办公室的时候，陈元干已经把话都说给师傅听了。

凭我的感觉，师傅好像也想通了。

进去的时候明明看见师傅脸上挂着微笑，一见到我又觉得面子上过不去，拉下脸来，劈头盖脸把我教训了一通。

“杨哲民，师傅不是讨米要饭的叫花子，不稀罕赏我一口饭吃。”他把陈元干也捎带进去一起训斥，“你们两个人都是我的徒弟，师傅看得起你们，你们也要看得起师傅。技术问题，讲得再好也没有用，得看真家伙。这句话你们听得明白不？”

陈元干知道我有个性，怕我听不得训斥，赶快应承说：“师傅，这话讲得好。要不今晚上就按照杨哲民的方法整炉膛？效果好不好，亲眼看看再说，您看要得不？”

“那当然，”师傅就开始转弯，“不看哪行？本来就不是我搞的，硬要讲是我的革新。要是出了事故，那不是给我栽赃啊？我才不当那个冤大头呢。”

这话我最听不得，当即就闷着喉咙回了他一句。

“那还不好办？当着车间主任的面，我立个保证搁这儿。效果好算师傅的，效果不好，或者出任何意外事故，都算我杨哲民一个人的。这总可以吧？”

“民儿，话也莫这样讲。”他终于把对我的称呼改回去了，“那，今天晚上你亲自动手整炉子，师傅在边上看，要得不？”

“不用，这个星期轮到余师兄，他的炉子也整得蛮好。”

师傅赶快摆手。

“那怎么可以？你余师兄手脚毛糙。再说每个人的手法都不一样呢。”

“那都是过去的事了。”我自豪地说，“现在有了新模板，做出来都是一样的。基本上可以做到零失误。”

“是不是啊？”他迟疑了一下，有点后悔了，“只是我昨天晚上性子急，把那模板丢到炉子里烧了。”

“没关系，”我早就做过防备，“我一次准备了三副模板。宿舍里还有两副，让余师兄过来拿就是了。”

“哦，那就好。”听说我还有备份，他就彻底放心了，“你看看，民儿做事就是不一样。那，今天晚上师傅就过去开开眼界。老话讲，活到老学到老嘛。哈。”

再次开炉的时候，我师傅怀着满心的期待，就像是等待儿子出生一样，守在炉前眼睛都不敢眨动。他惊喜地发现，照新模板修整出来的炉膛，每一炉铁水都白花花亮爽爽，看得他心花怒放。

其实人都爱面子，很难得心服口服。

我师傅跟别人还不相同，他即便心服了，口也不肯服。

那天开完炉，师傅破例召开了一个班组总结会。他首先泛泛表扬了几句，紧接着就以美中不足的理由提出了三条改进意见。说，炉膛还不够完美，下一步，还要组织力量继续攻关。

哪里不完美他没说，组织谁来攻关他也没宣布，大家也不追问。想怎么说就怎么说，只要他不发脾气就好。

接下来的一周，师傅亲自修整炉膛，还别说，每天的铁水质量都非常不错。师傅就召开了第二场总结会。

“看见了吧？师傅做了好多改进。你们讲句公道话，效果是不是更好了？啊？”

梁师兄不怀好心似的，特意早一天摸到班上，把师傅修整的炉膛偷看了一遍，然后悄悄跟我说：“哲民，你说怪不怪？师傅整的炉膛跟你整的一模一样。我钻进去看了半天，一点都看不出来有哪些改动。哈，哄你我就不是人。要不你自己溜进去看看？”

“看什么看？”我心里暗自发笑，“师傅到底是师傅，他的功夫很深。要是能让你看出来，那还叫师傅吗？”

梁师兄听得哈哈大笑。学给其他师兄听，一个个笑得喷饭。

没过多久，车间办公室就把熔炉班关于冲天炉的技术革新成果写成了一份正式报告。找我要了葫芦形炉膛的图纸，还要求我整理了技术数据，提供给厂技术室过来验证。

技术室非常重视，没有过多反复，一份全新的冲天炉操作规程就发下来了。

规程最后面“技术带头人”那一栏，署名是莫正强。

新操作规程那面镜框在熔炉班挂了两天，第三天就被摘下来了。

后来听汪春廷说，是我师傅让他摘下来的。师傅说，革新又不是一个人搞的，还把班长的名字写上去干什么？算了，我不出那个风头。

第二十三章

一

说实话，这件事情我对陈元干还是有点意见的。搞得就跟送人情似的，技术革新的意义都贬低了。

师傅那人也真是，不好好疗养，着急回来干吗呢？

不该回来的人提前回来了，该回来的却没有回来。

比如吴启军。抽到机电局参加比赛，打完比赛就得返回电机厂，他却没有。不光比完赛没回，从此以后，他再也不会回来了。

全市篮球锦标赛打到最后，机电局和邮政局两支队伍脱颖而出，同时进入冠军争夺战。由于中心工作开展得非常迅猛，总决赛还没响哨就紧急叫停。

看形势总决赛大概率是搞不成了，市体育委员会就趁机发了一份商调函，吴启军被正式调过去，成了市篮球队专业运动员。他的确有那个能力。

作为好朋友，我还特别替他高兴。至少他再也不必面对过河拆桥的宋玉香，更不可能同人面兽心的段一村碰面了。

小梅的事情就有点尴尬。

市体委觉得她条件相当好。虽然年龄偏大，专业水平却是出类拔萃，可以作为领队培养。本来也决定把她调入体委，一了解才知道她已经定了终身。她的对象徐士良在电机厂当工人，两地分居。考虑到将来总是一个负担，只好放弃了那个打算。

那天我碰见徐士良，发现他整个人都比以前瘦了一圈，脸色灰暗发黑，精神萎靡不振。我还以为他的身体出了什么毛病，赶紧跟他打听。

“士良，你怎么啦？没生病吧？”

“说不好，大概是心病吧？唉，哲民啊，真的不好意思跟你说。我徐士良居然这么无能，把爱人的前途都给耽搁了。”他连连摇头，“说句良心话，我宁可牺牲自己，也不愿意影响小梅的前途啊。唉，唉，这么窝囊，活着还有什么意思啊？还不如死了的好。”

“胡说些什么啊？”他这种话我已经听麻木了，“小梅怎么说？她自己有什么想法吗？”

徐士良半晌没作声，隔了一会儿，嘤嘤地哭了起来。

“哲民，我这样的男人，真的就那么没出息吗？”他很不理解，“我的确没什么值得骄傲的地方，可我把一颗心全交给她了。女人是怎么回事啊？她去市里之前，我每次都可以把她搞得神魂颠倒。未必小梅当时那心满意足的样子，是故意装给我看的？”

我顿时就觉得事情有点严重了。

“士良，你是不是觉得小梅的情感开小差了？”

“哲民，我的好兄弟啊，这话我只跟你一个人讲。情感真不真，只在床上分。以前她一抱住我就不肯松手，现在是怎么啦？总是催我快点，快点。她的心完全不在那上头了。天哪，把我心里搞得好虚，每次都像根烂香蕉，根本振作不起来。哲民，我该怎么办啊？像这样让她厌烦，我这一辈子还有什么意思啊？”

徐士良把话讲到了这个程度，我就听明白怎么回事了。不消说，江红梅已经被别的男人撬走了。那人是谁我也猜得到，应该就是吴启军。

想想这件事情也在所难免。同时抽调到局里，两个人一起训练，一起衣食住行，几乎是零距离接触。一个血气方刚，一个情窦已开，想不擦出火花都难。平心而论，要找个值得托付终身的男人，吴启军绝对比徐士良强，他们两人根本就不在一个级别。

何况吴启军的好事被他师傅一脚踹翻，面子绝对放不下来。有了江红梅在身边，解近渴不用远水。男女的事除非没有机会，遇上机会谁也不会礼让三分。一来二往，小梅的心被吴启军夺过去也是件顺理成章的事情。

徐士良痛彻心扉地跟我哭诉，那意思很清楚，他希望我找吴启军做做工作。看在老同学的分上，以怜悯之心高抬贵手，放小梅一马。不要继续做这件丧失天良的事情。

我毫不犹豫地答应了他，心里却半点把握都没有。

正琢磨着找个合适的时间跟吴启军问情况，一件非常凄惨的事情就发生了。

那天我刚刚开完炉，准备去职工澡堂洗澡，焊接车间的胡先胜一头闯进宿舍，拉着我就往门外走。

“杨哲民，出事故了。”他慌张得要命，“你赶紧去一下，可不得了啦！”

我赶紧问他什么事。他说，徐娘出了工伤事故，让冲压机给咬了。真的好惨，右手一下就轧掉了四个指头，只剩了一根大拇指。

这个消息听得我后悔不迭。

徐士良发生这样的事情，我应该早就预料得到，偏偏没有交代徐士良不要分散精力，不要胡思乱想。他那岗位属于高危工种，怎么就忘了提醒他呢？

一切都晚了。再想这些也于事无补，我骑上自行车就往职工二院飞奔。澡都没顾上洗。

那时候徐士良还躺在急诊室的病床上，脸色石灰一般苍白。两只死鱼一样的眼睛望着天花板，叫了他好几声都没回应。

我跑进医院办公室，问怎么还不给他接手指头。医生坦率地告诉我说，恐怕不行了。车间工人当时又没经验，没想到把断掉的手指头一起送过来。等找回来，再送过去做检验，那些断指早就失去活性。肌肉也完全坏死，再接的可能性已经不存在了。

好在不危及生命，徐士良也没有休克。医生说，先住院，如果没感染，过几天还是回单位去休养，每天过来换药就行。你们厂出这样的工伤事故太频繁，厂领导还是要做好安全生产的教育工作。把事故消灭在萌芽中，那才是最重要的。

医生后面几句话我听不进去。厂领导的事情也轮不上我去提醒。回到病房，安慰徐士良的话一句都想不出来，默默地坐在他病床前，一直陪到天色大亮。

二

我师傅当了一回技术带头人，工作积极性比以往更加高涨。

原本他上班就有早去晚归的习惯，那天他想起了一件要紧的事情，天还没怎么亮就往熔炉班那边赶。

从他住的地方走到翻砂车间，厂里那个钻石形状的大水塔是必经之地。师傅从那里经过的时候，漫不经心地朝塔顶上看了一眼，神经立刻就紧张起来。

后来我听他描述说，那天很奇怪。天都快要亮了，好大一轮月亮还挂在头顶上，就跟刚升起来没多久似的。

我师傅就是抬起头来看月亮的时候，看见水塔顶上蹲着一个人。那人在上头抱头痛哭，声音不大，却听得很清楚。

我师傅马上意识到了有人轻生，赶紧跑了过去。

他看不清楚上面是什么人，就仰起头喊话，好兄弟，天宽地阔，山高水长呢。再怎么看不透的事情，你站得那么高，也看透了。听我的话，坐那里不动，我这就上来接你，好不?

他说那么些话是为了拖延时间，一边喊话一边四处观察。

水塔脚下不远的地方有一块铺垫设备的泡沫海绵，跟床垫似的。我师傅就一个箭步跑过去拿那块海绵。

那人在上头看见我师傅想救他，就不再犹豫。他想死的愿望极其强烈，飞快绕到塔顶的另一边，撕心裂肺喊了声："娘啊！儿的手没了，爱人也没了！再也不能伺候您老人家了。我的娘啊！"

我师傅吓得心里发抖，拖过那块海绵就往那边跑。

只是已经来不及了。那人喊完话之后，身子往前一扑，就跟高台跳水一般往下跃。

师傅心慌意乱，飞快把海绵扔过去，还扔得很准。那人身体沉重地砸在海绵上，顿时弹起两米多高。再落下来的时候，就在地上翻了几个滚，然后仰面朝天，身子直抽搐。

这时候我师傅才认出来他是我的同学徐士良。师傅没能记住他的名字，但他深深地记得去年拿走过他两张五块的钞票。

师傅扑到他跟前，伸手去拉他，却看见徐士良渐渐停止了抽搐。嘴和鼻孔有鲜血正在往外涌，泉水一般。

"好同学，死不得啊。你挺起点，莫师傅这就送你到医院去。"

他托起徐士良的身体，一躬腰把他驮上肩，扛起来赶快往外跑。

好在没多远就有护厂队员开着电瓶车巡逻。一见那情景，赶紧用一副担架把徐士良送到了二医院。

急诊医生一看见那七窍流血的样子就慌了手脚。一大群人赶过来给他做检查，结论是内脏破裂，腹腔大量积血，心跳已经停止，瞳孔完全扩散。可怜的徐士良，他早就没有生命体征了。

我师傅一听那句话，当时就一屁股顿在地下，望着徐士良的尸体放声哭喊。

“同学啊，好同学，怪只怪莫师傅没本事，就在眼面前都没把你的命抢回来。”然后用手摸他的脸，“天哪！好同学啊，你是最大的好人啊！怎么就不给莫师傅一个机会啊？我还没有报答你呢好同学啊……”

徐士良自杀的消息我知道得比较晚。

出事前两个小时我就整完炉子回宿舍休息了，上午十点才有两位同学过来把我叫醒。匆忙赶到医院的时候，我们大部分同学早就守在太平间外头了。

我师傅一直在那里张罗。

他弯腰扛起徐士良的时候闪了椎间骨，走路都有点困难。看见我来了，他的眼睛又有些湿润。跟我谈经过的时候喉咙沙哑，几次都哽咽得说不出话来。

莫主席和冲压车间那位赵主任也赶了过来，还带来一辆大货车，准备把徐士良的遗体往殡仪馆送。

几个男同学抬着担架刚走出太平间，江红梅一下就扑过去，压在遗体上号啕大哭。

三四名女同学赶快上前劝她，小梅就站了起来。她问莫主席说：“怎么就往殡仪馆送？厂里就不给徐士良开个追悼会？”

莫主席说，追悼会可以开啊，殡仪馆里头有地方开呢。

小梅不同意，非得在电机厂职工大礼堂举行不可。她认为徐士良是因公殉职，厂里要负全部责任。还要发抚恤金。

“因公殉职还是算不上吧？”莫主席显得非常为难，“公安都出勘察报告了。死亡原因是自杀，这个结论怎么好改动呢？”

“那也不能这么匆忙，得等徐士良的家里来人。”

“这倒没问题，殡仪馆有冷藏棺木。”莫主席望着她，“你不是跟他很熟吗？都是衡州人。可不可以请你打电话通知他家人？”

小梅一口就拒绝了。

“我不行。他爸不在了，他妈的身体又不好。这么伤心的事情，我真的不敢跟她说。”

四车间的赵主任就站了出来。

“这件事情就交给我办吧，本来就应该由公家出面。徐士良是个好职工。不管怎么讲，他的死因跟工伤事故是有关系的。”她为人很干练，朝担架看了一眼，果断吩咐说，“大家帮帮忙，把徐士良同志护送到殡仪馆。追悼会是一定要开的，不给厂工会添麻烦，就由我们四车间安排。在厂门口贴个讣告，治丧委员会的主任，就写我赵吉芳的名字。莫主席你看呢？”

莫主席肯定有很多难言之隐，车间主任主动地承担下来，莫主席也被感动了。

“小赵，主任还是写我莫德龙的名字吧。我是工会主席，不管讲到哪里都不怕。”他信任地望着赵吉芳，话说得一点都不含糊，“具体事情就请四车间代劳。经费支出方面，有任何困难，都可以来厂工会找我。就这么办吧。”

当天晚上我把班上的工作调整了一下，然后又急忙赶到了殡仪馆。我和胡先胜几个人商量好了，今天晚上一整夜都要为徐士良守灵。

赵吉芳主任就像是一位操持家务的大姐姐。殡仪馆方面所有手续都是她去办好的，要不然，我们这些书呆子门道都摸不清。下午三点多钟，她就让四车间生活委员给每个班组发了通知，除了当班职工，其他人第二天上午十点之前全部赶到殡仪馆参加追悼会。

她还让车间文书骑车送来了一批小白花，率先取一朵戴在胸前。

前前后后一直忙到转钟两点，她才离开吊唁厅。

我师傅当时还不想走，劝了好久都不肯动。赵主任又回过去动员了半天，他才极不情愿地跟她一起离开了。

我理解师傅的心情。他对徐士良的感情绝对真实。离开之前，还特意走到棺材前，恭恭敬敬朝徐士良的遗体鞠了三个躬。

那以后，吊唁厅里就只留下了二十多人。其中绝大多数都是我们学校分配来的同学。

我不声不响地清点了一下人数，发现还有三个同学一直没到场。

姜红梅肯定没有办法赶过来了。谁都不知道该怎么通知她，她当然更不知道徐士良已经离开了人间。

其实我非常希望姜红梅能突然出现。

徐士良那天说我和姜红梅是天生的一对，有一对天生的情侣来为他送行，徐士良的灵魂将会收到一份特别的安慰。

宋玉香也没有来。知情的同学说，她和段一村结婚以后，跟厂里不辞而别，到江浙那边发财去了。

倒也好，在这种场合下，我最不愿意看见的人就是宋玉香。她要是出现在这儿，可能会唤起我对江红梅的歧视。两个人都朝秦暮楚，无情地甩掉了痴迷于自己的男人。

这种人我很鄙视。尽管她们都能够为绝情找到各自的理由。

三

赵吉芳主任和我师傅离开了将近一个小时，正当大家都昏昏欲睡的时候，吊唁厅大门外有自行车的声音传进来，把大家又搞清醒了。

接着就看见一条清瘦孤单的身影走了进来。

谁都不可能想到，走进来的那人是政工科长骆青涛。

我已经有很长时间没见过骆科长了，只知道中心工作推开之后，他们那个系统的人忙得飞起来一样。

骆青涛本来就面色苍白，一段时间不见，眼睛里头布满了红丝，令我飞快地想起了姜红梅。

我相信她没跟骆青涛同时回来，要不然她会第一时间赶到这里。

那她这会儿又在什么地方呢？她不会也是这种面色吧？不会也是满眼红丝吧？我真的为她担心。

我们所有的同学对骆科长的印象是不可磨灭的，培训的第一天他给我们留下的记忆至今不能忘记，也不敢忘记。

这个人的确不可亲近，却不知道为什么，骆青涛在这种场合突然出现，倒令我小有激动。仿佛还有某种期待。

其他同学大概都有这感觉，就赶快站起身来，默默看着骆科长。

凌晨时分，天气清冷，居然连个咳嗽的声音都没有。

骆科长没朝我们看，直接走到了徐士良遗体前。身体笔直，垂手肃立，然后一丝不苟地行了三个鞠躬礼。我注意到了，每次鞠躬他都停顿了三秒钟。那样的停顿格外有一种诚意。

在我们的注视下，骆青涛从右方走到徐士良身边，一边朝他的面容打量，一边绕行到他的左边。

我们都记得这位政工科长特别喜欢绕行。第一天在会议室培训的时候，他就绕着我们全体学员前后走了一大圈。人心惶惶的记忆，至今历历在目。

走到徐士良腰间位置，骆青涛站住了。他伸出一只手，轻轻地抚摸着徐士良的膝盖。

“徐士良同志，我刚回厂里有点事，不知道你这么匆忙就走了。你是个好工人，好同志。你的同学都很优秀，你就放心走吧。我还有其他任务，只能送你到这儿了。一路走好啊，徐士良同志。”

他说的每一个字都清晰地传到我们心里，大家都有点忍不住了。吊唁厅里先是有女同学抽泣，很快所有人都哭了起来。

这情景真有点说不清楚。骆科长还算不上厂级领导，他这几句话却引得满堂痛哭。这是一种反差，反差越大，分量越重。

一个深怀成见的人，连他都真诚地表示肯定，就说明徐士良的确优秀。

同时也证明，我们这一批工业大学分配来的青年男女，凭借着自己汗水与鲜血的付出，已经在人生的平台上站稳了脚跟。

四

凄凉的夜晚即将熬过去的时候，除了姜红梅和宋玉香之外，就只剩吴启军没到场了。

我觉得他不来也是明智的。徐士良的眼睛虽然永远不会睁开了，但我绝对相信，如果吴启军来了这儿，他一定能感觉得到。

不管怎么开脱，徐士良的轻生，与吴启军是有必然联系的。可以说，他就是压垮徐士良的最后那根稻草。

天快亮之前的那段时间是最黑暗的。就在那个时候，一辆吉普车亮着惨白的灯光开到吊唁厅外头停了下来。

最先反应过来的是江红梅。其他同学都困意浓浓撑不住了，唯有她一个人不停地看钟，像是在等待什么。

看见灯光，江红梅飞快地起身，箭直朝大门外头跑了出去。那辆吉普车是市体委单位上的公车，她在那里参加过集训，一听声音就能辨别出来。

其他同学惊醒过来，都不知道发生了什么事。

唯有我一个人心里明白，吴启军到底还是来了。

只是他进来得很不果断，不知道是不是在跟小梅商量什么事情。五分钟之后，才尾随在小梅身后走进了吊唁厅。

看见来人是吴启军，在场的同学顿时骚动起来。有人交头接耳，有人伸手指点，还有人朝地上吐唾沫。那情景顿时让我觉得自己太过迟愚。原以为吴启军跟小梅的事情只有我一个人知道，天晓得徐士良早就跟其他同学哭诉过了。

也许还不止同学，说不定车间主任赵吉芳都知道得一清二楚。

他实在太痛苦了，心里装不下伤心事。讲出来或许能稍有缓解，却不知道越讲越绝望，一直讲到恶性工伤事故的出现。

轧断了手指，就等于彻底轧断了徐士良生存的希望。

我想吴启军在这种情况下也是左右为难。过来吊唁徐士良，肯定会遭到同学的唾骂。不过来更不好，他本意并不想伤害徐士良。如今人都不在了，总得向徐士良表示一点歉意吧？

果然就是这样。吴启军到底是条汉子，他做出了最艰难的选择。

走进吊唁厅，吴启军没有急于去看徐士良。当时所有的同学都聚集在吊唁厅左角避风的地方。吴启军迟疑了一下，终于下定决心，转身朝那个角落走了过去。

那时候所有的同学都站起来了，各种目光都朝着他，绝大多数都是冷冰冰的。吴启军就站住了。

"各位同学，吴启军对不起你们了。"他首先表示的，竟然是对小梅的担心，"出了这样的事情，我完全没有想到。不管怎么说吧，我吴启军一人做事一人当，要打要骂，都冲我吴启军来。一点都不关小梅的事儿。拜托各位同学了。"

说完他就朝大家鞠躬，身体弯成九十度，半天没直起来。

小梅那会儿也转过身，跟着吴启军的节奏朝大家鞠躬。

接下来吴启军就有点过分。直起身子之后，他伸出右臂，一把将小梅搂在身边。

"小梅本来是个自由人，她完全可以在我和士良之间再做考虑，可现在晚了。士良已经走了。就算是我的责任，我有千不对万不对，小梅已经没有任何选择余地了。我不仅害了士良，还把小梅也一道给害了。"吴启军的声音有点哽咽，"各位学友，吴启军可以给大家磕头下跪，只求各位高抬贵手，再也不要谴责小梅了，行不？她又不能调市里去，今后还要跟各位长期相处。给一个机会，让我和小梅好好地报答各位，行不？"

他这番话说得也还算诚恳，我在旁边看见好些女同学都听得泪花在眼眶里旋转。也有男同学在相互对视，目光中多少还有几分赞许。

趁这机会，我把吴启军拉开，指了指徐士良的遗体，让他赶紧过去表达对士良的悼念。

吴启军是燕赵大汉，他有自己的悼念方式，走到徐士良遗体前，一言不发就三跪九磕。望着徐士良，将近一米九的身体笔直跪下去，地面都发出了声响。每次下跪和每次磕头他都一丝不苟，磕头的时候，他的前额绝对接触地面。九次磕头九次都有动静，一次比一次磕得更响。完成这个仪式再抬起头来，额头上几乎全是尘土。

他显然还有一些话要跟徐士良说，担心一时说不全面，就从衣兜里取出了一张小纸片。他相当重视，还写了提纲。

"徐士良，士良啊，是我，我是吴启军呢，你听得见吗？"他先朝眼前徐士良的遗体呼唤了声，才展开那张纸片。

"士良，我想跟你说几句话。你是我的好兄弟，我舍不得你走。你要不着急走，很多事情咱们都好商量。小梅是我们俩的好同学，可她也有自己选择的自由，这在法律上绝对是允许的。你可以把徐士良这个名字刻在她心上，我吴启军也是可以的。最后到底刻上谁，还得由小梅说了算。士良啊，好兄弟，你说是这个道理不？"

小梅就在旁边凄凉地哭了起来。

吴启军往小梅那边看了一眼，咳了一声，继续念稿子。

"士良，你知道不？我吴启军也喜欢过一个女孩，还为她担过风险，付出过很大的代价。可结果呢？人家眼睛都没眨一下就把哥给蹬了。人嘛，不就是这么回事吗？咱大老爷们，就为这个，还能把命都不要了吗？兄弟，不值啊。太不值了。"

我觉得他这几句话有点不靠谱。一回味，又觉得并不怎么离谱。他就是这么一个憨人，说话一直比较本色。

"好了，兄弟，有句话我必须跟你说。你要是听不见，这儿还有同学们听着呢，他们会替你监督我。"吴启军清了清嗓子，"兄弟啊，你是为小梅走的。我知道你有多心疼小梅。哥说句话搁这儿，我会努力做好应该做的事情，会让小梅过得越来越好。将来小梅要丢了我，吴启军绝无怨言，这是为了你。她要安心跟我，吴启军这一辈子绝不丢她，这也是为了你。”

他用力将那张纸片捏作一团，朝地下一扔，望着徐士良的遗体，放开嗓门大声说了最后一句话。

“士良，好兄弟，哥把小梅全安排好了。你就安心上路吧！”

第二十四章

一

职工二医院的位置在电机厂和我妈住的宿舍区之间，两头都有四五公里的距离。

我的身体非常好，没病没伤，却往那里去过多次。都是为别人的事。比如宋玉香，比如我师傅，还有徐士良。

还好，我妈没去过那儿。即便这样我心里也时刻担心着，一天也不敢放松。果然，送走徐士良一个月的样子，我妈终于扛不住胃部反复痉挛，住进了二医院。

医生说，得给她进行一个疗程的治疗。主要是通过动脉注射，用药物对胃部神经进行修复。不想让她老人家来回颠簸，我就给她办了住院手续。那里的条件也还不错，主要是饮食方面不用自己操心。流食半流食一应俱全，对她身体的恢复有独特的优势。

上午把我妈送到医院安排好，下午回到车间参加开炉。六点多钟才下班，匆匆洗了个澡。担心我妈第一天住院不太习惯，又蹬上自行车赶到了住院部。

推开病房，就看见一名女子坐在床沿上服侍我妈吃米粥。我心里一阵狂喜，根本不用仔细看，她肯定是姜红梅。

我妈看见我来了，就让姜红梅把碗端开，说已经吃好了。

姜红梅回头看见我，一开口就埋怨我说："妈住院了，你怎么也不告诉我一声啊？"

我本想反问一句怎么告诉你啊，都不知道上哪儿找你呢。话都到嘴边上了，又吞了回去。我注意到姜红梅改了发型。大概是太忙的原因，原来一头的短发变长了很多，就用橡皮筋扎了两根往下垂的小辫子。这种发型非常流行，有一种积极向上的革命精神。

我觉得她扎辫子也非常好看，主要是一张脸生得清秀端庄，搭配什么发型都有一种与众不同的气质。

然后我才问她："你怎么知道妈住院了？"

"一看家里没人，赶紧跟邻居打听，要不然我哪知道？"

我妈也说："梅子跟着就赶过来了，到这会儿晚饭都没吃呢。"

"是吗？"我看着姜红梅，"我刚开完炉，也没吃晚饭。要不，咱们找个地方一起吃？"

"还用问？"我妈瞪了我一眼，"赶紧带梅子去啊。"

姜红梅有点不放心，朝病房里面来回打量。

"吃饭倒不急。妈，您这儿还有什么事要安排吗？"

我妈连连摆手。

"没什么事，医生护士随喊随到，很方便。你们赶紧去吧，再晚饭馆都关门了。"

这次我没带姜红梅去那家上海味道的小餐馆。

那是徐士良和小梅带我去过的地方，我担心触景生情，就临时找了另一家。

当时姜红梅就觉得不对。

"这不是上次那家吧？"她看了我一眼，"我知道，你是不愿意面对徐士良的结局。"

"那当然。士良还年轻，婚都没有结就去世了。"我叹息了声，"他是一个缺乏自信心的人，经受不起那种打击。"

“你呢？”姜红梅忽然盯着我，“你经受得起吗？”

我听得一愣。

“梅子，为什么这样问？”

“没别的意思。我只是想知道，你的内心强大到了什么程度。”她好像没有多少开玩笑的成分，“万一也遇上了同样的事情，你能够经受住那种打击吗？”

这话顿时让我很敏感。

“梅子，你是在暗示什么吗？”

她居然没有断然否定，暗自思量了一下，然后轻轻地摇了摇头。

“唉，怎么可能？即使你经受得住，我恐怕早就崩溃了。”

这顿饭我们只点了简单的蔬菜和一份鸡蛋汤，两人很默契，都不愿意把时间浪费在吃饱肚子上头。

饭后我们又去厂后面那块蔬菜地走了一大圈。那也是两个人不约而同想到的。

那个看守瓜果的小棚子不知什么时候拆除了，顿时便产生了一种陌生的感觉。

“我们前几次来过的，是这个地方吗？”姜红梅不禁问了声。

“那不重要。”我望着她，“只要陪在身边的人，还是原来那个，就足够了。”

“什么意思？”她站住了，“你在抱怨我？”

“梅子，你扎两条辫子，变化真的大。”我岔开话题，伸手抚摸她前额梳得很整齐的刘海，“怎么看怎么漂亮。”

她也笑了一下，笑得有点勉强。

“我相信这是你的心里话，可我觉得，你心里还有很多话。”她的目光很敏锐，“还有比这更想说的话。”

我琢磨了一下，便点了点头。

“梅子，我真的想问一句，”我盯住她的眼睛，“在你心目中，杨哲民还是杨哲民吗？”

她竟然避开了我的目光。

我看出来了，她心里正承受着某种压力。

“哲民，我理解你的担忧。几个月时间没见面，我也很担忧。”她站住了，“我知道你对我的感情，也知道你无条件地信任我。我真的不应该忽略你，可我又毫无办法。哲民，我对不起你。”

我不想往下听，赶紧打断了她。

“梅子，别这么说，我知道你的工作性质。”我抓住了她的手，“没关系的，梅子，该干什么你就干什么。都到这种程度了，我还能不信任你吗？”

“可问题是，我都不知道自己还值不值得你信任。”她抬头望着我的眼睛，“我不喜欢身不由己的感觉，你懂这意思吗？”

我不太懂，却又不是不懂。不管是顺着她的思路，还是依照我的推测，我都不愿意往下想，毕竟姜红梅眼下就在我身边。

我觉得继续往前走比较好，就把手伸出去，想搂住她的腰。

姜红梅也在想自己的心事，我的手刚接触到她的身体，竟然把她吓了一跳。

“啊？干吗？”她蓦地转过头来，一脸的惊惶。

“梅子，你怎么啦？”我赶紧说，“不行吗？是我呢。”

“是，当然是你。”姜红梅眼睛里头似乎有一种苦涩，“对不起，我在想别的事儿。”

“看出来了。”我心里有点酸楚的滋味，“梅子，你累了。”

她默默地点了一下头，然后痴痴地望着我。眼看泪水就要涌出来的时候，她忽然扑过来，紧紧地抱住了我。

“哲民，对不起，真的对不起。”她喃喃地说，“带我走，哲民，我现在就跟你走，去哪儿都行。”

“好，梅子。”我朝黑暗中看了一眼，“去我妈家，那里没人。”

“别，还是去我宿舍，那儿有我们自己的床。”她说。

我有点犹豫。

“梅子，回你宿舍，要有人看见呢？”

她非常固执。

“不管，就是要让人看见。真的不管了，去吧哲民，我们大大方方，手牵手一起走。听我的，现在就去。”

进厂门的时候，姜红梅又有点犹豫不决。

“哲民，还是不好。我先进去，十分钟后你再到我宿舍来。”

我朝马路看了一眼，灯光明亮，空无一人。

“行，听你的。”

姜红梅完全平静下来了。

“咱们还是正常一点，你觉得呢？”

“当然。”我表示赞同，“你先去吧。我一会儿就来。”

二

女宿舍那边非常安静，大部分窗户都没有灯光。

大约过了十五分钟我才走过去。我注意朝四周观察了一眼，左右没人，前面也没有。

伸手推姜红梅的房门之前，我还回头看了一眼，同样没看见人，却发现拐角处好像有一条影子。

我觉得很快闪进宿舍去反而有点心虚的样子，就大大方方地站在门口等了一下。看来只是我的幻觉，什么影子都没有。

姜红梅感觉到我在门外，也发现了我的踟蹰不前。

她拉开房门，把我让进房间，问我怎么半天还不进来。我讲不出理由，用一句玩笑话岔开了。

“没事，只来过一次，不敢确定是不是这一间。万一走错了房间呢？哈。”

“不怕，其他房间你也进不去。左邻右舍都没住人呢。”她微笑着把房门关上了。

屋子里跟上次不一样，顶上的大灯没关。她回过身去给我沏茶，我看见她连外套都没有脱下。如果这时候我想一把火烧了她，恐怕是点不着的。那就先陪她聊天，聊到哪算哪。一切顺其自然，水到渠成的时候再说吧。

姜红梅把茶水放到我面前，一开口就问起了一件我最不愿意说的事情。

“对了，哲民，你的那项技术革新搞得怎么样了？就是上次你谈到过的炉膛改造。应该快搞完了吧？”

“嗨，别提炉膛了。”我连连摇头，把前后经过都告诉了她。

“怎么会这样？”姜红梅的吃惊程度令我感到意外，“你把革新成果让给莫师傅了？是你自愿的吗？”

“是的，我觉得那不重要。”

“不重要吗？”她脸色都变了，“我的建议，你觉得不重要？”

“梅子，不是这样的。”我一时解释不清楚，“机会有的是，我还有几个更重大的革新项目呢。总有一天，我会让你感到骄傲的。”

“怎么没听明白？我说过，你得给我说话的资本，越快越好。”她心情很急迫，“你怎么就没有一点危机感啊？”

“危机感？”我有点难以理解，“我遇到危机了吗？”

姜红梅张了一下嘴，好像吞回去了一句什么话。

“哲民，有些话我现在还说不好，可你应该看得出来啊。我心里很着急知道吗？我急于说服一些人，想争取他们认可你。这一番苦心都是为了你。怎么就不配合我呢？”

她这么一说，我才意识到问题有点严重。什么情况下姜红梅才会这样着急？她需要去说服什么人？

很显然，除了我之外，她面前还有另外一个人。她急于在两个人之间做出选择。

她问我怎么不明白，其实我是不想太明白。我真的很惶惑。心里一直怀疑她还有别的人，又一直寄希望于那不是真的。危机感三个字都说出来了，真实性已经无可置疑。

难怪她一进小餐馆就问我能不能经受徐士良那样的打击。为什么那样问？显而易见，姜红梅离开我的时限已经迫近了。

好在还没发生，姜红梅眼下还只认定我。否则她不会主动去照看我妈，也不会逼着我赶快做出成就来。

但是她正在犹豫彷徨。

有一股力量迫使她远离我，那不是她自己的意愿。姜红梅明确地表白过，她不喜欢身不由己的感觉。

她正拼尽全力苦苦挣扎，为的是游回我的身边。我必须给她足够的信任，才能坚定她游回来的信心。

“梅子，我真的很感谢你。”我的话相当诚恳，“你说的意思我都明白。不管结果怎么样，我杨哲民绝对配合你往前走。谋事在人成事在天，能不能走到头并不重要，重要的是我们手牵手走过了。”

姜红梅心里明显地踏实了不少。

“哲民，没必要说得那么悲壮。”仿佛是为了减压，她笑了笑，“我的命运，不会掌握在别人手里，这一点你必须信任我。”

“没说的，梅子。”我伸过手去，抓住了她的手，“因为信任你，我就想知道那个人是谁。纯粹出于好奇。”我很友善地看着她，“可以满足我的好奇心吗？”

她看见我那样子，忍不住扑哧一笑。

“那我还得请示一下。”

“请示谁？”我也笑了笑，“不会是骆科长吧？”

她还是笑，没做肯定也没有否定。

“梅子，那就别请示了，怎么好就怎么做吧。”我跟下赌注似的说了句，“无论那人是谁，我都不会在意的。”

“是吗？”姜红梅很重视这句话，“你居然不在意？”

“当然，其他人算不得什么。”我站起来，一把将她搂在怀里，“我只在意我的梅子。”

三

其实很多事情不在意是不可能的。

那天晚上我和姜红梅躺在床上的感觉，跟第一次相比，无论怎样调整都很难抵达至善至美的地步。

当然那只是我自己的感受。姜红梅甚至比上次还要疯狂。我觉得她那激情是抵命发泄出来的，夹带着强烈的忏悔。她在我滚烫的躯体下面不断升温，我那沸腾的精血，助燃剂一般点燃了她。

只有我自己知道，激情勃发那一刻，我的心正在流泪。

我刻骨铭心地记得，上一次她身体燃烧的时候，说了句以命相许的话，她说她想怀孕。这次再回想起她那句话，我幡然醒悟。她那个时候就已经有了另外的人。

她并不喜欢那个人，于是希望采取怀孕的方式予以拒绝。她真是那样想的，当时她就没有采取任何一种防范措施。正如掷骰子一样，怀上了就认了。

可这次全然不同。她在床头柜的小抽屉里藏了一盒避孕套，严防死守那道关口。必须事先使用，毫无价钱可讲。

我并不反对这种小心谨慎的做法，却意识到这个变化很能够说明问题。如果说上次她心里的天平沉向我这头，这一次显然就是个问号了。

然后她疲软地依偎在我身上。她的热潮逐渐退落，心里却充实了很多。

“哲民，还记得上次回家，我妈叫了个青年军官到家里来吗?”她望着我，“他们医院的那个副政委。”

“当然，我记得。他还是你妈一手培养的呢。”我其实并不担心那位军官，“你说的另外一个人，不会是他吧?”

“怎么可能?”姜红梅轻轻一笑，“我只是告诉你，我妈一直在为我张罗对象的事儿。前段时间，我妈又托人给物色了一个。”

“还是在福建那边吗?”

“不是，就在我们市里。”她顿了一下，“这一次，她是托我爸的那个老部下给介绍的。”

“是吗?这么说，给你介绍的对象，层次也不会低嘛。”我不禁自我揶揄了句，“这下我就惨了。介绍人是领导干部，满意的是你母亲。我就跟一个田径领跑员似的，陪到今天，也该退出跑道了。”

“你敢。”姜红梅戳了一下我的鼻尖，“只要我一天不离开跑道，你就得一直陪着我跑到底。”

“那没问题，我本来就是为了陪你而生的。”我故意把自己放得很低，“万一不行，提前告诉我一声就好。放心，我是有信仰的人，绝不会走徐娘那条路。”

姜红梅捂着嘴哧哧地笑。

“我喜欢你这不拐弯的死心眼。”然后她认真地说，“哲民，今天晚上我心里格外轻松，知道为什么吗?”

“知道，包袱卸下了。”我当然心如明镜，“终于把心里憋着不好跟我说的话，全都说出来了。”

“而且你给我的鼓励，比我想象的还要多。”

“我给过你鼓励了?”我回想了一下，“你真这么认为?”

“哲民，你还有很多事情并不知道，但是你不去追问，你能容忍我去面对一些复杂的局面，难道这不是最大的鼓励吗?”

我便点了点头，十分平静地望着她笑了一下。

我不觉得这是对她的鼓励，充其量只是一种无奈之举。姜红梅如果把这看作一种鼓励，那也未尝不可。

说不定我这种淡然处之的态度，反而还能收到意外的效果。

不管怎么说，鼓励也好，无奈之举也罢，归根结底还是一种信任。这一点姜红梅早就深有体会。

那天晚上谈得非常惬意，分手的时候，我们还约定要坚定信念。

她说，你有你的革新，我有我的工作，别老想着见面。我也说，对，把思念埋在心底。就跟酿酒似的，时间越长，品质越纯正。

说是这么说，刚离开她宿舍我就开始想她，牵肠挂肚地想。

尤其没有意料到，这一想就是大半年时间。

寒冬过后春暖花开，姜红梅一点消息都没有。一直熬到骄阳酷暑三伏天，我的自信心已经逐渐固化。

形势变化太快，无暇儿女情长，个人思绪便掩盖得更深了。

第二十五章

一

又到了一天开一炉的日子。

不知道是天气反常还是其他的原因，今年的三伏天格外炎热。

这边跟北方天气不一样，越是炎热，湿度越大。汗水把溽热紧紧地裹在身上，那种要命的感觉，恨不得剥去一层皮才好。

那天清早，我师傅通知每个人都要去熔炉班开会，不论是上白班还是上夜班，任何人都不能缺席。他的工作平时就做得很周密，强调了一次又一次。

开什么会他又不肯讲，对我都没透露一句，搞得神秘兮兮，大家就意识到那不是一场普通的班会。

师傅第一个到场，我是第五个。穿过翻砂工段的时候，我远远就看见班上放了一圈小板凳，已经有四个人坐在那儿了。除了我师傅，阳华生厂长也在那儿。

师傅的左手边是陈元千。右边的那位男子看上去非常眼熟，一时又想不起来他是谁。

那人见我走过来，很平稳地朝我点点头，什么话都没说。

我心里暗自一惊，他不就是机电局那位鲁昌顺局长吗?

幸亏我的嗅觉比较灵敏，从他们的脸色看出了异样。这种场合可不能套近乎，我就装作不认识，找一只小板凳坐下了。

上班铃响过之后，熔炉班所有师徒都在小板凳上围坐成一个圈。我师傅那天显得十分威严，环视一周，用硬邦邦的语气朝阳厂长说："厂长，就这些人了。可以开始了。"

阳厂长连连点头。"好的，好的。"然后他用询问的目光朝鲁昌顺望了一眼，鲁昌顺赶紧点头表示同意，阳厂长就发言了。

"熔炉班的各位师傅，今天到你们班上来，是有个重要的任务要交给你们。"他指了指鲁昌顺，"先认识一下，今天到我们班来的这位同志，他叫鲁昌顺……"

我师傅马上插话，声音提得很高。

"他是机电局的局长。以前的，现在不是了。"然后望着阳厂长，"你接着讲，阳厂长。"

阳华生的话被打断，想了想才把话找回来。

"莫班长讲的没错。鲁昌顺同志是局里下放到我们厂来接受工人阶级再教育的。"他斟酌了一下词句，"是这么回事，按照上级的指示，领导干部都需要接受工人阶级再教育，必须到基层去参加劳动……"

我师傅又一次不客气地打断了他。

"而且要到最苦最累的地方。"他摆了摆手，"阳厂长，你再接着讲。"

阳华生明显地不高兴了。

"是的。从明天起，我也要到锻工车间参加劳动，这是很有必要的。在机关待久了，思想感情多多少少都会发生变化。工人阶级才是领导阶级，要跟工人群众同吃同住同劳动，用劳动和汗水让自己脱胎换骨，努力成为一个合格的好干部。"

看得出来他不情愿继续主持这个班会，说完这番话就不再作声。陈元干那会儿也不知道该怎么办，气氛就僵住了。

鲁昌顺觉得这时候不说点什么也不好。既然没人主持，他就坐正身子，主动地朝大家打了个招呼。

“莫班长，班上的各位师傅，刚才阳华生同志已经把主要意思都跟大家传达了，我们非常拥护领导干部接受工人阶级再教育的英明决定。从现在起，我就是你们熔炉班的一名普通成员了。”他朝在座的师徒看了一眼，心里很受鼓舞，“咱们这个班非常威武啊，兵强马壮，生机勃勃。好，我很幸运。别看我个子不如你们高大，体力方面，我也是很强硬的。我不懂技术，以后班上有出力的活儿都交给我做。就跟莫班长说的那样，最苦最累的活儿，尽管交给我。请各位师傅严格监督。”

几个师兄当时就想鼓掌，一看气氛不对，又收回了。

这时候陈元干就充当了临时主持人。

“莫班长，”他望着我师傅，“您也讲几句吧？”

“好，讲几句就讲几句。”我师傅朝几位师兄看了一眼，话说得很生硬，“这件事情，厂领导是专门做了布置的。既然要搞再教育，那就要有个再教育的样子。我们班从今天起，做事要更加过硬。团结紧张严肃嘛，互相不准开玩笑。活泼也要讲，那放到最后。你们几个都听清楚没有？”

说这话的时候，他的眼睛总是看着鲁昌顺，师兄们就不知道他在问谁。又不敢不答应，就锣齐鼓不齐地应了声。

“已经不是局长了，要怎么称呼他呢？”师傅这才望着我们，“我专门请示过领导，他们说，叫老鲁就行。”他扭头看着鲁昌顺，“你自己觉得呢？这么叫要得不？”

鲁昌顺赶紧说：“当然，叫我老鲁最好。”

“也不是最好，”我师傅似乎早考虑好了，“既然跟工人群众打成一片，那就按我们的喊。老张老李都显得生分，叫张家的李家的才亲切。从现在起，我们都喊你鲁家的，要得不？”

鲁昌顺听得笑了：“好啊。这称呼，我还是头一次听见呢。”

我师傅却没有笑。

“头一次的事情，那还多得很呢。你切莫把我们熔炉班的事情看淡了。还讲你身体强硬，我告诉你，鲁家的，莫以为当炉工舒服，锅都是铁打的，晓得不？我会按领导要求分配你任务。鲁家的，你要能坚持一个星期，那就算你狠。”

这时候我就看见阳厂长朝鲁昌顺看了一眼。

鲁昌顺明显地有点不自在。望着我师傅，一句话都不说。上次在机电局我跟他吃过饭，以我当时的感觉，他不是忍气吞声的性格。

当然，时过境迁，这一次，他只能忍耐。当领导的人，涵养是很重要的。

接下来师傅的话匣子就打开了。

他做足了准备，从忆苦思甜开始讲起。回忆起旧社会穷人没衣穿也没饭吃，他是怎样走村串户去讨米要饭。

上次莫主席讲的那个细节，他自己描述得更加生动鲜活。说他提早半个钟头躲在人家厨房外头，听见人家怎么烧锅搁油，怎么下锅烩肉。一个多小时红烧肉出了锅，他闻得腿都直不起来了。那次是他好多年第一次闻到肉香。翻身做主人以后，凡是家里烧肉，他就要给儿女讲过去的事情，让他们不要忘本。要艰苦奋斗努力学习，把国家建设得更强大。绝不能再受二遍罪，再吃二茬苦。

那次的班会开了足足两个小时，效果还挺不错。

陈元干给鲁昌顺准备了一套崭新的工作服，一散会他就换上了。师傅交给鲁昌顺的任务只有两项，白天让他参加备生料，晚上开完炉，他负责出炉渣。

“其他事情都是技术活，你干不了的。”师傅吩咐说，“能做好这两件事情，就算是给社会主义建设添砖加瓦了。”

梁师兄转过背朝二师兄吐了一下舌头。

那意思是告诉我们，师傅这是要对鲁局长下真功夫了。

二

那一周正好轮到我修整炉子，就特意提早去了车间。

师傅一直在那儿等着我。他把我拉到一边，非常认真地告诫说：“民儿，这是政治任务，晓得不？你现在是党小组长，思想上一定要划清界限。要给全班工人带一个好头，帮助鲁家的改造思想。不管怎么讲，这对他本人也是一件大好事，晓得不？”

他说了句要划清界限，我心里还想了一下是不是在警醒我，又觉得不太像。师傅应该不知道我跟鲁局长吃饭的事。

只是有一件事情我还没想明白，师傅几次说到厂领导做过交代，当时阳华生厂长不也在会上吗？难道厂领导已经不包括他了？

“你怎么不关心国家大事呢？”师傅听我这么问，就批评我说，“现在电机厂是莫主席管事。工人阶级领导一切，知道不？”

我觉得这个话题很严肃，赶紧在心里头琢磨了一下。

“那，莫主席具体有些什么要求呢？”

“最大要求就是紧跟革命形势，思想改造是不打折扣的。晓得不？”师傅其实很信任我，“莫主席说，这个姓鲁的本质是好的，只是毛病太多。年轻气盛，尽搞一言堂，平时又看老同志不起。都是资产阶级思想作怪，要狠些改造。听明白了不？不痛不痒是没有用的，那反而会害了他。”

我好像想明白了，师傅那是为了严格落实任务。他把熔炉班劳动强度最大的工作全都压在老鲁头上，是担心他感觉不到痛痒。

“民儿，有句话只跟你一个人讲。”那句话他到底没忍住，“去年选劳模的事，你真以为只是为几块钱？这里头复杂得很呢。当然啰，我个人的事，再大也是小事。思想改造，再小都是大事。”

听师傅这么一说，我又觉得这里头还有那么一点复杂性。

莫主席总在怀疑去年评劳模的事。他心里分析，师傅的劳模资格像是机电局领导给刷掉的，所以就埋怨老鲁搞一言堂。莫主席懂套路，觉得那天验收之后骆青涛去到市里，他不可能直接找市领导。一切都得按程序来。以骆科长那级别，只能先去机电局跟鲁昌顺报告。

我觉得那是莫主席搞误会了。跟鲁局长吃饭的时候，骆青涛还跟他谈到过我师傅。我在边上听得清清楚楚，鲁昌顺对我师傅反倒是特别关心，他还着重提出革命就是解放生产力。我敢肯定，那些话都是发自内心的。

“民儿，你怎么不作声？”师傅望着我那犹豫的样子，就把语气加强了，“心里软不得的，啊？不是讲要脱胎换骨吗？”他交代说，“其他你也莫问，照师傅讲的做就好。”

话讲到这个程度，我再问也有点不合适，就点了点头。

三

开完炉的车间已经空无一人。

走进去的时候，满车间尘埃，跟没有打扫过的战场似的，东一处西一处地冒着白烟。

鲁昌顺早早就在冲天炉前等候我了。他大概还没适应新的身份，背着手打量冲天炉的样子，仍然像一名领导干部。

看见我走过来，他转过身望着我，目光中充满友善。

“小杨吧？上次吃饭忘了问你的名字，你叫杨什么？”

“杨哲民，”其实那天郑总和骆科长告诉过他。一个当局长的，当然记不住一个小青工的名字，“哲学的哲，人民的民。”我回答得很清晰。

“这名字好，哲民，很有文化底蕴。”他又问，“我记得你当时在搞技术革新？还专门过去请教郑总？”

听他这么问我就有点感动了，鲁局长到底还记得我。

“是的，当时的确有那么点想法。”

“有想法就好。尤其你们这些青年知识分子，在基层工作，比较切合实际。”他不想让我以为在拖延时间，“先不说这些了。今天是我第一次清理炉渣，什么都不会。该怎么做，你教我吧。”

“好的。”我对他很有好感，“要不我称呼您老鲁吧。”

“都行啊。”他笑了笑，“叫鲁家的也不错，蛮亲切的。”

“白班您参加备料了？”我看他那样子一点都不显得疲倦，就问了声，“砸铁锭，劳动强度很大吧？”

“还真是。今天干得猛了点，胳膊有点酸疼。没事，过两天就会习惯的。”他并不在意劳动强度，情绪好像还很高，“小杨，清理炉渣是怎么回事？具体有些什么要求，你先给我讲解一下，正好我还多学一门手艺呢。哈。”

我特别欣赏老鲁这种不畏艰难，乐观向上的积极态度。砸铁锭是白班的事儿，出炉渣属于晚班的工作，平时一个人不会在同一天完成这两件事情。偏偏我师傅对于改造思想的任务格外上心，特意把白班和晚班两件最累最脏的活儿摘出来，叠在一起分配给了鲁昌顺。我来熔炉班快三年了，这种苦上加苦的活儿，还从没看见有谁干过。

老鲁当然不明白这些情况，还干得挺来劲。也许他觉得砸铁锭是最累的，挺过来之后，以为清理炉渣会轻松很多。其实完全想错了。跳到滚热的炉坑里清理炉渣，那才是熔炉班最辛苦的事情。跟这件事相比，备生料砸铁锭反而要自在很多。

“怎么样？”鲁昌顺兴致勃勃地望着我，“开始讲解吧？”

“行啊。”我把挖锄和簸箕拿过来，“用不着讲解，我跟您一起干就是了。咱们先出炉渣，一边干一边说。”

“炉渣在哪儿？”他朝周围打量了几眼。

“在炉坑里呢。”我指了一下身后。

鲁昌顺回过身，仔细看了好几眼。

“炉坑呢？”他又问了句，“炉坑在哪儿？怎么没看见？”

我觉得奇怪。那么大个炉坑，怎么就没看见呢？赶紧走到冲天炉跟前，一看那景象我就叫苦不迭。

冲天炉架设在地平面，正下方挖出一道长槽，三米长一米五宽，人跳下去齐脖子深，那就是炉坑。每次开完炉，冲天炉里总有些剩余的渣料。又不能存放在炉膛里头，炉工们就用一条五米多长的钢钩，拉警报一样把其他人吆喝走，然后将炉底的垫板猛力拉开，让炉膛里的余料全部垮进炉坑。习惯的说法叫作“垮炉”。

那情景有点像定向爆破。渣土四散，烟尘漫天，所有的人避之唯恐不及。

按道理说，我们要根据翻砂工段那边的砂型数量准确掌握投料的多少。砂型浇注完毕，炉膛里的余料应该剩不了太多。垮下来的炉渣一般都不到炉坑的三分之一。

这方面我师傅是个顶级高手，他对投料掌握得相当精准。有时候垮完炉，余料连炉坑的底部都盖不完全。这种效果一般很难得达到。当晚负责清渣的师兄，遇上这种情况就会高兴得手舞足蹈。

炉渣越少，工作量越小，当然是件值得高兴的事情。

但是今天就完全不是那么回事了。垮炉之后，倾泻在炉坑里头的剩渣余料，几乎堆了满满一炉坑。

难怪鲁昌顺没有找到炉坑在哪儿，偌大一个坑，差不多被炉渣填平了。

我当然作不得声。心里明白那是我师傅有意为之，还绝对不敢让鲁昌顺知道。毕竟我师傅跟他又无冤无仇，他只是在贯彻执行上面布置的任务，贯彻得非常用心。

觉得有点对不起鲁昌顺，我就拿着挖锄跳进炉坑，用簸箕盛里面的炉渣。当时炉渣还没有完全冷却，我担心老鲁受不了那里面的温度。鲁昌顺非常主动，说了几次让他来挖，我都没有答应。

“您就在上头接簸箕，倒在炉坑两边就行。”我吩咐他说，“炉渣太多了，您得多拿两只簸箕过来。”

那满满一坑炉渣，挖得我头昏眼花，心里真是服了我师傅。光是从那炉坑里头把炉渣弄出来，我和鲁昌顺就花了整整两个小时。

不仅是量大，垮下去的炉渣成分还极其复杂。有烧完的焦煤渣，也有没烧完的焦炭，还有各种各样的辅料。麻烦最大的是那些铁块，有的熔化开了，有的没熔化开。还有很多半熔化半没熔化，结成张牙舞爪的模样，提一提，比好几条大铁锭还重。

鲁昌顺跳下去左右摇了半天，根本就没办法弄上来。不是这边绊住了炉槽，就是那边牵扯着炉坑。

我赶紧拖过一柄大铁锤递给他。

“老鲁，使锤子。先把它砸成小块，要不然没办法把它弄上来。”

炉坑比较狭窄，鲁昌顺的大锤又施展不开，我就找一把小锤跳了下去。两个人又是敲打又是翻转，手上的皮都磨破了。

“好家伙，”鲁昌顺汗流浃背，笑着说，“要是没有小杨帮忙，我一个人五个钟头都清不完呢。”他望着清理干净的炉坑，“还要攀上攀下，哈，佩服你们炉工。铁打的汉子啊。”

“您要休息一下吗？”我指了指窗户那边，那儿有一个搪瓷桶，“我的茶缸子在那儿，每天都消过毒的。”

老鲁一点都不见外，走过去拿起我的茶缸子，一连喝了三杯。

他还非常幽默，走回来的时候，看见炉坑两边清出来的炉渣堆成了两座小山包，就让我猜他是什么地方的人。

他跟我一样，不是本地口音。我却见识不广，没能猜出来。

“那你看看这两堆炉渣，猜到了吗？”他指了指那两堆炉渣。

我还是猜不出，不知道那炉渣象征着什么。

“双峰。”他笑着说，“听说过吗？我是湖南双峰县的。当兵出去十多年了。你看看，像我老家的地标吗？”

“哈，可不就是双峰吗？还真有这么个地名啊？”我听得很愉快，

“意外之喜。今天我长见识了。”

鲁昌顺看了看钟：“哟，别说了。下面我该干什么？”

“清渣。”我告诉他说，“刚才咱俩那叫出渣。”

“是的，明白了。”他看着那两堆炉渣，“清渣有什么要求？”

“主要是分门别类。”我随手从渣堆里头拿过几坨铁块，“您看，这是生铁渣，大的小的都得回收。”然后又拣出一些没烧完的焦炭，“这些焦炭，也是要回收的。”

鲁昌顺非常认真，一边听一边看。

“有具体要求吗？”他问了句，“我是说体积大小。”

“当然有。黄豆大以上的铁块，拇指大以上的焦炭，必须全部挑选出来，一颗都不能遗漏。”我告诉他说，“我师傅的要求更加严格，挑剩下的炉渣，最后还要用钢丝筛子全部过一遍。”

“他是对的。”鲁昌顺称赞说，“老工人对国家财产，看得比自己家老婆孩子还重。”

“老鲁您说得对。尤其我师傅，心里头只有熔炉班。一忙起来，吃饭都不回去。我师母拿他没办法，只好把饭送到车间。”

仿佛想让鲁局长加深对师傅的良好印象，我就故意点了一下他的爱厂如家。

“真不容易。”老鲁说，“我早就看过莫师傅的先进材料，听你这么一说，感受更深刻了。”然后问我，“清完渣呢？下一步？”

“把炉渣清完，炉子里面的温度也降得差不多了。”我把那过程讲解完，自己都觉得很累，“那时候您就下班休息。剩下的工作叫修整炉膛，那是属于我干的活儿。”

老鲁竟然来了兴趣，赶快问一句：“修整炉膛的技术含量很高吗？”

“当然，这是熔炼技术里头比较关键的一个部分。炉膛修整得好不好，直接关系到下次开炉的铁水质量。”我有点小得意，“上次去局里找郑总请教，我就是想改造一下炉膛。还算幸运，经过技术革新，现在的炉膛跟以前就完全不是一回事了。”

“是不是啊？”老鲁高兴地望着我，“就是说，这炉膛技术革新成果，是你弄出来的？”

这句话问得我心里很恼火。

“啊，全班人的共同努力吧。”我很不情愿地补充了句，“好像我师傅是带头人。”

“他是班长，带头人算在班长身上也不奇怪。”鲁昌顺心里很明白，便轻轻一笑，“干得好啊，杨哲民，这叫长江后浪推前浪。世界是我们的，也是你们的，但是归根结底是你们的。这是伟大领袖对我们的教导。这句话，我们要牢牢记在心里。”

“是啊，我会记住的。谢谢老鲁。”

“那，杨哲民，”他忽然提了个要求，“清完炉渣，我可以留下来跟你学习修整炉膛吗？”

“哟，那怎么行？”我脱口拒绝，又赶紧解释了句，“我没别的意思。又是白班，又是晚班，您的身体怎么受得了？”

“你是说这个？好办。”他劲头十足，“大炼钢铁那会儿，我曾经五天五夜没合眼。哈，怎么样？收我这个徒弟不？”

我特别喜欢他这样的性格，尤其喜欢跟他聊天。

“行啊老鲁，”我爽朗地答应了，“那我先跟你一起清渣吧，正好你是第一次，我还可以教教你怎么操作。”

“这多好？哈。”他兴致很高，“咱们说好了。清完渣，你再教我修整炉膛。时间不能白费。既然来了趟电机厂，走的时候我得带一门技术回去。绝不空手而归。”

跟老鲁聊天特别有意思。这人非常耿直，什么话都跟我说。我们一边干活一边聊，时间就过得飞快。

其实他对机电工业不算陌生，曾经在舰艇上干过轮机长，后来还当过驱逐舰副舰长。

转业的时候，市委组织部门点名把他要了回来。机电局缺少他这种政治可靠又有专业知识的领导干部。

既然各种条件都十分优越，又是组织部门点名要回来的，鲁昌顺当机电局长应该毫无争议，转业回来却只当了副局长。干了七八年，好不容易才上升到一把手。

“哈，我这人脑子一根筋，不会转弯。”他一边清选炉渣一边说，“也许是部队里养成的习惯吧，口无遮拦，看不惯就喜欢批评人。”

当时他的脸已经被炉灰弄得很黑，笑起来露出雪白的牙齿，看上去挺可爱的。

“来，老鲁，先擦把汗。”我赶紧递给他一条湿毛巾，

他擦了把脸，继续说：“哲民，年轻人的成长是要付出代价的，我的代价真不小呢。你可能不知道，我的群众关系非常好，可跟领导的关系，那就不怎么样了。当然也有领导爱护我，批评我说，小鲁，你怎么就长不大呢？哈，瞧这话说的。我还没长大？都快三十八岁了。”

他这句话让我听得一愣。趁给他递簸箕的时候，我朝他脸上仔细打量了一眼。

他才三十八岁吗？上一次在机电局见到他，我都以为他快五十岁了。近距离看四十岁也出了头，却只比我大十几岁？

看来当领导也相当劳神。担子太重，每一份操心都要付出青春的代价，他们也挺不容易。正如我师傅说的，条条蛇都咬人。

四

第二天下午还是四点开炉，白天没我什么事儿，也没鲁昌顺什么事儿。

没想到还不到三点，师傅派人到宿舍区来找我，还找了老鲁。说

是马上到班上去开个重要会议。我赶到班上的时候，师傅和其他人已经坐在那里等候了。

班会的形式跟上次一样，小板凳摆了一个圆圈。我看见圆圈中间摆放了两只竹箩筐，其中一只箩筐装了大半筐生铁的残料，另一只里头满满都是烧剩的焦炭余料。

我没看见鲁昌顺，以为他迟到了，其实他在车间办公室跟陈元干说话。三点整，陈元干陪他到了熔炉班。

我师傅看见他们过来，没跟他们打招呼，只是闷着头卷喇叭筒。

从疗养院回来之后，他已经把那习惯戒掉了。今天又捡了回来，我就知道他心里憋着很大的火气。

陈元干提醒说："莫班长，人齐了，开会吧？"

我师傅就扔掉了手上的旱烟。他只是做个样子，其实也不想抽，干咳一声，指着那两只箩筐说："都给我看看，这是什么？啊？都给我看清楚，这是生铁不？这是焦炭不？看清楚没有？这都是国家财产，是人民的血汗呢。你们讲是不是？啊？没有不同意见吧？啊？"

然后他一转身，冲着我劈头盖脸一通好骂。

"杨哲民，昨晚上你搞些什么名堂？鲁家的刚刚来，我只怪你这传帮带的人。你还是个骨干，就这样不负责任？昨天晚上炉渣怎么清理的？啊？这些都是可以回炉利用的原材料，就忍心一股脑往废渣堆里扔？公子少爷大手大脚的坏毛病，都带到工人队伍里来了？"

其实谁都明白，他以我做幌子，每句话都冲着鲁昌顺。

老鲁肯定也听明白了。

他只是还没有想明白，中间这两箩筐残铁余炭，都是自己扔掉的吗？

这一点我也很难相信。

昨晚上清炉渣我就在他身边，怎么就没注意呢？心里又有点犹豫。觉得当时跟他聊得很开心，不经意之间出点纰漏也是有可能的。

"师傅，"我不甘心地问了声，"这两箩筐渣料，都是从废料堆里拣出来的？”

“不是那里还有哪里？”我师傅眼睛一瞪，“我不大放心，清早就过来了。走到废料堆一看，真的气人。随手捡了个把小时，就有这么大两箩筐。你们也太不像话了，还有没有一点当家做主人的样子？啊？”

往废料堆倒炉渣是老鲁的事，我不好替他大包大揽。

鲁昌顺倒是很谦逊，没做任何解释就诚恳地道歉。

“莫班长，各位师傅，这件事情不怪小杨，应该都是我的问题。莫班长批评得很对，我下次一定吸取教训，努力把事情做到最好。”

我观察得很细致，老鲁道歉的时候不卑不亢，内心肯定是不怎么服气的。

其实我心里很清楚。熔炉班的炉渣长年累月往一个地方堆放，过不了多久那里就堆成了一座山，你怎么搞得清楚哪些渣料是哪个人倒上去的？就像池子里的水，流进了又流出，舀一瓢出来，你能分清那瓢水是哪一天流进去的？

师傅这个班会的确引起了我和老鲁的注意。往后的两三天，我都提前到班上跟他一起出炉坑。炉渣也清理得特别仔细，我师傅就不再召开班会。总算是风平浪静了。

第四天轮到梁师兄修整炉膛，我就没办法继续兼顾老鲁了。

鲁昌顺知道我担心着他，就安慰我说，没问题，我一天比一天更细心。你就放心去轮班吧，不会再出问题了。

结果那天又出了问题。

仍然是同样的问题，我师傅又从废料堆捡来两簸箕生铁渣和焦炭余料，直接拿到车间办公室，放到陈元干办公桌上大呼小叫。

“陈主任，这件事情一而再，再而三地发生，我就不知道该管还是不该管了。”他非常较真，“原来还以为是我那些徒弟的问题。现在看来，是谁的问题就很清楚了。他要是不当着全班的面做深刻检讨，我这熔炉班的风气都会带坏去。到底怎么搞，你看着办吧。”

陈元干就陪着鲁昌顺来到班上，又一次向大家做检讨。

老鲁那人真的不简单。他首先诚恳地检讨了自己的不足，接着就话锋一转。

“莫班长，能提个建设性意见吗？”

师傅没料到这一点，望着他说：“可以啊。你建议啊。”

“我今天下午就去找环卫部门，让他们派车把所有的废料拖走。”老鲁沉着地说，“堆得太高了，既不便于我们的生产，也给环境卫生造成了很大的影响。您看可以吗？”

师傅想了老半天，不好说可以，更不好说不可以，就推托说：“环卫部门吃的是大锅饭，一个个都是大爷，喊了好多次都不肯来。”

“那好办。”老鲁很有把握，“这个任务交给我。只要您觉得行，我保证他们今天就来车拉走。”

果然，下午刚刚上班，环卫部门就开过来两辆大卡车。来回跑了好几趟，把围墙外面堆积了大半年的垃圾山清除得干干净净。

从那以后，老鲁清理炉渣的废料倒出去清清爽爽。任别人仔细翻找，再也捡不出任何铁渣和焦炭余料了。

五

说句公道话，鲁昌顺在班上接受再教育那些日子，处事为人有理有节，还能保持个性，实在难能可贵。

只可惜跟他相处的时间过于短促。

当初说他至少要在这儿锻炼半年以上，结果形势发生了变化。三个月都不到，老鲁又被抽调到市干校集中培训。

他们那批干部没有培训太长时间。提高思想之后，又回归到了各自的领导岗位。

我后来经常怀念那段日子。鲁昌顺的到来和离去，在我心中拓开了一片广阔的空间，值得我花一辈子时间去努力填充。

那期间我们也多次谈到过我师傅。

出于某种愧疚，我还有意无意跟他表示了歉意，他却听得哈哈大笑。

“哲民，什么话呀？这正好是老工人的可爱之处。我这么说绝对出自内心。知道吗？他对我严格要求，于他自己又能有什么好处呢？没有。他没想要好处，完全出于朴实的阶级感情。就算是搞名堂也在当面，从不在背后捅刀子。这不就是光明正大吗？真的，老工人这些宝贵的品质，我们很多领导干部都不具备呢。”

“老鲁，您这么说，我很感动。”我由衷地说，“他是我的师傅，我不可能不了解他。他身上很多东西，我一辈子都学不完。可不知道为什么，一想到他的毛病，又总是接受不了。哈，挺矛盾的。”

“这也没错啊，再完美的人，身上的毛病都会让人受不了。”老鲁话说得直，“还说莫师傅吧，你以为我不明白，他铆着劲想法子整我。有时候也做得太过分了，把我搞得一肚子火。”然后他又坦荡地说，“我不会责怪他，可我也绝不纵容他。总是栽赃怎么受得了？干脆，我请环卫部门把废渣山一股脑清除。你还能怎么样？以为下放接受再教育，就没自己的尊严了？哈，怎么可能？”

这话我真的喜欢听，可我又做不到。

我搞出来的革新成果活生生拱手让人，就没能做到像鲁昌顺那样理直气壮。明人吃了暗亏，还让姜红梅好一阵埋怨。一直到现在我都有口难言。

“杨哲民，人都是有个性的。那不算什么，得看本性。莫师傅这个人本性没得说，我不会记恨他。”鲁昌顺心如明镜，“我们要站得高看得远，多反省自己。与其怨恨别人，不如做好自己。古人说得好，不畏浮云遮望眼，自缘身在最高层。你觉得呢？”

第二十六章

一

随着大形势越来越稳定，姜红梅终于回到厂里来了。

她告诉我说，市里让她先回原单位。下一步怎么安排，组织上会统筹考虑。

我问她："统筹考虑是什么意思？会不会把你往市里调啊？"

其实姜红梅也跟我差不多，她的心也同样没有落到实处。

"不知道啊。"她犹豫了一下，回答得有点含糊，"反正，我个人是不同意的。"

"个人不同意有用吗？"我觉得她是在宽我的心，"你可是一名国家干部啊。"

"哲民，你就那么在意我在哪里工作？"她仿佛为今后做铺垫，反问了一句，"比我爱不爱你更加在意？"

这两种在意好像不可以并列考虑。再说眼下她已经来到我身边，以后走不走，至少目前还说不好，我就没再问了。

姜红梅回来没多久，骆科长就调离了电机厂。市机电局政治部的主任到了退休年龄，局里提升骆青涛去接替那个职务。

走之前他请政工科全体同仁到饭馆聚了一次餐。姜红梅回来告诉我说，老骆那天情绪非常好。离开他工作过十多年的电机厂，他感到如释重负。

“知道吗？还有一个人，比骆科长感到更加轻松。”她望着我，“你知道那个人是谁吗？”

“谁啊？”我一时没反应过来。

“真的笨。”姜红梅扑哧一笑，“那不就是我吗？”

当即我就笑了：“可不？梅子就不会离开电机厂了。”

的确，姜红梅接任政工科长，调走的可能性也就不大了。

二

没几天陈元干来班上，通知我赶紧去一趟政工科。什么事情他又没说。

姜红梅正在那儿等我，一见面就说：“机电局办了个青年积极分子学习班，你去参加一下。全脱产，三天时间。下午就得报到。”

能参加局里办的学习班，对于有上进心的年轻人来说，还真是个梦寐以求的好机会。说不清怎么回事，那会儿我却觉得有点不自在。

趁办公室没有别人，我悄悄问：“梅子，这合适吗？你上任还没几天时间呢。推荐我去，就不怕别人讲闲话？”

“那怎么办？”她笑了笑，“机电局政治部直接点了你的名。我要硬顶着不让你参加，那就不正常了。人家反而会东猜西想。你觉得呢？”

我琢磨了一下，觉得她这么考虑也有道理，当天下午就去了机电局。

学习班三天之后准时结束。乘轮船回厂的时候，船还没靠上岸，我就看见姜红梅站在岸边等候。那天下了点雨，她撑一把塑料小伞，伸长脖子朝船舷这边张望。

看见我走过跳板，她一脸欢欣地迎过来，毫无顾忌就挽住了我的胳膊。

“你是专门来接我的？”我故意说，“享受这么高的待遇，我凭什么啊？”

“瞧你这副嘚瑟的样子。”姜红梅笑了笑，“忘了？今天不是礼拜天吗？接你一起去妈那儿。顺便去商场买些东西，有点重。你得帮我提一下。”

“不怕，再重能重到哪里去？”我把手搭在她肩头，“那就赶紧走吧。”

我以为她是想买点菜回去，没料想她直接就把我带到了百货商店。

走到食品柜台前，她毫不犹豫买下了四大罐上海奶粉，一股脑塞到了我手上。那奶粉是白铁罐包装，一公斤一罐，分量还真不轻。我看了一眼价格，当时就吓了一跳。二十五块钱一罐，整整一百元，姜红梅眼睛都没眨一下，掏出钱包就付款。

“这是干吗？”我惊呆了，“你不是给妈订了鲜奶吗？”

她没作解释。“问那么多干什么？拿着就是。”又指了指大门口，“对了，去拿个购物筐过来，还要买些零碎东西。”

随后她又走到日用品柜，挑选了好些物品放进购物筐。我往那里头望了一下，顿时就看傻了眼。

购物筐里头竟然都是些婴幼儿用品。两只喂奶的玻璃瓶，一打橡胶奶嘴，两大包婴儿用的尿布，还有一些驱蚊止痒的花露水。就连儿童痱子粉也买了两大盒。

结完账从商店走出来的时候，我再也忍不住了。

“梅子，到底怎么回事？”我指了指那一大堆婴幼儿用品，“这些东西，总不会是为你自己准备的吧？”无意中我还朝她腹部瞟了一眼，“一点动静都没有，你不觉得买太早了吗？也不怕时间长了超过保质期？”

她没有理会我这句玩笑话，只是放慢了脚步。

“哲民，你去学习了，有件事情我一直没办法告诉你，又不想托人捎话。”她琢磨着说，“你刚离开，一位同学就找到了我。考虑来考虑去，就安排她在妈那儿住下了。”

“同学？”我觉得她这个安排有点不寻常，“谁呀？还安排到家里住？”

“宋玉香。”她说，“她从江浙那边回来了。一个人。”

当时我就站住了。

“宋玉香？怎么回事？她不是跟段一村成家了吗？”

“没错。刚结婚她就发现，段一村身边同时还有好几个女人。”姜红梅摇了摇头，“她原以为去到江浙那边，段一村就能改邪归正，没想到他越来越放纵。那人仗着有钱，三天两头在外面胡来乱搞，还背着她租了几处房子，到处包养女人。”

“这话我绝对相信。”我心里很替宋玉香打抱不平，“宋玉香的条件挺不错，干吗不趁早离开他？这都一年多时间了。”

“他们有了孩子。”姜红梅叹息了声，“要不然，宋玉香早跟他离婚了。”

我这才想明白，这么多婴幼儿用品，都是为宋玉香的孩子买的。

离我妈家还有十几米远的时候，一眼就看见我妈在门外溜达。她手上抱着一个还不到一岁的婴儿，一边轻轻摇晃，一边哼着曲调哄那婴儿睡觉。那调子我小时候听过。

看见我和姜红梅走过来，我妈赶紧把食指按在嘴唇上，怕惊了那孩子。姜红梅会意地点了点头，拉着我就把买回来的东西拎进了屋子。

前屋中间，一名女子正埋头在木盆里洗尿片，那女子就是宋玉香。看见有人进屋，便抬起头朝我笑了笑。

我只望了她一眼，立刻就钉在原地不动了。

宋玉香的外形几乎没有任何变化，额头和眼角处却平添了几道皱纹。很奇怪，就那几道浅浅细细的皱纹，当时就看得我心头一颤，鼻根处好一阵发酸，我怔怔地望着她，那会儿竟然一句话都说不出来。

宋玉香倒还平静，没吭声，继续洗那盆尿布。

姜红梅放好东西走了过来："宋玉香，我来洗吧。你跟哲民说说话。"

"没事。"宋玉香大概不愿意单独跟我说话，"都洗好了。拧干就可以晾了。"

很快我妈就把婴儿抱了进来，喜爱地说："好了，睡着了。这孩子真的乖，不吵不闹，哄几声就睡了。"

姜红梅就从我妈手上接过了婴儿："妈，给我吧。"

看见屋里人多，我妈迟疑了一下："梅子，妈想问一声，快到中午了，在家做饭吗？还是你们去馆子里吃？"

"那您怎么办？"姜红梅朝那孩子看了一眼，"在家里做饭，又怕油烟呛了孩子。要不我们给您带点回来？"

我觉得那是在找理由。她很想跟我一道，找个地方陪宋玉香说说话

"不用带，家里有剩饭。"我妈心里明白得很，赶紧又把孩子接了过去，"你们安心去。孩子有我看着呢。"

吃饭的那家餐馆很小，里面只有三四张桌子。地方是宋玉香推荐的，她以前就知道那个馆子，非常偏僻，没什么人去。到了那儿，很少能见到其他熟人。

趁姜红梅去前面点菜那工夫，宋玉香简捷地告诉我说，她回来只找了姜红梅。

"不知道凭什么，我心里只信任她。"宋玉香真诚地说，"人一落难就没人瞧得起，可我总觉得大梅不会那样。还真是，这两天她待我比亲姐妹还亲。"

我默默地望着她，没作任何反应。只有我才知道，在这之前，宋玉香心里对姜红梅非常排斥。明明知道这会儿没有人瞧得起自己，偏偏又只信任自己排斥过的人，这样的信任的确价值连城。如果这叫良心发现，她不仅发现了姜红梅，也发现了自己的良心所在。

“杨哲民，我真的好后悔。”她往前台那边看了一眼，“别看我以前什么都无所谓，那都是装出来的。内心一点都不坚强。那个姓段的好多次都被我抓了现场，每次都跟我赌咒发誓，说下一次再犯，他出门就让车给撞死。我听不得那句话，心一软，就原谅了他。”

“这一次呢？”我淡淡一笑，“终于忍不住了？”

“前几天我抱着孩子，又在一间屋子门口堵住了他。姓段的和那个女人都没能逃出去。当着那女人的面，他又朝我赌咒发誓。”宋玉香说得眼泪都要出来了，“杨哲民你信不信？我怀里的孩子还不到九个月，话都听不懂，那会儿突然哇哇大哭。我心里那个疼啊！连孩子都不相信他了，我还死乞白赖跟着这个人干吗啊？”

我听得连连摇头，真不知道该怎么劝导她才好。

“后来连那个女的都看不下去了，就跟我认错说，她以后再不破坏我的家庭了。姓段的也朝我苦苦哀求。当时我心一横，要他按我说的发誓。我说，老天在上，你赌个咒。再有这样的事儿，我宋玉香抱孩子出门，立马就被汽车撞死。连我带孩子一起死。你说啊！当着我当着孩子，当着这个野婆娘的面，你给我说啊！”

这话听得我心里一紧：“天！他说了吗？”

宋玉香顿了一下，摇了摇头。

“我知道他不敢说，也知道他信口就能说。还有什么意义呢？反正一切都无所谓了，第二天我就离开了他。我是净身出户，除了孩子，没带走他一针一线。”

姜红梅点完菜，回到了餐桌前。其实点菜也用不了那么久，她那是特意留出一些时间，让宋玉香单独跟我说几句心里话。

“宋玉香，我已经跟厂党委请示了。”她望着宋玉香，欣慰地说，“你的党员资格没太大问题。虽然你没怎么参加组织活动，也可以作特殊情况对待，按月交过党费就行。”

“可我一直没交啊。”宋玉香望着她，“在外地我也不知道往哪儿交。”

“哈，你当然没地方可交。”姜红梅笑了笑，“你的组织关系还在厂里呢，我替你交了。每个月都是按时交的。”

“这样啊？”宋玉香很感动，“那我以后得还给你，这可不能让别人代替。”她叹了一口气，“我已经什么都不看重了，唯独这党员身份，真的比任何财富都珍贵。幸好我心里还有这个支柱，无论如何都不能丢失，就特意拐回厂里来托你打听。”

姜红梅默默地点了点头。我看得出来，她对宋玉香的关怀是发自内心的。

“对了，工作问题我也汇报了。阳书记说，如果你愿意回厂里工作，还去技术科吧。”姜红梅说得很肯定，“你要有顾虑，去别的厂子也行。我们替你联系。你觉得呢？”

“大梅，别操那个心。我反复考虑过了。”宋玉香显得很平静，语气中带着伤感，“唉，质本洁来还洁去，我还是带着儿子回海南吧。”

姜红梅不知道说什么才好，转过头朝我望了一眼。

“回海南怎么办？”我便问了句，“那儿找得到工作吗？还带着一个孩子呢。”

“孩子可以让我姑妈带。”宋玉香已经打定了主意，“我姑妈从小就出家修行。这会儿寺庙还没恢复，她一个人独居在家。老人家菩萨心肠，替我抚养孩子肯定没问题。”

“那你自己呢？”姜红梅有点担心，“总得有个单位吧？”

“有啊。我全都想好了。”宋玉香说，“离我老家不远就是儋州，那儿有一座东坡书院，小时候我经常去那儿。听说这些年衰败很多了，我就想去那儿落脚。担水烧饭搞卫生，干什么都行，我又不要工资。”说着说着泪水就下来了，“我这一辈子太累了，一身都脏兮兮的。回到那儿，吃的是干净饭，出的是干净汗，时间一长，人也就干干净净了。”

她的话波澜不惊，却听得我心潮难平。我似乎能够理解这个决定，她的确是活得太累。她想去天涯海角过干干净净的生活，说到底，是想去寻找心灵的超脱和清静。

宋玉香一辈子都在寻求一个强大的依托。她终于领悟到了，自己最需要的，是一颗充实的内心和一个强大的灵魂。

三

没过多久，电机厂的领导层面也发生了变化。

原来主管生产的阳华生厂长，正式接任了厂党委书记。接替厂长的人还没明确，只是把陈元干提拔上去当了副厂长。阳厂长原来的工作职责，全交给陈副厂长代理。有人说那是莫主席跟上头推荐的，却没有办法证实真假。

陈元干一走，我们翻砂车间主任的职务也出现了空缺。

厂部照样没派其他干部来，车间主任由原先分管技术的一名副主任代理。

那名副主任姓孙，是一名老牌中专毕业生。这人百事不管，在我们车间一直不声不响，没有任何存在感。

显然这只是权宜之计，于是乎车间上下传言纷纷。

有些传言近乎荒诞。

比如有人说下一任车间主任可能会把段一村请回来担任，我师傅一听就跳脚大骂：“呸，那种道德品质，他想破脑壳呢。”

还有一种传说更加不靠谱，说熔炉班的杨哲民是最合适的人选。

这次我师傅没有变脸，一听就哈哈大笑。

“民儿也不是不行，他只是不可以。为什么呢？班长都没当过，他还差几节楼梯呢。”

议论归议论，没过多久电机厂又风平浪静了。该管事的人管事，该干活的人干活，一切照常，就跟什么变化都没发生一样。

那段时间，无论生活上还是工作上，我都感到称心如意。

姜红梅代替了骆科长，反而比过去轻松了不少。她几乎每天都去我妈那儿，日日入厨下，洗手做羹汤。

我妈特别喜欢吃她做的菜，但又凭空担心她会比以前更忙，不能经常过来。

我安慰妈说，没事的，重要的是她认定了我。心里一认定，就有了主次。主次分明，该忙什么不该忙什么，她都能掌握得非常好。

其实这话是说给我自己听的，那段时间我就处于那种状态。

我的心里也明确了主次。平时上班照常不误，那属于次要。我的主要精力全部凝聚在冲天炉本身。我对技术革新已经走火入魔。

毫无疑问，那也是姜红梅对我的急切期待。但是我很清醒，她的期待只是我努力的方向，却并不等于我的全部。必须做成功的事情绝对不能放弃。不仅仅为了证明自己，也不仅仅为了取悦姜红梅。

有一天四车间的主任赵吉芳有事找我。她想打听徐士良的情况，询问他在衡州的地址，家里还有些什么亲人。离春节不到一个月了，她准备派车间工会的同志去衡州慰问徐士良的遗属。

这些事情只有小梅才清楚。吴启军跟小梅结婚之后，还是想办法把她调到市里去了。我连小梅的联系方式都不知道。

我记得小梅有个玩得好的女工，好像也是她们衡州老乡，就专门去了嵌线车间找她。

这件事情进行得很顺利，那女工不仅知道徐士良衡州老家的地址，还对他的家庭情况了如指掌。她甚至想都没多想，一边干活一边就把情况讲给我听了。得来全不费工夫。

同时我还收获了另外一桩意外之喜。

那女工是一名质量督察员，她干的活很独特。质量合格的机芯，她会把它压进电机外壳。发现有哪台机芯不合格，她当时就得把机芯从机壳里面拔出来，退回给操作工人返工。

我还是第一次见到那道工序。一个弱女子将几十公斤的铁芯压进机壳，简直难以想象。尤其她还要把不合格的机芯从机壳里头拔出来，不借用机械的力量，绝对是不可能的事情。

再看那台机械，我的目光立刻就被吸引住了。

尽管那台机械的传动部分有些复杂，动力来源却一目了然。那不就是杠杆原理吗？就跟小孩子玩的跷跷板差不多，中间有一个支点，一头叫作阻力臂，另一头叫动力臂。阻力臂越短，动力臂就越省力。所以阿基米德曾经夸下海口说，给我一个支点，我就可以撬动地球。

不管地球能不能撬动，至少那名女工把体力上不可能做到的活儿做得毫不费力，她运用的就是杠杆原理。

这一发现就好比胡先胜的父亲带来的那只葫芦形酒瓶子，顿时打开了我想象的空间。

回到宿舍，我反复查找有关高炉泥炮机的资料。

那些资料我看过不下十遍，可能没找到突破口，看得再多也茫无头绪。我相信再次查找，一定会有很多启发。

我没想错。泥炮机基本的要求只有三点：第一点就是远距离控制。利用杠杆正好可以做到。第二点是运动轨迹准确。杠杆肯定是固定在支架上的，完全可以保证轨迹不偏离。第三点更不困难，为保证操作的可靠性，要求机械结构牢固精准。这个要求并不特殊，任何机器都能达到。对于我们机械行业来说，不过是小菜一碟。

思路一打开，人就坐不住了。当天晚上就在我的书桌上挑灯夜战，一连设计了好多张构思草图。

根据我的操作经验，我认为三个地方是突击点：首先是堵铁水，必须远距离把堵泥推送到出水口。再就是锁紧机构，堵住铁水之后，要保证锁得住出水口，没有任何缝隙，才能确保炉膛内继续升温熔铁。

最后一道难关就是这几项动作的回转机构。要想可靠地推进和打开炉口，科学的回转机构就是命脉所在。

那天晚上我像是服用了兴奋剂。心里开了窍，真的就有一种见神杀神、见鬼杀鬼的快感。没有任何障碍挡得住我的思路，怎么推进怎么有办法。

弄到后半夜，初步设想基本上成型的时候，一看表已经到了转钟四点整。明天还要开炉，就想强迫自己上床躺两个小时。

强迫完全无效。刚躺下去，马上就想到了姜红梅。当时就想摸到她宿舍去，假借报喜的名义，把我浑身的激情传递给她。

接着又觉得不大合适。

一切都还在酝酿之中，连萌芽都谈不上，倒不如暂时守住秘密。不爆则已，爆就爆他个石破天惊。

越胡思乱想，脑子越清醒，眼睁睁天就亮了。

翻身下床的时候，觉得精力更加充沛，拔脚就去了车间。

四

我这人有个难得的优点，别看我经常心潮澎湃，事到临头，反而能够保持清醒的头脑。我觉得谋大事者必须存静气。

虽然大事没能谋成，静气我还是足够的。时机未到而已。

比如我那天晚上设想的炉口操控机械，经过一周多时间的推敲和修改，已经接近了成熟期。我计算过大量的数据，终于筛选出了合理的基数。

我的推进非常谨慎。知道每一项技术革新都伴随着失败的风险，还从相反的方向多次进行否定性逆向式测算。无论从哪个方面假设，失败的因素都得到了有效排除。

面对如此完美的构思，如果是一味冲动的人，早就沉不住气了。恰恰在这种时候，我的心态比往常更加平静。

星期日那天，我起了个大早，携带好全部资料就往轮船码头赶。

头天下午我就给郑总工程师打通了电话，告诉他说，我有个想法要向他请教，郑总一口就答应了。他说星期天正好在办公室加班，随时去随时可以找到他。

当时我还想了一下，去局里找郑总的事情要不要告诉姜红梅一声。后来这想法居然让我给忍住了。

过后她越感到意外，惊喜的分量就越大。不是需要说话的资本吗？我要让她看看这份资本是何等的雄厚。

郑总在机电局技术部有一间单独的办公室。看见我走进来，郑总脸上的笑容告诉我，他对我充满期待。

那一刻我反倒不怎么自信了，把图纸和数据递给他的时候，心里突然真空，觉得自己有点像一名走进考场的应试生。

郑总的眼光精深无比，我生怕那堆图纸不入他的法眼，却没料到他对我的设计有一种专业敏感，一看就说，这不就是一台半自动泥炮机吗？

然后他迫不及待坐下来，把每个部位的设计图看了个遍。

“小杨，非常好，好得很啊。”他把我招呼到身边，“我没来得及核对数据。光看这设计图，就觉得传动部分非常合理。如果在数据上能获得有力支撑，基本上问题不大。”他放下图纸，热情地望着我，“小杨，何不更加大胆一点，把驱动部分改进一下？匹配一套合适的弱电操控系统，不就变成全自动了吗？我给你个建议，索性一步到位。头都磕了，再作个揖又如何？你觉得呢？”

其实我已经想到了，那正是我下一步的设计方案。郑总的建议跟我的思路如此吻合，令我激动不已。伯牙抚琴子期听，那会儿我真的有一种高山流水遇知音的感觉。

在郑总办公室坐了一个多小时，他觉得意犹未尽，就想留我吃过午饭再回去。

当时还不到十点半。我实在坐不住，就一再表示感谢，坚持要赶回去。

早上走得匆忙，都没来得及跟我妈说一声。正好是星期天，姜红梅也不知道我去了哪里。她肯定会去我妈那儿。她们俩一对面，不知道我的消息，都会担心。

“行，那我也不强留了。”郑总站起身来，“小杨你有这么强烈的事业心，值得我老郑好好学习。我送你下楼吧。”

机电局的位置不在市中心，门前那条街道倒也宽阔，绿化也很好。中间的隔离带是一长溜东北塔松，两边林荫道清一色都是南方的白玉兰。一眼望过去，街面上整齐洁净，舒适幽雅，很有一点油画情调。

郑总陪伴我走出机电局，刚要跟我握手道别，就看见一辆墨绿色吉普车开了过来。

“哟，那是鲁局长。”郑总知道我跟他熟，“小杨先别走，把这个好消息跟局长汇报一下。”

吉普车在机电局门口停了下来，车门却没有及时打开。

郑总觉得奇怪：“哦，是空车吗？来接人的？”

我知道那是鲁局长的专车，也以为是来接鲁局长的。再朝吉普车看去，后排右边的车门被推开了。

从车上下来的那个人，竟然是姜红梅。

姜红梅肯定看见我了，她应该早认出了我，在车上迟疑了一下，最后还是下了车。她知道我们看见了车，说不定也看见了车上的她，觉得再不出来，就更不好了。

郑总也认识她，赶快打了声招呼。

“哦，是小姜啊？”他回头看了我一眼，“嗬，有点意思，上次小杨过来也遇见你。怎么回事？哈，你们是约好一起来的？”

姜红梅那会儿显得有点尴尬。

“怎么会？没有呢，郑总。”她笑得不怎么自在，“是这样的，鲁局长要找我谈话。”

“啊，明白了。”郑总知道一些情况，“好事啊，小姜。局里正在调整基层单位的领导班子，找你谈话，必定是好消息。”

我却非常担心郑总说的那个好消息。

调整领导班子，意味着干部调动。不会也跟骆科长一样，也把姜红梅调到市里来工作吧？她刚接手政工科长，有这可能吗？

“郑总笑话我，怎么可能？”姜红梅自然了些，就叫了我一声，“杨哲民，你也来了？什么时候过来的？”

“一大早，”我平静地望着她，“坐的头一班船。”

“小杨很激动呢。”郑总兴致勃勃地告诉她，“他搞了一个了不起的项目。好家伙，要是搞成了，那就是个重大贡献。”

“是吗？”姜红梅非常沉得住气，“郑总也这么认为？”

“可不是？这项目对我们有冲天炉的厂子来说，具有全面推广的价值。还不仅是一项革新，那叫技术革命呢。”

“那也得感谢郑总对我们厂的支持啊。”姜红梅就有点政工科长的腔调了，“杨哲民，记住郑总的话，好好干。”

“好的，我知道了。”然后故意问了她一声，“姜科长什么时候回去？要我留下来等你一起走吗？”

“那就不必要了。”姜红梅很果断地回答说，“杨哲民你先回去吧。我的时间还说不好，你就别等了。”

“行，你去忙吧。”我再次跟郑总握手告别，“郑总，麻烦您帮我把把关。如果有事找我，跟姜科长说就行，她是我的领导。”

姜红梅笑了笑，转身走进了机电局。郑总朝我挥了挥手，也回办公室去了。

我却没有往轮船码头走。

着急赶回去原本是为了见姜红梅，既然她来了市里，我慌忙往回赶还有什么意义呢？我妈那儿迟一点早一点都没关系，没准她还以为我在睡懒觉。

平时来市里一趟也不大容易，我何不顺便办点别的事情？

五

其实上个月我就想到市里来看吴启军。

那家伙跟小梅结婚的消息没跟任何一个同学通报，连我都没说一声。

我知道他的顾虑，也知道他不请我也是替我着想。他担心影响我在同学中间的威望。

眼下正好有空闲，我就乘公交车赶到了市体委的宿舍大院。

吴启军的家很好找。主要是那家伙名气大，问谁都知道。

敲开房门，吴启军见到我就是一个熊抱。

“哲民，我早就知道，同学里头要有谁记得我，除了你没别人。”

“你还不至于混到那种地步吧？”我嘲笑了句，“只要不把自己看得那么重要，谁来谁不来都不重要了。你说是不是？”

“哈，哲学家杨哲民。我服了你。”他转身就去橱柜取啤酒。

我朝屋子里打量了一眼，感觉非常局促。卧室十多个平方米，一个小厨房一个卫生间，就这些。

“启军，怎么回事？”我指着他的房间问了句，“体委的宿舍，居然只有这么点大？”

“所以我还得努力奋斗啊。”他递一瓶啤酒给我，“明年三月份我就副科了，房子会比这大一倍。”

“嗬，行啊。树挪死人挪活。”我取笑他，“一个小小的翻砂工，刚挪过来，就有一把副科的交椅等着你，真有福气啊。”

“福气真没有。”他一口气灌下小半瓶啤酒，“一半靠运气，一半靠手腕。信不信由你。”

“是吗？你还有手腕？我怎么没看出来？”

“只是一种说法，其实也不能说是手腕。”他把啤酒瓶放下了，“哲民，咱们一个外地人，要想养家糊口，可不能太本分。知道不？我过来没俩月，就发现市里的组织部长是保定人，跟咱是老乡。这位老领导军队上转业的，看过我打球，当时我就把他粘连上了。老两口真把我当儿子看，哈，这不全有了？”

我没作声，只在心里感叹。人都很难说，各有各的活法。吴启军他这也叫因地制宜，然后一通百通。

“对了，小梅呢？不在家？”我问了声。

“去做孕期检查了。说是双胞胎，哈。”吴启军更加得意，“明年四月份的预产期。瞧我这运气，正好房子问题也解决了。”

我居然有点妒忌吴启军了：“是啊，小梅好运气，傍着神仙享清福啊。”

“那可不？”吴启军一点都不谦虚，“女人嘛，天大的事情是找对了男人。”他忽然想起一件事情，“哟，说到这儿想起来了。哲民，早就想告诉你一个重要情况，一忙自己的事儿又忘记了。”

“是吗？你还有重要情况告诉我？”我知道他喜欢一惊一乍，“说说看，什么事儿？”

看来他真的重视那件事情，似乎还有点不好开口，考虑了一下，抓起那大半瓶啤酒。

“来，先干了这一瓶，完了我再跟你说。”

我也举起啤酒瓶，跟他碰了一下，把里面的酒喝干了。

然后他突如其来地问了声：“告诉我，大梅怎么样？”

“你问她吗？”我迟疑了一下，“挺好啊。骆科长调机电局了，现在是她接手了政工科长的职务。”

“我不问这个。”吴启军紧盯着我，“还继续跟你好吗？”

“就那样吧。”我回答得有点含混，“只是没经常在一起。出去了大半年时间，前不久刚刚回电机厂。”

“瞧瞧，没把哥当兄弟吧？”吴启军对我这种回答显然不满意，“我是想点拨你一句，如果她还跟以前那样对你好……”

说到一半忽然刹了车，似乎后面的话有点说不出口。

“接着说。”我盯着他的眼睛，“没错，她还跟以前那样，一直都对我好。怎么啦？”

“那你得赶紧离开她。”吴启军顺势就把那句话蹦出来了。

“这是什么逻辑？”我内心有点惊慌，不想让他感觉出来，“启军，为什么这样说？”

“你说她出去了大半年时间，知道那是去干什么吗？”

“抽调到市里搞中心啊。前段时间好多干部不都那样吗？”

“没错，这理由百分之七十是真的，剩下的百分之三十，就是个借口。”他摇了摇头，“哲民，相信我好了，不会错的。”

我没有接他的话，脑子里在飞快地过电影。送给我妈的“胃仙U”，李商隐的诗，冲天炉前的热吻，对怀孕的期盼……一段一段的镜头组合，传达给我的感觉，到底归属于那百分之七十，还是归属于那百分之三十？

吴启军那会儿很有耐心。他肯定会接着往下说，却要先观察我的反应。我心里有点烦躁，就不愿意继续回想了。

“启军，你到底想说什么，直接告诉我不行吗？”

“当然啊，必须直接跟你说。可不能吃暗亏知道不？”他神叨叨地走过去，确定房门关没关好，“刚才我说过的那位老乡部长，知道他是谁不？我不说你绝对想不到，他就是姜红梅爸爸的老部下。难怪分工种的时候，大梅直接就去了政工科。”

“启军，别绕那么远。”我没兴趣听那些，“后来呢？”

“你别急啊，我一条一条给你理清楚。”他接着说，“老部长自己也有个从海军转业来的部下，培养成了局级领导。就在咱们机电局，叫鲁什么，你听说过吗？”

我心里顿时波涛翻涌，好歹没让他看出来。

“再后来呢？”我盯着他的眼睛。

“那天我干妈过生日，小范围喝了顿酒。”他解释了句，“啊，我叫她干妈，部长的老婆，也是保定人。我去了，那个鲁局长也去了。两杯酒下去，干妈问鲁局长，还单着啊？知道你眼界高，给你介绍个比你眼界更高的姑娘，敢要不？鲁局长赶紧说，别别，比我眼界还高的姑娘，人家哪瞧得起我啊？部长就说，那可不？那孩子是我老首长的女儿呢，大学毕业，在电机厂政工科工作。我一听就明白了，说的不就是大梅吗？”

“就这些？”我听得耳朵滚烫，“说完了？”

“还没完，”吴启军顿了一下，又想不出新内容，“只不过，我看见的就这些。”

“除了看见的，还有没有听说的？”

“有啊。后来听我干妈说，他们俩还真好上了。”

我强力压制住自己，紧逼了他一句：“怎么个好法？好到了什么程度？”

“我干妈说……”

“吴启军，你他妈有屁就放。”我突然冲动起来，使劲拍一下桌子，“一口一声干妈、干妈，没干妈你就不会说话了是不是？”

吴启军当时就傻眼了。

“哲民你别急啊，我的意思是，鲁局长他特满意，可大梅她还不一定。到底大她十好几岁。”他小心地看着我，“这些情况，都是后来干妈……她告诉我的。本来想早跟你说，又不知道大梅自己到底是什么态度，就犹豫着没告诉你。”

我便渐渐冷静下来。

这些情况令我感到意外，再一回味，似乎又不怎么意外。除了刚刚知道这里面有个鲁昌顺，其他情况都是我早一向判断到了的。

“那，你干妈有没有说到过部长是什么态度？”

“部长肯定不会有明确态度，只是把情况转告给了他的老首长。大梅的爹妈。”

“问的就是这个。”我看着他，“知道她爹妈的意见吗？”

“听我干妈说过，大梅的妈特满意。说，年龄大个几岁算什么？她爹也比我大了十好几岁呢。”吴启军又想起了什么，“对了，她妈妈还有两个月退休，到时候会亲自过来看人。”

这个消息又让我的担心陡然升温。

“她看了只会更满意。”我苦笑了声，“真的，那人耐得看。”

“你见过他？”吴启军望着我。

“见过。我对他的印象，肯定比你深。”

“那人怎么样？你觉得？”

“四个字：一表人才。”我一指橱柜，“不说了，再喝！”

吴启军没有起身拿酒，按下我的手，认真地说：“哲民，还是我那句话，赶紧离开姜红梅。那边太强大了，咱干不过他们。”

我心里的火一下就蹿上来了，两只眼睛狠狠地瞪着他。

“启军，还记得咱们校队跟省青年队打过一场比赛吗？人家是省级专业队伍，咱们业余球队能干得过他们？”

“嗬！那场球痛快。”吴启军一拍大腿，“谁都想不到，只三十秒时间了咱们还输两分，最后一秒你出手命中了三分球，绝杀。哈，咱们赢了！”

“首先要不怕输，”我的犟性子被引发了，“不怕输才有可能赢。

还没开打就蔫了，咱们还是个男人吗？”

吴启军跟不认识似的望了我好一阵，起身打开酒橱，一口气搬出五六瓶啤酒放在桌子上。

“好久没听过这种涨气焰的话了。哲民，没说的，喝！”

第二十七章

一

回到厂里，我感到头昏脑涨，就先回宿舍蒙着被子睡了一大觉。

大白天，居然一个梦接着一个梦。两小时之后睁开眼睛，望着天花板回想了老半天，做了些什么梦一个都不记得。

天花板上仿佛在播放影视剧，那辆深绿色吉普车反复出现。老鲁开车，带着姜红梅飙过来飙过去。两个人满脸的阴郁，都不说话，各自都在思考着什么。

一咬牙坐起来，那幻觉又无影无踪了。

我头脑很清醒，知道那是长期的隐忧突然显现出来的缘故。我以为自己的意志已经把隐忧排除掉了，其实还是留下了一点瑕疵。

姜红梅的确是我深感满意的女子。她九十九处都无可挑剔，唯独留下了那么一点瑕疵——她跟我并不是一条道上的人。

也许那瑕疵小到不能再小，我以为早就可以忽略不计了。

从吴启军那儿回来，这点瑕疵骤然放大。有那么一阵子大到遮天蔽日，地暗天昏。

她的确在另外一条道上行走。她百分之九十九都在那儿。跟我并肩同行的比例，或许只占百分之一。

起身出门，骑着自行车往我妈家那边走的时候，放大了的感觉又急剧回缩。

其实我心底里并不认为姜红梅不在我这条道上。

我甚至完全不必在意她走的是哪条道。那只是身不由己。我已经认定了，姜红梅的心只可能归附在我身上。

这是一种逆向推断，因为我这颗心只可能归附在她的身上。

我妈看见我回来了，顿时松了大半口气。

“今天是怎么啦？两个人，一个都不回来。就算都有事，怎么的也得告诉妈一声啊。”然后往我身后看了又看，“梅子呢？她怎么没跟你一起回来？”

“妈，我去了一趟市里，找郑总工程师请教一些事情。”我告诉她说，“临时决定的。反正下午要回来，就没告诉您。”

“我不担心你，担心梅子呢。”我妈很坦率，“梅子这段时间身体不舒服，你一点都不知道吧？”

“她怎么啦？”我的确不知道，“哪儿不舒服啊？”

“唉，你这傻瓜，什么时候才会体贴人啊？”我妈不习惯跟我说女人的事，“女孩子有女孩子的状况，你懂不？”

“那她还往市里跑什么？”我一听更不高兴，“什么事情重要到那个地步，非得星期天跑过去？”

“梅子也去了市里？”我妈很惊讶，“你见到她了？那你怎么不等她一起回？”

“不是我不等，是她不让。”我说得很任性，“人家要巴结领导，嫌我在那儿碍事。”

“这是什么话？可不许乱说，多伤人啊。”其实我妈非常精明，当时就听出了我有一肚子牢骚。隔了一会儿，她又问了句：“今晚上梅子会回来吗？”

“我哪知道？”我很不耐烦，“爱回不回，随她去。”

“哲民，干吗这样说？”她顿时就紧张了，“快告诉妈，你们俩没闹什么矛盾吧？"

"妈，我跟她没矛盾。"我非常恼火，"只是有人跟我矛盾上了，我还一直蒙在鼓里。"

"为梅子的事儿？"我妈很敏感，"什么人啊？"

"领导呗。"我没忍耐住，就都跟我妈说了，"有人想做她的主，也有人一直想跟她好。是她的上级，还有上级的上级。"

我妈就听明白了。

很奇怪，她反而不那么紧张了。想了好一阵，她忽然说了句让我很意外的话。

"都是没用的。哲民，妈这辈子什么人都见过。你信我一句话，梅子心里装不下别人。"

"是啊，我也这么认为。"我相信我妈的感觉，更相信我自己，"走着瞧吧。我这人不怎么特别，难得被人装心里去。要装进去了，想把我挤出来更不容易。"

"也不是这个意思。"我妈摇了摇头，"你这孩子啊，样样都想比别人强，也太心高气傲了。梅子的事情，我看你平时也没怎么上心。咱可不敢太过自信，时间长了也会出问题。虽然说好女不嫌清贫窝，可好女也不嫌富贵多啊。"

"妈，您到底什么意思啊？"我没听明白她的话。

"还没听明白？妈的意思，你得抓紧时间。"她关切地望着我，"跟梅子商量一下，赶紧把婚结了不行吗？"

这话来得很突然，一时之间我还真不知道该怎么回答。

下午五点的时候，姜红梅从市里赶回来了。

她拎回了好大一篮子菜，荤菜小菜都有，兴致勃勃地说，那些菜我们工业区这边买不到，市里的大菜场才有卖。

我妈赶紧上前去接。

"哟，这么沉？大老远的也亏你拎啊。"

趁我妈去厨房拾掇，我不冷不热地问了姜红梅一句。

“你还是坐吉普车回来的？”

“当然。”她毫不避讳，“既然要送我，不坐白不坐。”

我就怪怪地说了声：“哈，恐怕也不是白坐吧？”

“我喜欢你这酸溜溜的样子。”姜红梅心平气和地望着我，“其实你没必要关心我是不是白坐。”

“那我要关心什么？”

她扑哧一笑：“应该关心人家是不是白送。”

“哈，那还用问？肯定白送。”我完全明白了她说的意思，心情顿时大好，“他那叫瞎子点灯白费蜡。”

“唉，我发现你这人真的没良心。”姜红梅摇了摇头，“人家对你心明眼亮，你还说人家是瞎子。”

“谁啊？人家、人家的？”

“当然是鲁局长呗。”她大方地说，“他对你的看法，好得出乎我意料。”

“是吗？”我相信这句话，“那，他对你的看法呢？”

姜红梅就有点犹豫了。关键问题上，她跟我打起了太极拳。

“当然也好啊。还不光是他，所有的领导对我的工作都很满意。”

我觉得不能再追着这个题目问，就转换了话题。

“对了，他不是找你去谈工作吗？怎么谈到了我？”

“我告诉他的。我说，刚一下车就碰见了你。跟郑总在一起。”她坦然地望着我，“知道鲁局长说了句什么吗？”

“不知道，他说了什么？”

“赶紧把哲民叫上来，那是我的好朋友呢。”姜红梅捂嘴一笑，“看来以后跟你说话得小心点了。我还真不知道，杨哲民是局长大人的好朋友呢。”

“什么呀？我只是跟他很熟。他下到我们班跟工人阶级搞三同。我师傅当时弄不明白，对他非常苛刻。”我跟她解释说，“相比之下，他就觉得我对他好呗。”

“也不是。他对你师傅的看法也很客观，真的没怪他。”姜红梅笑了笑，“只是当时他真有点受不了。说那种劳动强度，他都累脱了几身皮。”

鲁昌顺那些话虽然很真实，但以他的身份，应该不会跟一般人说。

姜红梅却知道得如此详细，连累脱了几身皮那种私下里说的话都讲给她听，我就悟觉到，他们的关系已经不仅仅限于工作层面了。

二

把姜红梅送回宿舍，我在她门口停了下来。

那会儿心里还在揣摩她跟鲁昌顺究竟好到了什么程度，就有点不怎么想进去。

“进去啊。”姜红梅望着我，“怎么啦，还要回去弄图纸？”

“不用。那就进去吧。”我不再犹豫，扶着她的肩头走了进去，“图纸全部弄完了，心里轻松着呢。”

其实我心里并不轻松，只是不愿意多想。有点横下一条心的感觉。

我当然不能让姜红梅感觉到任何异常。我的心里大睁着第三只眼睛，像军事雷达一样对准她精密扫描。

我必须辨明吴启军那些话的真实程度，免得被弄个措手不及。

关上房门，姜红梅忽然想起了什么。

“对了，给你买了套睡衣，每次都忘记拿出来给你穿。”她从衣柜里取出来一套睡衣，扔给我的时候，眼睛里头躲闪着一种甜甜美美的亮光，“每次猴急马急，都把我弄晕乎了。总不记得。”

我就笑了笑。接过来一看，那套睡衣真的高级。纯丝绸，杭州产的。

“穿这个合适吗？我这身体整个就跟锉刀似的，没几下子就揉坏了。还不如不穿。”我开玩笑说。

“真的野蛮。”她回了句，“穿上的感觉更好，傻瓜。”

“哈，未必别的男人，睡觉都穿丝绸睡衣？”我故意轻描淡写，问得非常随意，其实是想套出一点别的内容。

“应该是。”她没有多想，“商场里头男式睡衣多着呢，好多都是丝绸做的。要都跟你这样，那还有谁买啊？”

然后她拿着自己那件藕荷色丝绸睡袍走进了卫生间。

望着她的背影，我又产生了一个不应该产生的疑问。

姜红梅自从跟我有第一次之后，在我面前越来越放松了。我觉得她每次的魅力都丝毫不减。每次都让我感受到一种全新的体验。

有句话我知道绝对没地方问。天底下所有女人都是这样吗？

她们这种经验是与生俱来，还是博采众家之长？

不会的。至少姜红梅绝对不会。我相信这就是她与众不同之处。每次传递给我无限快慰和满足的时候，我绝对以为这个女人原本就是从我身上取出来的。她一定是我骨中的骨，肉中的肉。

我必须采取一切手段逼退竞争者。绝不允许任何人夺走她。

从卫生间走出来，她已经换好了睡袍。

那一刻我的感觉非常夸张。这位女子的确美若天仙。

“你去洗啊。抓紧时间。”她妩媚地说。

我走到卫生间门口，回头问：“我这就换睡衣吗？”

她想了想，“别。”霎时脸就红了，“完了再穿吧。”

我有点木讷。关上门脱去衣服，刚要开水龙头，她又在外面敲门。

“哲民，开一下门。”

我拉开门，她没有进来，只是伸手递进来一样东西。

“听我的。一定要用哦。”

我接过来一看，那是一只避孕套。

洗完澡擦拭身体的时候，一种抗拒心理油然而生。

我始终忘不了第一次她渴望怀孕的娇嗔呼唤。时至今日，她对怀孕的隐患严防死守。她在担心谁呢？是我还是另外的人？

陡然之间，我心里冒出一个邪恶的念头。

我要让你怀孕。我必须击退所有的竞争对手，不能让你有任何犹豫彷徨。

梳妆镜下面有几只用来扎头发的小卡扣。我的心怦怦直跳，取过来一只，一咬牙用卡扣把避孕套前端扎了三个洞。

干那件事的时候我的两只手都在颤抖。一不小心被卡扣戳到了手指，顿时直冒冷汗。

我这是怎么啦？如此龌龊猥琐，这就是我杨哲民吗？

难道我的对手强大到了不可战胜的程度？居然令我望而生畏，临阵脱逃？

上午我还和启军一道回忆过战胜省队那段经历。我亲口对他说了一句话，首先要不怕输。不怕输才有可能赢。还没开打就蔫了，咱们还是个男人吗？

这句话千真万确是我杨哲民的真实写照。

再看看眼下这种作为，我还真蔫了？这不就是认输的表现吗？还说首先就要不怕输，这句话难道是放狗屁吗？

没有任何犹豫，我飞快将那只扎了洞的避孕套扔进便坑，打开水龙头冲得不知去向。

回到房间，我迅速钻进了被子里。

姜红梅显然已经等得心里发热，一翻身就爬到了我身上。

“等一下。”我轻轻地把她推下来。

“怎么啦？”她很不情愿。

“还没用工具。”

“我不是给了你吗？”

“是。一不小心弄坏了。还有吗？再拿一只给我。”

姜红梅只是略略迟疑了一下。

“好讨厌。”她身体滚烫，再次翻到我身上，“快。不管了。来啊，我不管了……”

第二十八章

一

第二次从郑总那里回来，我感到心里特别踏实。抬头仰望天上的云朵，觉得伸手就能摘一片下来。

这种感觉是真实的。我所构思的炉口操控系统垫高了我的眼界。喜欢我也好，讨厌我也罢，都只是地面上的一条划痕，形不成阻碍。我的目光已经越过了凡尘。

郑总建议我加装一套自动操控装置，我早就设想过。应该说全自动改造并不困难，我们厂至少百分之五十以上的机床后来都改造成了全自动。技术相当成熟，照搬过来就是。

或者分为两步走也行，先把炉口操控的设备弄出来，那是心脏部分。后续的自动化改造，只是加装辅助设备而已。

我师傅在某些方面的高度敏感简直令人生畏。

那段时间我埋头弄图纸搞设计，除了话说得少了些，上班下班，备料开炉，完全跟平时没有任何区别。所有人都毫无知觉的事情，师傅居然就看出来了。

那天我正在和余师兄备生料，师傅在侧门那边出现了。

“民儿你过来一下。”他背着手喊了声，“问你件事。”

我放下大锤，赶紧走了过去。

“师傅，什么事儿？”

“你又在我背后玩什么名堂？啊？”他劈头盖脸问了句。

“怎么啦师傅？”我对他这套方式已经见怪不怪了，“是不是有谁说我什么了？”

“用不着别人说。往地下一蹲，我就知道你在屙什么屎。”他每句话都咄咄逼人，“又想搞革新了？想革我的命是不是？”

我就想起了老鲁当时那不卑不亢的态度。

“师傅，你我都是共产党员，说这话不公平。”我也不纵容他，“技术革新和技术革命是共同的使命，难道我做错了吗？”

师傅没想到我会当面顶撞他，火一下就上来了。

“你还想给师傅上纲上线？共同的使命，那你还偷偷摸摸？到底是搞技术革新，还是在搞小动作？总是趁我不在的时候搞，什么事情那么见不得人？事先都不敢跟我讲一声，你光明正大不？”

这么一说我反而感到理亏了，觉得他这话也还有点道理，谈不上胡搅蛮缠。心里一时又拐不过弯，就没再作声。

见我没继续顶撞，他也就火烧牛皮自转弯。

“师傅难得发一回火，又不是为个人私事。搞技术革新怎么不好？只是不要背着师傅搞。就跟师傅是个思想保守派一样。你也不想清楚点，师傅要是不支持，你动得了冲天炉一根毫毛？除非你去外头搞。那又何必呢？又何必不配合师傅一起搞呢？”

这话让我又产生了警觉。心中暗想，这一次的带头人真没你的戏。我就是自愿把粉往你脸上抹，你也要挂得住才行啊。光是那计算公式，凭你加减乘除那点碗底，谁会相信你能盛得下江河湖海？

何况我已经不是昨天那个杨哲民了。我的目标一个比一个远大，随便抽取一个，都值得我为之奋斗。

尤其我还答应过姜红梅，为我们的终身大事，我也不能让心中的伴侣再一次失望。

只是还没起步就遇上了拦路虎。如果我师傅不开闸门，任何设想都是空中楼阁。

别的也许他做不到，不允许任何人靠近冲天炉，这一点他绝对做得到。

他会再一次把民兵连的行军床搬到炉子旁边，二十四小时守护在那里。反正有师母送饭，上厕所也方便。

除了我师傅，其他方面该怎么进行，我也是一筹莫展。

这一次不比炉膛改造。弄炉膛不需要设备，用耐火泥就能鼓捣出来。炉口操控系统本身就是一套完整的设备，我需要使用其他设备，才能把这套设备给制造出来。

郑总已经给电机厂技术科打过电话，请他们全力协助这项革新。也许那不是本厂技术人员自己开发的革新项目，科长并不十分上心。

那天他把我的图纸要过去，一看就直摇头。

“杨哲民，你这工程不小啊。”技术科长还没看完就将图纸还给了我，“按照技术革新的程序，你首先得申请立项。没立项，一切都谈不上。”

“是啊，我知道。”我很小心地问他，“项该怎么立？由厂技术科提出申请，还是我自己直接报厂部生产办？”

“当然得由技术科提出申请。可我们申请是需要有前置条件的，达不到条件就不能申报。”他倒是挺为我着想，“直接报生产办也不是没有先例，那得厂长签字同意。要不你去找找陈厂长试试？正好他还是从你们车间上来的呢。”

这句话说得我作不得声。陈元千正好也是我师傅的大徒弟，正好可以把这件事情通报给我师傅。我心里很清醒，绝不能轻易让他知晓。

“要不你们先做个模拟试验吧。”技术科长建议说，“这个程序是必不可少的。刚好批准做模拟试验的权限又在技术科，你打个报告，我可以给你签字盖章。”

这是个意外的惊喜，我赶快向他表示感谢。

“先别感谢，郑总交代的事情，我们不能不给面子。”他说得很实际，“话说在前头，就只签个字而已。模拟试验首先得要有模型，没有模型是无法模拟的。你知道技术科没有调动设备和材料的权力，模型怎么完成，试验怎么做，那就只能靠你自己了。”

进行到这一步，我知道技术科长已经为我尽心尽力了。无论如何我都很感谢他，尽管我还是一筹莫展。

他冒着风险签发给我的那份申请报告，实际上没什么风险。上面写得很清楚，没有模拟试验在先，这份报告就是一纸空文。

几个回合跑下来没有取得任何进展。又不能给班里和车间报告，那会儿我真不知道该信任什么人了。

有一个人我是可以信赖的，那就是我的同学胡先胜。他跟我一样喜欢动脑筋，现在已经成了焊接车间无所不能的技术能手。他可以凭一条焊枪玩遍任何钢铁材料。让它弯就弯，让它直就直，切得开还接得上。

听说我要弄个模型，胡先胜立马表态说：“哲民，你的事就是我的事。一天二十四小时，除了上班，其他时间都给你了。”

原材料又该怎么弄呢？比较起来，这个问题更是难办。

工厂对于原材料的进出有很严格的管理制度。钢板钢管都有专门的材料仓库，还有专门的保管员。从仓库里拿出来一颗螺丝钉，也得找相关的领导批条子。

尽管胡先胜心灵手巧，他也难为无米之炊，就建议我说，材料这道坎咱们迈不过去，这事儿还得争取厂领导支持。

“搞技术革新又不是干私活，你到底担心些啥啊？”他有点想我不明白。

我担心的事当然不好跟他明说，这件事情就搁浅了。拖了半个月我都找不到头绪，心里就来了脾气。

胡先胜的确没说错。我又不是干私活，凭什么还理不直气不壮？成天求爹爹告奶奶，我这到底是为了谁啊？

二

有句老话叫天无绝人之路，这说法还真有道理。

那天我去传达室取邮件，一出门就撞见了莫德龙主席。

我都记不清有多长时间没见到这位工会主席了，只知道阳厂长当书记之后，莫主席的名字就从厂党委委员行列中消失了。

其实那个头衔对他没太多的意义。有那顶头衔的时候，谁都不认为他高人一等。不当党委委员了，他的威望丝毫不减。

只要他自己不告老还乡，工会主席那把交椅谁坐都不合适。也没别人敢坐，那是工人代表举手推选出来的。

只是他的身体明显差了很多。从外头走回来的时候，手上拎了七个中药包，一边走还一边咳嗽。

“民儿，你还认得我不？”他笑眯眯地看着我，“我住了两次医院，你都不来看我一眼，偏偏我还总记得你。怪事不？”

的确是我过于失礼，我就赶紧向他道歉。

“哎呀莫主席，我真的不知道您住过院，又没听任何人说过。实在太不应该了。”

莫主席对我的喜爱溢于言表。

“确实该打屁股，哈。”他笑眯眯地望着我，“这阵子你有空不？要不去我办公室喝杯茶？听说你又在搞技术革新，正好让我也听听，可以不？”

这应该是我求之不得的机会，却像是他在求我。进到他办公室，我眼明手快地抢着沏茶，就跟弥补过失似的。

“你沏一杯自己喝。”莫主席又领不了这个情，“我正在吃中药，只能喝白开水。”然后夸奖我说，“民儿，你那炉膛搞得漂亮。你师傅带我进去看了一次，好得很。我这几十年的老炉工，还头一次见到。”

我赶紧说：“主席您说错了，那都是我师傅搞的。”

“狗屁，他晓得搞个鬼？”莫主席轻轻一笑，“你师傅那个人我还不晓得？那家伙做事舍得下气力，没人比得上他。可惜文化底子太差了，换个样子就搞不像。搞不像就不肯换样子。不换样子那还叫技术革新？”

我心里好一阵感动。看来炉膛改造那件事莫主席早就心知肚明，就跟陈元干一样，都知道那不是我师傅搞的。问题是当时他们对那件事情的处理方式也高度一致，都一条心把我师傅列入了技术带头人。

当然，这件事情对于我来说并不重要，而且都过去很久了。眼下所面临的种种困难，那才是我最为关切的问题。

趁着莫主席心情好，我就把下一步的革新方案说给他听了。

莫主席到底是炉工出身，我讲的每一个细节他都听得明白。

偶尔他也提点问题，我往下再说时，他自己又觉得那些问题完全不是问题。

越往下听，莫主席脸上越舒展，听到最后，我觉得他脸上每一条皱纹都消失了。他心里充满惊喜，一激动就站了起来。

“走，民儿，我带你去技术科，今天就立项。”他心里再次掂量了一下，“以我的经验，这个项目至少有百分之七十的把握。应该有，恐怕还不止呢。”

我按捺住心头的狂喜，赶快告诉他：“主席，技术科已经批准搞模拟试验了。立项不急，得等模拟试验的报告出来。”

“那还等什么？赶紧做试验啊。”莫主席到底是领导干部，很快就意识到了其中的具体困难，“对了，技术科调不动人力物力。那也没关系，有什么困难，我来帮你解决。要人还是要材料？你讲。”

“主席，那我就不客气了。做模型，首先就需要钢板。”

“没问题，要好厚的钢板？”

“零点三公分。”我早就想好了，“跟冲天炉一样，一比一。”

莫主席就有点犹豫了。

“一比一？”他想象了一下，“你是想做个一模一样的冲天炉？”

我知道他误会了。冲天炉的整个高度将近十米，他担心耗费掉太多的钢材。

“那倒不必，”我赶紧解释，“直径跟冲天炉一样大，高度只需要一米五，只做出水口那一截，模拟试验足够了。”

“那好办。”莫主席有勤俭持家的优良传统，“用旧钢板可以不？反正只做个试验，用完了还可以回收，行不？”

“主席说得对，我打的也是这个主意。”我赶紧附和他，“没必要用新的，旧钢板的强度跟老炉子更加吻合。”

“好。还有什么要求？”

“能不能跟锻压车间打个招呼，帮忙把钢板卷成圆筒？”我记得胡先胜跟我说过，那么大的卷筒，靠手工是无法完成的。

“都不是问题。”莫主席非常爽快，“哲民，一下想不全没关系。你先列个单子，缺什么，我就帮你解决什么。”

“谢谢莫主席。我和几个同学商量好了，其他材料，我们尽量到废品仓库去找。实在找不到再请主席帮忙。”

“别跟我讲客气，啊？除了原材料，其他难办的事也告诉我。”他很快又想起了什么，望着我问了句，“这件事情，是不是还没有跟你师傅打招呼？”

我觉得到了这个程度，索性把球踢给莫主席去处理。

“莫主席，我正想请教您呢。不跟师傅报告肯定不合适，可报告了他要是不同意，我该怎么办？”

“是啊，不报告也讲不过去。他到底是熔炉班的班长。”他心里很明白，“只是之前没跟他讲，这一报告，那家伙又肯定不会同意。他那人砍倒树捉八哥，呆滞得要命。”

我没听明白他的意思，

“莫主席，您是说，我报告晚了？”

“晚什么晚？未必他还能提前跟你一起搞设计？”莫主席似乎也没有想好该怎么做，“你先搞你的。他要是找麻烦，就讲我同意的。放心大胆搞你的试验，剩下的屁股，我替你去擦。”

三

在这之前，一想到需要做一段模拟炉身，我跟胡先胜头都大了。

按圆周率计算，首先得拼接一块四五米长的钢板，那倒还简单。等到再把这么长的钢板卷成一个圆筒，就不可想象了。零点三公分的钢板相当硬，一般滚筒机都压它不弯。

幸亏我们厂有一台苏联进口的重型滚筒设备，莫主席就亲自过去打了个招呼。那道不可想象的难题，十分钟就解决了。

接下来的困难就是往哪儿放。毫无疑问，在哪儿做试验，这玩意就得放到哪儿。问题是我还没有想好试验地点。

按理说，运到熔炉班生料场最为合适。离冲天炉近，还可以一边比对一边调整数据。可那地方又最不合适。主要是那儿归熔炉班管，没有我师傅同意，想都别想。

莫主席说得很轻松，我要跟师傅说莫主席同意了，他会觉得我搬厂领导来压他。本来就有些麻烦，他要再发犟脾气，干得成的事情也干不成了。

胡先胜也找了几个地方，跑来告诉我那个大水塔下面有块空地，半个篮球场大，存放过自来水管，还有一个简易棚子。自打徐士良从水塔跳下来之后，谁都有点忌讳，那个地方一直都是空着的。

我赶紧跟胡先胜跑过去看了一趟，的确还比较合适，就请了一台平板车，把卷好的炉身运过去烧电焊。

那段炉身虽然不是一件庞然大物，个子却并不小巧。摆放在水塔下面，老远就看得见。

好在那位置没人注意，一般人又不怎么从那边经过。有个简易棚子遮挡，猫在那里做事也不显得张扬。

有点麻烦的还是我师傅。那可是他每天清早去车间的必经之地。

上次没有把徐士良救过来，他仿佛留下了一块心病，每次经过那儿，他都要抬头往水塔望。忽然放了半截冲天炉模型，想瞒过他的眼睛，几乎是件不可能的事情。

好在他第一次发现的时候我不在那儿。

他不怎么认识胡先胜。看见有个人蹲在那里烧电焊，走过去看了一眼，自言自语道，怎么跟冲天炉一般粗啊？这是个什么鬼东西嘛。

胡先胜不敢回应，继续烧他的电焊，我师傅就没关注了。

第二次是我在那里摆弄，师傅一看就明白了。

"民儿，又是你搞的鬼啊？"这回他倒是没有发脾气，"昨天看见有个人在这里烧电焊，我心里就在打鼓，当时我就看出来像是一截炉子。以为瞒得过我的眼睛？以为你师傅蠢到那个程度了？"

都到了这份上，我索性把想法全告诉他了。担心他没耐心听，就讲得尽量简略。

我真的了解他，他果然不想听那么多。

"算了，讲那么多技术问题，师傅懒得听。"他打断了我，"唉，你总是把我搞得好被动。是不是还在记恨炉膛那件事啊？那是陈元干硬往我头上扯，这你也晓得的。"他叹了口气，"到今天还防着我？有技术革新要搞，师傅未必真的反对你啊？"

当时我就觉得他这态度有点奇怪，还以为莫主席找他做过工作。听那语气还挺诚恳，又好像没人跟他谈。

也许他总是挡我，又总是挡不住，心里就有点疲倦了。就连对我表达不满，也比往常少了很多气力。

"既然已经架场了，怎么办呢？"他思想斗争了好一阵，"唉，民儿，也莫把师傅看扁了。人都是朝前走的。听我的要得不？要搞也莫在这里搞。”

“是吧？”我预感到了什么，“师傅，听您的。您说。”

“我看这模型体积不大，喊上几个师兄，拉到生料场去。地方宽敞，离冲天炉又近，未必不比这里好得多？”

“那当然没得说啊。”我非常高兴，“还没开始就想到生料场了。师傅您不开口，我哪有那胆子啊？”

“民儿你记住一句话，只要你不跟师傅对着搞，师傅跟你当徒弟都心甘情愿。我想通了，好多东西师傅搞不来，真的还要跟你学。”他这句话真不是赌气，“打翻天印怎么不可以？带出来的徒弟要超不过师傅，那就证明我这个师傅没本事。卵用都没有。”

这句粗口太惊艳了，把我感动得半天说不出话来。

第二十九章

一

还没到两个月时间，我的工作岗位忽然发生了变动。

头天晚上陈元干就给我打招呼，说党委研究了，决定让我出任翻砂车间主任。

“你先做好思想准备吧。明天党委书记会亲自找你谈话。”

那个时段我正在全神贯注忙炉子模型，突然得到消息，真有点猝不及防。

陈厂长说党委书记要找我谈话，我还以为是阳华生。推开书记办公室的房门，里面坐着的那个人忽然变成了骆青涛。

“骆主任？”我感到非常意外。记得他早就去机电局政治部当主任了，就问了声，“您怎么来了？下来视察工作吗？”

骆青涛就笑了，笑得非常和善。

“想不到吧？我又调回电机厂了。怎么样哲民？老朋友了，欢不欢迎我啊？”

我马上意识到了什么。

“您来做党委书记？”我朝那座位看了看，“阳书记呢？他调走了？”

“华生同志提拔了。他是业务干部，调到机电局出任副局长。”他告诉我说，“局里要大力发展生产，必须加强业务领导。”

“是吗？”我觉得很突然，“怎么都没听说啊？”

“也是，我有点迫不及待，提早过来了。下午开骨干会，局领导会过来正式宣布决定。”他信任地望着我，“哲民，怎么样？你也该担点责任了吧？翻砂车间主任位置一直空缺，我往这儿一坐就想到了你。我还请示过鲁局长呢。”

“可我连班长都没当过呢。”我有点茫然，“这合适吗？”

“怎么不合适？”老骆不忘旧事，笑着说，“第一次见面，你的同学就说你组织能力很强，记得吗？我当时就很有同感，说我看得出来。哈，回过头一想，我还挺有远见呢。”

我脑子里头有点乱，真的没感到特别兴奋，反倒觉得过于仓促。

我的兴趣都集中在技术革新上头，那台炉口操控装置再过十来天就要进入装配阶段了。如果一切顺利，月底就可以做模拟试验。

突然让我去干车间主任，虽然还是在翻砂车间，可那是全厂最大的车间，有四五个工段，三四百名职工。思想工作，生产调度，包括衣食住行吃喝拉撒，车间主任都得负责。

我要是继续埋头到熔炉班搞技术革新，显然就失职了。至少有点不务正业。

从书记办公室出来，拐个弯就遇见了莫德龙主席。

他拎一只熬中药的紫砂罐，弓着背从办公室走出来往垃圾桶倒药渣。走廊上好重一股当归的气味。

“民儿，跟你谈过了？”他看见我从党委办走出来，就问了句，“考察造型车间主任的时候，老骆征求过意见，我举双手赞成。担子不轻呢，民儿。”

“莫主席，这合适吗？”我觉得可以跟他说实话，“您是知道的，能力够不够另说，眼下我那革新项目都还没搞完呢。”

“不怕，接着搞就是了。”莫主席点醒我说，“那才是最重要的。

车间主任谁搞不好啊？换了搞革新试试，那可不是谁都搞得出来的。以为摁得猪叫就是屠夫啊？”

他这比喻听得我哈哈大笑。

“没错，莫主席，一开始我真的以为自己是个屠夫。模型搬到熔炉班之后，我师傅盯在旁边指导，他到底经验丰富，好多意见都有道理。图纸我都改过两次了。不服真不行，我师傅那才是真正的屠夫呢。”

“那也是。刚解放那阵子大办工业，我和你师傅就在沙子上头画样子，土法子想了好多种。那也叫技术革新呢，只是没现在的新。”他倒完药渣直起身来，“唉，到底老了，不退休也搞不动了。民儿，你放开手脚搞就是，我们这些老家伙都会支持你的。”

我觉得他这话说得有些伤感。

“莫主席您干吗这样说？好像，您还没到退休年龄吧？”

“哪没到啊？去年就满了。”他很坦率，“要不是去年的劳模评选推迟，我早就不搞了。还好，今年市里决定了要召开劳模表彰会。搞完这一次，天上讲出花来我都要退休。唉，到底岁月不饶人啊。”

二

跟莫主席相比，我师傅的身体就更差了。

人的衰退就跟雪崩一样势不可当。师傅的精力明显地一天不如一天，消减之快肉眼可见。他还在顽强地抗争。脾气一点都没减少，却很少再发出来。

的确，他想发脾气也发不动了。

他在生料场守着模型出主意，一受凉就喘得满脸通红。头几天还撑得住，一星期不到就站脚不稳。

担心他顶不住，我专门给他找来一张靠背椅。他偶尔站起身想指点一下，一开口就猛烈咳嗽。至少咳两三分钟，才能勉强说话。

到了这个份上，他随时都有可能倒下去，再也起不来了。

那天骆青涛来我们车间召开全体职工大会，宣布我为车间主任，还要我发表一个就职的感言。我一点都没表现出激动。发言的时候，脑海里总浮现出那尊倔强而又孱弱的楷模，那就是我师傅。

我说，陈主任调走的时候，有人猜我会当车间主任。只有我师傅讲了句实话，他说我连班长都没当过。的确，我师傅怕我担当不起。他是对的。比起我师傅这批老工人，我还相差十万八千里。熔炉班正在搞技术革新，师傅天天守在那里。知道他身体现在是什么状况吗？一辈子跟冲天炉打恶架，职业病把他摧残得站都站不稳了。他每一次咳嗽，对于我都是一声警钟。工人阶级的优秀品质，我学到了多少？当家做主人的集体主义精神，我能发扬光大吗？幸好我还有个优秀的师傅。不仅仅一个，在座的都是我的师傅。以后车间有什么事，大家都可以像使唤徒弟一样使唤我。先就讲这么几句吧。

骆青涛第一个为我鼓掌。

他还站起身，四下找我师傅。其实我师傅就坐在人群中间。这段时间他的确病得不轻，人瘦了两圈还不止。

缩在人堆里，不仔细认还真难发现他。

变故来得太快。我当车间主任的第二天，师傅终于撑不住了。

上班铃刚刚打响，我就看见梁师兄带头，领着熔炉班所有的人往车间外头跑。

迎面碰见我的时候，余师兄话都讲不转，结结巴巴告诉我，师傅起不来床了。得赶紧送医院，救护车已经开过来了。

我当时又不能分身。好不容易等到各个班组长到齐，匆忙把工作交代了一下，蹬上自行车就往医院赶。

师傅已经被送进重症病室，一大群医生护士都在那里忙活。看见梁师兄在门外陪师母说话，我就走了过去。

“梁师兄，快告诉我，什么情况？”

梁师兄仿佛不大忍心开口，就朝师母看了一眼。

“师母，还是您说吧。”

师母缩了一下鼻子，连连摇头。她不习惯哭，这已经是很难过的表情了。

“民儿，你昨天开会的时候，讲了些什么话啊？”她问我。

我听得有点蒙。

“怎么啦？我好像没讲什么吧？”

“你师傅回到家，饭都没吃就往床上倒。想起你的发言他就哭，差不多哭了一通夜。”师母说，“两个伢儿过去看他，他拉着毛妹子和毛坨的手，说你们长大要跟哲民哥哥学，他比爹的亲儿子还亲。那是天底下最有良心的人。”

梁师兄也叹了一口气，补充说：“师傅太激动了，一激动就伤心。人要太伤心，身体就背不住了。说垮就垮，倒头就起不来了。”

我什么都没说，拔脚就去了院长办公室。

重症病房的主任医师正在跟院长报告我师傅的病情，还不肯让我进去。听说我是车间主任，主任医师才取出几张X光片告诉我说，这是莫正强上次住院的片子。结核生长得这么快，情况绝对不正常。先把病情稳住，下午再做一次全面检查。

“大夫，您判断应该是什么问题呢？”我意识到了什么，却不敢说出那两个字。

“癌症是肯定的。”知道我是病人的领导，他说话也不再回避，“具体什么程度，有没有癌细胞转移，就得等活检结果了。”

院长说得更直接。

“根据目前情况，对结果也不要抱什么希望。你们当领导的心中有数就行，也没必要告诉患者家属了。”

我听得脑袋都大了。

出来跟梁师兄商量了一下，就把余师兄留在了医院。

“有什么情况随时打电话到车间办公室。”我交代他说，“把师母招呼好，下午我还会过来的。”

回到厂里，我先去了一趟厂工会。跟莫主席报告的时候，我故意没把医生的判断告诉他。结果没起作用，他一听全明白了。

“唉，这家伙终归是走到头了。”他摇头叹息说，“苦了一辈子，又没过几天好日子。造孽不？唉。”

下午我陪莫主席去看师傅，他已经从重症病室转到了特护病房。那里跟普通病房也没太大区别，只单独放一张病床而已。师母告诉我们说，还有几个项目没做检查，医院说要等头几项检查的结果出来。

师傅仍然打不起精神。他有话要跟我们讲，就挥手让师母出去。

师母一走，莫主席就在病床旁边坐下了。他抓住我师傅的手，什么话都没说，只是轻轻地摇了几下，师傅的眼泪就下来了。

“老哥，我恐怕是不行了。”师傅喉咙哽咽，话语凄凉，“讲好了两兄弟都要当劳模的，我这老弟又不争气。那朵大红花，这辈子我只怕戴不上了。”

“都什么时候了？还想那个。”莫主席听得难受，就大声劝他，“别的都不想，把命保住再说。劳模的事组织上正在抓紧搞，戴得上戴不上你怎么晓得？安心治病，啊？到时候，红花有了人又不在了，那才叫划不来呢。先把心稳住，晓得不？”

我师傅就不哭了。

“我不要紧。莫听医生讲得吓人，还不是想多收公家的医疗费？上次去疗养就要检查这检查那，我都没同意。这不活得蛮好啊？”

“这样子了还叫活得蛮好？啊？”莫主席训了他一句，“公家的医疗费这时候不用，什么时候用？听我的，这一次哪里都要检查到。没有全部搞落妥，就一直给我住下去。”

莫主席离开之后，师傅望着我说："民儿，晓得不？莫主席好多年前就开过刀，肺切掉了一多半。难怪他总是训我。他的肺比正常人小很多呢。"

我就笑了。

"师傅，那不可能。他的肺还是那么大。肺切掉了是可以再生的。"我知道，师傅实际上在担心自己的肺，"不怕，您安心治病。需要做手术也没关系。旧的不去，新的不来。"

"唉，民儿啊，师傅问一句话你不计较吧？"

"哪会计较啊？您问吧，师傅。"

"我们车间接没接到通知啊？"他用浑浊的目光看着我，"刚才莫主席不是讲了，劳模的事情正在抓紧搞吗？"

"师傅，您知道的，我昨天才到位，好多事还没来得及交接。"我想了一下，"那也没关系。您有什么想法，尽管跟我说。"

师傅点了点头："那是。师傅到了这种地步，好话丑话都可以讲了。"他直勾勾地盯着我的眼睛，"昨天宣布你当车间主任，晓得师傅有好惊喜不？"

"当然。"我用力点头，"真的要感谢师傅的帮助。要不然……"

"我还没讲完。"他打断了我的话，"也就那一下，师傅心里陡然增加了好大的压力，这一点你也晓得不？"他摇了摇头，"唉，一晚上咳到天亮，痰里头尽是血。"

我赶紧抓住他的手："师傅，对不起。徒弟又让您操心了。"

师傅很快就将手抽了回去。

"不是。你做得这么好，我还操心个鬼啊？"他终于把心里话说出来了，"我是替自己着急。你去想嘛，徒弟都进步到车间主任了，我这个师傅，怎么就硬是当不上劳模呢？民儿，师傅不甘心啊。以后再努力吧，又怕身体拖不起，唉，心火直往上冒啊。"

那会儿我没有多想，坚定地说："师傅，我可以把这句话讲绝。根据我掌握的情况，今年电机厂的候选人就是您了。您就放一百二十个心吧。”

说这句话的时候我还想了一下，实在不行，我就去局里找鲁昌顺。硬着头皮也要去。无论怎么说，我对这位局领导是很信任的。何况还是一件正大光明的事情。

没料想师傅竟然连连摇头。他担心的，刚好也是领导的态度。

“民儿，这件事你也敢打包票啊？”他表达得极其明白，“我们两师徒私下里说，再怎么争取也不行的。你看，那个姓骆的又回来了，官当得更大了。你还记得那个鲁家的不？他又当了机电局一把手。就算程序能走到局里，鲁家的会恨死。唉，当时我也太过分，搞错了上头的意思，把鲁家的往死里整。他要知道莫胡子还想当劳模，随随便便就捻死我，就当捻死一只蚂蚁。”

这番话当时就听得我哈哈大笑。

“师傅，什么时候的老皇历啊？说句不好听的话，您真的想偏了。偏得太远了。”

于是我就把第一次去机电局的经过说给他听了。我告诉他说，鲁昌顺对他的关心升到了很高的层面，着重强调了产业工人是国家的宝贵财富。接着又把老鲁来班上劳动，几次肯定师傅爱厂如家，把国家财产看得比老婆孩子还重的原话也告诉了他。

当然，老鲁也讲了几句很恼火的话，我肯定不会学给师傅听。我觉得那是大前提之后的小情绪，恰好说明那人很性情，很真实，绝无记仇的可能。

我看得清清楚楚，师傅那会儿听得眼睛都放光了。

“民儿，这些话，你怎么早不跟我讲啊？”他兴奋得嗓子都有点发干，“鲁家的气量真的大，当时我自己都觉得搞过头了。唉，我还真的想偏了呢。你这么一讲我就放心了，有这样的干部当领导，我们这些当工人的，那才叫有福气呢。”

“就是嘛。师傅，这件事您就别管了。”我心里也很轻松，“具体该怎么操作，我会亲自过问，不会出任何纰漏。您就踏踏实实治病吧。”

“那是，那是。”师傅脸墩子泛红，气都出得很顺畅了，“局里的领导信得过，厂里也就不会打顶板了。再说莫主席还在边上盯着。最要紧的是民儿坐到位置上了。”他有点不习惯地伸手抚摸我的胳膊，“唉，到了这当口，师傅的心，才真正踏实了。”

他这动作很少见，记忆中我还没见过他对我如此亲密，心里顿时感觉到了一种托付。这样的托付饱含着无限的信任。沉甸甸的责任感，让我再也坐不住了。

三

回到车间一问那位姓孙的副主任，他果然收到过厂工会关于评选年度劳模的通知。

那人真的毫无敬业精神。文件下来都有半个月了，一直还压在他抽屉里。新的车间主任不到任，他绝不自作主张。

我感到十分恼火，当天就让他通知全体总支委员开会。

那是我召开的第一个总支会议，没有一个人请假缺席。作为新任书记，我没有烧三把火，只是把每件事情都布置得丝丝入扣。

我不愿意对人选事先定调，吩咐文书印了几百份民主推荐表格，采取无候选人方式，请全体职工自主推荐一名劳模人选。

我特别交代，不对候选人设任何前置条件。每个职工都可以推举自己最满意的人。

这件大事我催得非常紧。三天之内，群众自主推举的候选人名单和票数统计就返回到了总支会议室。

我师傅得票比较理想，排在第二位。

唯一超过他的人是我，比师傅多了三十几票。

我在总支会上非常认真地解释说，这个问题得客观地看。如果我不担任车间主任，票数肯定不会比莫师傅多。

参会的人员都听懂了我的意思，也就没有提出任何异议。

最后我们以翻砂车间总支部委员会的名义，归纳了一份旗帜鲜明内容扎实的文字报告，把我师傅列为唯一人选，报到了厂党委会。

那几天我经常去医院看我师傅。他的状况比预计的要好了很多，虽然还是起不来床。至少脸上开始有了颜色，就跟得到了什么消息似的。

其实他什么消息都不知道。

我跟师兄们做过交代，话说得很重。劳模的事一切都是未知数。要是事先告诉他了，最后还是没搞到手，对于师傅来说，这样做的后果就相当于“蓄意谋杀”。

材料报上去的第二天，政工科就派人来车间核实。

说派人不怎么准确，来的人是他们科长姜红梅。她一开口，那说法又没什么问题，她还真是党委书记骆青涛指派下来的。

“骆书记说，你们这材料弄得好。”她望着我笑了笑，“还说比我们政工科弄得好多了。我一看就知道是你修改的。你这家伙，连我的饭碗都抢，还给不给人一口饭吃啊？”

“哈，你慌什么？”我也很开心，“杨哲民会让你吃亏？我吃饭不吃菜，山珍海味都让给你，这总可以吧？”

姜红梅朝门外看了一眼，就收住了笑容。

“杨主任，是这样，骆书记的意思，从各方面考察，莫正强师傅的条件是完全合格的。”她认真地看着我，“可惜民主投票的结果不是太理想。多数群众的意见也应该得到尊重。所以骆书记希望翻砂车间另外补报一名候选人，年龄在三十周岁以下。”

“是这样吗？”我想了一下，“其他条件呢？”

“一模一样。条件不能放宽，只能更加严格。”

我听明白了，她指的另一名候选人，以年龄画线就只能是我了。按照某些群众的说法，这叫“戴帽候选人”。

“姜科长，你说的这个条件，我们车间目前还选不出来。”我笑了笑，“还是下次再努力培养吧，你看呢？”

姜红梅没有作声，特意强调了句：“这是领导的要求，你还没听明白吗？”

她早就知道我听明白了。加重语气作强调，其中的内涵我也听懂了。还不光是领导的要求，更多是她自己的期望。

我理解，那是她对我的一份情感。

我对我师傅当劳模也是满怀期望。那也是我对师傅的一份情感。

“是这样的，梅子，”我考虑片刻，改变了口吻，“我现在的身份不一样了，你可得替我着想。刚当上车间主任，什么好处都想自己拿，这哪行啊？拿得越多，就越没有话语权。这你应该比我更懂的。”

她就没再坚持了。我这样的态度，她其实是料得到的。

“我给你看一样东西。”她忽然说。

“什么？”我望着她，“看什么东西啊？”

“别在这里看。晚上到我宿舍来一下。”她结束了谈话，“如果晚上没有重要工作的话。”

“好。我会做好安排。”觉得两人说话都带点官味儿，我就开了句玩笑，“今天晚上最重要的工作，就是去姜科长宿舍报到。”

她没有笑，收好笔记本站了起来。

“哲民，不以权谋私当然没错，问题是你们车间民主推选的结果是公开的。你不顾及那个结果，坚持要推自己的师傅，不也是以权谋私吗？你还是慎重考虑一下吧。”

四

处理完车间的工作，赶到姜红梅宿舍的时候还不到八点半。差不多又有一个多月没跟她单独在一起了，心里一直很想她。

她应该比我更加想念，一进门就给了我一片房门钥匙。

我接过来一看就笑了。

“这就是你要给我看的东西？”

“怎么啦？你不会嫌它太轻，不想收吧？”她平静地看着我。

“不轻啊，”我在手心上掂了掂，“沉甸甸的，很有分量。”

“钥匙不能白给你。交给你个任务，抽空把房间弄一下，这墙壁必须重新粉刷。”她指了指床铺，“买张双人床回来。其他还缺什么，你看着办。也别搞太复杂，舒适整洁就行。”

这话听得我又惊又喜。

“梅子，急着弄房子，是打算跟我结婚吗？”

“你说呢？”她用一种不满的目光看着我，“难道你打算在这么简陋的地方迎娶我？不说我是名国家干部，好歹你现在也是工厂里的中层领导了。这种脸面，你丢得起？”

“你说得对，当然不能太简陋。”我都听懂了，兴奋得直夸海口，“哈，到了那天，咱俩要搞得热热闹闹，一点都别寒酸。”

的确，姜红梅要我搞房子这个主意很能够说明问题。从犹豫不决到最后抉择，她需要一个过渡期。

这间宿舍就是她的诺亚方舟。一旦进入过渡阶段，她游回我身边的日子就指日可待了。

心里一激动，我就情不自禁地发了声感慨。

“谢天谢地，梅子终于回到我身边了。”

姜红梅听得心里一愣，反应竟然非常强烈。

“这是什么话？”她紧盯着我的眼睛，“我离开过你吗？”

“没事儿，梅子。”我很坦然地望着她，“别的我都不在乎。”

“可我在乎啊。”她着急了，“有人跟你说什么了？”

“那天我去吴启军家了。”我觉得没必要再隐瞒，就告诉了她，“你爸爸不是有个老部下在市里工件吗？吴启军那小子跟他套近乎，都认他爱人做干妈了。你知道吗？”

“我听说过，可从没在那儿见过吴启军。”她很鄙视这种行为，“我都不好意思在别人面前承认他是我同学。干什么嘛，拉着大旗作虎皮。这种人我见得多呢。”然后望着我，“吴启军说我什么了？”

“主要是吹嘘他自己。”我没有犹豫，“然后就说，他干妈给你介绍了一个对象。”

“不就是鲁局长吗？”姜红梅非常坦率，“这事儿都一年多了，一点都不新鲜。”

“可我觉得新鲜啊。”我有点在意，“从来没听你说过。”

“那都是他们的事儿，有必要跟你说吗？”她有充足的理由，“你又不是不在意我。我要说了，你内心受得了吗？万一让妈知道了，我对得住她老人家吗？跟自己的亲人伤和气，我才没那么傻呢。”

我完全相信她的话，心里就坦荡了许多。

想了想，我又问：“那鲁局长呢？他应该很在意你吧？”

“我觉得是。”姜红梅没有回避，“搞中心那大半年时间，他一直很用心帮助我。后来他去接受再教育，那几个月就没什么联系了。”然后她盯住了我的眼睛，“记得那天他派车接我去机电局吗？”

“怎么不记得？后来又派车送你回来。是那次吗？”

“是。”她平静地说，“那次去，我跟他做了最后的了结。”

“了结？”我没想明白，“什么意思？”

“那是鲁局长第一次跟我摊牌。他说，咱俩要是有希望，你就调市里来工作。如果你还坚持要留在电机厂，那就等于明白地拒绝了我。你考虑好，不管怎么决定，我都尊重你的选择。”姜红梅顿了一下，“我回答说，对不起，很感谢您。我不可能离开电机厂。”

这话感动得我热血奔涌，恨不得当时就把她抱在怀里。

但是我没有那样做。一旦准确地知道她做出的最终选择，我心里反而感到有些愧疚。

鲁昌顺肯定很爱她，她肯定也喜欢过鲁昌顺。虽然最后没能走到一起，对于他们来说，那段经历到底在内心留下了一道划痕。我不能马上拥抱姜红梅，那样做的确有点残忍。毕竟划痕也是伤口，那上头照样也撒不得盐。

“梅子，我要谢谢你一辈子。”我诚恳地说，“我知道，你做这样的决定，肯定是相当不容易的。”

她叹了口气，笑都笑得有点无可奈何。

“我做这决定也没太多困难，问题在我妈那儿。”她摇了摇头，“他们把鲁局长的情况一五一十都跟我妈介绍了，我妈满意得不行。她跟我爸那个老部下说，这事儿我拍板了。不管红梅自己什么意见，我只认这个姓鲁的局长了。”

“后来呢？你也没把跟老鲁分手的事情告诉她？”

“说了，话还没说一半我妈就炸了。”姜红梅显然有点担心，“你知道我妈怎么说吗？绝对只能跟鲁昌顺。你要不听妈的话，我就把你弄回福建来。信不信？妈就有这么大的本事。其他的，你说出大天来妈也绝不依你。”

我想象了一下，这种后果还真的有可能。虽然没见过面，光听姜红梅说，我就想象得出她母亲是一位性子刚烈的老干部。以姜红梅那多少有些懦弱的性格，要跟母亲对着往下干，胜算不大姑且不说，真要弄出点事情来，局面就很难收拾了。

“梅子，有句话我真的憋不住了。怎么就一直没跟你妈提起过我？”我忽然十分不服气，“难道我就那么拿不出手？”

“不是那个意思。我妈那人看重家庭出身，总想着门当户对。我不会盲从，又担心说服不了她。”姜红梅有点焦急，“确实很麻烦。我妈说，她正在办退休手续，办完了她会亲自赶过来。”

“哦？这样吗？”

我觉得事情越搞越复杂了。知道母亲要过来，姜红梅还决定要在屋子里搁一张双人床，那不明摆着跟母亲对着干吗？

“就没别的办法了？”我担心地看着她，“要不跟你爸说，请他帮咱们做做工作？”

“没用。”她摇了摇头，“我妈高兴的时候会听他的，不高兴了，谁说的都不听。”然后她一咬牙，“看来只好鱼死网破了。”

这话吓我一跳。

“梅子，什么意思？你想干吗？”

她走到小桌前，拉开抽屉取出来一张纸。

“这才是我要让你看的那件东西，你自己看吧。”

我赶紧接过那张纸。上面一行字看得我莫名其妙——妇幼保健院妊娠检测报告。

下面的内容是一些检测数据，我看不明白。

“还没看懂吗？”姜红梅冷静地说，“我怀孕了。”

我听得头皮一炸：“你说什么？这是真的？”

“真的。”她表述得很清楚，“我用验孕棒测了三次，都是阳性。又特意去妇幼保健院验了血。已经明确无误了。”

“那怎么办？”顿时我就觉得麻烦惹大了，“你妈又快要来了？”

姜红梅居然非常坦荡。

“那不正好吗？还省了我很多口舌。生米都煮成了熟饭，她还能怎么着？”

我木讷地望着她，实在没想到姜红梅竟然这样有主见。

“这样好吗？”我还是不放心，“你妈会不会更加生气？”

“那只是她的第一反应。”她很有把握，“应该没什么问题。我妈只我一个独生女，心疼还来不及呢。”

我稍稍安定了些，一颗心还是没能彻底踏实下来。

“哲民，两个月之内，我们必须结婚。”姜红梅考虑得非常实际，

“再往后拖，肚子就显出来了。你做好准备了吗？”

“绝对。”我毫不犹豫，坚定地回答说，“明天结婚都行。”

“这话不现实。我不会提不现实的要求。”她非常现实，“只盼望你能平平常常地爱我，一辈子都那样。你做得到吗？”

“梅子，我明白。我就是一把平平常常的尺，每天都会丈量你这个不平常的人。”我真诚地望着她，“我要时刻知道自己差距在哪里，始终保持一颗敬畏之心。”然后笑了，“你觉得这样现实吗？”

姜红梅也忍俊不禁。

“这鬼家伙，尽跟我油嘴滑舌。”她开心了，“别学吴启军，知道不？”

“当然。不学吴启军，不学宋玉香，更不学段一村。”我做出严肃的样子，“不到万不得已，咱也不学徐士良。”

姜红梅极其敏感。

“干吗？是不是提醒我别学小梅？报复心理啊？”

我哈哈大笑，顺势把她搂了过来。

五

从姜红梅宿舍出来已经是晚上十点半了。感觉身体有点疲倦，我就想早点回宿舍去休息。掏出钥匙准备开门，余师兄一头大汗跑了过来。

“哲民，我找你两次了，你不在。”

他那样子让我很紧张，第一反应就想到了师傅：“怎么啦？师傅有事了？”

“我不知道啊。梁师兄从医院跑回来，急得要命，让我赶快找到你。”

“哦？梁师兄人呢？”

“他去找厂领导了。”余师兄很慌乱，“哲民，八成不是好事。我也讲不清楚，你赶紧去医院吧。”

我的心往下一沉，顾不上再问，跨上自行车就往医院方向狂奔。

还没骑到特护病房，老远就看见厂里那辆吉普车停在了门外。

看样子厂领导已经赶到这里了。我心里怦怦乱跳，急忙跑到特护病房跟前，门都没顾上敲，一头就闯了进去。

屋子里灯光通亮，里面的情景顿时就把我看傻了眼。

师傅一点事都没有。他居然起床了，红光满面地坐在一张靠背椅子上。那样子哪像是病人？俨然一位前来探望病人的亲友。

背对着房门，也有两个人坐在他对面。一位是骆青涛书记，还有一位就是莫德龙主席。他们三个人正在闲聊着什么，比手画脚，海阔天空，气氛非常融洽。

师傅最先看见我，一拍巴掌就笑了。

“哈，他来了。”他朝我招手，“民儿，过来，坐我身边。”

骆青涛书记拖来一把椅子放在了他旁边：“杨哲民，莫师傅有话要跟你说。”他微笑地看着我，“坐得离师傅近一点，啊？”

我望着他们，满腹狐疑地坐下了。

师傅干咳了声，望着莫主席说：“莫主席，你是厂工会的领导，还是你讲吧？”

莫主席连连摇头：“我就算了。自己的决定自己讲，这也要别人帮啊？”

师傅就不谦让了。

“民儿，是这样的。这几天我是又治身上的病，又治心里的病。这你不晓得吧？”他说得很玄乎，“心里是什么病呢？哈，你师母不在这里我就好讲了。我那是相思病呢。不是讲笑话，我日日夜夜都想要当劳模，还真是想出病来了。这病蛮严重，比矽肺病还狠。矽肺病还有药治，相思病呢？自己要想不开，任何灵丹妙药都不起作用。”他望着我，“这话你听懂了不？”

我迟疑了一下，摇了摇头：“师傅，您什么意思啊？”

“这还不明白？”师傅一拍大腿就点穿了，“师傅的意思，今年这个劳模我就不争取了。我跟两位领导讲清楚了，要是领导还信任我莫胡子，那我就正儿八经推荐杨哲民，啊？工作方面杨哲民不消讲。尤其他的技术革新，全厂没一个人比得上。你们讲，民儿够条件不？够上还有多呢。那就是他了。”

应该说师傅这番话出乎我意料，但是我并不完全当真。我一边听一边在心里分辨，他这是担心万一评不上，就索性争取主动，免得再受刺激吗？

好像不是。跟了他好几年，我对师傅了解得太透彻了。哪些是真话哪些是气话，都不需要动脑筋，他一开口我就能听出来。我只是没想明白，送他住院的那天，他还对劳模的事情充满了渴望，也就几天时间，他自己怎么就转了这么大个弯？

大概我那阵子沉默的时间长了点，莫主席就转过脸来望着我。

“民儿，你觉得呢？”他不带任何表情，平淡地问了声，“莫师傅的这个推荐，你觉得怎么样？能接受不？”

我不再犹豫：“莫主席，我肯定不会接受。”一时说不出原因，就匆忙找了个理由，“候选人应该是民主评议出来的，哪能由个别人推荐呢？”

师傅一听就有点着急：“那还不好办？你就把我的推荐放到群众里头去评议嘛。”

他这句话又说得我不好作声了。看来他还不知道造型车间已经走完了民主推选程序，投票的结果刚好对我有利，这事儿要露了馅，我就更找不出理由了。

莫主席也不再说话，转过头望着骆青涛。

骆青涛便朝莫主席点了点头。

“我说几句吧。”他笑了笑，“怎么说呢？以前当政工科长的时候，有些同志对我多少有点误解。当然啰，主要还是自己的工作方法有问题。今天机会很好，我应该在这里向莫主席和莫正强师傅道个歉。相信你们二位看得出来，我这是诚心诚意的。”

还真是这样。骆书记并没有站起来，朝莫主席和我师傅点头致歉的动作也不大，却是满满的真心实意。那一刻，在座的每个人都感觉出来了。

然后他表态说：“我个人认为，莫师傅早就符合评选条件。昨天党委议论过了，同意车间总支的推荐意见，确定莫师傅为今年劳模的第一人选。没想到莫师傅自己提了不同意见，完全出乎我的意料。哈，真的有点措手不及啊。”他转头望着莫主席，“不知道莫主席怎么看，坐在这里仔细一琢磨，莫师傅的着眼点完全在培养接班人上头，很有战略高度啊。莫主席您觉得呢？”

莫主席虽然没有说话，却深深地点头，心里的态度一目了然。

师傅听得格外高兴，赶快朝骆青涛摆手。

“骆书记您就莫表扬我了。哪有什么高度啊？也不晓得怎么回事，昨天晚上这心里头猛一下就敞亮了。白天又翻来覆去地想，我一个快入土的人了，当了这个劳模，对厂里到底有好大用处呢？杨哲民当就不一样。你看看，三年多时间他就从一个青工上到了车间主任。莫胡子讲句话在这里，民儿的上进心是挡不住的。再有个三年，他头上那片天还不晓得有好宽阔。这伢儿天赋好志向也高，大家攒劲推他一把，将来肯定是块做顶梁柱的料子。”然后他讲了一句很有境界的话，“不是讲要放眼全世界吗？都像我莫胡子这样放眼自己，那还搞个鬼啊？无产阶级的先进性还怎么体现嘛。以为只是一句空话啊？”

说不清怎么回事，师傅这一番话居然把我打动了。

有那么一瞬间，我忽然思绪万千。当初分配我做他徒弟的时候，心里真的一百个瞧他不来。后来相处得还算融洽，那也是我保持了理智，尽量去适应他，尽可能去磨合这段师徒关系。他早就觉察出了我有雄心壮志，给我的感觉却是时刻在提防我会打翻天印。

谁能想到这位外表粗放内心倔犟的师傅，突然之间就柳暗花明，内心竟然深藏着如此明亮一片艳阳天?

我还没想好该说什么，莫主席就开口表态了。

“民儿，我看这样吧。”他做总结似的站了起来，“没有哪个人比我更懂得你师傅。他文化水平不比别人高，思想觉悟比任何人都不低，晓得不?这个劳模要么他自己当，要么你当，换别的人他都不愿意。话都讲到了这个程度，你也莫左推右推，晓得不?他的确是真心实意，你就成全师傅的一副滚热心肠，要得不?”

师傅听得心潮翻涌，没等我回话，一拍椅子就站了起来。

“当然要得。”他一激动，讲话又有点走火，“老话讲师徒如父子。民儿当了劳模，那不就是师傅当了劳模啊?那朵大红花戴在民儿身上，不就等于戴在师傅身上了?”似乎觉得话里带有私情，赶紧看了骆青涛一眼，“骆书记你讲呢?”

骆青涛也站了起来，看得出他的情绪很高。

“讲得好，莫师傅。我同意您的提议。剩下的事情，我会交代给政工部门落实。一切按上级的要求，每个程序都会到堂。您就放心吧。”

师傅的心情已经完全轻松了，忽然转过身，悄悄朝我做了个暧昧的表情。

“民儿，听见没有?”他小声对我说，“哈，又是程序。你要吸取师傅的教训，莫在阴沟里头翻了船哦。”然后哈哈大笑，都笑得咳嗽了。

不知道骆青涛和莫主席听明白了没有，也跟着他开怀大笑。

唯有我笑不起来，心里总还是不怎么踏实。

其实让我感到不踏实的还是师傅的身体状况。

上次来我就跟医院的院长和主任医师都了解清楚了。千真万确，师傅的病情已经到了难以逆转的程度。今天晚上他怎么就能够起身下床，还印堂发光嗓门洪亮呢?

我不敢怀疑却不能不怀疑——那应该是一种回光返照。

送骆青涛书记和莫主席上了吉普车，转身我又回到了特护病房。

果然，梁师兄和师母两个正慌手慌脚地搀扶师傅。我没想到汪春廷也在那里，他力气大，双手一伸就把师傅平放到了病床上。

师傅没有失去知觉，仰天瘫在那里，大张着嘴喘粗气，喉咙里发出呼呼的响声，听得我心里一阵阵发紧。他知道我又进来了，却再也没有力气抬起头来看我一眼。

师母的脸上满是忧伤。怕我待在那里师傅更难得平静，她就使劲摆手让我赶快离开。

接着就进来了两名医生，走到病床前替师傅检查身体状况。乘这个机会，梁师兄拉了我一把，转身就朝门外走。

我知道继续留在那里会影响师傅，就跟着梁师兄走了出去。

梁师兄出了病房，闷着头走得飞快。一直出到外面的院子里，走了很远才停住脚步。没等我开口问什么，他忽然一转身抱住我，放开声音号啕大哭。

那会儿我真的吓住了，赶紧摇他的双肩。

"梁师兄，别这样，我心里发慌，啊？赶快告诉我，师傅到底怎么回事啊?"

"哲民，师傅不要命了。他横了心，真的。"梁师兄止不住伤心，一边抽泣一边说，"他一夜一夜地疼痛，我听见他牙都咬得咯咯发响。什么人受得住这种折磨啊?"

"是啊。"我望着他，"梁师兄，这些天也把你弄苦了。"

"我倒还好。"他告诉我说，"你不晓得吧？最辛苦的是汪春廷呢。他不声不响，在这院子里一守就是一通夜。天天这样呢。唉，回想起来，我还在外头讲他和师母的坏话。眼看师傅没几天活了，我才发现自己有好卑鄙。我还是人不是啊?"

话一落音他又哭了起来。

我赶紧劝了他一句，接着又问："那今天是什么情况？师傅忽然又坐起来了？"

"哲民，我不讲你不可能晓得，那都是用了药呢。"梁师兄连连摇头，"也不晓得听谁讲了，师傅就逼我去找医生，说是有一种叫吗啡的药可以止疼，还带镇静作用，可以止住咳嗽。我又搞不清，跟药房一讲，医生就跑过来了，坚决不给他开。"

"后来呢？"我听说过吗啡，知道那药毒性大，"医生还是开给他了？"

"不开不行啊。医生都被他感动了。师傅跟他说，不怕的，就算今晚用了明天就死，我也要用一次。医生你晓得不？我要请领导过来汇报一下思想呢。这一辈子，也就汇报最后一次了。我写个保证书，出了事你们没有责任要得不？你再不同意，我就跪到你面前不起来了。"

不知道是不是夜深了的原因，我听得后背直打冷战。

幸好两位医生走了出来，简单地告诉梁师兄说，你师傅用药都在控制范围之内，现在情况基本上还算稳定，这会儿已经睡着了。今天晚上要多留点心，要是醒了，就让他加大剂量喝水。要记得哦。

从医院离开的时候，我竟然没有骑自行车。

我心里很乱，推着自行车走了将近一个小时才回到宿舍。其实也没有想明白什么，脑子里全是师傅的哈哈声。里面还带着一股气息，我觉得那应该是吗啡的味道。

第三十章

一

最后一次做模拟试验，我让余师兄去医院看看师傅的情况怎么样了。

常规性模拟试验做过了不下十次，那都是在没有炉内压力的情况下完成的。主要是检测传动系统的可靠性。

这一次是超强度试验。那是所有试验里头的关键项，好比军队的实战演练。

我们要用压缩机给模型加压。通过了压力检验，各项指标才能达到标准值，否则就不可能获得生产许可证。

从这个意义上说，带压操作正常或者不正常，决定着炉前设备的生死存亡。

应该说我对强度试验是相当有把握的。很奇怪，临近这个关头，心里忽然感到不怎么踏实。觉得师傅如果在跟前，万一哪里不顺利，他的应急办法可能会比我更多一些。

但是很遗憾，那天他正好要做术前检查。

医院的意见，他肺部的肿瘤还在继续扩大，再不切除就会压迫动脉血管。万一血管破裂，抢救都来不及了。

师傅托余师兄捎来一句话："你告诉民儿，压力要分三次加。从低到高，一次次来。师傅知道模型的结构比冲天炉脆弱得多，只要模型顶得住，冲天炉就绝对不会有问题。胆子要大心要细。师傅相信你们，肯定会成功的。”

他这是一句吉言。压力试验的效果的确比想象的还要好。

只是师傅术前检查的结果很糟糕。比想象的还要糟糕。

医院会诊的最后结论，手术下刀的位置避不开动脉血管了。如果贸然施行手术，极有可能上了手术台就下不来了。

最后医院还是决定进行保守治疗。

这句话只不过换了一种委婉的说法。刀不开了手术也不做了，意思就是说，师傅的病已经无法救治了。

师母那么沉得住气的人，一听这消息就去找院长哀求。

“怎么会这样啊？”师母声音都沙哑了，“我总不能坐在这里等着他死啊，做做好事啊院长。公费医疗不会少你们的钱呢，院长。”

院长把脑袋摇得货郎鼓一般。

“不是钱的问题。钱要买得回命，好多人都不会死呢。唉，我该怎么跟你讲才好呢？”

“求您再想点办法吧，院长。未必就一点希望都没有了？”

“那就希望血管不破裂吧。”院长心里一点把握都没有，“他的体质还不错，心血管好像也还行。血管壁还是有些韧性的。”

第二天我就赶到医院去看师傅。

他心里完全明白了，反而劝我说，以后你不要经常来了，车间主任很忙的。

“放心，我一时半刻还死不了。真的。”他平静地望着我，“我们那台炉前操控设备还没有投产呢。晓得不？我都跟阎王爷商量好了，等我亲手操作一次新设备，当天晚上你就把牛头马面派过来。就算是去阴间，也要走得无牵无挂不？”

我听得心里像是塞进了一坨铅。

师傅有儿女有老婆，难道他不牵挂？他不拿这些跟阎王爷求情，却牵挂着我们的技术革新。

虽然只是一些虚无缥缈的遐想，那份情意却实实在在，灼热烫人。

二

那天清早我醒来过，推开窗户就见到了漫天飞舞的瑞雪。

这真是一个不可思议的巧合。

我们那台炉前操控设备已经全部安装就位，刚好也定在今天这个日子正式投入生产。

车间文书问我要不要在炉子前拉一条大红横幅，写上热烈庆祝或者欢迎光临之类的内容，我当时就否定了。虽然那是一件可喜可贺的大事，毕竟也有自我吹捧之嫌。

上午八点差两分钟的时候，机电局那辆吉普车直接开到翻砂车间门外停下了。郑总工程师神采奕奕地走了下来。

投产的消息我没有告诉他，是厂里技术室特意把他邀请过来的。郑总是这项革新的催化剂，他感到非常有颜面。就好比给亲朋好友办喜事，他的身份绝对是证婚人。

见到我的时候，郑总不知道有多高兴，紧握住我的手不肯松开。

然后他有点抱歉地告诉我，鲁局长昨天就说要亲自到场表达祝贺。都要上车了，接到市里的通知，临时有急事，又来不成了。

一听这话，我心里顿生疑窦。该不会是姜红梅回绝了他，就故意找借口回避我吧？

这想法肯定不对。

郑总把我拉到一边，背着人送给我两件东西。一件是一套沉甸甸的旧书，另一件是一只小信封。

打开信封一看，竟然是鲁局长亲笔写给我的一张小纸条。

哲民你好。不能参加你的革新成果投产，深表遗憾。送你一套马克思《资本论》以表祝贺。这是一部论述劳动价值的著作，是我们工人阶级的传世经典。提醒一句，这是新中国第一次印刷的版本，弥足珍贵，值得永久收藏。另，姜红梅极其优秀，绝对是一位最理想的终身伴侣。哈，妒忌你啊老弟，倍加珍惜哦。昌顺祝福你们。

看完最后一个字，我心里好一阵慌乱。

老鲁这份心意太过厚重，令我却之不恭，受之有愧。

这位老大哥胸怀廓大，境界高远，太值得我敬重了。除了翘首景仰，我再也无话可说。

紧接着骆青涛、陈元干和莫主席几位厂领导也赶到了车间。看见局里的总工程师已经到了现场，赶紧上前跟郑总握手。

郑总一边握手一边解释："非常对不起，昌顺同志来不成了。局长委托我转达他的祝贺，一再表示说，电机厂是他工作过的地方，他特别想念熔炉班，特别想念莫班长，还有并肩工作过的师兄弟们。他说，以后一定会抽空过来看望各位。"

可惜说这番话的时候我师傅还没赶到。

也就只差了两分钟。一辆救护车很快地开进车间，汪春廷忙手忙脚用轮椅把我师傅推了过来。

郑总听说那就是莫班长，赶紧走上前拉住他的手，把鲁局长想念他的原话再一次重复给师傅听。

我师傅用手背擦了擦眼睛，听得连连摇头。

"快些莫讲了，听得心里好惭愧。唉，鲁局长人真的好，他不记恨我。有机会请你告诉他，都是我莫胡子要不得。真的好过分。实在对不起鲁家的。”

然后骆青涛走过来小声问我：“哲民，有仪式议程吗？”

“没有啊，不就是开机投产吗？咱别搞那些，可以吗？”

他并不满意，却也没办法。

“没有就算了。那就抓紧时间，赶快开始。”

“好的骆书记，等郑总参观完就开始。”

这时候师傅让汪春廷把轮椅推到了我身边。

“民儿，刚才在救护车上，我想起一件很重要的事情。我看你那锁紧装置特别牢靠，就觉得堵泥不必黏性太大。改变一下配方，减少黏土，多加点石英砂进去。”他郑重其事地望着我，“这只是我个人的建议，行不行你决定。”

我那几个师兄都没吭声，你看我，我看你，最后又望着我。

其实他们早就听我布置过。我制定的配方跟师傅交代的方法完全一样，现在的堵泥就是按那个配方制作的。

生怕他们多嘴，我就赶快告诉师傅说：“是啊，师傅，您不说我还没想起来呢。这个建议有道理，而且太及时了。”我故意问了句，“谁负责做堵泥？梁师兄吧？还得麻烦你，赶紧按照师傅说的，改变配方，重新做一批堵泥。”

梁师兄还真配合，一声吆喝就把堵泥盆端了出去。他那假模假样的神态特别逼真。

徒弟们只一个心愿，怎么让师傅舒服就怎么来。

郑总已经参观完毕，退到炉侧一个安全的位置，满面笑容地朝我竖起了大拇指。

莫主席和骆书记站在他左右两边，用目光示意我可以开始了。

我忽然心血来潮，走到了师傅身边。

“师傅，既然您到了现场，今天这把火非您来点不可。”然后朝全班人问了声，“你们大家同意不？同意就热烈鼓掌。”

师兄们一阵吆喝，随后就响起了爆豆般的掌声。

这样的煽动令人感奋，绝难抗拒，我师傅就答应了。

我从汪春廷手上接过轮椅，亲手把师傅推到冲天炉前，小声说：“师傅，可以开始了。”

师傅那会儿忽然有点手足无措，轻声对我说：“我晓得。莫催。民儿，师傅有点紧张呢。”

他面色发红，清了一下嗓子，忽然一声猛喝：“鼓风机呢？”

梁师兄精神抖擞：“鼓风机到位！师傅。”

“卷扬机？”

“卷扬机到位！师傅。”余师兄高声回应。

“生料呢？”

“师傅，生料到位！”

“熟料？”

“熟料到位！师傅！”

呼喊声亢奋激昂，节奏紧促，每个人的心咚咚乱跳，有如擂响了冲锋陷阵的战鼓。

顷刻之间我竟有一种依依不舍的感觉。

师傅之后，还会有人像他这样把人呼喊得热血沸腾吗？不会了。今后的设备和流程也要更新换代了。这只是一道年代的印记。

但是我坚定地相信，电机厂熔炉班将来一定会怀念这种威风凛凛的点火仪式。绝对会的。

当时我心血来潮让师傅再主持一次，潜意识当中就是让我师傅与冲天炉做最后的也是最欢乐的道别。

接下来师傅就要高声宣布点火了。

但是非常意外，到这个节点上，师傅竟然没有往下继续。大家都不明白出了什么事，炉前炉后忽然死一般寂静。

师傅极不情愿结束这个庄重的仪式。他的目光呆滞地盯住冲天炉，望了一阵，自己把轮椅移得离炉子更近了些。

他终于抬起头，望着炉顶喃喃地说："冲天炉啊冲天炉，莫胡子跟你只成了一次亲，狗日的你跟我结了八辈子仇啊。几十年过下来，不是你整我，就是我整你。唉！老子恨的是你，爱的也是你啊。"

他这些话说得非常流畅，咳都没咳一声。那是眼泪把他给理顺畅了。我这角度看得很清楚，他每说一个字，泪水就涌出来一两滴。

然后他就没流泪了。

"这下好了，总算有年轻人整你的弯筋了。看在我莫胡子伺候你一辈子的分上，你以后要听招呼，给年轻人争气晓得不？从今以后，莫胡子再也不陪你玩了。莫胡子我活不过你，老子也不轻易放过你，今天还要朝你喊最后一次……"

他从轮椅上站起来，一个趔趄就往冲天炉上倒。我心里一紧，抢前一步去搀扶他。

师傅已经失去了重心，身体急剧往下跌，我竟然扶不住他。

倒地那一瞬间，他伸出两条干瘦的胳膊，像要拥抱冲天炉一般，使出生命中最后那点气力，嘶哑地嚎了声："点、点火——"

尾 声

从全市劳模表彰大会回来，我连胸前的大红花都没摘下，第一时间就去了师傅的墓地。

我让姜红梅安排车把他的两个孩子送过来，消息就走漏出去了。莫主席亲自带侄女和侄子赶了过来，然后骆青涛书记和陈元干厂长也同时赶到了。

师傅那座坟墓位置选得不错，三面倚着小山丘，正前方开阔而又平坦。那是师母家的菜地，她已经在那儿等候了。

汪春廷带着丘桂兰早早地把墓地前后打扫得干干净净，还准备了几碟当地的水果和点心，摆放在师傅的坟头。

简单的祭奠仪式不需要主持，骆书记就上前三鞠躬。

然后他笔直地肃立在坟头，告慰我师傅说："莫正强同志，经劳动模范评选领导小组决定，您被追授全市劳动模范荣誉称号。莫师傅啊，您毕生的愿望，现在终于实现了。"

莫德龙主席也跟骆书记一样，走到墓碑前三鞠躬。

骆书记想请他也讲几句话，莫主席连连摇头。年纪大了，他不想过度伤感。

其实他心里那些话我都知道，差不多每个字我都记得。

我也不想说任何话。鞠躬之后，我慢慢走到师傅坟头前，从身上取下红绸绶带，连同那朵大红花，牢牢地系在了墓碑上。

毛妹子和毛坨忽然跑上前来，把两样东西放在了墓碑底下。

我看清楚了，那是我师母让他们放过去的。

那两件东西我再熟悉不过了。一件是有盖的搪瓷茶缸，还有一件是那条雪白的毛巾，两个物件上都印有奖励劳动模范的字样。那是我第一次去师傅家，送给师傅和师母的见面礼。

我的心里隐隐作痛，相信别人不会有我这时候的感觉。这才多长时间啊？那份见面礼，怎么又变成诀别时候的祭品了？

汪春廷没有朝我师傅鞠躬。不知道什么时候，他在坟墓两边铺了长长两挂鞭炮。

祭奠完毕，鞭炮声骤然鸣响。

不远处有一片沼泽地。一群白鹤受了惊扰，扑翅而起。

望着越飞越高的鹤群，我心里想，要是它们能把那朵大红花带上天去，说不定还能追上我师傅。

…………

2022 年 8 月定稿于长沙向阳门第